U0902978

KINGDOM
OF
THE
BLIND

雪光之下

[加拿大] 露易丝・佩妮——著
陈磊——译

天津出版传媒集团
天津人民出版社

图书在版编目(CIP)数据

雪光之下 /（加）露易丝·佩妮著；陈磊译. -- 天津：天津人民出版社，2021.4
书名原文：KINGDOM OF THE BLIND
ISBN 978-7-201-17118-0

Ⅰ. ①雪… Ⅱ. ①露… ②陈… Ⅲ. ①长篇小说一加拿大一现代 Ⅳ. ①I711.45

中国版本图书馆CIP数据核字(2020)第272152号

著作权合同登记号：图字 02-2020-396

雪光之下
XUEGUANG ZHIXIA
露易丝·佩妮 著 陈磊 译

出　　版 天津人民出版社
出 版 人 刘 庆
地　　址 天津市和平区西康路35号康岳大厦
邮政编码 300051
邮购电话 （022）23332469
电子邮箱 reader@tjrmcbs.com

责任编辑 冯 磊
策划编辑 李 艳
装帧设计 棱角视觉

印　　刷 河北照利印刷有限公司
经　　销 新华书店
开　　本 880毫米×1230毫米 1/32
印　　张 13
字　　数 240千字
版次印次 2021年4月第1版 2021年4月第1次印刷
定　　价 58.00 元

这本书献给我迷人的编辑，伟大的朋友霍普·德隆。亲爱的霍普，酒馆见。

1

阿尔芒·伽马什将车子减速缓行，停在白雪覆盖的二级公路上。

就是这儿了，他估摸着往前开。车子开过了一棵棵高大的松树，直至抵达林中的一片空地。

他在那里停下车，坐在温暖的车厢内，朝窗外打量着寒冷的天气。这会儿雪势大了些，阵雪扑打在挡风玻璃上，慢慢消融，稍稍遮挡了前方视野。他扭头盯着副驾座上那封昨天收到的信。

他揉揉脸，戴上老花镜，将信又读了一遍。这是一封邀请信，邀请他前来这个荒凉的场所。

他关掉车子引擎，但没下车。

他心中并未觉得特别不安，反而是困惑超过了担忧。

但这件事情还是够怪的，让他心里拉响了低低的警铃声。虽然不到警笛那么严重，但是他很警惕。

阿尔芒生性并不胆小，不过他行事谨慎。不然他怎么能在魁北克安全局的高层队伍中生存下来呢？虽然还远远无法确定他是否真的活下来了。

他依赖自身理性思维的同时，也信任自己的直觉。

那么此刻，这二者在对他说什么呢？

可以肯定，它们在对他说——此事必有蹊跷。不过话说回来，他咧嘴一笑，想到这种话外孙也能对他说。

他掏出手机拨通号码，听着铃音响了一声、两声，然后接通了。

“你好，我的可人儿。是我。”他说。

这是阿尔芒和妻子蕾娜玛丽达成的一项协议，冬季里遇到雪天，每到达一个目的地，他们都会给彼此打电话报平安。

“路上怎么样？三松镇的雪势似乎会越来越大。”

“这边也一样。路上倒是还好。”

“那你现在在哪儿？在什么地方，阿尔芒？”

“有点难以描述。”

但他还是试着描述了一番。

眼前所见的地方曾经是一座家园，后来成了一幢空屋，现在只能说是一栋建筑了，而且就连这种状态也无法再持续。

“这应该是一座旧农舍，”他说，“只不过看上去像是已经荒废了。”

“你确定去对地方了吗？你还记得有一回你去我兄弟家接我，结果却找去了另外一个兄弟家吗？你还坚持说我就在那个兄弟家。”

“那都是多少年前的事了，”他说，“而且圣安吉莉卡所有的房子看着都一样。再说了，说实在的，你一百五十七个兄弟长得都差不多。还有一点，你那个兄弟不喜欢我，我当时很确定，他就是想撵我走，让我别烦你。”

“那能怪他吗？怪你找错地方了，某位大侦探。”

阿尔芒笑起来，那已经是几十年前的事了，当时他们刚订婚。蕾娜玛丽的家人看得出她有多爱阿尔芒，更重要的是，当他们也看出阿尔芒有多爱蕾娜玛丽后，对阿尔芒就一直都很热情。

“我找的地方是对的，这儿还有一辆车。”

那辆车已经盖了一层薄薄的雪。他猜它在那里大概停了有半个小时，不会更长。接着他的目光重新回到那座农舍上。

“这儿有一阵子没住人了。”

房子要败落到这个状态，需要很长一段时间，只有多年无人打理的房子才会变成这样。

它现在差不多就是一堆建筑材料而已。

百叶窗翘曲了，楼梯的木头栏杆已经腐烂，而且已脱离斜坡台阶。楼上有一扇窗被木板封了起来，使得整座农舍看上去像是在对他眨眼，仿佛它知道一些他不了解的秘密似的。

他仰起头看，这房子已经稍稍有些倾斜了吗？还是说他把眼前的场景想象成了外孙奥诺雷听过的童谣里的样子？

有一个歪歪扭扭的人，他走了歪歪扭扭一段路，
他在一个歪歪扭扭的台阶上，发现了一个歪歪扭扭的六便士；
他买了一只歪歪扭扭的猫儿，猫抓了一只歪歪扭扭的老鼠，
他们一起住在一栋歪歪扭扭的房子里。

这的确是一座歪歪扭扭的房子，阿尔芒·伽马什想知道，这里面会不会有一个歪歪扭扭的人。他与蕾娜玛丽道别，挂断电话，再次观察院子里停的另一辆车，车牌上刻有魁北克的格言：我牢记在心。

每当他闭上双眼，正如他此刻所做的这样，就会有许多画面不请自来地浮现在脑海里，一如发生时那般生动、激烈。

不只是去年夏天的那一天，他看见所有的那些白天，那些夜晚，所有的那些鲜血——他自己的，其他人的，被他挽救了性命的那些人的，还有那些被他夺走性命的那些人的。七彩的太阳光斜斜地照亮他双手沾染的鲜血。

但为了保持清醒，保持慈悲之心，保持平静，他还需要回忆一

些美好的事情。

他找到了蕾娜玛丽，与她生儿育女，现在又有了孙儿。

他在三松镇找到他们的庇护所，他与朋友共度的静谧时刻，还有那些欢乐的庆典。

最近，一位挚友的父亲罹患痴呆症去世。在人生的最后一年多时间里，他连家人、朋友都已经辨认不出了，但他对所有人都很和善，还总是对一些人微笑。对他所爱的人，他本能地认识他们，将他们记得清清楚楚，他不是将他们记在受损的大脑里，而是存放在了心里。

心灵的记忆远比大脑更牢靠。但问题在于，人们会将什么记忆存放在心里？

身为总警司的伽马什认识不少心灵被仇恨吞噬的人。

他看着面前这座歪歪扭扭的房子，好奇将它吞噬的是何种记忆。

他本能地将那辆车的车牌号码存进记忆，然后开始扫视庭院。

院中有几个大雪堆，伽马什猜测雪下面覆盖的应该是生锈的汽车，一辆已拆成几块的皮卡，一辆现已解体的旧拖拉机，还有一个看着像水箱的东西。那应该是一只旧油罐，不是水箱，他这样希望着。

伽马什戴上御寒帽，正准备戴手套时迟疑了一下，他再次拿起那封信。

文字并不多，只有两句没头没尾的话。

它完全不是威胁，几乎让人感觉滑稽，如果不是死人写的，真的算得上幽默。

寄信的是一位公证人，用几乎像是命令的请求口吻写道，请伽马什于今天上午十点驾临这座偏远的农舍。最后还写着“请准时，不要迟到，谢谢”。

他已提前在魁北克公证人协会查过这位公证人。

主管叫劳伦斯·梅西埃，六个月前死于癌症。

但是这里却有一封他写的信。

他没有随信附上邮箱或回信地址，倒是留了一个电话号码，阿尔芒打过，但无人接听。

他曾想到在安全局数据库查查这位梅西埃，后来还是决定作罢。倒不是因为他伽马什在魁北克安全局不受欢迎，反正不全是。因为针对去年夏天事件展开的调查，目前他正处于停职期间，该不该请同事帮忙呢？哪怕是找副手兼女婿的吉恩盖伊·波伏瓦，他感觉也需要做出明智的判断。

伽马什再次看向那座曾坚固一时的房屋，露出微笑。此刻他对它有一种亲近感。

有时事物会出人意料地走向分崩离析，但这并非是在证明它们有多重要。

他将信折好放进胸前口袋，正准备下车时，手机响了。

伽马什看着来电号码呆住了，喜悦的神色从脸上一扫而空。

他敢接吗？

还是不敢？

铃声还在响，他从挡风玻璃往外看，视线却被此刻的大雪阻挡，无法看完整。

他在想，是否以后只要他看见一座旧农舍，或听见雪花落地的轻柔声音，或闻到潮湿的羊绒气息，此刻的记忆就会复现呢？如果真是如此，那么届时他的感觉会是轻松还是恐惧？

“喂，你好？”

男人站在窗边，竭力打量窗外。

虽然霜花令画面扭曲，但他看见那辆汽车驶来了，他又耐心地看着那人停车，之后在原地坐了一会儿。

大约一分钟之后，来者钻出汽车，但并未向房子走来，而是站在车边，将手机贴在耳边。

这是第一位来宾。

男人当然认出了最早到来的这位宾客。谁认不出来呢？他经常看见那人，只不过是在新闻报道中，从未见过真人。

而且他之前根本无法确信，这位客人是否会现身。

那是阿尔芒·伽马什，前重案组领导，魁北克安全局现任总警司，目前正处于停职期间。

他激动得有些颤抖，来的毕竟算是一位名人，备受尊敬，也遭人唾骂。有些媒体将他誉为英雄，有些则痛斥他是恶棍。他代表的是警务部门最糟糕的一面，或者是最出色的一面。他是一个滥用权力，或者说是大胆的领导，为了更大的善，他愿意牺牲自己的名誉，甚至更多。

他愿意去做别人都不会想做，都没有能力去做的事。

透过扭曲的玻璃，透过雪花，他看见的是一个年近六十岁的男人，身高至少有一米八，身材高大，体格强壮。派克大衣让他看起来很笨重，不过谁穿这种大衣都会显得笨重。但他的脸并不偏胖，只是带有倦容。他的眼角有皱纹，四下张望时，眉弓之间折出了两道深深的纹路。

男人并不擅长解读人们的表情含义，他能看见线条，但无法读懂。他以为伽马什在发怒，但也有可能他只是在集中精力，或者是感到惊讶。他觉得那线条甚至有可能代表着喜悦。

不过他感到怀疑。

这会儿雪势越来越大，但是伽马什没有戴手套，他下车时手套掉在了地上。大部分魁北克人的连指手套、皮手套、帽子都是这么掉的，坐车时这些东西都放在腿上，下车时却把它们忘得一干二净。到了春天，大地上到处都能看见狗屎、蠕虫，还有湿透的各种手套和御寒帽。

阿尔芒站在飘扬的雪花中，他裸露的手贴在耳旁，手里握着手机，他在听电话里的人说话。

轮到他回应时，他低下了头，手指因为紧紧抓着手机，关节都发白了，不过也有可能是冻疮的初期症状。接着，他从车门向后退了几步，转身背对着窗户和雪花，开始讲话。

男人听不见他在说什么，但这时有一句话乘着风穿过积雪的庭院，穿过各种曾经珍贵一时的物件，进入了曾经十分重要的农舍。

“你会因此而后悔的。”

接着传来的一些响动吸引了他的注意力，有一辆车开进了院子。

第二位宾客进场。

2

“阿尔芒？”

看到他的表情，她脸上因为认出他的身份而露出的微笑和稍稍安心的神情僵住了。

他转身面对她的动作几近猛烈——他身体紧绷，已经做好准备，像是要面对一次可能发生的袭击一样。

她虽然很擅长阅读表情，理解身体语言，但也无法完全弄懂他脸上的神情，她只能看懂最明显的那种。

是惊讶，但不只惊讶，还有更多。

接着又全都消失了。阿尔芒的身体放松下来，她看到他对手机里说了一句，然后轻按一下屏幕，将手机放进口袋。

那张熟悉的面孔在完全换上礼貌的掩饰表情之前，最后闪过的神色却让她更加惊讶。

是内疚。

接着，他又露出了微笑。

“莫娜。你在这儿做什么？”

阿尔芒试图调整自己的微笑，但是太过困难，他的脸一片木然，几乎冻僵。

他不希望自己表现得太夸张，因为那样会透露太多信息。这个女人非常精明，而且还是自己的邻居。

莫娜·兰德斯是一位退休的心理医生，在三松镇拥有一家书店，是蕾娜玛丽和阿尔芒的好友。

他怀疑她已经看见并且明白了他的第一反应。他也怀疑，她是否领悟了其中的深层含义，猜出他在和谁讲电话。

刚才他太过专心，全神贯注于挑选措辞，仔细倾听对方所说的话以及语气，好相应地调整自己的语气。可那样一来，却给了他人悄悄靠近的机会。

诚然，来者是朋友，但也很有可能不是朋友。

作为一名军校生，作为安全局探员，作为总警司，作为重案组领导，然后是整个部门的领导，他必须提高警惕。他专门进行过训练，警醒已经成了他的第二天性，甚至成了本能。

倒不是说他平时总在期待坏事发生。只是警惕心已经成了他身体的一部分，就像他眼珠的颜色，就像他的伤疤，已经成为他DNA的一部分，他人生成果的一部分。

阿尔芒知道，问题在于，他并不是刚刚才放下防备。正好相反，他的警惕心一直保持得很高很强，关键时刻没有被任何东西扰乱。但他却没听见汽车靠近的声音，却没听见鞋底轻轻踩在雪上的声音。

阿尔芒并不胆小，但还是感到一丝忧虑。这一次的结局是良性的，可下次呢？

威胁并不一定都是巨大的，如果是巨大的威胁，就不可能被忽略。致命的几乎总是微不足道的那种，他错过或误解了一个信号、一个盲点，或者是片刻的分心。焦点如此集中，周围的一切都模糊不清。一个错误的设想被误判为事实。

然后……

“你还好吗？”阿尔芒凑过来亲吻莫娜·兰德斯两边脸颊时，她问他。

“我没事。”

她能感觉出他脸颊的冰冷，以及雪花落在上面融化后的潮气。她还能感觉出这男人愉快的外表下正发出紧张的嗡鸣。

他的微笑从眼角牵出深深的皱纹，但棕色的眼眸中却并无笑意。他目光锋利、机警，虽然呈现得很热情，但却十分警觉。

“我很好。”他说。尽管他很不安，但也露出微笑。

两人都明白那句暗语。这指的是他们在三松镇的邻居露丝·扎多，一位天才诗人，国内最著名诗人之一。但她的那份天赋早已被她的疯狂深深掩埋。人们说起露丝·扎多这个名字时，语气中有多少钦佩就有多少恐惧，提起她就像是在召唤一个兼具创造性和毁灭性的魔法生物一般。

露丝的上一本诗集叫《我很好》，乍一听是个不错的书名，但其实“很好”一词代表的是“混乱、不安全、神经质和自负”。

是的，露丝·扎多代表的东西很多，对他们来说，幸运的是她不在场。

莫娜的连指手套从臃肿的膝头滚落下去，落在雪里。阿尔芒弯腰拾起，在大衣上拍了拍才还给她。这时，他意识到自己的手套也丢了，于是他走回车边，发现手套已经几乎被新下的雪掩埋了。

男人从这座很难说能提供多少掩护的农舍里观看着这一切。

他从没见过刚到的这个女人，但已经开始讨厌她了。她大块头、肤色黑，而且是个“女人”，这些元素都无法让他感觉到她的魅力。更糟的是，莫娜·兰德斯还迟到了五分钟，她不但没有抓紧时间进屋道歉，反而站在那里闲聊，仿佛屋内无人等待一般，仿佛他没说清楚见面时间一般。可事实完全相反。

不过她毕竟还是来了，他的恼怒程度稍有减轻。

他紧盯着外面的两个人。这是他玩儿的一个游戏：观察，试着猜测被观察对象的下一步行动。

然而，他几乎每次都是错的。

莫娜和阿尔芒两人从口袋里掏出信。

两相对照，一模一样。

“这事……”莫娜环顾四周，“有点怪，你不觉得吗？”

阿尔芒点点头，循着她的目光看向那破烂不堪的农舍。

“你认识这些人吗？”他问。

“什么人？”

“呃，就是住这儿的人，以前住这儿的人。”

“不认识，你呢？”

“也不认识。他们是谁？我们为什么来这儿？我一点头脑也摸不着。”

“我给这个号码打过电话，”莫娜说，“但无人接听。无法联系上这位劳伦斯·梅西埃。他是一名公证员，你认识他吗？”

“不认识。不过有一件事我是知道的。”

“什么事？”莫娜看得出，她即将听到的事不会让人愉悦。

“他六个月前过世了，癌症。”

“那么……”

她不知该说什么，于是便打住话头朝那栋房子张望，然后又回头看向阿尔芒。她差不多和他一样高，虽然她穿的大衣让她显得很魁梧，不过事实也的确如此。

“你知道给你寄信的人几个月前就死了，但你还是来这里赴约。”她说，“为什么？”

“好奇，”他说，“你呢？”

“我不知道他死了。”

“你觉得事有蹊跷，那你为什么还来？”

“和你一样，好奇。好奇可能发生的最坏结果是什么？”

话说出口后，就连莫娜自己也觉得这么说很愚蠢。

“如果听见管风琴音乐，我们就跑，对不对，阿尔芒？”

他笑了，他当然知道可能发生的最坏结果，他已经经历过几百次了。

莫娜仰头看向农舍的屋顶，几个月的积雪已将它压得开始下沉，有的窗户玻璃碎裂了，有的已完全消失。大片的雪花落在她脸上，坠入她的眼眶，温柔而无情，她眨着眼睛。

“这房子算不上真正的危险，对吧？”她问。

“我感到怀疑。”

“怀疑？”她稍稍睁大眼睛，“你觉得有危险？”

“我认为唯一的危险来自建筑本身，”他冲那沉落的屋顶和倾斜的墙壁点点头，“而非来自屋内的人，不管是谁。”

他们走了过去，他一只脚刚踏上第一级台阶，木板就断裂了。他冲她扬起眉头，她笑起来。

“我怎么觉得这台阶更像是羊角面包做的，都看不出来是腐烂的木头了。”她说着大笑。

“我同意。”

他暂停片刻，看了看台阶，接着看向房屋。

“房子和里面的人，”她说，“你不能确定哪个更危险，对吗？”

“是，”他承认，“我不确定。你想在外面等吗？”

是的，她心想。

“不。”她说完跟着他进了屋。

“主管梅西埃。”男人伸出一只手，走上前来自我介绍。

“你好，”伽马什先走进门，“我是阿尔芒·伽马什。”

他从面前这个男人开始，迅速环顾四周。

他矮个子，肤色微白，四十五岁左右。

他看上去很活跃。

房子里因为断了电停了暖气，空气冰冷陈腐，就像走进了一个步入式冷冻库。

那位公证人穿着外套，阿尔芒看见上面糊满污垢。不过他自己的也一样，在魁北克的冬天，上下汽车时衣服几乎不可能不被尘土和盐弄脏。

但梅西埃的外套不只是脏而已，它是被玷污了，穿旧了。

这男人身上有一种长期以来一直不被重视的气质，就像他的穿着，他整个人也透露着一股陈腐的气息，但那其中又有一种几近傲慢的尊贵气度。

“莫娜·兰德斯。”莫娜上前伸出手。

梅西埃握了一下莫娜的手，接着很快丢开，与其说是握手，不如说只是碰了一下。

伽马什注意到莫娜态度的轻微改变，她已不再恐惧，而是同情地看着主人。

有些人天然就能引发人们的同情，他们不具备防御工具、没有毒刺、不会飞、不会跑，但他们所拥有的能力，却具有同等的力量。

那种能力让他们看起来如此无助，如此悲哀，因此不可能构成威胁。有些人甚至愿意保护他们，养育他们，接纳他们。但这些人几乎都会后悔。

梅西埃是否就是这样的人，现在确定还为时尚早，难以分辨，但他确实立刻就引发了那样的回应，即便观众是经验老到、机敏谨慎的莫娜·兰德斯。

伽马什意识到，就连他自己也未能置身事外。他能感觉出，当这个悲哀的小个子出现在眼前时，他的防御心也降低了，虽然并未完全卸下防备。

伽马什摘下御寒帽，抚平花白的头发，开始打量四周。

和其他农舍一样，这里的外门也直通厨房。里面看起来像是从六十年代，甚至也可能从五十年代就不曾变过的样子。橱柜是三合板做的，刷成矢车菊的鲜蓝色，条案是有缺口的层压板制作，地板则是磨损的油毡。

有价值的东西全都搬走了，不见家电的踪影，墙壁上被清理得干干净净，只有水槽上方还挂着一只薄荷绿的挂钟，指针也早已停滞。

他出了片刻的神，想象这房间曾经的模样。它明亮，虽然不新，但被悉心打扫得干净整洁，人们忙忙碌碌，准备着感恩节或圣诞节大餐；孩子们像小野马一样绕着圈你追我赶，父母则在一旁试图驯服，但最终还是放弃。

他注意到门侧柱上的划痕，那应当是标记身高的。

是的，他想到，这个房间，这个家，曾洋溢着欢笑，充满着幸福。

他又看向主人，那位存在又不存在的公证人。这里曾经是他的家吗？他曾在这里快乐、幸福地生活过吗？若果真如此，现在也已经看不出任何的痕迹了，一切都已被剥落殆尽。

梅西埃走到厨房餐桌旁，邀请他们落座。他们照做了。

“在我们开始之前，我希望你们先签署这个。”

梅西埃将一张纸推到伽马什面前。

阿尔芒向后仰靠，离那文件远远的，说：“在我们开始之前，我想先知道你的身份，以及请我们过来的原因。”

“我也一样。”莫娜说。

“我会适时公布的。”梅西埃说。

这话说得很奇怪，不仅措辞上显得过分正式和过时，还完全驳回了他们的要求。而他们二人并没有非到场不可的理由，所以提出这个要求合情合理。

梅西埃的样貌和措辞都像狄更斯小说中走出来的人物，但并非主人公。伽马什好奇莫娜是否也会有同样的感觉。

这位公证人将一支钢笔放在文件上，见伽马什没有拿笔，便冲他点点头示意。

“听着，”莫娜用她的大手盖住梅西埃的手，感觉到他的肌肉一阵抽搐。“亲爱的，”她用平静、温暖又清晰的声音说，“要么你现在就公布，要么我们走人。恐怕你并不希望看到后一种情况发生吧？”

伽马什将文件推还给那公证人。

莫娜拍拍梅西埃的手，梅西埃凝视着她。

“说吧，”她说，“你是怎么做到死而复生的？”

梅西埃用打量疯子的眼神看着她，接着他很快移开了视线，伽马什和莫娜二人也扭头，循着他的目光看向窗外。

又一辆车停在外面，是一辆皮卡。车上跳下一个年轻人，他的连指手套掉落在雪地里，不过他迅速弯腰将它们捡了起来。

阿尔芒和莫娜交换了眼神。

新来的小伙子戴着一顶长长的红白条纹帽子。帽尾非常长，往后越收越细，最后变成一条绒球尾巴拖在他背上。当他从车上跳下时，那尾巴一直拖到雪地里。

见此情景，小伙子拿起帽尾，把它像围巾一样在脖子上绕一圈，然后甩过肩头。那动作十分潇洒，看得莫娜露出了微笑。

不管来者是谁，他有多么朝气蓬勃，他们的招待者就有多么死气沉沉。

就像苏斯博士[①]与查尔斯·狄更斯会晤。

“戴帽子的猫”即将走进“荒凉山庄”。

先是敲门声，接着他走了进来，他先打量了一番，接着目光落在已站起身的伽马什身上。

“喂，你好，”小伙子快活地说，“是梅西埃先生吗？”

他伸出手，伽马什接住。

“不，我是阿尔芒·伽马什。”

两人握手。小伙子的手结满茧子，非常有力。他紧紧地握住伽马什的手，但给人的感觉很友好，这是充满自信的握手，并不给人以强迫之感。

“本尼迪克特·普略特，你好。希望我没有迟到，桥上交通一团糟。”

---

① 指希奥多·苏斯·盖索（Theodor Seuss Geisel,1904-1991），美国儿童文学家，以苏斯博士为笔名。《戴帽子的猫》就是他的作品。

“这位是梅西埃。”阿尔芒让到一边，介绍公证人。

“你好，先生。”小伙子说着与那公证人握手。

“我是莫娜·兰德斯。”莫娜与他握手时露出微笑，阿尔芒觉得那笑显得有点露骨。

不过看到这样英俊的年轻人，不露出微笑着实很难。倒不是说他有多好笑，相反他十分友善，全无做作之态。他的目光充满关切，眼神明亮。

本尼迪克特摘掉帽子，抚平他的一头金发。莫娜以前从未见过那样的发型，而且希望再也不会看到同样的发型出现在其他人身上。他的顶发剃得极短，双耳处却留得很长，非常长。

“那，”他满怀期待地摩拳擦掌，又或者是因为天气太冷，“我们从哪儿开始？”

三人都看向梅西埃，而梅西埃则继续盯着本尼迪克特。

“在看我的发型对吧？”小伙子说，“我女朋友干的。她的上一个美发师培训课，结业考试题目是创作一个新发型。你们觉得怎么样？”

他伸出双手梳理头发，其余人保持沉默。

“看着很棒。”莫娜的回应让阿尔芒确认了，爱，或者说迷恋，确实是盲目的。

“帽子也是她做的？”阿尔芒指着在桌子角落堆起的一大团红白条纹湿羊绒问。

“对，她上设计课的最终成果。你喜欢吗？”

阿尔芒咕哝一声，希望自己没有透露明确的好恶。

“是你寄的信吗，先生？”本尼迪克特对梅西埃说，“那你是想先带我四处转转，还是说我们先看图纸？这是你们的房子吧？”他问阿尔芒和莫娜，“说实在的，我不确定能否拯救它，情况相当糟。”

伽马什和莫娜对视一眼，都明白他的所指。

"我们不是夫妇，"莫娜笑着说，"和你一样，我们也是受房主梅西埃之邀来的。"

她掏出信，阿尔芒也一样，两人都将信放在桌上。

本尼迪克特弯腰打量，然后站直身子说："我被搞糊涂了。我还以为我是来这儿投标一份工作的。"

他把自己的信放在桌上，除收信人名称和地址外，其余内容和另外两封完全一样。

"你是做什么的？"莫娜问。

本尼迪克特递给她一张名片，鲜红色菱形的名片，上面有一些难以辨认的浮雕文字。

"你女朋友设计的？"莫娜问。

"是。她上过商务课。"

"这是她的成果？"

"对。"

莫娜将名片递给伽马什，后者不得不戴上老花镜，走向窗口迎着光举起卡片，才能依稀辨出上面凹凸的文字。"本尼迪克特·普略特，建筑工，"他大声读完正面的文字，然后翻面，"没留电话号码和电子邮箱。"

"是的，所以扣了分——那叫我来这里是为投标工作吗？"

"不，"梅西埃说，"坐。"

本尼迪克特落座。

与其说他像只小猫，不如说更像小狗，伽马什一边想着，一边在本尼迪克特旁边就座。

"那叫我来干什么？"本尼迪克特问。

"我们也想知道。"莫娜的目光从本尼迪克特身上移走，径直返回公证人那里。

3

“请告知尊姓大名。”

“你知道我的名字，玛丽，”吉恩盖伊说，“我们一起工作好些年了。”

“请回答，先生。”她的声音听起来令人愉悦，但语气坚定。

吉恩盖伊瞪着她，然后看看会议室里另外两名工作人员。

“吉恩盖伊·波伏瓦。”

“职业？”

这下他露出一个邪恶的表情，但她依然盯着他。

“魁北克安全局重案组代理组长。”

“谢谢。”

督察员盯着她面前的笔记本电脑，然后目光重新移回他身上。

“事情与你无关，你听到应该很高兴。”她说完笑了，他却没有。“你的停职处分已经于几个月前结束，但对于伽马什先生的决定和行动，我们仍然感到非常疑惑。”

“原来是说总警司伽马什，”吉恩盖伊说，“你们怎么还有疑问？你们已经问了所有可能的问题，他也都回答过了。这会儿你们肯定已经有定论了吧？都过去快半年了，得了吧，够了。”

他再次看向那些他以为是他同事的人，然后重新看向她，目光中少了敌意，却多了困惑。

“这是做什么？”

吉恩盖伊接受过许多次这类的谈话，从前他总确信自己能掌控局势，因为他知道他们都是站在同一边的。但此刻看到桌子对面凝视他的人，他意识到自己错了。

走进这个房间时，他本以为这不过是一次程序性谈话，是总警司像他一样免罪回岗前的最后一次谈话。氛围也确实融洽，几乎算得上愉快，但也只是在一开始时。

吉恩盖伊确信，他们会通知他上面正在起草一份措辞严厉的声明，解释安全局已执行过严格调查，对于夏季秘密行动最终造成的血腥后果，将声明表示哀悼。

但在最后，对于总警司伽马什所做的超乎常规的大胆决定，他们还是会表示支持的。行动虽然有些失控，但最终取得了成功，他们将坚定不移地支持安全局的队伍。而且重案组领导伊莎贝尔·拉科斯特还将接到一份奖状，因为行动虽然付出了高昂的代价，但也拯救了许多生命。

那就是最后的结局——总警司伽马什将重回岗位，一切回归正常。

但实际上，从夏季就开始的调查直到隆冬之际依然没有结束，这委实让人不安。

“在我们目前正调查的行动中，担任领导的是你的岳父，他做出决定时，你是他的副手，对吧？”督察员问。

“是的，我当时是和总警司伽马什在一起。你们知道的。”

“是。他是你的岳父。”

“他是我的上司。”

“是。他是事情的负责人。我们都知道这一点，督察长，不过感谢你的说明。”

其余人都同情地点头，明白吉恩盖伊目前陷入的微妙处境。

吉恩盖伊有些惊讶地意识到，他们是在暗示他远离伽马什。

倒不如要他断手断脚来得容易。他的处境一点都不微妙，事实上，他的立场无比坚定，他支持伽马什。

但在他身体深处，却涌起一股恶心想吐的感觉。

“我们两个都没有罪，老兄，”几个月前，不可避免的调查开始时，伽马什曾说过，“你心里清楚。只不过经过这一番调查，有些问题需要弄清楚，没什么可担忧的。”

岳父说的是他们无罪，但他没说他们无辜，他们当然不无辜。

吉恩盖伊·波伏瓦的问题后来澄清了，而且他还成了重案组行动部的部长。

但总警司伽马什依然处于停职状态，尽管吉恩盖伊对于即将迎来的结局很有信心。

“最后再谈一次，”早上给儿子喂食时，他这样对妻子说，“你父亲的问题就解决了。”

“嗯哼。”安妮说。

“怎么？”

他非常了解妻子，她虽然是个律师，但生性平和，而且他能分辨得出她心里怀疑的是什么。

“我只是担心，拖得太久会变成政治问题，他们需要一个替死鬼。而且老爸经手了一吨重的阿片类药物，当然他本可以阻止那些毒品的。他们必须找个人承担责任。”

“但他追回了绝大部分药物。而且他没有选择，真的没有。”他起身亲吻她，“况且也没有一吨那么多。”

奥诺雷掀飞的一团燕麦片落在吉恩盖伊的脸颊上，然后掉在安妮的头顶。

吉恩盖伊将那团黏糊糊的东西从她头发上拾起，看一眼，然后丢进嘴里吃掉。

“你应该装成一只大猩猩。”安妮说。

吉恩盖伊开始在她头皮上搜寻，模仿大猩猩为配偶梳毛的动作，逗得安妮乐不可支，这时奥诺雷又掀飞了更多燕麦片。

吉恩盖伊知道，不管在任何地方，安妮永远都不可能是其中最漂亮的女人，陌生人不会多看她一眼。但如果有人多看她一眼，那他便能发现吉恩盖伊用了多年时间，经历了一次失败的婚姻才发现幸福是多么美妙的一件事啊，而安妮·伽马什整个人就散发着幸福的光芒。

他确信，她不仅仅是世界上最有智慧的人，还将是最漂亮的。任何人看不出这一点，都将是他们的损失。

他抱起奥诺雷走到门口。

“祝你们今天过得开心。”他说着分别亲吻两人。

“等一下。”安妮说。

她摘掉吉恩盖伊的围裙，擦擦他的脸说：“小心，我感觉搞不好你会左右为难。”

“深陷粪坑？”吉恩盖伊摇摇头，“不会。最后一次会谈了，我想他们只是为了走个程序，表明已做过彻底的调查。不过你得相信我，事实也确实如此，衡量这些事实之后，他们会感谢你父亲的所作所为。他们会理解的，他当时的选择不多，他只是做了不得不做的事。”

“拜托，别在孩子面前说脏话。你不想听到他第一次张口就说脏话吧，”她说，“我同意你的说法，爸爸当时没有选择。但他们可能不以为然。”

“那他们就是瞎了。”

“他们也是人，”安妮接过奥诺雷，“是人就需要藏身处。我想他们希望躲在背后，打算让爸爸去对付那些危险人物。”

吉恩盖伊步伐轻快地走向地铁，他知道这将是最后一次内务谈话，之后一切都将恢复正常。

他低头看路，集中注意力走在人行道上掩盖着冰层的松软轻盈的雪花上。

一步踏错便会招致厄运——扭伤脚踝，或者试图阻止摔倒而折断手腕，甚至摔碎颅骨。

伤害你的往往都是看不见的东西。

而此刻，吉恩盖伊·波伏瓦坐在会谈室里，心中不免感到疑惑，安妮是不是说对了？是不是有什么事情他疏忽了？

4

“你是谁？”伽马什凑上前去，盯着桌边首座上的男人问道。

“我们已经知道了，先生。”本尼迪克特说。他说话慢悠悠的，很有耐心。莫娜不得不低下头掩饰笑意。

“他是一位公证人。”年轻人只差拍着阿尔芒的手安抚。

“是，谢谢，”阿尔芒说，“我当然知道。但劳伦斯·梅西埃六个月前就逝世了，所以你是谁？”

“那上面有说明，”梅西埃指着一个难以辨认的签名说，“卢西恩·梅西埃。劳伦斯是家父。”

“你是公证人？”

“是，我继承了父亲的职业。”

伽马什知道，在魁北克，公证人的职责更接近律师，而非文员。从土地交易到婚姻契约都是他们的业务范围。

“那你为什么用他的信笺纸？”莫娜问，“这会误导人。”

“出于节俭和环保的考虑，我痛恨浪费。我在处理父亲的业务时，会用他的信笺抬头，以减轻主顾的疑惑。”

“难说。”莫娜咕哝道。

卢西恩从公文包掏出四个文件夹，发给他们人手一份，说道：“请你们来是因为，你们的名字出现在柏莎·鲍姆加特纳的遗嘱上。”

三人沉默地理解这句话的含义，接着本尼迪克特说：“真的吗？”与此同时，阿尔芒和莫娜则问：“谁？”

“柏莎·鲍姆加特纳。”公证人重复一遍，见两人仍旧盯着他，于是他又说了第三遍。

“我从没听说过这个人，”莫娜问，“你呢？”

阿尔芒思忖片刻。他认识的人很多，他相当确信自己记得那名字，但他脑中一片空白，想不起这个人的蛛丝马迹。

阿尔芒和莫娜转身看向本尼迪克特，只见他英俊的脸庞上也写满好奇，此外别无其他情绪。

“你认识吗？”莫娜催促，他摇摇头。

“她有钱给我们？”本尼迪克特问。

他的语气中没有贪婪，伽马什想到更多的是惊异，对，可能还有些希冀。

“没有。”梅西埃高兴地回答，但看见那年轻人全无失望之意，他又感到不快起来。

“那叫我们来干什么？”莫娜问。

“你们是她财产的清盘人。”

“什么？”莫娜说，“你开玩笑吧？”

“清盘人？什么意思？”本尼迪克特问。

“更常见的说法是‘遗嘱执行人’。”梅西埃解释。

本尼迪克特依然一脸困惑，阿尔芒解释说："就是说，柏莎·鲍姆加特纳希望我们来监督她遗嘱的执行，确保她的意愿得到实施。"

"这么说她去世了？"本尼迪克特问。

阿尔芒刚想说是的，那是明摆着的。但这一天发生的事却证实，"死"并非明摆着的事，所以或许鲍姆加特纳女士……

他转头向公证人求证。

"是，她在一个多月前过世了。"

"她生前一直住在这里？"莫娜抬头看看下垂的天花板，计算着如果它塌下来，逃到门口得花多长时间，或者她可以直接从窗口跳出去。

刚刚下了雪，再加上她把自己全副武装得像头只露出牙齿的熊，也许她能松软着陆。

"不，她住在养老院。"梅西埃说。

"那么我们需要履行的是类似陪审义务？"本尼迪克特问。

"什么？"公证人问。

"你知道，就是陪审席上刚好出现你的名字。这是我们的公民义务，去做……你刚才怎么说的来着？"

"清盘人，"梅西埃说，"不是，跟陪审义务完全无关。她特别挑选了你们。"

"为什么是我们？"阿尔芒问，"我们都不认识她。"

"我也不知道，遗憾的是，我们已无法向她提问。"梅西埃虽然这么说，但他的表情完全看不出遗憾。

"你父亲没有任何表示？"莫娜问。

"他从不谈论他的客户。"

伽马什低头看着面前的一沓文件，注意到第一页左上角有一个红色印章。他很熟悉遗嘱，年近六十的人不可能没读过遗嘱，伽马

在得不到回音的情况下，她拿着这信去找朋友兼邻居的克拉拉·莫洛和加布里·迪博，并同他们在法式小馆一起用了午餐。

克拉拉和加布里在讨论雪雕主题、曲棍球锦标赛、绒线帽评判标准，以及即将举行的冬季狂欢节茶点，莫娜却开始走神。

“哈喽，”加布里说，“你在听吗？”

“哈？”

“我们需要你的帮助，”克拉拉说，“关于村子广场上举行的雪鞋健走赛，走一圈还是两圈呢？”

“八岁以下儿童一圈，”莫娜说，“十二岁以下儿童一圈半，其余的两圈。”

“你倒是态度果决，”加布里说，“好了，现在讨论打雪仗的队伍……”

莫娜又开始走神。她模模糊糊地注意到加布里站起身往小馆两头的开放式火炉里各加了些木头，期间又有村民从严寒的户外走进来，一边跺脚一边揉搓冻僵的手，加布里适时地停下来与之交谈。

“我有东西要给你们看。”莫娜趁加布里与客人寒暄之际，小声对加布里说。

“怎么神神秘秘的？”克拉拉也降低声音，“见不得人吗？”

“当然不是。”

“当然？”克拉拉扬起眉头说，“我对你的‘当然’可再熟悉不过了。”

莫娜笑起来，克拉拉确实了解她，可她也再了解克拉拉不过了。

克拉拉有一头蓬松棕发，像是有些震惊的样子。她看上去有些像用旧的人造卫星，这也刚好解释了她的艺术风格。

克拉拉·莫洛的画作超脱凡俗，同时也异常深刻地反映了人性。

她的画表面看来是肖像画，但仅限于表面。画面中美丽的躯体

伸展开来，有时垂落下来，横亘在伤口上方、庆典上方，或是横亘在失去的裂口和喜悦的急流上方。她描绘平静与绝望，将它们都融合在一幅肖像之中。

克拉拉用画笔、帆布和油彩，捕捉到她所描绘的主题，但同时也释放了它们。

她还设法在自己身上作画，在她的脸颊上、头发中、指甲上。她本身就是一幅不断进展的作品。

“我晚点再给你看。”加布里返回餐桌时，莫娜说。

“这么遮遮掩掩的，最好是肮脏的秘密。”克拉拉说。

“肮脏？”加布里说，“快说。”

“莫娜认为，成年人应该裸体参加雪鞋健走赛。”

“裸体？”加布里看着莫娜说，“倒不是我假正经，可孩子们……”

莫娜说：“我根本没说过，克拉拉胡编乱造。”

“当然，我们可以趁晚上孩子们睡着后举办，”加布里说，“在村子广场周围点上火把，能行的，我们一定能破纪录。”

莫娜瞪着克拉拉。冬季狂欢节的主席加布里当真了。

“或者可以不用裸体，因为……”加布里环顾小酒馆里拥挤的顾客，想象着他们不穿衣服的样子，“或许他们必须穿泳衣。”

克拉拉皱起眉头，不是反对，而是因为惊讶。这其实不是个坏点子，尤其是考虑到，在魁北克漫长黑暗的冬季，酒馆里的谈话大部分都围绕着阳光展开，比如躺在哪里的海滩上晒得身体发烫。

“我们就管这个项目叫逃往加勒比。”她说。

莫娜叹了口气。

露丝·扎多越过酒馆的人群时看见了这一幕，她认为那轻蔑的表情是冲她而来的。

于是她回瞪过去。

莫娜瞧在眼里，想到大自然的不公，这位老诗人虽然干瘪了，却并未增长智慧。

不过她还是拥有聪明才智的，如果你能透过她因为苏格兰威士忌而醉醺醺的外表看见。

露丝继续吃她的午餐——酒和薯片。她的笔记本放在桌上，磨损的纸页间没有诗句，也没透露原因，但却阻止了她喉咙里的哽咽。

她看看窗外，然后写道：

孩子们清澈的哭声刺破天空

利如薄冰……

沙发上，坐在露丝身边的“鸭子”罗莎叫着：“嘎，嘎，嘎。”也可能是在说：“呀，呀，呀”。不过把“呀”挂在嘴边显得很傻气。了解罗莎的人都觉得她咕哝的更可能是“嘎”。

罗莎伸长脖子凑过去，轻轻地从碗里拿出一枚薯片，露丝则看着孩子们乘坐平底雪橇从小礼拜堂向下一直滑到村子广场上。她写道：

或者在那座雪花拍打的乡村教堂，

终于跪下身来祈祷

为我们无法拥有的事物。

午餐来了。克拉拉和莫娜点的都是大比目鱼，配芥菜籽、咖喱叶和烤土豆。至于加布里，他的伴侣奥利维尔则为他制作了松鸡配烤无花果和花椰菜浓汤。

“我打算邀请总理，”加布里说，“他可以为狂欢节致开幕词。”

他每年都邀请贾斯汀·特鲁多，但从未得到过回音。

“或许他也能参加比赛？”克拉拉说。

加布里睁大眼睛，但他脑子里想着贾斯汀·特鲁多绕着村子广场赛跑，只穿一件速比涛泳裤。

从这里开始，谈话就没了方向。

莫娜无心交谈，也无法思考，不过她还是暂停片刻去想象特鲁多穿速比涛的画面，然后又想起叠放在口袋里的那封信。

如果她不去会发生什么?

阳光将外面的积雪映照成粉红色和蓝色。她能听到孩子们的尖叫，伴随着平底雪橇冲下山坡，他们的叫声中混合着欢乐和恐惧，令人沉醉。

感觉充满田园风情。

但是，如果发生意外，或者命运使然，遇上乌云滚滚，疾风吹成暴风雪，他们被困在离家万里的地方，那所有的运气都丧失殆尽了。

魁北克的冬天如此欢乐和宁静，它能点燃你的激情，也能将之扼杀，每年冬天都是如此。秋季里活蹦乱跳的男女老少，没见着暴风雪的来临，就永远也见不到春天。

在乡下，冬天是一个杀手，绚丽、辉煌、明亮。

头上有白发、脸上有皱纹的魁北克人只要能赴约，那他们的智慧、理智和谨慎就足够保证他们回家，然后他们坐在舒服的火炉边，端一杯热巧克力或一杯红酒，捧一本书，观看风雪肆虐。

很少有比暴风雪时节还出门在外更恐怖的事，也很少有比待在家里更舒服的事了。

莫娜经历过这样丰富的人生，所以她知道，此事的结局要么安全无虞，要么便令人遗憾。

加布里和克拉拉在一旁讨论全包式度假村、其他度假村和游轮旅游的优点，莫娜却在惦记那封信，并决定将一切都交给命运。

如果下雪，她就待在家，如果天晴，她就赴约。

而现在，莫娜坐在这间年久失修的厨房，与一位不正常的公证人和一位古怪的年轻建筑工一起，坐在年久失修的餐桌旁，看着窗外越来越大的雪，她想到——该死的命运，又愚弄了我。

“莫娜说得对，”阿尔芒伸出大手放在遗嘱上，“即便接受委托，我们也需要时间决定。”他转身问另外两人，“你们意下如何？”

“我们能先把这东西读一遍，”本尼迪克特拍拍遗嘱，“然后再决定吗？”

“不行。”公证人说。

莫娜站起身，说：“我想，我们应该私下里谈谈。”

阿尔芒绕着桌子走了几步，然后走到依然坐着没动的本尼迪克特身旁，弯腰小声说：“欢迎加入我们。”

“好啊，好。是个好主意。”

5

伽马什在从厨房走向餐厅的途中，停下来看了看门框和上面的痕迹。

他弯腰凑近些，注意到线痕旁刻有浅浅的名字。

门柱上刻着安东尼，由下向上是三岁、四岁、五岁等字样。

卡洛琳，三岁、四岁、五岁……

然后还有雨果，三岁、四岁、五岁等。不过他的身高标记线要密集一些，就像有些长得并不是很快或很高的老橡树的年轮一样。

雨果的身高远远落后于同龄时期的哥哥姐姐，不过特别的是，在他的名字旁边，每条浅痕上都有一张贴纸，分别是一匹马、一只狗、一只泰迪熊。这样一来，小雨果虽然不是最高的，但却是最与众不同的。

阿尔芒回望厨房，里面的墙壁已剥光，空荡的餐厅里，墙纸因为潮气而满是污渍。

这里发生过什么？他好奇。

鲍姆加特纳女士的人生发生了什么，才导致她不得不选择陌生人来监督她遗嘱的执行？安东尼、卡洛琳和雨果去了哪儿？

“屋顶漏雨，”本尼迪克特伸出大手触摸餐厅墙壁上的一块污渍，“水分渗入墙壁。看看这些地板，真遗憾，已经开始腐化了。”

确实如此，旧松木地板已开始翘曲。

本尼迪克特四处转悠检查这个房间，并抬头打量天花板。

他拉开了冬装的拉链，里面是一件毛衫，绒毛和密织材质相间，有一部分看起来像是钢丝绒面料。

莫娜不相信那样的衣服穿着会舒服，不过她知道那一定是他女朋友做的。

他一定爱她，莫娜想，很爱。她也爱他，她所创作的一切都是为了他。但这件毛衣看上去真的很糟，这个事实在莫娜的脑海中挥之不去。当然，除非她是故意这么做的，不仅要让他看着傻里傻气，还要对他造成实际的痛苦，因为钢丝绒会摩擦甚至挠伤里面的年轻肉体。

她要么深爱本尼迪克特，要么就是轻视他，而且程度不轻。

而本尼迪克特要么是看不出来，要么就是被痛苦和虐待所吸引，有的人就喜欢那样。

“那么，”莫娜说，“你们想当清盘人吗？”

“涉及什么内容？”本尼迪克特问，“我们的职责有哪些？”

“如果遗嘱内容简单，那职责就不多，”阿尔芒说，“只需要确保支付税务和账单，遗产归入应得之人手中，然后处理掉这处地产，那位公证人会帮忙的。清盘人一般都是家人和朋友担任，都是值得信赖的人。”

三人互相打量，他们都不是柏莎·鲍姆加特纳的亲友，但却来到了此处。

阿尔芒环顾四周，想找到一张照片，残留在潮湿墙壁上或落在地上的都行，那样一来他们就能知道这位柏莎·鲍姆加特纳是谁，但他一无所获。这里只有门上留下的污痕，还有马、狗和泰迪熊的贴纸。

“听起来倒不坏。”本尼迪克特说。

“前提条件是遗嘱很简单，”阿尔芒说，“如果复杂，可能要花很长一段时间。”

“好几天？”本尼迪克特问，见无人回答，他又问，“几周？几个月？”

“几年，”阿尔芒说，“有些遗嘱需要好几年时间才能处理完，尤其是在继承人之间有争论的情况下。”

“他们往往都有争论，”莫娜转完一圈，“因为贪婪。不过看样子他们已经把这房子清空了，我想还需要分割的东西应该不多。”

站在她身旁的阿尔芒低沉地咕哝了一声。

她看着他点点头，说：“我知道。我们看着不多，但对资产不多的人来说，能多一点东西都是一笔巨大的财富。”

阿尔芒依旧保持沉默。

那并非他思考的内容。一份遗嘱，一处地产，涉及的东西可能不只是钱、财产这么简单。继承最多的人会被认为最受宠爱，那是另一种形式的贪婪，另一种形式的需求。

遗嘱有时会被用作最后的侮辱，亡魂发出的最后凌辱。

“那我们有报酬吗？”本尼迪克特问。

“可能会有一点，不过这种工作一般都是帮忙。”阿尔芒说。

本尼迪克特点点头，说：“那我们怎么能知道这份遗嘱是否简单？”

“只有亲自阅读才能定论。”莫娜说。

“可不做决定，我们又不能阅读遗嘱。”本尼迪克特指出。

“活像第二十二条军规，”伽马什看着小伙子茫然的脸说，“我想，我们必须预估最坏的结果，然后决定是否接受。”

“那如果我们拒不接受呢？”莫娜问，“会发生什么？”

“法庭会指派其他清盘人。”

“但她想委托我们，”本尼迪克特说，“我想知道原因，她一定有原因。”说完后他陷入深思，他们几乎能听见他脑袋里齿轮运转发出的嘎吱声。终于，他摇了摇头，“不，我想不出会是什么原因。你们俩互相认识对吗？”

“我们是邻居，”莫娜说，“住同一个镇子，有二十分钟车程远的距离。”

“我和女朋友住蒙特利尔，以前从没来过这边，或许她想委托的是另一位本尼迪克特·普略特。”

“你住蒙特利尔的泰伦街吧？”阿尔芒问，见小伙子点头，他又说，“那她找的就是你。”

本尼迪克特睁大眼睛看着阿尔芒，仿佛这才第一次看见他。他抬起一只手，举到自己的太阳穴位置，用一根指头指了指，说：“看起来很可怕。出了什么事？车祸？”

阿尔芒扬手抚摸太阳穴上的疤痕，说道：“不是，受过一次伤。”

不止一次，莫娜想，但她没说出来。

“很久前的事了，”阿尔芒安抚这个年轻人说，“现在没事了。”

“一定疼得厉害。”

“确实，不过我想其余人伤得更狠。”

莫娜心想，他显然不知道阿尔芒的身份。同时她看见阿尔芒也无意说明。

“不管怎样，我们应该做决定了，”她说着走到窗口，“雪越下越大。”

“你说得对，”阿尔芒说，“我们得尽快离开。那我们是接受还是拒绝？”

“你呢？”莫娜问他。

他已经有了答案，从那位公证人解释邀请他们的理由时就有了。

“我不知道鲍姆加特纳女士为什么选择我们，但既然她选了，我没有任何拒绝的理由，我接受。另外，”他对莫娜微笑，“我很好奇。”

“你接受。”她说完看看本尼迪克特，“那你呢？”

“你说得用好几年？”他问。

“最坏的情况下，”伽马什说，“是的。”

“所以可能要耗费好几年时间，而且没有报酬，”本尼迪克特一番概括，“噢，管他的，我接受，再坏能坏到哪儿去？”

莫娜看着这个英俊的年轻人，看着他吓人的发型和钢丝绒毛衣。她想，他连这些都能忍受，那他也能容忍烦人的陌生人为了一点点钱而大打出手。

“你呢？”阿尔芒问莫娜。

“哦，我也接受。”她笑着说。就在这时，风吹得房屋摇晃起来，窗户一阵抖动，发出咔哒咔哒的声音。先是嘎吱一声，接着传来一声尖利的爆裂声。

莫娜的恐慌感开始高涨，并很快刺穿了她。他们在这栋房子里并不安全，但外面也一样危险。

而且他们还得开车回三松镇。

“我们得离开。”

她快速返回厨房往窗外看，只见她的车此刻已被翻卷的雪花遮掩，几乎快要看不见了。

“我们接受，”她对卢西恩说，“但现在我们要离开了。”

“什么？”卢西恩站起身。

“我们要离开了，”阿尔芒说，“你也应该走。你公司在哪儿？”

“舍布鲁克。”

去那里至少得开一小时车。

进屋时他们都没脱外套和靴子，此刻都抓起手套和帽子，往后门走。

“等等，”卢西恩又坐下，“我们必须阅读遗嘱。鲍姆加特纳女士规定这件事必须在这里进行。”

“可鲍姆加特纳女士去世了，”莫娜说，“我还想活着过完今天。”

她将御寒帽戴上，跟随本尼迪克特走出房子。

“好了，先生，”阿尔芒说，“我们要走了，你也该离开了。”

积雪已经深齐膝盖，本尼迪克特和莫娜费劲地在雪地里跋涉，小伙子从雪堆里拉出一把铁铲，开始帮她刨车。

卢西恩靠在椅背上，交抱双臂。

“起来。”阿尔芒说，但那公证人一动也不动，于是阿尔芒抓住他的胳膊，拉着他站起身。

“把衣服穿上。”他命令道。卢西恩被他吓了一跳，愣了片刻，然后开始照做。

阿尔芒看了一眼自己的手机，没有信号，暴雪切断了一切。

他看看外面的暴风雪，然后环顾正不断发出嘎吱声，摇摇晃晃的房子。

他们必须离开。

他将文件塞进公文包，递给公证人，说："赶紧。"

伽马什推开门，雪砸在他脸上，令他无法呼吸。他闭上眼睛躲闪那几乎让他失明的雪籽。

咆哮声，撞击声，还有各种狂暴的动静，在他们身上、头顶上炸裂开来，震耳欲聋。世界像是被撕开了，而他们正身处其中。

雪厚厚地涂在伽马什的脸上，他扭头看见本尼迪克特正在迅速地铲雪，奋力想把莫娜的车从雪堆里挖出来，但他刚挖出一部分，风又推着雪花将其掩盖。

天地间唯一不是白色的，只有本尼迪克特的帽子，长长的红色条纹帽尾看起来就像印在雪地里的血痕一般。

而莫娜在用双手擦拭挡风玻璃上的雪。

本尼迪克特停在空地上的皮卡已经被雪掩盖，而公证人的轿车已经完全消失无踪了。

阿尔芒赶到两人旁边时，感觉雪已经灌进了他的靴子和领口，吹进了他的袖口，飘进了他的御寒帽里，他感到凉飕飕的。

莫娜试图拉开车门，但风卷着雪花将门抵得死死的。

"雪太深，"阿尔芒在莫娜耳畔喊道，"放弃吧。"接着他艰难地跋涉到车后，抓住本尼迪克特的胳膊，打断他铲雪的动作，"就算把大家的车都挖出来，路况也太糟。我们应该坐一辆车，你的皮卡最有胜算。"

本尼迪克特回头看看自己的车，又看看阿尔芒。

"有什么问题？"阿尔芒喊道，他感觉有"问题"存在。

"我没有雪地轮胎。"

“你没有……”他话没说完就停了下来，事情已经发生，再责怪谁都无济于事。“好的。”他扭头看向莫娜和卢西恩，“我的车得到了一点庇护，莫娜的车当了防风墙，或许能把我的车刨出来。”

“但我得回舍布鲁克。”卢西恩抬手指向自己的车，但那里看起来不过是院子里的另一个白色团块而已。

“你会回去的，”莫娜大喊，“只是今天不行。”

“但……”

“挖。”莫娜冲阿尔芒的沃尔沃挥手。

“用什么挖？”

阿尔芒指着卢西恩的公文包。

“不行。”那公证人说着将包紧紧抱在胸前，就像抱着一只泰迪熊一样。

“好吧。”莫娜说。

她一把拽走公文包就开始忙碌，用它推开车门外的积雪。与此同时，本尼迪克特挥动铁铲，阿尔芒从房子前门的台阶上扯下几块木板，将它们推到后轮下，用靴子将木板稳固地踢放到位。

卢西恩呆站在那里。

他们终于设法打开了车门。

莫娜几乎是将公证人撞进后座，然后自己也跟着钻了进去。

“你开，”本尼迪克特指着驾驶席，冲阿尔芒喊道，“我来推。”

“不行，车子一旦开动就不能再停，一停就会再次陷进去，不管谁去推，最后都无法上车。”

本尼迪克特停顿片刻。

老天爷，阿尔芒想，他竟然真的在思考。

“上车。”他下令。

小伙子盯着他，依然无法决定。

“能行的。”伽马什的态度温柔了些。这时雪在他们周围再次开始堆积，宝贵的时间一分一秒地流逝。“上车。”

本尼迪克特去拉驾驶席的门，但阿尔芒拦住他。

“上那边。”他指着副驾座笑着说。

莫娜再次检查自己的安全带，然后闭上眼睛深呼吸，心里默默祈祷。

伽马什开始倒车，缓慢又轻盈地踩下油门。

轮胎延迟了一下才奋力爬上木板。

它们咬住劲，爬了几厘米，钻出冰雪，攀上木板。

现在有了抓地力，车子开始移动。一厘米，六厘米，三十厘米。

本尼迪克特呼了口气，莫娜也呼了口气，那公证人已经有些换气过度了。

接着，阿尔芒挂上挡，轻轻转动方向盘，掉头开上松林间的车道。

“哦，该死的。”本尼迪克特说。

莫娜朝前排两个座椅之间的空间探身，看见了他的所见。

一堵雪墙挡住了他们的出路，雪堆得太高，连那边的路面都看不见。

“没关系，”伽马什说，“说明铲雪车来过，是好事。”

“好事？”本尼迪克特问。

“看看它干的好事，”公证人这时发出声音来，不过他的音色高得不自然，还带着气音，听上去好像不是他的声音，“我们可没法钻出去。”

铲雪车铲的雪挡住了车道入口，造起一座屏障。他们无法分辨它有多厚，压得多紧实，以及那头有什么。

但他们别无选择，只有一个办法。

“抓紧。”阿尔芒说着踩下油门。

“你确定？”本尼迪克特问。

车子径直朝雪墙开去。

“该死。”莫娜说着绷紧身体。

接着他们撞了上去。

雪墙爆开，拍在挡风玻璃上，挡住了他们的视野，车子先是剧烈地向左斜，接着向右。

这时，让本尼迪克特恐惧的是，阿尔芒竟然向后靠在了椅背上。

“快踩刹车！”本尼迪克特大喊。

他伸手去抓方向盘，但手腕却被阿尔芒紧紧握住，连连退缩。

雪块从玻璃上滑落，他们看见森林、树木、树干直朝他们而来。

本尼迪克特倒抽一口气，双手按在仪表盘上，与此同时阿尔芒则紧盯前方。接着，就在看似已经太迟的时刻，他轻轻踩下刹车。

车子慢下来，然后停住，车鼻子刚刚碰到路那头的雪堤。

车厢里陷入寂静，接着大家都长长地呼了一口气。

他们横在路中央，把路挡死了。阿尔芒迅速左右查看，确认是否有车子过来，但道路上一片空荡。

车厢里传来一阵轻浮的笑声。

“真要命。”莫娜叹息。

阿尔芒开始倒车，将车头调整到回家的方向，接着他装上警示闪灯，下车查看车身损坏状况。

“真要命，刚才怎么回事？”本尼迪克特快速绕过车子，走到阿尔芒对面问道，“你放弃了，你差点杀死我们。”

阿尔芒双手指着汽车。

“好家伙，”本尼迪克特大喊，“撞上好运了。”

“确实是好运。”要是刚好有一辆车开过来，或者铲雪车回来……

“你都呆住了，”本尼迪克特大喊，这时阿尔芒开始刨汽车格栅上的雪，“我都看见了。”

“我做的事和你看到的截然不同。有时候，我们最应该做的事情就是什么也不做。”

“你在说什么？”

雪拍在本尼迪克特周身，他紧握拳头，瞪着伽马什。

“你想知道我为什么那么做？”

“你是惊慌失措。”

“没人教过你怎么在雪地里开车吗？”伽马什冲着暴风雪大喊。

“我能比你做得更好。”

“那你可以给我上一课，但不是今天。”

他们返回车内，伽马什挂上挡。

“还有，”他眼睛盯着路况说，“我只是让你知道，我从不放弃。”

“我们去哪儿？”卢西恩在后座上问。

“回家。”莫娜说。

6

“我们到了吗？”公证人问。这是第二次了。

“是。”

“真的？”

答案出乎意料，让他说不出话来。于是他用袖子擦干车窗玻璃上凝结的水汽向外张望，但外面空无一物。

这时雪花短暂地改变了飞扬方向，在那短短的一瞬间，透过风雪中的一道裂口，他看见一座房屋，一个家。

房屋是用粗石建造的，里面还有温柔的灯光从竖窗透出。

接着就消失了，风雪吞没了一切。这一幕如此短暂，卢西恩不禁怀疑，是不是绝望和想象为他创造了这样一座童话般的小屋。

“你确定？”他问。

“相当确定。”

不到一个小时，阿尔芒、莫娜和本尼迪克特都洗了澡，换上了干净的干衣服，只有卢西恩拒绝了一切。

他们坐在厨房的松木长桌旁，房间最远端的柴炉迸发出热量，火炉两边的窗框上都堆满了雪，很难看见外面的情况。

本尼迪克特穿着借来的T恤、毛衫和便裤，已经平静下来的他环顾四周，热水澡和即将呈上的食物让他得到了满足。

尽管外面风雪大作，但房子没有颤抖，窗户也没有发出咔哒咔哒的声音。它造得很坚固，而且维护得很好。他判断，它应该有超过一百年，甚至两百年的历史。

他怀疑，即便他努力尝试，再怎么尝试，都不可能造出如此坚固的一个家。

他看向房间的另一头，伽马什夫人正在盛汤，阿尔芒在一旁切面包。两人偶有交谈，身体的碰触自然又亲密。

本尼迪克特怀疑，即便他努力尝试，再怎么尝试，都不可能打造如此牢靠的一段关系。

他抓抓胸口，皱起了脸。

几分钟前，阿尔芒站在热水下冲澡时问蕾娜玛丽：“你听过柏莎·鲍姆加特纳这个名字吗？”

“不是卡通片里的角色吗？”蕾娜玛丽说，“不，那是达格伍德。

是漫画《杜恩斯伯里》中的女恶棍吗？”

他关掉喷头走出浴室，接过她递来的毛巾。

“谢谢。”他一边擦干头发，一边忍俊不禁地看着她，结果却看到她一脸严肃的表情。“不，大概是哪个邻居。”

他穿上灯芯绒长裤，换上干净的衬衫和毛衣，告诉她自己被叫去那座偏远农舍的原因。

“财产清盘人？可你不认识她啊。阿尔芒，她为什么选择你？”

“我也不知道。”

“莫娜也不认识她？”

“那个叫本尼迪克特的小伙子也不认识。”

“这该如何解释？”她问。

“无法解释。”

“呵。”蕾娜玛丽说。

在众人喝汤，吃三明治，喝啤酒的工夫，蕾娜玛丽离开餐桌，端着自己的午餐去了客厅。

她走到火炉旁，在小母狗格蕾西旁边落座，看着火焰重复念叨：“柏莎·鲍姆加特纳、柏莎·鲍姆加特纳……”

但她还是无法产生任何联系。

“好了，”卢西恩推了推鼻梁上的眼镜说，“你们都同意担任柏莎·鲍姆加特纳地产的清盘人，没错吧？”

本尼迪克特嘴里塞满烤牛肉三明治，说的“是”听起来像是沉闷的狗叫。

躺在阿尔芒脚下的公狗亨利支起耳朵，尾巴轻轻摇晃。

“是这样，没错。”莫娜用了和公证人一样的语气，不过后者似乎并未注意到。

她捧着暖暖的豌豆汤向后靠，椅子吱吱作响。她想喝啤酒，但是暖汤太抚慰人心了，她不肯放手。

阿尔芒在回来的路上将她送到小酒馆门口，她的书店被大雪封了门，所以她洗了热水澡，换了衣服就来了这边。

克拉拉抱住莫娜说：“我们担心得不得了。”

“我没担心，”加布里虽然这么说，但也把她抱得紧紧的，“你还好吗？你看上去糟透了。”

“还凑合。”

“你去哪儿了？”奥利维尔问。

莫娜找不到不告诉他们的理由。

“柏莎·鲍姆加特纳？”加布里说，“柏莎·鲍姆加特纳？真的吗？这里还有叫柏莎·鲍姆加特纳的人，她是谁？”

“你们不认识？”莫娜问。加布里和奥利维尔认识镇上的每一个人。

“你不认识？”克拉拉跟着她走到连接酒馆和书店的门口。

“完全不认识。”她停下脚步，看着他们震惊的脸。

“你说阿尔芒也被委托成为清盘人？”奥利维尔问，“那他一定认识她。”

“不，我们都不认识，甚至连公证人也不认识。”

“她就住在道路前面？”克拉拉问。

“离这里大概有二十分钟的车程。你确定没听过这个名字？”

“柏莎·鲍姆加特纳……”加布里又念了一遍，显然是在享受这个名字的发音。

“你敢用试试看。”奥利维尔说完对克拉拉和莫娜解释，“他一直在寻找一个新的名字，好在给特鲁多总理的狂欢节邀请信上签名。我们猜测写着加布里·迪博名字的信已经进了‘直接丢进垃圾桶’

的清单。”

“我给他写过好几封信了，”加布里坦诚地说，“还寄过两张照片。”

“还有呢？”奥利维尔说。

“一绺头发，不过我辩解说是奥利维尔的头发。”

“什么？你这个浑蛋。”奥利维尔摸摸脑袋，他已经开始脱发，每一绺金发都无比宝贵。

二十分钟后，莫娜换了一身温暖的干净衣服从阁楼下来，发现加布里和奥利维尔在外面清理道路。

“他们不是在挖露丝吧？”莫娜对克拉拉说。

这句话说得简直就像他们要释放古希腊传说中的吐火怪，这事做起来可不简单，而且一旦把它放出来，就很难再关回去。

“恐怕是的，还要喂她。他们拿了一个苏格兰威士忌酒瓶，里面灌了汤，希望她不会发现两者的区别。”

“露丝可能认不出，但罗莎肯定会发现。”

鸭子罗莎眼光敏锐。

“你去哪儿？”克拉拉跟着她走到门口问。

“去阿尔芒家，我们要去读遗嘱。”

“我能去吗？”

“你想去？”

“是，我想要走进暴风雪中，而不是坐在火炉边端着苏格兰威士忌看书。”

“想来也是。”莫娜说着一把拉开门。她弯腰走进风中，步履艰难地在厚厚的积雪中跋涉。

她不认识柏莎，但她却强烈地感到自己越来越讨厌她。

阿尔芒站在书房里，将电话贴在耳边。

透过狂舞的雪花，他能看见莫娜绕过村子广场朝他们家走来。

蕾娜玛丽早就告诉他，电话线断了，不过他还是想查查看线路是否恢复。

结果还没有。

他看了一眼手表，才下午一点半，感觉却像是午夜。

距离他在柏莎·鲍姆加特纳房前接电话才过去三个半小时，距离那番争吵才过去三个半小时。

想到这里，他又闻到湿羊绒的气息，听到雪籽轻拍车子的声音。

他说过会回到他们身边，要他们承诺，在听到他的回复之前，不要有任何轻举妄动。但现在电话线断了。

这时，蕾娜玛丽将莫娜迎进门来，阿尔芒放下话筒，走进温暖的厨房同众人一起喝汤、吃三明治、喝啤酒，阅读遗嘱。

“从广播里听到，暴风雪席卷了整个魁北克南部地区，”莫娜正整理被帽子压扁的头发，“夜里应该就会停。”

“波及范围那么广？”阿尔芒问。

蕾娜玛丽盯着他的脸。他似乎并不是关心，而是松了口气。

安妮和吉恩盖伊位于蒙特利尔普拉托区的公寓里灯光闪烁。

他们停下手头的事情，看着头顶的灯。

灯光一直闪烁着。

安妮和吉恩盖伊对视了一眼，皱起眉头，继续刚才的谈话。吉恩盖伊正向她转告早上与调查员会面的事。

“他们要你签署什么文件了吗？”安妮问。

“你怎么知道？”

“这么说他们要你签了？”

他点点头。

“你签了吗？”

“没有。”

“很好。”

他的眼前再次浮现出那沓推到他面前的文件，以及他们期待的神情。

“你是对的，他们拟定了议程。我想你父亲的停职期限可能要延长，甚至他可能会被炒。”

“什么议程？”

“我也不清楚。他们没提出任何指控，但一直在提毒品的事，就是他经手的那些。”

“那件事他们知情，”安妮说，“他很快就向他们汇报了，还通知了全国和美国的警察。美国缉毒局也追回了越境的毒品，对吧？”

“是的，在你父亲的帮助下返回来了。”

“还有你的帮助。”

“是，但仍然有好几公斤毒品下落不明，就在蒙特利尔本地的某处。我们已经找了几个月，动用了所有线人，却一无所获。万一那东西涌入街头……”

他打住话头，不再往下说。

“情况糟透了，安妮。”

“我知道。”

他摇摇头，说：“你认为你知道，但你不知道。想象最坏的结果，最坏的。”

她开始想象。

“可能我们面临的就是最坏的结果。”他说。

安妮笑了，本以为他在开玩笑，肯定是夸大其词，但是接着她的笑容褪了色。

那太糟了。

“我认为他们知道一旦这些东西涌入街头，势必会引发一阵风暴。他们需要有人来归罪。”

“他们是谁？”

“就是他们。”他抬起双手，“我不知道。我不擅长分析这种政治问题，那是你爸爸的活儿。”

“涉及政治？”

“我想是的。至于找哪个可怜虫来背锅，似乎无人在意，人人都只顾遮住自己的丑。”

“爸爸知道吗？”

“我想他应该起了疑心，但他还在尝试追回毒品，没往那个方向看。今天早上我走进会谈室，以为会听到他们要结束调查，恢复你父亲职位的消息。”

“那现在呢？”安妮问。

“我不知道，”他重重地向后靠去，“我厌倦了这一切，安妮。我受够了。”

“我知道烂透了。谢谢你支持爸爸。”

吉恩盖伊点点头，没说话。

接着他仿佛又听到了玛丽向他保证的声音。

“这一切都将解决，督察长。只要你签名，然后你的生活就能继续。”

7

本尼迪克特、莫娜和阿尔芒低头看着面前的文件。

然后他们都抬起头，看着彼此。

接着，他们动作整齐划一地看向卢西恩。

“这是在开玩笑吧？”莫娜问，她身旁的阿尔芒摘掉了老花镜，正看着面前的公证人。

“我不明白。”本尼迪克特说。

“上面说得明明白白。”卢西恩说。

“全是无稽之谈，”莫娜说，“全是废话。”

阿尔芒又低头看着面前的文件。公证人声音洪亮地朗读每一部分，每一条款，每一个词，终于进行到了遗嘱的第八部分。考虑到上午那番事故闹得他们精疲力竭，刚刚才吃饱饭，火炉烧得屋子里温暖无比，卢西恩的声音低沉单调，他们唯一能做的就是保持清醒。

阿尔芒早已注意到本尼迪克特的眼皮一直往下掉，脑袋也点了不止一次，之后这小伙子一直努力跟上他们的进度，他睁大眼睛，但厚重的眼皮又开始慢慢往下掉。

不过现在他完全清醒了，他们都清醒了。

“这里说，”莫娜重新低下头，用手指按着一行字读道，“我遗赠给三个孩子每人各五百万美元。”

她再次抬起头，瞪着卢西恩。

“五百万美元，”她重复道，“你看得懂吗？”

“而且是每个孩子，”本尼迪克特指出，“合计……一千五百万美元。”

“五百万、一千五百万、一亿，”莫娜说，“它们全都一样，完全说不通。”

“也许她指的是加拿大轮胎钱[①]。”本尼迪克特想帮忙。

但并不是。

“我们该怎么办？”莫娜问。

她指着遗嘱，把目光转向阿尔芒，阿尔芒则看着公证人扬起眉头。

“她有钱吗？”他问。

“柏莎·鲍姆加特纳？”莫娜问，“我们今天早上去的不是同一座房子吗？显然那女人的想象力很丰富，但她明显不是百万富翁。”

“她可能是个……那个词怎么说来着？”本尼迪克特说。

“守财奴？”阿尔芒问。

“疯子。”本尼迪克特说。

“我们还没念完。”卢西恩说。

他继续低沉地朗读，不过现在他们已经惊醒，都关切地跟随他的声音一条接一条地阅读。

出售她在瑞士的家，以及在维也纳的房屋，收益由子女和孙辈分割，拿出一百万美元捐给当地动物收容站。

“她很好心。”本尼迪克特说。

阿尔芒想到第八部分，开始扫视纸页上的数字。在美国军中，那一部分内容涉及的精神不健康。本尼迪克特或许找到了正确用词。

“当然，我的头衔，”公证人读道，“将传给我的长子安东尼。”

“啊？”莫娜惊呼。此刻她已说不出话来了，只能发出一些声音。

“头衔？”本尼迪克特问，“什么头衔？”

“一定是庄园主人的头衔。”阿尔芒说。

---

① 指加拿大轮胎公司发行的纸币代金券，只能在旗下商店使用。

厨房里所有的灯光都闪烁了一下。

所有人都沉默下来，抬头看着松木桌上方的枝形吊灯，希望它能坚持住。

正如他们和鲍姆加特纳女士一同发现的那般，希望某事发生，和某事实际发生，往往是截然不同的两件事。

灯光再次闪烁，然后重新点亮。

他们彼此对视，舒了口气。

接着，灯光突然熄灭。

这一次连闪烁也没有，就直接熄灭了，与此同时，所有的声音也都没有了。他们听不见冰箱的嗡鸣，听不见火炉的轰隆，也听不见时钟的滴答。他们安静地坐在餐桌旁。

阳光奋力穿透厨房窗户，但很微弱，仿佛恶战了许久才走到这么远的地方。

之后连阳光也暗了。

阿尔芒划燃火柴，点亮桌子两头的防风灯，莫娜则点亮岛式橱柜台上的蜡烛，那是以防万一放在那里的蜡烛。

“你还好吗？”阿尔芒走到厨房与客厅的连接门处问。

他看到壁炉里有火，灯笼早已点亮。

“别担心，”蕾娜玛丽说，“不足为奇。”

“我们就快结束了，再过几分钟我就来陪你。”

他从厨房里码放得整整齐齐的柴堆里搬出两块小小的木柴，丢进木柴炉。现在炉火是他们主要的热源，暂时还不到紧急时刻。但如果断电持续时间很长，一断好几天，气温继续下降，没有炉火的话……

“啊，真暖和。”本尼迪克特看着炉子里的火光说。

“今天暂停吧。”阿尔芒说。卢西恩想抗议，莫娜却径直起身离开座椅，端着啤酒走到客厅去找蕾娜玛丽了。

本尼迪克特紧随其后。

阿尔芒张开手臂，邀请卢西恩加入。迟疑片刻后，卢西恩不情不愿地站起身来。

莫娜落座后问："我们该怎么清算一份不合理的遗嘱呢？不存在的钱，我们没法分配啊。"

"鲍姆加特纳女士高估了她的财产价值？"蕾娜玛丽问。

"高估了大概两千万。"莫娜说。

蕾娜玛丽皱着脸说："那太过火了。"

"我们都认为她没有那么多钱，"卢西恩说，"但也许她有。"

"你这么认为？"阿尔芒问。

"康拉德·坎顿。"

"请再说一遍？"阿尔芒说。

"康拉德·坎顿，"公证人又重复了一遍，"我父亲给我讲过他的事。坎顿先生在二十世纪二十年代是百老汇的一名龙套演员。他曾经乞讨，在垃圾堆里刨食，死后却留下二十五万美元，恐怕放到现在也不算少吧，可想而知在他死的时候，那更是一笔巨款。"

众人听着这番话，陷入沉思。

"你永远都不可能知道一个人有多少钱。"卢西恩说。

8

"阿尔芒，你醒了吗？"

"嗯。"

他翻了个身，面朝蕾娜玛丽侧躺着。四周一片寒冷，但盖着羽绒被很暖和，他在被子下面捉住她的手。

昨晚他们将床垫抬到了楼下厨房，支在木柴炉边，这样晚上才能起来往炉子里添柴。

“今天下午你听到暴风雪袭击了魁北克大部分地区，似乎很高兴。”她说。

“是松了口气。”他承认。

“为什么？”

他感觉很难解释。

在他们身旁的地板上蜷成一团的亨利和格蕾西也搅动起来，在阿尔芒和蕾娜玛丽的安抚触摸下，它们很快又睡着了。

“昨天下午我本该去安全局学院赴一个约，”阿尔芒小声说，“我告诉他们，在我到场之前什么都不要做。之后暴风雪来临，电话线断了，我担心他们会不等我直接开始，但雪势那么大，我就知道不会有事了。因为他们也被大雪困住了。”

他可以放心了。听着暴风雪的嚎叫，他知道接下来的一段时间，世界会暂停，陷入冰封。

在紧张忙乱的生活节奏中，什么事都无能为力，没有互联网、没有电话、没有电视，甚至没有灯光，但这样反而会让人感到深深的平静。

生活变得简单原始，只剩下火炉、水、食物、陪伴。

阿尔芒爬下床，立刻感觉到彻骨的寒冷，羽绒被一掀开，严寒便取得了生杀大权。

他跨过厨房地板上的另一张床垫，往火里多添了几根木柴。

在返回温暖的床铺之前，阿尔芒透过竖窗，往外面的黑暗里望了一眼，接着他弯腰躺下，用羽绒被将蕾娜玛丽包裹。

就在这时，一个尖厉的声音出人意料地从黑暗中传了过来。

头天晚上，未受大雪围困的人帮助受困者清理了从住宅到公路的小道。

加布里和奥利维尔忙完后受邀去伽马什家，但他们拒绝了。

“我想让酒馆继续营业。”奥利维尔解释说。

“民宿也有未经预约就上门的住客，”加布里冲着咆哮的狂风大喊，“他们没办法开车回家。”

“我找不到他们的车。”奥利维尔用铁铲指着村子广场周围的一个个雪堆。

“你说我们能不能让孩子们来干？说服他们来玩儿游戏？”加布里贴在奥利维尔的御寒帽上嚷嚷，“最先挖出一辆车的人能得到奖品。”

“奖品是一个大脑。”奥利维尔说。

露丝门口的路已经铲出来了，蕾娜玛丽敲过门，但那老妇人拒绝开门。

“来我家吃晚饭吧，”蕾娜玛丽隔着门大喊，“带上罗莎，我们准备了许多食物。”

“有酒吗？”

“有。”

“不，我不想出门。”

“露丝，来吧，你不能一个人待着，过来，我们有苏格兰威士忌。”

“我不知道，我刚喝的那一瓶味道很奇怪。”

蕾娜玛丽听得出她声音中的恐惧。要一位老妇走出家门，冒险走进暴风雪，每一种求生的本能都会尖叫着拒绝。露丝·扎多虽然并没有多少求生的本能，但她毕竟设法跌跌撞撞地活到了八十岁。

然而，她靠的可不是徒步走进风雪。

这天晚上早些时候，人们一个接一个来到露丝家门口，帮她清理新积起的雪，但一个接一个地都遭到了她的断然拒绝。

“好了，事已至此。”阿尔芒说着站起身。

他抓起一条哈德逊湾牌的毯子，向门口走去。

“你要干什么？”蕾娜玛丽问。

“我去把露丝弄出来，哪怕硬闯她的家门。”

“你要绑架她？”莫娜问。

“难道不违法吗？”蕾娜玛丽问。

“违法，”卢西恩没听懂这句讽刺，“露丝是谁？她为什么这么重要？”

“她是一个人。”阿尔芒已经穿上了派克大衣和靴子。

“但她真的是吗？”莫娜对蕾娜玛丽唇语道。

“如果你绑架她，没人会支付赎金，你明白这一点吧？”蕾娜玛丽说，“而且我们会与她困在一起。”

“露丝没那么可怕，”莫娜说，“我担心的是鸭子罗莎。”

“鸭子？”卢西恩问。

“我和你一起去，先生。”本尼迪克特说。

“你觉得我没办法一个人把她带回来？”阿尔芒打趣道。

“带她可以，”本尼迪克特说，“可鸭子呢？”

阿尔芒看了他一会儿，接着笑起来。本尼迪克特和卢西恩不一样，他轻轻松松地就跟上了对话内容，弄懂了哪些是戏谑，哪些是真正重要的东西。

本尼迪克特也穿上靴子、派克大衣，戴上御寒帽和连指手套，伽马什打开门，却又惊讶地退了回来。

露丝就站在外面，身上落满了雪，厚重的冬装外套鼓鼓囊囊，感觉很不舒服。

“我听雷娜玛丽说这里有苏格兰威士忌。”她说着走进门来，仿佛他们是宾客，而她才是这房子的主人。

她一边走，一边将帽子、手套、外套都丢在地上，巨大的靴子走过，留下一个个小水洼。

“他们是谁？”露丝用罗莎指着卢西恩和本尼迪克特问。

蕾娜玛丽做了介绍，接着说：“他们不喝苏格兰威士忌。”她准确地判断出，那就是露丝想要知道的全部。

客厅最远处的餐桌上已经摆好了自助餐，有面包、奶酪、冷盘鸡、烤牛肉和糕点，防风灯和蜡烛也点燃了。

“你听过柏莎·鲍姆加特纳这个名字吗？”阿尔芒拿起一个盘子递给露丝，同她一起坐在沙发上。

“没。”露丝说。

莫娜从长长的自助餐桌走到阿尔芒身边对他耳语：“除非是尊尼获加或格兰菲迪，不然她可没兴趣。好好看，学着点儿。”

莫娜退回餐桌，往餐盘里拣了一个鸡腿、几块卡门贝奶酪、一片长棍面包，说：“柏莎·鲍姆加特纳？奥利维尔刚弄到一箱子二十五年陈酿，橡木塞，慢熟，口感无比顺滑。”

“柏莎·鲍姆加特纳的酒？”露丝加入谈话。

“不，不是她的，你这个老酒鬼，”莫娜说，“我们只是想引起你的注意而已。”

“你是个残忍的女人。”露丝说。

“我们是她财产的清盘人，”阿尔芒说，“不过我们从没见过她，她是当地居民。”

“她住在曼森维尔路旁边的一座旧农舍里。”莫娜说。

“柏莎·鲍姆加特纳？我没有任何印象。”露丝说，“你是公证人？”

“我？”本尼迪克特嘴里塞满了面包。

“不，不是你，”露丝看着他的脸，还有他的头发，“我知道加布里在为村子里的人准备一场竞赛。我说的是他。”

“我？”卢西恩问。

“是，你。我认识一个名叫劳伦斯·梅西埃的公证人，他来讨论过我的遗嘱，是你父亲吧？”

“是。”

“我觉得你和他的容貌有相似之处。”她说，不过这话听起来不像是恭维。

“你立了遗嘱？”蕾娜玛丽端着盘子回到火炉边的座位上。

“没，”露丝说，“我不打算立遗嘱。我没什么东西留下。不过我写了葬礼说明，鲜花、音乐、游行、显贵们的致辞、邮票设计等这类平常小事。”

“日期呢？”莫娜问。

“除了这个没写，我可能不会死。”露丝说。

“除非我们能找到一根木桩，或一颗银子弹。”

“那些不过是谣言，”露丝转身对阿尔芒说，“这么说，那个叫柏莎的人委托你们做她的清盘人，但你们却从来没见过她，对吗？听起来她真够疯狂的，我倒是想见见她。”

“不过她并非是第一个在遗嘱里留下奇怪指示的人，”蕾娜玛丽说，“莎士比亚的遗嘱中是不是有这样的内容？”

“是，”终于到了卢西恩熟悉的领域，“遗嘱前面的内容都很正常，但在最后，他写道‘把次好的床留给我的妻子’。”

这句话引发起一阵哄笑，接着众人都沉默下来，他们和几个世纪以来的学者们一样，试图弄清楚那句话的意思。

“霍华德·休斯[①]呢？”莫娜说，“他死前不是没立遗嘱吗？”

---

① Howard Hughes（1905-1976）美国商业大亨，生前是世上最富有的人之一。

“是，不过，他真是个疯子。”露丝说。

“休斯的名言中我最喜欢的一句是‘我不是一个偏执、疯狂的百万富翁。该死，我是个亿万富翁’。”蕾娜玛丽说。

“这话听起来很熟悉。”露西说。

“他的遗愿最终还是得到了落实。”卢西恩说。

“是，”露丝说，“用了大概三十年。”

“真要命，”本尼迪克特转身对阿尔芒说，“希望我们不用耗费那么长时间。”

“好吧，我可能用不了那么久。”阿尔芒计算了一番说。

房间里的温度下降了些，众人都围拢在火炉边，卢西恩·梅西埃开始讲述经历过的案子，一个男人留给参加葬礼的子女每人一个便士，一些丈夫出了墓地就惩罚妻子和孩子。

“‘你的老爸老妈，他们生养了你。他们也许无心，但事实如此[①]’。”露丝引用诗句。

“我知道那首诗，”本尼迪克特的话吸引了所有人的目光，“它不是这样的。”

“真的吗？”露丝说，“你是诗歌专家？”

“不，不是，不过我知道那首诗。”他说。

如果说他意识到了冷嘲热讽，那至少他不会受其影响。阿尔芒认为，这是一个有益的特质。

“那你认为应该是怎样？”蕾娜玛丽说。

“‘你的老爸老妈，他们让你过得安逸’，”那小伙子轻松地脱口而出，“‘他们还给你念彼得兔’。”

---

① 这里和下文露丝引用的语句，均出自菲利普·拉金（Philip Larkin）的《这就是诗》（This Be the Verse）。

火炉旁的人都皱起眉头。

"'他们把全部的缺点都传给你',"露丝调整姿态，像决斗一般正对着本尼迪克特，"'而且还额外有所增补，只为你'。"

"'他们倾尽所有关爱你',"他回答，"'而且还额外有所增补，只为你'。"

露丝瞪着他，其余人都惊愕地看着这一幕。

"继续。"蕾娜玛丽说。

于是露丝继续念："'人们将痛苦手手相传，就像沿海大陆架越沉越深。尽早摆脱出去吧，千万别生什么孩子。'"

众人的目光都转到本尼迪克特身上。

"'人们将幸福手手相传，就像沿海大陆架越来越深。所以竭尽所能去爱你的父母吧，自己也生几个快活的孩子。'"

"他是认真的吗？"露丝说着回到苏格兰威士忌旁。

壁炉里的木柴噼啪作响，窗外风声呼啸，暴风雪停在这里不走了，所有人都被困在家里。

阿尔芒想到，这是个很好的问题。

本尼迪克特是认真的吗？

他们决定，卢西恩、莫娜和本尼迪克特留下过夜，露丝也是，她和罗莎的床垫放在厨房里最靠近柴炉的地方。

凌晨时分，阿尔芒往火炉里添过柴后，弯腰给蕾娜玛丽拢了拢被子。

"人们将幸福手手相传。就像沿海大陆架越来越深。"

真够奇怪的，现在在他的脑海中，本尼迪克特改编的版本已经将这首诗的原版覆盖。

这时，他听到另一张床上传来一阵搅动，黑暗中有个声音在对他说话。

"我想我知道柏莎·鲍姆加特纳是谁。"露丝说。

9

蕾娜玛丽半睁开眼，半梦半醒中伸出一只手摸索着被子朝阿尔芒伸去，她感觉到床垫隆起的弧度。但是床那头是冰的，不只是凉，而是冰冷。

她睁开眼睛，看到清晨的阳光柔柔地穿透窗户。

柴炉中火焰翻滚，刚添过柴。

她用一只手肘撑着坐起来。厨房是空的，就连露丝和罗莎都不在，亨利和格蕾西也不见踪影。

她穿上晨衣和拖鞋，试着打开电灯开关，可电还是没来，这时她看到厨房松木桌上有一张字条。

亲爱的，

露丝、罗莎、亨利和格蕾西同我一道去酒馆找奥利维尔和加布里说话了，如果可以，来找我们。

爱你的阿尔芒

（清晨 6:50）

蕾娜玛丽看一眼手表——7:12。

她走到窗口，发现雪已经堆了半个窗子高，遮挡了大部分阳光，几乎什么也看不见。不过蕾娜玛丽看得出来，暴风雪已经停止，和大多数最凶猛的风暴一样，留下来一个大晴天。

太阳闪烁的光芒好似獠牙，不过任何一个魁北克人都知道，那只是幻觉。

“我的天哪，”蕾娜玛丽连连喘气，酒馆里的温暖空气将她包裹，“我们为什么要住在这种地方？”

她的脸颊通红，眼睛里泪光闪闪，花了些时间才适应里面昏暗的光线。来酒馆的短短路途中，阳光极为明亮，照得她险些犯了雪盲症。寒冬不只是想杀死他们，还想让他们变成盲人。

“零下三十五度。”奥利维尔得意扬扬地说，仿佛这温度是拜他所赐。

“不过是干冷，”加布里说，“而且没有风。”

每当窗外天气如此诱人，又如此残酷时，他们就用这样的话语来安慰自己。

“我好像闻到了什么味道。”蕾娜玛丽脱掉外套、帽子和手套说。

“不是我。”露丝说。不过罗莎看起来有点羞怯，虽然鸭子经常那样。

“我想知道，你们两个是为了什么？竟然能这么勇敢地穿过严寒来到这里。”蕾娜玛丽循着香气走到桌边，空盘子里有枫糖浆的污痕。

阿尔芒像法国人那样夸张地耸耸肩，说：“有些东西值得你冒着生命和断手断脚的危险去获取。”

奥利维尔从厨房走出来，手中的盘子里盛着热乎乎的蓝莓薄饼、香肠和枫糖浆，还有一杯牛奶咖啡。

“给你留了一些。”加布里说。

“阿尔芒逼我们留的。”露丝说。

“天哪，”她说着坐下来，双手捧住杯子，“谢谢。”接着她突然想起来，“你们这儿有电？”

“没有。这是发电机发的电。”

“接到咖啡机上？”

“还有煎锅和冰箱。”加布里说。

“但是没接电灯？”

“事有轻重缓急，”奥利维尔说，“你这是在抱怨？”

“我的天，不是。”她说。

她的目光落在阿尔芒身上。玩笑归玩笑，她了解自己的丈夫，如果不是有充足的理由，他不可能让一位年长的老妇人在这么冷的天气出门。

“你带露丝过来，不只是为吃薄饼吧？”

“是，”他说，“露丝认识柏莎·鲍姆加特纳。”

“昨晚你怎么不告诉我们？”

“因为我是今天早上才知道的。不过我也不能确定。”

蕾娜玛丽皱起眉头，露丝不可能不相信自己，那么她怀疑的就是其他东西。

“我得找加布里和奥利维尔谈谈，看看他们怎么想。”露丝说。

“结果呢？”

“你听说过女男爵吗？”加布里在蕾娜玛丽身旁落座。

她确实隐隐约约听过，脑海里依稀有记忆，不过太过模糊。蕾娜玛丽知道她永远也无法确认，于是她摇摇头。

“我们刚搬过来时，蒂默·哈德利介绍我们认识了她，”奥利维尔说，“好多年前了。”

“哈德利那座老宅的女主人。”蕾娜玛丽说。

她指着山坡上那座精美的大宅，从那里能俯瞰整座小镇。一百年前，那座宅子里曾经生活着一个“富有”家族，他们是这片地区平民的统治者。

“我在蒂默家里见过那位女男爵。”露丝说。

“我们的民宿开业时，”加布里说，“她还来过我们家。”

“是常客，还是朋友？”蕾娜玛丽问。

“是清洁女工。”

“赶紧的。”莫娜催促着拉起本尼迪克特的胳膊。

卢西恩领先几步，本尼迪克特停了下来，莫娜只好退回去拉他。

她感觉自己像是冲进了一座失火的宅子。

她脸上的皮肤冻得火辣辣的，冷空气钻进她厚厚的连指手套，啃噬她的手指。她眯着眼睛打量烧灼的日光。

任何正常的魁北克人都会迫不及待地往酒馆里冲，但本尼迪克特却停下了脚步。他背对着店铺，红白条纹的大御寒帽拖在地上，他盯着那三棵落满积雪的巨大松树，以及镇广场周围环绕的村舍。

“真美。”伴随着他的话语一同喷出来的，还有一团白烟，像是漫画中的对话框。

“是，是，很美，”莫娜拉着他的胳膊说，“好了，赶紧进去，不然我就要踢你了。”

来的时候他们遇上了暴风雪，所以这是本尼迪克特第一次看见三松镇的面貌。房舍围成一个圆环，烟囱上升起袅袅烟雾，周围是山丘和森林。

他站在那里观看这幅几百年都不曾改变的风景。

接着他就被拖走了。

几分钟后，开放式火炉旁又支起一张桌子，他们也开始在酒馆里享用早餐和咖啡。

克拉拉看到大家都涌进酒馆，也加入了队伍。

“如果狂欢节也这么冷，我是不会脱衣服的。”她揉着胳膊说。

“什么？”阿尔芒问。

“没事，”加布里说，“就当没听见。”

“我刚进来时，你们聊什么呢？”克拉拉接过热咖啡，“看上去你们都很震惊的样子。”

“露丝弄清柏莎·鲍姆加特纳的身份了。”阿尔芒说。

“谁？”

“你记得那位女男爵吗？”加布里问。

“记得。谁能忘了她？”

克拉拉放下叉子，目光紧锁露丝。

接着，她透过酒馆看向窗口，但看见的却不是结霜的窗格上落满的阳光，也不是深埋在积雪中的镇子，以及清亮得不可思议的蓝天。

她看见的是一个丰满的年长妇人，小眼睛，灿烂的微笑，她手执抹布的样子像是即将插旗的北极探险队员。

“她叫柏莎·鲍姆加特纳？”克拉拉问。

“所以，你不知道她是女男爵对吧？”露丝问。

克拉拉皱眉，其实她压根没想过这事。

“你知道人们为什么叫她女男爵吗？”阿尔芒问。

众人都看着露丝。

“我怎么可能知道？她又没为我工作。”她看着莫娜，“你是我用过的唯一一个清洁女工。”

“我可不是……”莫娜说，“为什么说起她？”

“那你为什么说这个柏莎就是女男爵？”阿尔芒问露丝。

“你说她家在曼森维尔路旁，对吗？”露丝问，阿尔芒点点头。“是在格伦旁边的一座旧农舍？”

“对。”

“几年前，这位女男爵的车坏了，我载过她一次，”露丝说，“她下车的地方和你说的好像是一个地点。”

“当时那地方是什么情况？你记得吗？”

当然，露丝记得每一件事。每一餐饭、每一杯酒、每一幅景象，每一样细微的、真实的、幻想的、人造的事物，每一句抱怨，每一句说出口和未说出口的话语。

她将所有的记忆重新整理和渲染，变成感受，再将那些感受写进诗中。

我祈祷变得善良、强壮和明智，
为了每日所吃的面包，
为从出生就被告知所负担的罪责，
和继承一份古老遗产的愧疚中解脱。

阿尔芒不用细想就能明白，为什么自己的脑海中会蹦出露丝这首相当晦涩的诗。

“她的房子很小，有点杂乱，但很诱人，”露丝说，“窗台的花盆中种着三色堇，门廊台阶两边也摆着花盆。我看见有一只猫在晒太阳，院子里有各种各样的卡车和农具，不过都是那种旧农舍里常见的样子。”

阿尔芒在脑中铲掉积雪，将那歪斜下沉的房屋扶正，眼前就出现了露丝所描绘的情景，那个家曾经的模样，一个温暖的夏日，年轻的露丝和那位女男爵。

“后来你有没有见过她？”他问。

“好几年没见了，”加布里说，“她辞工后我们就没联系了。我不知道她去世的消息，你呢？”

克拉拉摇摇头，低下眉眼。

“我母亲也曾做过清洁女工，”蕾娜玛丽立刻开始解释克拉拉的情绪反应，“她会和工作的家庭走得很近，但停工后就不再联络。我能肯定，许多人逝世，她也不知道。”

克拉拉点点头，感谢她指出清洁女工的情况。

“你认为如果用鲍姆加特纳女男爵的名义给贾斯汀总理写信……”加布里说。

“不行。”

“她这人什么样？”阿尔芒问。

“她个性强烈，”奥利维尔说，“声音也是。她经常聊她孩子们的事。”

“她有两个儿子，一个女儿。”加布里说，“她说他们是世界上最棒的孩子，英俊、美丽、聪明、善良。她经常说着说着就笑起来。”

“我们经常等着她说：‘别笑，是真的’。”奥利维尔说。

“那你们会听话吗？”蕾娜玛丽说。

“如果想让房子打扫得干干净净，我们就停下笑声。”加布里说。

克拉拉听着他们的描绘，感觉眼前就能看见女男爵的形象，她脸上总是挂着微笑，有时候温暖又和善，眼里经常带着一丝狡黠，但从无恶意。

她完全想不到这样一个妇人竟然是一位女男爵。

克拉拉还记得这位男爵妇人手拿抹布和刷子，努力工作的样子。

她的动作中有一种高贵的精神。

克拉拉遗憾的是，她为什么从没想到画一画这位女男爵呢？她那双小小的明亮的眼睛里写满了艰辛生活的风霜，但又充满善意和精明，人也体贴，还有她破损的双手和脸庞上，也写满了艰辛。

那是一张引人注目的脸，看上去大度而愤怒。她是仁慈的，同时又很有主见。

“问她做什么？”加布里问，“事关重大吗？”

“说不上，”阿尔芒说，“只是她的遗嘱中有些规定有点怪。”

“噢，怪。”加布里说，“我喜欢。”

“你喜欢的是酷。”露丝说，“你讨厌怪胎。”

“这话说得对。”他承认，“所以她的遗嘱有什么奇怪之处？”

“钱。”本尼迪克特说。

“钱？”奥利维尔凑过来问。

卢西恩给他们讲了遗嘱的内容。

奥利维尔听完后脸上的表情很丰富，先是瞠目结舌，然后被逗乐了，最后又回到瞠目结舌的样子。

“一千五百万？美元？”他看到加布里也惊呆了，“我们应该和她保持联络的。”

“对，”卢西恩被他的反应逗笑了，“还在瑞士有一座房产。”

“维也纳也有一座。”莫娜说。

“她总是有点迟钝，”加布里说，“但应该不至于脑子发疯。”

“是，况且如果她脑子不清醒，我父亲也不可能让她签署那份遗嘱。”

“得了吧，”露丝说，“就连我都看得出来，那就是纯属发疯。不只是钱，就说她选择三个根本不认识的人当她的清盘人吧，她为什么不选我们几个？”

阿尔芒看着加布里、奥利维尔、露丝和克拉拉。

他们认识她，但又不认识她。

她们认识的是女男爵，不是柏莎·鲍姆加特纳。

那是原因吗？

他和莫娜对她没有先入为主的印象，只当她是一个妇人，而不是清洁女工，当然更不是女男爵。

可这一点就那么重要吗？

或许是因为他们的职业技能吧。他是一名警察，一位侦查员，莫娜是心理学家，能读懂人的内心，他二人都能读懂。不过话说回来，这种能力对鲍姆加特纳女士的遗嘱执行又有什么意义呢？

此外，他们并不认识她，可她是怎么知道他们的？

还有……阿尔芒转身看向本尼迪克特，又该怎么解释选择他作为清盘人的理由呢？

“有证人吗？”他再次向前倾身。

“邻居，”卢西恩说，“不过他们应该没看过遗嘱内容。”

阿尔芒看一眼手表，已经上午八点半了，电力系统依然没有恢复，不过魁北克电力局总是最后才想起不起眼的三松镇。

“你要走吗？”蕾娜玛丽想起头一晚他们的对话。

“恐怕是的。”

“那我们呢？”卢西恩问。

“我送你回那座农舍，一起把你的车刨出来。”

“得联系继承人，”卢西恩说，“今天下午我会试着做些安排，等待也无济于事。”

“听着不赖。”本尼迪克特说。

阿尔芒点点头，说：“只管通知我时间和地点。”

阿尔芒的靴子踩在压实的雪地上嘎吱作响。

“继承一份古老遗产的愧疚。”走向车子的途中他想起了这句诗。

那就是那座摇摇欲坠的农舍中隐藏的东西吗？从诞生之日起就被俘的愧疚和罪责？

10

“进来，进来，”邻居打着手势说，“外面冷。”

她很年轻，伽马什猜测她大概三十五六岁，只比自己的女儿安妮大一点。或许她不该让完全陌生的人进门。

顺便说一下，她在开门时打量过他，伽马什猜测自己对她并非是完全的陌生人。片刻后，他们涌进她的前厅，他摘掉手套与之握手，这个猜测得到了证实。

“抱歉，”他说，“抱歉打扰，尤其是在这样的天气。我是阿尔芒·伽马什，住在三松镇，就在路前面。”

“是，我知道你。我是帕特丽夏·霍尔。”

她握住他的手，然后转身对莫娜说：“我也认识你，你是书店主人。”

“是的。你光顾过很多次，经常浏览非虚构作品、园艺著作和传记。”

“对。”

卢西恩自我介绍一番，之后他转向本尼迪克特，介绍说：“本尼迪克特·普略特，建筑工。”

“进来吧，暖暖身子。”

他们跟着她走进房子的中心，即厨房所在地，最里面有一只大柴炉，正辐射出一阵一阵的热浪。

虽然是在自己家中，但霍尔女士也丝毫没有炫耀的意思。她似乎是那种无意给人留下深刻印象的人，正因为如此，反而更让人印象深刻，一如她坚固、简洁的房屋。

“我泡了一壶茶，你们想来一杯吗？”

“我就不用了，谢谢你。”莫娜说。其余人也都接连拒绝。

“我们不会耽误你太多时间，”阿尔芒说，“就是有几个问题想问。”

“什么？”帕特丽夏问。

“你认识以前住在隔壁的女人吗？”莫娜问。

“女男爵？认识，不过不太熟。怎么？”

她注意到访客们彼此交换着眼神，但无法得知自己的回答有怎样的意义。帕特丽夏·霍尔刚刚证实了露丝所言非虚，柏莎·鲍姆加特纳就是女男爵。

“没事，”莫娜说，“请继续说。”

“是我称她女男爵很怪吗？”帕特丽夏的目光在他们之间移动，“那不是我给她取的绰号。相信我，就算取我也不会取那个绰号的，是她自称的。”

“你认识她多久了？”卢西恩问。

“有些年头了。没事吧？”她看着阿尔芒，“你过来不是为办公事吧？”

“不是你想的那样，”他说，“我们是她的财产清盘人。”

“她过世了？”

“是，就在圣诞节前。”卢西恩说。

“我都没听说，”帕特丽夏说，“我只知道两年前她搬去了一家养老院。很抱歉，我该去参加葬礼的。”

“你见证她立遗嘱的过程了吗？”阿尔芒问。看到她点头，他继续问，“她当时给你的印象如何，她有能力立那样一份遗嘱吗？”

“是的，”帕特丽夏说，“我全程都在场，而且还有点怪，她坚持要我们称她为女男爵，不过我们都有怪癖。”

“我想我能猜到你的怪癖。”莫娜说。

“我想你能猜到。”帕特丽夏说。

“你喜欢有毒的植物，可能还有一块专门的苗圃。”

“确实。”帕特丽夏笑着承认。

“你怎么知道的？”本尼迪克特问。

“根据她买的书猜的，”莫娜说，“我记得她买过一本《毒药花园》，还有一本……”莫娜努力回忆。

“《最致命的园艺植物》，”帕特丽夏看看阿尔芒，抬起头，“那算是一点线索。”

阿尔芒微笑。

“那本书正是我认识女男爵，了解毒药花园的契机。她就有一座这样的花园，她带着我参观，为我指出洋地黄就是毛地黄，有致死毒性，她还种有舟形乌头、铃兰、绣球，全都有毒，当然还有其他多年生植物，但奇怪的是，有毒的植物看起来最美。”

莫娜点点头。她也是一名热心的园丁，不过她从没想过要专门建一个种致命植物的苗圃。但这么干的人很多，所以才有大量相关题材的图书。帕特丽夏·霍尔说得对，有致死毒性的花卉最美，相应地，也活得最久。

“真有能杀死人的花？”本尼迪克特问。

“应该有，”帕特丽夏说，“不过我不知道怎么把毒素提取出来，可能需要一个化学提取方式。”

“还有欲望。”伽马什说。

他的声音很和蔼，眼睛却开始观察帕特丽夏·霍尔，并且修正了之前对她的印象。她不仅展现出自信的气场，还透露出她的能力。

他进门前注意到她停在外面的车子已经被完全清理出来了，周围的积雪也铲得整整齐齐。

她干一个活儿，不仅干得漂漂亮亮，还会彻底干好。

他推测，如果有需要，她应该能搞清楚如何从水仙中提取毒液。

他们感谢了霍尔女士的帮助和热情招待后，离开去了下一家。

在积雪的重压下，柏莎·鲍姆加特纳的房子似乎倾斜得更厉害了，靠近它纯属愚蠢之举。伽马什记下来，得给当地镇公所打个电话，在这里围上警示带，而且得尽快把推土机开进来。

他们挖出了莫娜和卢西恩的车，清理干净本尼迪克特的皮卡后，阿尔芒不让小伙子上去。

“没有雪地轮胎，你这车没法开。”

“可我必须开，不会有事的。”

伽马什清楚，这番话是太多年轻人的遗言。

“是，你不会有事，”他说，“因为我们不会让你开那车去任何地方。”

“如果我非要开呢？”本尼迪克特问，“你会怎么做？打电话叫警察？”

“他不需要报警，”卢西恩说，看到本尼迪克特不明就里，于是补充道，“你真不知道他的身份？”

本尼迪克特摇摇头。

“我是魁北克安全局总警司。”阿尔芒说。

“总警司伽马什。”卢西恩说。

本尼迪克特不知说了一句“该死”还是“要命”，反正是脏话。“真的？”

伽马什点点头，说：“确实如此。”

本尼迪克特回头看了一眼自己的皮卡，咕哝了一句，听着像是“运气好到家了”。

伽马什露齿而笑。他和本尼迪克特一样年纪时，也曾撞见过这样的霉运，过了很久他才意识到，这其实是幸运。

“我猜我是别无选择了。”本尼迪克特说。

“好的。等电话线通了，给汽车协会打个电话，把你的车拖进修车厂，装上像样的雪地轮胎。别装便宜货，好吗？”

“知道了。”本尼迪克特看着靴子上的雪咕哝道。

“没什么大不了，”伽马什小声说，“我们帮你付轮胎钱。”

“我会还给你。”

“履行承诺，给我上一堂雪地驾驶课，我们就算扯平。”

“谢谢。”

“好了，”伽马什对卢西恩说，“和鲍姆加特纳女士的子女见面后，记得把情况告诉我。”

“我会的。”卢西恩说。

莫娜开车送本尼迪克特回三松镇，出发前她看了看院子里厚厚的积雪，她想到雪下深埋的有毒植物，它们被冻僵了，但没死，只是在静静地等待。

莫娜知道，真正的威胁并不是有毒的花朵，那些你看得见，也心知肚明，而且，花朵至少很美。

花园里真正的危险来自旋花类植物，它们在地下移动，然后钻出地表，扎下根来，将一棵棵健康的植物绞杀至死，然后慢慢地将它们赶尽杀绝。而且这一切没有明显的原因，只因为这是它们的自然本性。

接着，它们会潜入地下，再度消失。

是的，真正的危险总是来自你看不见的事物。

11

“那么问题是什么？”

“是什么让你觉得存在问题？”阿尔芒问。

“因为你都没吃你的……闪电泡芙。”

她每个字的发音都很清晰，不过听起来还是很含混，像是被精心裹了很多层棉絮。

还有她的动作，她用手拿起自己的点心递到嘴边的动作也经过了精心考量，从容、精准、缓慢。

伽马什每周至少会去伊莎贝尔·拉科斯特位于蒙特利尔的家中探访一次。天气晴好时，他们会出门一起散一会儿步，大多数时候，比如今天，他们就坐在她的厨房中谈话。他已经养成习惯，经常和她探讨各种事件，倾听她的意见，了解她的观点和建议。

她曾是他手下的一位高级官员。

现在他和往常一样，开始寻找在她身上改善的迹象。真有改善当然是最好，不过现在他已经勉强接受了想象。他想着，或许她的双手更结实了，她吐词更清晰了，她的词汇量变丰富了。

是的，不用怀疑，或许真是这样。

“是网上调查吗？”她咬了一口千层糕，这是阿尔芒从萨拉面包房买来的，他知道她最爱吃。

“不，那个就快结束了。”

“但他们的速度还是很慢，问题在哪儿？”

“你我都知道。”他说。

“是，毒品，没别的了吧？”

她认真地看着他，寻找改善的迹象，寻找希望的理由，希望这一切真的能马上结束。

总警司看起来很轻松，充满自信，不过他几乎总是这样。让她担心的是他的所作所为。

伊莎贝尔集中精神，眉头皱了起来。

“我累着你了，”他说着站起身，“抱歉。”

“不，不，拜托。”她示意他重新坐下，“我需要……刺激。因为暴风雪，孩子们今天不上学，他们觉得我应该学习数数，数到……一百。我们数了整整一上午，后来我把他们赶出去玩儿了。我试着解释我会数数，好几个月前……就可以了，但他们还是坚持。”她直视阿尔芒的眼睛，“帮帮我。”

她故意说得很夸张，带着种卡通片里的可怜语气，但还是让他感到心碎。

“我开玩笑的，老大。”她能体会到他的悲伤比他表现出来得要多，“再来点咖啡吗？”

“好的。”

他跟着她走到条案旁。她步速很慢，蹒跚着，走得很从容，超出所有人，包括医生的期望。

伊莎贝尔的儿子和女儿在外面，同邻居家的孩子一起搭建一座雪城堡。透过窗户，阿尔芒和伊莎贝尔能听到尖叫声，一支“军队”朝守城的人发动了进攻。

他们玩儿的是阿尔芒小时候玩儿过的游戏，伊莎贝尔也玩儿过的，守城与战争的游戏。

“让我们期望，他们永远不会知道……真实的情况。”伊莎贝尔站在窗边，在她的上司和导师的身旁说。

他点点头。

爆炸、混乱、枪烟散发出的酸臭，石块、水泥、砖块碎裂扬起的遮挡视线的沙粒，尖叫声，令人窒息的空气。

疼痛。

他紧紧抓住窗台，记忆像洪水般朝他袭来，将他高高卷起、颠簸、旋转，想将他溺死。

“你的手还抖吗？”她轻声问。

他镇定下来，点点头。

“有时候累了，或是压力特别大的时候会抖，不过比以前好多了。”

“还跛吗？”

“也主要是累了的时候，但几乎察觉不到了，过去好几年了。”不像伊莎贝尔所受的创伤，才刚过去几个月。他感到惊讶，感觉像是已经过去了很多年，但又像是发生在昨天。

“你想过这事吗？”她问。

“你受伤时发生的事？”

他转身看着她，那张脸是那样的熟悉，曾陪着他走过那么多的尸体，那么多写字桌、办公桌，那么多在魁北克各地地下室、粮仓、小木屋中匆匆搭起的事件处理办公室。

伊莎贝尔·拉科斯特刚到他手下时还是个年轻的探员，刚满二十五岁，因为她不够野蛮、不够愤世嫉俗、不够有可塑性、不辨是非而被她原本的部门所排斥。

当时他是重案组组长，于是就在自己的部门，魁北克安全局最负盛名的部门，给她安排了一份工作，令她的前同事们都大惊失色。

后来伊莎贝尔·拉科斯特一路晋级。当伽马什成为学院领导，以至于后来成为整个安全局的领导后，她甚至接替了伽马什的工作，就和现在的他一样。

他们有几分相似吧。

当然，她老了，比正常衰老速度还要快，如果他没把她带进这一行，不会这么快。如果他没让她成为督察长，如果几个月前最后一次针对贩毒集团的行动没有发生……

“是，”他说，“我想过。”

伊莎贝尔头部中弹，倒在地上，表面看来是她最后的动作赋予了他们机会，实际上是她救了他们所有人。但不管怎样，那都是一场可怕的噩梦。

他记得最近那次行动，也清晰地记得所有的袭击、攻击和逮捕，以及多年来的无数次调查和受害的人。

多年来，他调查过在谋杀案中死去的男女老少，还有他已经抓捕到的谋杀他们的罪犯，他们的眼睛虽然已经看不见了，却依然凝视着他。

还有所有他派遣，以及经常由他亲自带领走进枪林弹雨中的探员。

他记得他抬起头，准备好敲响紧闭的门，像死神那样轻轻叩响。他总是记得那些父亲、母亲、妻子、丈夫的脸。他们打开门，一脸好奇地看着他这个敲门的陌生人。

接下来，当他说出那些意义重大的语句时，他们就变了脸色。他看着他们的世界崩塌，将他们钉在瓦砾堆下，被深沉的哀痛碾碎，大多数人都无法走出来。即便是走出来的人，面对一个永远在变化的世界，也会一片茫然。

那些人在他上门之前的模样，会永远消失。

每当一桩谋杀案发生时，死去的人都不止一个。

是的，他记得。

“但我会试着不去细想。”他对伊莎贝尔说。

或者更糟，陷在其中无法自拔，在悲伤、痛苦、烦闷中定居，在地狱中安家。

但从中离开却很难，尤其是当他的探员，无论男女，因为他们追随他，执行他的命令而丧失性命的时候，在很长一段时间里，他都觉得亏欠他们，所以他不肯离开那伤心之地，要留在那里陪伴他们。

朋友和治疗专家早已帮他看清，那对他们其实是一种伤害。他们的生命不能用死亡来定义，他们不该被归入永恒的痛苦，而应该以短暂生命之美被人铭记。

他无法前行，就意味着他们将永远被困在生命最后的恐怖时刻。

阿尔芒看着伊莎贝尔小心地将杯子放在厨房餐桌上。当杯子距离桌面还有一点距离时，她的手滑了一下，咖啡洒了出来。虽然不是很明显，但他看得出她的愤怒、沮丧和尴尬。

他把自己的手绢递给她。

“谢谢。”她一把抓过手绢，等她擦拭干净他伸手等待接回，但她却留下了它，“我，我……洗干净再还给你。”她高声说。

“伊莎贝尔，”他的声音平静又坚定，“看着我。”

她抬起头，目光从弄脏的手绢移到他脸上。

“我也恨它。”

“什么？”

“我的身体。我痛恨它让我失望，让这一切发生。”他伸出手指抚摸太阳穴位置的伤疤，“它速度不够快，没看到危险的来临。它躺在地上，无法挺身而起保护我的探员。我痛恨它恢复得不够快，我痛恨它磕磕绊绊的样子，蕾娜玛丽不得不牵着我的手维持我的稳定，每当它走得一瘸一拐，或是费劲搜寻话语时，我能看见人们对我的注目。”

伊莎贝尔点点头。

“我希望身体能恢复到从前的样子，”阿尔芒说，“强壮和健康。”

“从前的样子。”她说。

“从前的样子。”他点点头。

他们静默地坐着，听着远处孩子们的笑声。

“那正是我所感觉到的，”她说，“我痛恨我的……身体。我痛恨我不能接送孩子，与他们玩耍，如果我倒在地上，他们还不得不扶着我站起。我痛恨这样，我痛恨我不能……读书哄他们睡觉，我太轻易就会疲劳，还失去了我的思绪。我痛恨有时候我不会算加法减法，有时候……”

伊莎贝尔停下来，镇定心情，然后看着他的眼睛。

“我还会忘了他们的名字，老大，”她小声说，“我自己孩子的名字。”

他明白，告诉她或安慰她都无济于事，她有权听到真实的答案。

“你爱什么呢，伊莎贝尔？”

“什么？”

伽马什闭上眼睛，仰头对着天花板，“白色的盘子和杯子，干净得闪闪发亮，上面环着蓝色的条纹；羽毛般轻柔，精灵般飞舞的灰尘；在灯光下湿漉漉的屋顶；美味面包上硬邦邦的面包皮。”

他睁开眼睛看着伊莎贝尔笑，疲倦的脸上和眼角处出现深深的皱纹。

“后面还有，不过我不往下背了。这是鲁伯特·布鲁克的一首诗，他是一战时期的一名战士，他靠回想热爱的事物熬过了战壕中的恐怖岁月，这办法也帮了我。我在心里列清单，追溯我爱的事物，我爱的人，由此来让头脑恢复清醒，现在依然如此。”

他看得出来她在思考。

他所建议的并非是针对脑部枪伤的魔法解药。前方还有巨量的工作，以及生理和精神的痛苦在等待着她，但这些或许都能明明白白地完成。

“现在的我比一切都还没发生时的我，更坚强更健康，”伽马什说，“无论是生理上，还是精神上，因为我必须如此，你也一样。”

“最坚硬的部分往往最易碎。”伊莎贝尔说，“莫林探员说过。”

最坚硬的部分往往最易碎。

不可思议，阿尔芒像是再度听见保罗·莫林永远年轻的声音，仿佛他就站在那里，和他们一起，站在伊莎贝尔阳光充裕的厨房里。

莫林探员说得对，但是修补起来太疼了。

“从某种程度上来说，我很幸运，”伊莎贝尔片刻后说，“那天的事，我一点都记不起来了，一点不剩。我想那是种帮助。”

“我想是的。”

“我的孩子们总想给我读……匹诺曹的故事，跟发生的事有关，但这故事对我有什么意义呢，真该死。匹诺曹，老大，你知道吗？”

“有时候脑部中弹是一种幸运。”

她笑了，“你是怎么做到的？”

“你是说记住？”

“忘记。”

他深吸一口气，低头看看脚，然后又抬头看她的眼睛。

“我以前有一个老师……”他说。

“天哪，不是教你诗歌的那个吧？”她假装害怕地说。

他做出“诗人”的样子。

“不，只教过一首，”他清清嗓子，“《赫斯珀洛斯船难》。”他张大嘴巴宣告，仿佛要开始诵读那首史诗，但结果他只是笑着，伊莎贝尔被他逗得笑起来。

“我想说的是，我的老师讲过这样一个理论，我们的生活就像土著居民住的长屋，只有一个大房间。”他伸出一只胳膊比画那房间的范围，“他说，如果我们认为自己能给事物分门别类，那只是在自欺欺人。我们遇见的每一个人，说的每一个字，采取和未采取的每一项行动，都住在我们的长屋里，和我们住在一起，永远，永远也无法被驱逐出去，或是被锁闭。”

“那真是个吓人的想法。”伊莎贝尔说。

“完全正确。我的老师，也是我的第一位督察长，他对我说过‘阿尔芒，如果你不希望你的长屋闻起来臭气熏天，那你得做两件事’……”

“不让露丝·扎多进去？”伊莎贝尔说。

阿尔芒笑着说：“对我们两个来说，那恐怕为时已晚。”

他闪电般迅疾地回到那里，朝救护车冲去。伊莎贝尔躺在轮床上，失去了意识，老诗人瘦骨嶙峋的双手握住伊莎贝尔的手。他声音坚定，在伊莎贝尔的耳边一遍又一遍，小声地说着唯一重要的事，她是被爱的。

伊莎贝尔永远也不会记得当时的情况，但阿尔芒永生难忘。

“不。他说的是‘要非常小心地挑选进入你生命的人。不管发生什么，都要学着和平应对。你无法抹除过去，它同你一起被困在那里了，但你可以和它和平共处，如果不然，你将处于永无终止的斗争之中’。”

阿尔芒想到这里笑了起来。

“我想他知道他要对付的是一个什么人。他看得出来，我当时已经做好准备，打算告诉他我自己的人生理论。那时我二十三岁，他为我指明了大门的方位，在我离开时他说‘你要对付的敌人，是你自己’。”

伽马什许多年没想起那次相遇了，但从那一刻起，他就一直把他的人生当作一间长屋。

现在当他回首过去，在他的长屋中，他看见所有那些年轻的探员们，所有那些男人和女人、男孩儿和女孩儿，他们的人生都受到了他的影响。

他还看见，那些重重地伤害过他，几乎杀死他的人，也站在里面。

他们都住在那里。

尽管他永远无法同那些记忆、那些鬼魂做朋友，但他努力做到与它们和平共处，与他自己的所作所为以及他所遭遇的事情和平共处。

“那毒品在里面吗，老大？在你的长屋里？”

她的问题让他的思绪一阵震荡，然后又回到了她舒适的家中。

“你找到它们了吗？”

“完全没找到。最后一批就在这里，在蒙特利尔消失了。”他坦诚地说。

“多少？”

“足够生产上千剂。”

她沉默下来，没有说出那句他比任何人都清楚的话。

每一剂都可能杀人。

“该死，”她小声地骂了一句，然后迅速对他道歉，“对不起。”

她很少骂人，尤其是在他的面前，几乎从未口出恶言。但是这一句是个疏漏，趁着极度反感的情绪波荡逃了出来。

“还有，”她仔细看着面前这个她非常了解的男人，她对他比对自己的父亲更了解，“困扰你的还有别的事。”

他的样子更像是心有重担，不过她想不起来那个词。

“是，是学院的事。”

“安全局学院？”

“是。有个问题，他们想开除一名学员。”

“这是常有的事，”伊莎贝尔说，“抱歉，老大，但你担心什么呢？”

“院长打电话告诉我，说要开除的人是艾米莉亚·绍凯。”

伊莎贝尔·拉科斯特靠在椅背上仔细观察他，然后说道：“怎么？他为什么打电话告诉你？你已经不是学院院长了。”

“是。”

她看得出来，这件事不只是让伽马什感到有压力，而是几乎快要将他压垮了。

“出什么事了，老大？”

“他们在她的物品中发现了阿片药物。”

“天啊，”这一次她没有道歉，“有多少？”

“好像超过了规定的个人消费量。”

“她在从事非法交易？在学院？”

“看上去是这样。”

这下伊莎贝尔安静下来了，全神贯注地开始思考。

阿尔芒给她时间。

“源于你装的那批货？”她问。她无意于将所有权归结到他，但这些话听起来就是那个意思。他二人都知道，所有权确实在他，就算不说那批毒品，当时的情况也确实由他掌控。

“还没进实验室化验，但有可能，”他低头看着两只紧扣在一起的手，“我得做出决定。”

“关于绍凯学员？”

“是。但是，说真的，我不知道该怎么做。”

她发自内心地希望能帮帮他。

“我很抱歉，总警司，但我敢肯定，决定权在院长，不在你。”

伊莎贝尔看着总警司伽马什，无法捉摸他在想什么。他似乎想向她求助，但又对她有所隐瞒。

“你有事情瞒着我。”

“我这么问你吧，伊莎贝尔，”他没理会她的话，“如果你是我，你会怎么做？”

“学员的物品中发现毒品？我会交给学员负责人决定。这不关你的事，老大。”

“可是我脱不了干系，伊莎贝尔。正如你所说的，如果是我的那批货出现在她的物品中的话。”

“她从哪弄到的？”伊莎贝尔问，“她告诉你了吗？”

“院长还没找她讯问，据他所知，绍凯学员甚至不相信他们找到毒品这件事。我现在准备赶过去，如果被开除，那她就死了，我知道这一点。”

伊莎贝尔点点头，她也知道这一点。大多数人都不明白，一开始伽马什为什么要让艾米莉亚·绍凯进学院。那个女人一团混乱，甚至有吸毒和卖淫历史，即便这样，为什么还要让她进入人人都垂涎不已的安全局学院？

伊莎贝尔知道，或者说她以为她知道。

因为同样的原因，他找到正处于自身职业生涯谷底的她，给了她一份工作。

在他自己被炒的前一刻，还伸手拉了吉恩盖伊一把。

也因为同样的原因，总警司伽马什现在正考虑说服现任校长，留下绍凯学员。

这个人发自内心地相信第二次机会，只不过这对艾米莉亚·绍凯来说，并非第二次机会，而是第三次。

而在伊莎贝尔看来，给她的机会已经太多了。

给她第二次机会是慈悲，第三次可就是愚蠢，或许比愚蠢更糟。

事实早已证明，这个人不具备补偿的能力，但如果还要相信她有，那就会带来彻底的危险。

艾米莉亚·绍凯被抓不是因为考试作弊，不是因为盗窃其他学员的物品，而是因为持有毒品，它们是如此强势，如此危险，甚至害死了经手的每一个人。艾米莉亚·绍凯是知道这些的，知道她在冒死做非法交易。

督察长拉科斯特敬重面前这个沉稳的男人，他相信每个人都能被拯救，相信他能拯救他们。

这既是他的长处，也是他的盲区。伊莎贝尔·拉科斯特比任何人都清楚那意味着什么。在盲区中，有些东西在猛烈冲撞，有些在蜿蜒爬行，但无法产生任何好东西。

伊莎贝尔注意到，伽马什的右手在发抖，但他紧紧握成了拳。

12

“坐。”

艾米莉亚·绍凯学员走进办公室时，安全局学院的校长没有起身，总警司伽马什也没有。

她像往常一样目中无人地等在门口，接着走进房间，坐在校长指的椅子上，她双臂交叉紧紧抱在胸前，目光直视前方。

她看上去和伽马什记忆中的完全一样。

她乌黑的头发梳成鸡冠头，不过她或许没有发型呈现的那般好斗。他怀疑，她虽然成熟了，但却没有相应地变得柔软，或者也可能只是他习惯了。

绍凯的培训已经到了最后一年，再过几个月就要毕业了。

她虽然个头小，但却力量十足，倒不是说她的体格，而是说她表现出来的气势，她整个人所散发出的侵略性。

以前她经常冒出脏话，就像一根尖刺。

伽马什第一次见到她时，她真的当着他的面，当着所有人的面骂过。但现在她只在心里想想。不过，如果对于小个子女人来说，骂人是力量的表现，那她不妨大放厥词。

伽马什认为，这依然算是某种进步。

她冲他轻轻点一下头。

他没有回应，只是看着她。

她的眉骨、鼻子和脸颊上，耳朵软骨边缘，穿孔依然在。

还有……是的，也还在。

她上下移动舌头上戴的那枚金属舌钉，舌钉敲击她的牙齿，咔哒咔哒咔哒。

打牌时，这样的动作会被认为是“泄密”。

咔哒咔哒咔哒。艾米莉亚无意识地敲击着“摩斯代码”。

有一天他会告诉她，她这是在泄密，但不是现在。眼下这动作是有目的的，他的目的。

咔哒咔哒咔哒。

SOS。

干净的床单，伽马什心想，木柴的芳香，酥脆的牛角面包，亨利的脑袋枕在他拖鞋上的触感。他开始回溯自己的私人密码，这些东西就类似于他的念珠。

“你知道为什么叫你来吗？”校长问。

伽马什离开学院，接受安全局总警司职位时，曾就学员的事宜与继任人有过长时间讨论，还准许学生作为个人学员接受培训提出过建议。艾米莉亚·绍凯当然包含在其中，还有其他一些人。

“不，我不知道你为什么要见我，”她停顿片刻，加了一句，“先生。”

校长从桌上拿起一个信封，从里面掏出一个小袋。

“认识这个吗？”

“不。”

她回答得很快，但并不让人惊讶。她完全清楚自己过来的原因，她也完全知道那只塑料小袋中装的是什么。

凭伽马什对艾米莉亚的了解，他知道她已经对这次见面做好了准备，甚至准备得过了头。她没有表现出正常状态下的好奇，甚至连无辜之人的震惊都没有。

取而代之的是，她呈现出了一种预先排练好答案的愧疚状态。

他扫了一眼校长，想看看他是否也有同样的发现，结果他当然发现了。

伽马什感觉心跳加快，他意识到一旦越过那个点后就无法再后退。该怎么做，他心意已决，只是他的心里似乎依然有疑虑，但他知道，他必须坚持到底。

艾米莉亚·绍凯的呼吸变了，变得更短更快。

她也看到了那个无法后退的点，就在那里，在视野边缘，正越推越近，越来越快。

咔嗒声已经停止，她警醒起来，就像一只之前一直与小型动物共同生活的动物，突然间见到一个全是庞然大物的世界，突然发现它比自己原本以为的要小，比自己原本以为的更脆弱，更容易受到威胁。这个动物四处寻找逃生之路，但前方只有悬崖。

“这是在你房间的床垫下面找到的。”校长说。

“你搜过我的房间？”她义愤地说。伽马什几乎要赞美她的合作之举。

“那不是你该说的开场白吧，绍凯学员？”校长将小袋放在桌上，“这是致幻毒品，分量足够交易。”

“这不是我的，我不知道是从哪儿来的。就算我要在学院里干这种蠢事，我也会找个更隐蔽的藏匿地，比如其他人的房间。”

“你是说，是其他人放的？”伽马什问。

她耸耸肩。

“蓄意之举？”他继续问，“想陷害你？还是只想把这东西弄出他们自己的房间？”

“随你选。我知道的就是，这不是我的。”

“这个袋子上有指纹……”

“聪明。”

校长盯着她。伽马什知道，艾米莉亚在激怒他人这方面天赋异禀，不过她为何那样却让人捉摸不透。

“我们很快就会知道结果。你从哪儿弄来的？”

“这，不，是，我，的。”

咔嗒声再度开始，现在加强变成了砰砰声，好像是故意惹人发怒一样。

伽马什看得出来，校长在竭力克制翻上桌子，掐住她喉咙的冲动。

绍凯学员没有任何自救举动，事实上正好相反，她对此百般嘲弄、傲慢、自鸣得意，几乎算得上是虚伪，是她主动要求别人怀疑的，甚至更糟。

当房间里发现附表一上列出的毒品时，清白的学员会坚称自己的清白，并与校方合作，找到毒品真正的持有人。

有罪的学员为了伪装，几乎也一定会有相同行为。

但她两样都不靠。

她从一个坠入陷阱、受惊的脆弱动物，变成了一个进攻者，抛出一眼即知的荒谬谎言作为武器。

艾米莉亚·绍凯是高年级学员，已成长为天然的领袖，没有变成伽马什担心的霸凌者。

她机智又警醒，其他人发自本能地想要追随，这就使得她参与毒品交易更加危险。但根据她的背景判断，这也不是完全不可能。

他凑近些，看到她手腕和前臂上，制服袖子卷起露出的部分有文身。接着他锐利的目光移动到她脸上，看到了另外一些东西，一些或许能解释她在这次会面中为何缺乏判断，表现出自毁、古怪行为的因由。

她的反应是狂乱的、不可预知的，是毒鬼的反应。

她不会是……

他的眼睛稍稍瞪大了一些。

"你这个蠢女人，"他几乎是在咆哮，接着他转身对校长说，"我们得做个血液测试，她磕嗨了。"

"去你的。"

他瞪着她说："你上次用药是什么时候？"

"我什么都没吸。"

"看着她，"伽马什对校长说完，转身重新面对艾米莉亚，"你的瞳孔都放大了，你以为我不知道那是什么意思吗？再搜一遍她的房间。"他说完，校长开始打电话。

"我有个想法，现在就能结束这一切。"伽马什转身对艾米莉亚说。

"你怎么敢？我已经走了这么远，我们已经这么接近，我能做到的。"

"你不能。你搞砸了，你搞砸了，你做得太过。"

"不，不，我只是滴了眼药水，只是眼药水，"她几乎开始乞求，"看着像磕嗨了，但实际上并没有。"

“让探员搜查她的房间，寻找眼药水。”

伽马什几乎发了疯，他想要相信，相信她没有使用任何毒品。

“他们什么也找不到的，”艾米莉亚说，“我都扔了。”

伽马什紧紧地盯着绍凯学员瞳孔放大的眼睛，房间里一片宁静。

她看到伽马什的表情后，扭头对校长说：“如果你认为我在从事该死的毒品交易，那你对人性的判断能力之差，比我想象得还要糟。”

“毒品会改变人，”校长说，“吸毒成瘾会改变人，我想你知道。”

“我已经断瘾多年，”她说，“我没有磕嗨，如果我还是吸毒鬼，我为什么进安全局求学？”

伽马什笑了起来，说：“你在开玩笑对吧？你以为你弄了把枪，然后就能接触到任意数量的毒品？大多数不干净的探员至少还能理智地等到毕业，走上街头才开始转变。而且话说回来，就连他们大多数人都没有吸食成瘾。”

“我从来没有成瘾，你知道的，”现在她只差冲他吼叫了，“我是用过，但从来没有成瘾，我及时戒除了。”

说到这里她停了下来，想到她及时戒除的原因和过程。

正是因为这个男人，他在这里给了她一个家，一个目标，一个方向，一个机会。

“我没有从事非法交易，”她的音量降低了，“我没有用毒。”

伽马什仔细看着她，审视她，这件事上掺杂的东西太多。

他让她进入学院的时候就知道，如果她成功，她就拥有了成为一名杰出安全局员工的资质，从一个街头弃儿，一个瘾君子，变身为警察。

出身赋予了她巨大的优势，她了解其他探员永远无法获知的事情。她的了解不仅来自智慧，更来自内心。她有街头联络人，在那里有信誉，也懂得他们的语言，这些都是烙印在她身体里的优势，她能去的很多地方，能联络到的很多人，都是其他人无法接触到的。

而且她了解街头的绝望，毒瘾者那冰冷、孤独死去的绝望。

伽马什曾希望艾米莉亚·绍凯也拥有他这样深切的渴望，也想阻止那场瘟疫的蔓延，但现在他却怀疑自己的误判究竟有多么严重，他犯的错误该是多么大。

艾米莉亚·绍凯在贫民窟中就曾读过诗人和哲人的作品。她自学成才，依靠自己的力量学会了拉丁语和希腊语，学习了文学和诗歌。

是的，如果她能成功，无论是在安全局，还是在人生之路上，她都能走得更远。

但同时他也知道，如果她失败，那影响也同样会是灾难性的。

现在终点已经无比靠近，看起来艾米莉亚·绍凯失败了，而且失败得触目惊心。

她在走进这个房间的那一刻，就知道了他们发现毒品的事。

把毒品放在房里是一个自毁的行为。

伽马什闭上眼睛。他必须做出决定，不，他意识到这么说不对，应该说，他必须将他已做好的决定付诸实施，无论这一切令人多么不愉快。

坐在校长办公室，他能闻到羊绒潮湿的气息，听见雪花飘落的轻微声响。

他睁开眼睛，转身对校长说："我们得做个血检，一是为确认，二是为绍凯学员这个事情收集证据。"

"听我说，再给我一次机会，"她说，"这是个误会。"

"误会？"伽马什说，"这就是你的辩解？违规停车罚单还可能是误解。这个代价……"他停下来寻找合适的词汇，"重到人无法承受。你已经毁了你的生活，这一次，我们不会再给你机会。你将和其他人一样，面临逮捕和起诉。"

“求你们了。”她说。

伽马什看到校长轻轻做了一个手势。这时，总警司的手机响了起来。

“你从哪弄到那东西的？”伽马什问。

“这我不能告诉你。”

“我想你可以，而且你也会。说出来，我们或许会对你从宽发落。”

短暂的停顿，各种考量都势均力敌。

接着艾米莉亚·绍凯打破了平衡。

“从你那里。”

伽马什瞪着她，眼睛睁大了些，仿佛是在警告她。

不要再往前走。

他仿佛闻到了新鲜羊角面包的香味。一个雨天的早晨，在床上，他将蕾娜玛丽拥在怀中。他驾车穿过尚普兰桥，看见蒙特利尔的天际线。

“你说……”校长说。

“你甚至都不知道，对吧？”她打断了校长的话，对伽马什说，“你不知道这些毒品是不是你放进来的，你失去了它的踪迹，对不对？”这时她朝伽马什凑近，瞳孔放大，“你做出那个决定时，想没想过会产生怎样的后果？所以你才这么愤怒吗？所以你才想要惩罚我吗？因为你自己犯的错？”

“这不是惩罚，绍凯，是结果。我不想找到那批毒品吗？当然。但我从没想过，会从你这里开始。”

“得了吧，你让我进学院时就对我了解得一清二楚了。”

“我想，你没把这地方烧得一干二净，我们就该庆幸了。”

“你怎么知道我没做过。”

她的回答让他一时哑口无言。

“你从哪弄到的？谁卖给你的？”他的声音中现在多了一份威胁。

“你成为总警司后，上演的是一出糟糕的秀。”

“学员！”校长发出警告。

“你为什么还要向他咨询？”她再度用手指向伽马什，质问校长，“他还在停职。你现在什么都不是，老大。”

最后那个词她是恶狠狠地吐出来的。寂静之中，咔嗒声再次响起，这一次节拍慢了些，像是在为流逝的分秒计数。

伽马什坐在那里丝毫未动。

“如果说我堕落，那也只是在追随你，”艾米莉亚继续向前俯身，“你是个一无所有的老家伙。”

校长觉得她一定是发了疯，磕嗨了，她想要自我毁灭，精神错乱了。

“感觉好些了吗？”伽马什沉着声音问，“怒气都发泄出来了吗？都喷在别人身上了吗？”

“至少我选了一个块头和我差不多的人。”艾米莉亚说。

“很好，那现在我们可以理性地谈谈了。”

总警司伽马什的声音很平静，校长却能从中感受到他个性的力量，他比那位年轻学员强大很多。校长知道，如果伽马什有意，完全可以将她碾压粉碎。

但他感觉这位总警司所散发出来的气场并非他所希望的，他期待的是愤怒。

当然也有一些怒火，但还有别的，某种更有力的东西。

关心，比愤怒大得多的是他的关心。

老天啊，校长想到，他竟然想和一个毒鬼讲道理。

但校长错了。

“我们要做一个血检。”伽马什说。

“我不同意，”艾米莉亚说，“除非你们把我绑起来，否则别想让我有任何配合。我会起诉你们。”

伽马什点点头，说：“明白了。”接着他转而对校长说，“我建议在我们谈话期间，让绍凯学员到外面等，找人监督一下。”

电话铃响了，莫娜将火腿三明治放在羊角面包上。

深陷在书店扶手椅的她抬头看看电话，咕哝了一声，站起身朝柜台走去。

“喂，你好。”

“我找大儿子安东尼·鲍姆加特纳谈过，他安排弟弟妹妹于今天下午三点钟去他家见面。”

“你是？”莫娜很清楚打电话的人是谁，但还是愉快地问道。

“我是卢西恩·梅西埃，公证人。”

莫娜·兰德斯透过商店飘窗，看到积雪被铲起，落在此刻广场周围堆积的雪堤上，雪已经堆得很高了，莫娜看不见是谁在铲雪，只能看见鲜红色的铲子和扬起的雪粉。

她感觉像是被一座新近形成的山脉围住了。

“三点钟，”莫娜重复了一遍，写下来。她扫了一眼时钟，现在是一点半，“地址给我，”她听后也记录下来，“我通知阿尔芒过去与我们汇合。”

莫娜放下电话，再度转身看向窗外，广场周围的雪堤都像是正在喷发的小小火山。

接着，她迅速拨通阿尔芒的电话，告知他同女男爵后代碰面的时间和地点。之后她狼吞虎咽地吃完剩下的三明治，出了门。

“换我来吧。”莫娜从满头大汗、冻僵了的本尼迪克特手中接过铁铲。

“天啊！”克拉拉靠在她的铁铲上，打量着还需要清理的雪堆，“我们为什么会生活在这种地方？”

阳光耀眼，他们的鼻涕都淌了出来，脚也冻僵了，内衣汗湿了黏在身上，外衣则冻得酥脆。他们把镇子重新挖了出来。

莫娜听到克拉拉在身边喃喃自语，每个词都被呼出的白雾包裹住了，每说一句，她就铲一锹雪。

“巴巴多斯。”

“圣卢西亚。”莫娜说。

“牙买加。”克拉拉回应。

“安提瓜岛。”两个女人齐声说着继续劳动。

数完加勒比海岛后，她们开始数食物。

“千层酥。”

“龙虾。”

“柠檬牛奶酒。”

这些都是她们热爱的食物。

阿尔芒挂断电话时，校长刚好返回办公室。

“她在接待室的长椅上坐着，我的助手负责监督。”

“你助手有电击枪吗？”

校长笑了一声，拉了把椅子坐在伽马什对面。

“那么，我们该怎么处置她？”

“你有什么建议？”伽马什问，“这是你的学院，她是你的学员。”

校长停顿片刻，看着总警司。

“是吗，阿尔芒？她看上去是你的人。”

伽马什微笑着说：“你觉得让她进来是错误吗？”

“一个从前是妓女的毒鬼磕嗨了在学院从事毒品交易？你开玩笑

吗？她简直是个笑话。”

阿尔芒发出一声并不让人觉得是高兴的轻笑。

“并不是每个人都这么认为。”说完他的脸色又变得严肃。

“你知道，其实，”校长说，“在这件事发生之前，绍凯学员一直都很杰出，虽然她超越常规，烦人到极点，但出类拔萃，而且我认为她也不会屈服于谎言。”

校长看着门口，想象着那位曾经前途远大的年轻女人坐在门外的样子。

这一次，不计后果的年轻人的命运就要交由坐在门后的老人决定。尽管他二人都不老，但他想，还是比她要老的。

绍凯学员不只是不计后果这么简单。总警司伽马什是对的，她的行动会产生毁灭性的后果。如果付出巨大的努力，废墟也能得到修复，但它们也可能彻底倒塌，弄伤每一个试图提供帮助的人。

“你在想什么？”校长问。

伽马什确实在想，他在考量一些事情。

“如果我们放了她，”伽马什问，“会发生什么？”

“你是说开除她？”

这当然是他们拥有的几个选项之一。

他将所有的可能选项都考量了一遍。他们可以对绍凯学员提出警告，然后忘记这件事，将它掩盖在学院现在已高低不平的地毯下。

孩子犯了错，总不能让他们余生都变成残废。虽然这件事显然不只是“犯错”。

或者，他们可以将她踢出学院。

或者，他们可以逮捕她，对她提起持有和交易毒品的审判。

总警司伽马什考虑的是中间选项，这对于任何其他学员来说，都将是一个合理，甚至称得上仁慈的回应。

那将会是惩罚，是结果，但不会破坏他们往后的人生。

但他们谈论的是艾米莉亚·绍凯，一个有过卖淫历史和吸毒史的年轻女人，现在她又重燃旧习。

校长说："我已经开始寻找解毒方案了，不管我们如何选择，那都是必要之举。"

他没听到回应，便抬头看总警司，发现对方正看着他。

校长瞪大眼睛。

"不对吗？但如果我们不……"

他的思绪开始后退，回到道路分叉的地方，然后选择另一条路。

当他开始审视，如果他们选择那条路，那绍凯学员会面临怎样的未来时，他所有的表情都消失了，脸色沉了下去。

"你要那样做？"他轻声问，"甚至不为她争取帮助？"

"我帮过一次，看看现在是什么下场。如果想要帮助，那她得自己来争取，这样更有效，你我都知道。"

"不对。我们知道的是，她是个跌倒的瘾君子。阿尔芒，我们对她是有责任的，我们必须帮助她站起来。"

"她还没准备好，你看得出来。那样会浪费戒毒所里的宝贵位置，原本那个位置可以给其他孩子使用，其他准备好的孩子。"

"你开玩笑吗？"校长只说得出这样一句话，"你是想说服我，或说服你自己，你这是在施大恩？"

"搀扶她不是在帮忙。"

"在我看来，如果你受伤，就该有人将你运往安全场所，没有人会指望你自己爬进急救室。"

伽马什坐在那里，整个身体都感到刺痛——因为院长说出的这句是事实。但他必须坚持，必须保持果断。

"她受伤了，阿尔芒，伤得很深，就像遭遇了枪击一样，她需要帮助。”

“她必须知道，她自己就能做到，如果她能做到，那她就不会再跌倒。这才是现在我们应该给予她的帮助。”

“阿尔芒，如果你把她赶走，那等于是杀了她。你明白的。”

“不。如果我赶她走，那等于是让她自己掌握自己的人生。她能做到的，我知道她能。”

“你这个结论是在火炉边抿着苏格兰威士忌得出的，对吧？”

两人凝望着彼此。校长所言距离事实并不远。阿尔芒当时确实坐在客厅，亨利的脑袋顶着他的脚，蕾娜玛丽在他对面阅读档案文件，而外面，雪正在静静地下着。总警司伽马什在思考不计后果的年轻人的命运。

艾米莉亚，还有许许多多的年轻人，成千上万的年轻人。

他在火炉前面，掂量过这些选择。

安全而理智，温暖而满足。他考虑过他的选择，以及他即将施行的暴行。

二十分钟后，他们站在安全局学院入口旁的长廊里。

已经脱去制服的艾米莉亚·绍凯朝他们走来，她的左右各有一名工作人员跟随。她肩头挂着一只大背包，里面塞得鼓鼓囊囊，但根据帆布包突出的尖角，伽马什推测里面装的并不是衣服，而是艾米莉亚认为唯一值得保存的物品——书籍。

他看着她走过来，从他身旁经过，谁也没说一个字。

她将重返街头，重返贫民窟，重返毒品和卖淫行当，这是她为下一次成功，以及再下一次，必须付出的代价。

与他们拉开几步距离后，艾米莉亚停下脚步，她将手伸进包中，然后行云流水般地转过身，朝他们投来一个东西。那东西旋转着划破空气，速度如此之快，站在伽马什身旁的校长几乎没有时间闪躲。

但伽马什的本能反应却不同。

他没有畏缩，取而代之的是，他伸出右手，在那东西即将击中他脸的时刻，将其一把抓住。

他看见艾米莉亚·绍凯最后冷笑着转过身去，比了一下中指，走向她的新生活，走向她过去的生活。

伽马什站在那里，注视着空荡的矩形门洞，直至门关上，走廊里重新变暗，这时他才低下头看手里的书。那是她进学院的第一天，他送给她的那本小书，他感觉像是上辈子的事。

正是他那本书，马尔库斯·奥列里乌斯的《沉思录》。

当时她嘲笑着拒绝，现在这本小书却重新回到他手中。艾米莉亚自己出去买了一本，然后把他的书丢在了他的脸上。

“请原谅，”他对此刻正用一种近似厌恶的目光盯着他的校长说，“我能私下里借用一下你的办公室吗？”

“当然。”

伽马什打了个电话，但是门并没有关严，校长听见了，他一直在留神听。

“她离开了，跟上她。”

于是校长就明白了伽马什刚刚的行为，明白了他现在的行动。校长几乎可以肯定，他早就计划好了。

总警司伽马什将艾米莉亚·凯绍放回了旷野。她会去哪儿？当然是回她的贫民窟。在那个污秽的世界，她会找到更多的笨蛋。她会将他们都带到毒贩面前，或许能带他们找到魁北克安全局领导允许流入全国的其余阿片类药物。

总警司伽马什要找到那些毒品，要拯救许许多多人的生命，但要做到这一点，他必须踏过艾米莉亚·绍凯的尸体。

校长看着伽马什离开学院，不知心中对这位安全局领导的钦佩之情是在增多，还是在减少。

他还有一个格格不入的想法，尽管他试着不去理会，但那想法却拒绝消失。

校长在想，那毒品是不是总警司放进去的呢？他知道会发生这样的结果。

阿尔芒坐上车，在前往与莫娜和其他人约定的见面地点前，他脱下手套，戴上老花镜，两只大手捧起那本书。

接着，他翻开书页，重新阅读那些熟悉的段落，就像见到了一位老朋友。

翻开折了角的书页，他找到一些从前他划线标记的文字。

“人不应恐惧死亡，而应恐惧从来不曾活过。”

他想起在走廊中，艾米莉亚从他身旁走过时他听到的咔哒咔哒的声音，那是她在传递信号——拯救我们的灵魂。

13

“阿尔芒，你得听听这个。”

伽马什刚走进柏莎·鲍姆加特纳长子的家，莫娜就拖着他走进了客厅，所有人都已经聚齐在那里。

他已经脱了外套、御寒帽、连指手套和靴子，此刻只穿着长筒袜站在那里。他快速浏览房间里的情况，最远端的墙壁嵌满书架，上面摆满书籍、相框以及累积的纪念品。其余墙上挂着画作，都不是前卫派，有些是精美的水彩画，有些是油画，还有一些相片。壁炉里已生了火，窗外是后院，透过窗户能看到参天大树，草坪上盖了厚厚一层白雪。

房间装潢选用的是稍显阳刚的哑光色调，大体是米色和蓝色。这个房间，这个家，都在小声诉说着舒适与成功。

“我是阿尔芒·伽马什，”他朝鲍姆加特纳三兄妹伸出手，“对你们的丧亲之痛我深表遗憾。”

对方看着他却有一丝犹豫。但他看到他们的表情很熟悉，那是人们看到电视中出现的人出乎意料地走进自家客厅时才会有的惊讶。现在他立体地呈现在他们眼前。

他们走过来，交谈，握手。

安东尼、卡洛琳、雨果。

他们身材高挑、骨架匀称，这是饮食精细、懂得自我照顾的人才会呈现出的健康面貌。

但雨果除外。

他似乎继承了母亲的样貌。他是矮个子，身材圆润、脸颊红润，他就像是天鹅群中的丑小鸭。说真的，他更像只癞蛤蟆。

长子安东尼五十二岁，卡洛琳排行第二，雨果最小，但他看上去比另外两个要显老，一副饱经风霜的面庞，像是一尊石像在外面受了太久的日晒雨淋一般。雨果的头发是银灰色的，而安东尼只在两鬓有华发，显得十分尊贵，卡洛琳柔软的发丝则染成了金色。

安东尼的姿态十分放松，甚至带着一定的优雅，最先走上前来握手回应的是卡洛琳。

“欢迎，总警司。”他并没有介绍自己的头衔，她却以此作为称呼。她的声音很温暖，算得上悦耳，“我们都不知道我母亲认识你，她从没提过。”

“这事发生在她身上真的很奇怪，”雨果的声音出人意料的深沉、醇厚。如果地上的沟渠能说话，声音可能会像他的。

“我们其实没见过，”阿尔芒说，“我们几个人都不认识你们的母亲。”

“是吗？”安东尼一一打量他们，“那我母亲为什么选你们作为清盘人？”

“我们还指望你们告知原因呢。”莫娜说。

三人看看彼此，都是一副不知所措的样子。

“说真的，”安东尼说，“我们还以为自己是清盘人，所以梅西埃总管打电话过来时，我们很惊讶。”

“好吧，女男爵一定有她的理由，”卡洛琳说，“她总是有，一定有联系。”

“兰德斯女士和我住在一个名叫三松镇的小镇，”伽马什说，“我想你们的母亲在那里工作过。”

“对，”雨果说，“她说那里是个很有意思的小镇，在一片草地上。”

他说话间将手握成杯形。

“草地”这个词并没有让小镇听起来更吸引人，真正吸引人的是他的手势。他结实的手握成杯形，表明其中不是空的，而是盛有某种宝贵的东西——干旱区的水、庆典上的葡萄酒，或者某种濒临灭绝需要保护的生物。

阿尔芒突然想到，这个形容粗糙的男人是多么富于表现力啊，只用一个普普通通的小手势，他就能表现出一个意义丰富的世界。

和阿尔芒一样，莫娜也在仔细观察这三人。她并没有任何怀疑，更多的是一种动力学方面的职业兴趣。她想知道一群人或一个家庭中出现陌生人会发生什么。

这三个人看起来相处很融洽，尽管他们之中存在阶级分别，安东尼显然最高。

“你们想喝点什么吗？”卡洛琳询问来客，“咖啡还是茶？或者来点更烈的东西。”

“我想我们应该直接开始。”卢西恩说。

“我来杯啤酒。”雨果说着走进厨房。

“茶就好。”莫娜说，阿尔芒也附和。

“我也来杯啤酒，如果可以的话。”本尼迪克特说。

卡洛琳和安东尼跟着雨果走进厨房，阿尔芒则走到书架旁去找莫娜。

“你说有什么事情得让我听听来着？”他问道。

“关于女男爵的，她这个称呼的由来。”

“怎样？”

莫娜露出一个异常痛苦的表情，他好奇她是不是突然遭遇了严重的疼痛。结果证明确实如此，只不过不是生理疼痛。

“我没办法告诉你。”

“为什么？你刚才说我必须知道。”

“是，但你得听他们说，”她朝厨房歪歪头，“有点惊人，我怀疑事情的真实性。”

“不是吧？”阿尔芒说，“你这是在招人烦。”

“抱歉，不过其实你来的时候，他们的故事还没讲完。”她再次看向厨房，“你对他们的看法如何？”

“鲍姆加特纳一家？”他也看了一眼厨房，“还没有形成真正的观点，但他们看起来都不错。你觉得呢？”

“我总在寻找精神病，”莫娜承认，“在人们的大脑里挖刨太多年了。只要你探索的时间足够长，程度足够深，你一定会有所收获，哪怕面对的是最稳定的人。”

她意味深长地看了他一眼，他露齿而笑。

“我很高兴现在轮到他们了。所以呢？你在这些和善的人身上有没有挖掘出什么精神病症？”

“没有，这让我很不安。”

他笑了，说：“不用担心，如果说有什么东西能鉴别疯狂，那一定是遗嘱。”

“那我们已经见识过多次，”她表示赞同，“我们是清盘人，你认为他们会心烦吗？”

“不确定。不过他们肯定很惊讶。我在想，他们的母亲为什么没有通知他们被替换的事情。”

“我想知道她为什么这么做，”莫娜透过打开的门往厨房里张望，“你觉得会不会是他们之中有一个有点不一样？”她一只手伸到太阳穴位置旋转，“但她觉得不能只落下他，于是就将他们全部换掉了？”

“他？你心里有人选了？难道是雨果？”

“因为他看上去很可怜吗？想象一下，跟两个极其出色的哥哥姐姐一起长大，这简直会扭曲一个人。不过我的赌注押在安东尼身上。”

阿尔芒看着三位鲍姆加特纳准备茶点的身影。卡洛琳和安东尼一起在泡茶、准备饼干，雨果一个人在条案远处倒啤酒。

表面看来三人相处融洽，但他们几乎没有对彼此说一句话。

“为什么押安东尼？”他问。

“因为他看起来不像那种人。我总会怀疑那些看起来过于稳定的人。”

“有时一根雪茄……”阿尔芒把莫娜逗笑了。

他在她身后的书架上发现了一样东西，于是伸手去取。

是一张小照片，银质相框已经没有了光泽，黑白照片也已褪色，但他认识照片里的人，也知道拍摄地点。

是鲍姆加特纳家的三个孩子，他们站在一座农舍前，其中有两个很瘦，一个圆滚滚的，他们的胳膊都慵懒地搭在彼此的肩膀上。时间是夏季，他们都穿着宽松的泳装，他们露出牙齿，笑得十分灿烂。

在他们身后的花园里，他看见洋地黄长长的花剑，还有很容易辨认的舟形乌头。

“那是什么？”他指着另一丛植物问。

“嗯，那是一种有致死毒性的茄类植物，也叫颠茄。”莫娜说，“女男爵一定是个出色的园丁。我想本地应该长不了那种植物，不过我猜应该是房子起了保护作用，或者也可能是她每年都种。”

阿尔芒将三个小孩儿的照片放回原处，看上去他们就像是长在有毒植物中的野草。

“喝的来了。”卡洛琳说。安东尼用托盘端着茶，跟在后面的雨果端着啤酒。

那似乎是他习惯待的自然位置，伽马什发现。他跟在哥哥姐姐身后几步远的地方，与他们稍稍分开一点距离，近到能看出他们的亲密，又远到不会被包括在其中。

“能继续了吗？”卢西恩之前拒绝了任何饮品。

“既然现在阿尔芒到了，那我想我们应该稍稍往回退一点，”莫娜说，“他没听到刚刚卡洛琳讲的事。”

“那事不相干吧，”卢西恩说，“我们过来是宣读遗嘱的，仅此而已。”

“你刚才在讲，为什么你母亲喜欢人们叫她女男爵。”莫娜提醒卡洛琳。

“喜欢？”安东尼往壁炉里丢一根木柴，“她不是喜欢被叫女男爵，而是坚持人们这样叫她。”

他向后靠在椅背上。

卡洛琳将裙子整理好，转身面对来客，她的双膝并在一起，脚踝交错。这是一位令人愉快的女性。

“我们的母亲自称女男爵是因为，她本身就是。”

阿尔芒看看她，又看看其他人。他没有张嘴，但眼睛肯定瞪大了。

莫娜扭头看着他，露出笑容。如果快乐能让她燃烧起来，那么她可能马上就会烧燃。同意成为一个陌生人的遗嘱执行人，原本只是一件小事，现在事情却迅速发展，变得不止令人愉快，还让人觉得有点奇妙。

一位女男爵，她闪烁的眼睛仿佛在这么说，一个贵族清洁女工，还能有比这更有意思的发展吗?

坐在对面的鲍姆加特纳一家的反应各不相同。安东尼完全是分享笑话的样子，他扬起眉头，摆出一副“你能拿父母怎么办”的表情。

卡洛琳佯装镇定，但她的表情却出卖了她，她的脸颊上开始出现小小的红晕。

而雨果——

“她可能是，”他说，“但我们不知道。”

“我想我们知道，”安东尼说，“有些事情必须面对，雨果，无论有多么让人不快。”

他看着弟弟，把他的名字念得像是“优果”。

“我从来没见过真正的女男爵，”本尼迪克特说，“有点酷啊。”

“你现在依然没见过。”莫娜指出。

“她为什么觉得自己是女男爵？”阿尔芒问。

“嗯，首先是姓氏。”安东尼说。

“鲍姆加特纳？”本尼迪克特问。

“不，”卡洛琳说，“那是我们的父姓。她娘家的姓氏是鲍尔，她的祖父，也就是我们的曾外祖父，姓肯德罗斯。”

她专心地看着他们，显然是在期待回应。

“肯德罗斯。”雨果重复一遍。

“我们听见了，”莫娜说，“你是想强调什么吗？”

本尼迪克特眯缝起眼睛，抬起手指，努努嘴，显然是想弄清其中的关系。

“肯德罗斯，”他终于说，“柴尔德罗斯。”

“柴尔德罗斯，”阿尔芒念叨一遍，突然停下，“罗斯柴尔德？罗斯柴尔德？”

雨果点点头。

“那太荒谬了，”卢西恩轻蔑地哼了一声，然后看着三位鲍姆加特纳，“你们不是想说，柏莎·鲍姆加特纳是罗斯柴尔德家族的人吧？”

安东尼向后靠，显然是想摆脱与那句声明的关系。

卡洛琳一副委婉挑衅的样子，仿佛是想激起他们的质疑，而雨果则显得得意扬扬。

“是。”

“罗斯柴尔德家族？”莫娜问，“那个银行业世家？家产价值数十亿？”

“呃，是一个支脉，”卡洛琳说，“二十世纪二十年代来到加拿大，决定投资股票市场的每一只股票。”

“他们是还算幸运的一支，”安东尼说，“至少走了出来。”

“不是投资每一只，”雨果说，“他们来加拿大是因为，他们的、我们的所有东西都被偷走了。”

“够了，”安东尼抬起手说，“这件事俘虏了我们的父母、我们的祖父母，他们抱恨终日，几乎发疯。就连我们的整个人生都在经历这些，现在让我们就此打住吧。”

“安东尼说得对，”卡洛琳说，“就算这事是真的，我们也无能为力。”

“妈妈说过……”雨果说。

“妈妈是个充满愤怒的老妇人，只有靠编造事实，才能让她忘记替别人打扫厕所的屈辱，”她说，“她用爱和愤怒将我们养大，并且让我们发誓会继续战斗，但我们发誓时还是孩子。”

“还是肯德。”本尼迪克特说。

卡洛琳有些生气地看着他。

“你怎么知道那个词的？”莫娜问。

“肯德[①]？”本尼迪克特说，“我女朋友家是德裔。再说，我上过幼儿园，有人没上过吗？”

幼儿园，伽马什想到这个词，抬头看了一眼书架上，那个褪色相框所在的位置。照片里的孩子们站在一个致死的毒药花园中。

“我们不是德裔，”雨果说，“是奥地利裔。”

“啊，”本尼迪克特说着降低了声音，“那他们是罪犯吗？”

“当然不是。”卡洛琳说。

他们盯着他看了一阵子，莫娜才反应过来。

“不是澳大利亚，是奥地利，和冯·特拉普家族一样。”本尼迪克特看上去一脸茫然。

于是她继续说：“《音乐之声》看过吗？《群山因为音乐而充满生气》记得吗？帮帮我，阿尔芒。”

“我觉得你解释得很清楚。”

他听到左侧有人尖着嗓子在唱“雪绒花，雪绒花”，接着声音慢慢低下去。

他们回头看时，雨果正低着头打量自己的双手。

---

① 原文是Kinder，德语词，相当于英语中的Child，意为：“孩子”，上文中的肯德罗斯（Kinderoth），罗斯柴尔德（Rothschild），以及下文的幼儿园（Kindergarten）都与“孩子”有关。

“妈妈以前经常给我们唱这首歌，”安东尼解释，“那部电影我们一定看过几百遍。”

阿尔芒也看过那部电影，次数多得数不清，以前是和孩子们一起，现在是和孙子辈一起。小家伙们睡觉时，他就会唱这首熟悉的歌谣。

雪绒花。他们重重的眼皮合上了。雪绒花。

“我们能继续吗？”卢西恩一边说着，一边将柏莎·鲍姆加特纳遗嘱的复印本分发给她的孩子们，每位清盘人都带来了自己的。

“请翻到十五页，”卢西恩说，“我会说到重点。她为三个子女各留下五百万美元，以及日内瓦和维也纳的房产。”

“爵位由长子继承，”卢西恩认真地说，仿佛爵位真的存在一般。接着，他看着安东尼说，“由你继承。”

“谢谢。”安东尼说。

他的本意可能是讽刺，但听起来却只有悲伤。而且不只是他一个人，阿尔芒看到其他人也都明显露出伤心的神色。

女男爵或许是有妄想症，甚至有可能确实充满仇恨，但她爱她的三个子女，而他们也爱她。

卢西恩开始阅读文件的其余部分。读完后，他看着他们。

“有任何问题吗？”

本尼迪克特举起手。

“先从家庭成员开始。”卢西恩说。

“这该怎么执行？”卡洛琳问，“将这些不存在的财产留给我们？”

“真实存在的东西又该怎么处理？”安东尼问，“她有一些小额投资，银行也有一小笔存款。还有家呢？她活着的时候，我们出于对她的尊重，没有出售房子。她总是想着，或许有一天能回去。”

“我很高兴你提到那座农舍，”伽马什说，“我们昨天刚去过。状况相当糟，可能需要推倒。”

“不，”雨果说，“我敢肯定还能拯救。”

阿尔芒摇摇头，说：“太危险了，尤其是再加上这场暴风雪。我恐怕得打电话找人去调查一下，可能需要做个鉴定。”

“我没有意见，”卡洛琳说，“我们可以直接卖掉那块地。妈妈已经有两年没回去住了，我不会觉得眷恋。”

“你们是在那边长大的吗？”莫娜问。

不管年纪多大，孩子竟然对童年时代的家毫无眷恋，这实属罕见，除非那里是个伤心地。

“你们的父亲……”她说。

“他怎么了？”安东尼问。

“你们的母亲是孀居，遗嘱中说的。”

“是，他三十年前就过世了。”

“是三十二年前。”雨果说。

“因为农场事故，”卡洛琳说，“割干草时联合收割机从他身上碾了过去。”

莫娜皱起脸，阿尔芒虽然发挥了专业技能保持脸色不变，心里也不由得开始想象那幅画面。

“是安东尼发现的，”雨果说，“我们看他没有回来吃午饭，于是就出去找。他是当场去世的，应该没有遭罪。”

“也许不然。”阿尔芒希望他的语气没有泄露他真实的想法。

“女男爵就是从那时开始出门工作的，”卡洛琳说，“她得抚养我们。”

“我在IGA超市找了个打包货物的活儿，”安东尼说，“卡洛琳出去做临时保姆。”

“记得那对夫妇雇用你照看山羊时的情景吗？”雨果笑着问。

“天啊，我记得，”安东尼也笑起来，卡洛琳也跟着笑，“你在教堂大厅贴了一张告示，说你喜欢孩子，愿意帮忙照看他们。”

“嘿，山羊崽可比人类婴儿听话多了。”卡洛琳在椅子上放松下来，她笑得很开心，目光闪烁。

“就是会踢人，”雨果说，“我记得我去给你帮过几次忙。”

他揉揉胫骨。

“它们不喜欢你而已。”

阿尔芒听着三人重温熟悉的记忆，那是家庭聚会中仪式的一部分，同样的故事被一遍又一遍地讲述。有那么一阵子，他们看着就和照片里的孩子一样。

阿尔芒一直在观察安东尼·鲍姆加特纳。

他发现父亲在田里死亡时，应该是十六岁。

那样的景象应该永远也无法忘却，那记忆在安东尼的长屋中占据的空间会远超平常，它会挤压其他记忆，将童年的快乐回忆推到角落。

阿尔芒的父母死于车祸，当时他也只是个孩子。直至今天，他依然记得警察上门通报时的每一个细节。

那一天，那一刻，影响了他余生的每分每秒。

而且他并没有看见他的父母，也没见到他们的遗体。他记得有一股烤花生黄油饼干的气味，所以直到现在，他闻到这个味道依然恶心想吐。

但这个人却记得他父亲被轧得鲜血淋漓的尸体。

“我认为我们应该试着拯救那地方。”雨果说。

“你可以等散会后留下来，”安东尼说，“到时候我们再讨论。”

“至于她其余的财产，”卢西恩说，“我们会做个清册，然后你们签字接收。”

“你这里有你们母亲的照片吗？”阿尔芒问。

他跟着安东尼走到壁炉旁，在架板上找到一幅相框照片。

“我能看看吗？”安东尼点头后，他拿起来。

“是去年圣诞节照的。”卡洛琳也走过来。

阿尔芒认出照片中的壁炉就是他面前的这座。只不过照片中，壁炉上面装饰着松枝花环和鲜红的饰片，背景里有一棵圣诞树，上面挂满了彩球、爆米花串和糖果棒，树下堆满了用亮晶晶的包装纸包裹的礼物，但是照片的焦点，照片的中心，是一位坐在大椅子上的年长妇人。孩子们给椅子背装饰了花彩，所有人都围在她身边，她自己的三个儿女则站在椅子背后。每个人都在笑，有人甚至笑得很开怀。

女男爵戴着圣诞拉炮送的纸王冠，笑容满面，看上去倒与英国演员玛格丽特·拉瑟福德不无相似之处。

白发，双下巴，亮蓝色的眼睛像血猎犬一样下垂。她丰满的胸部和健硕身躯是为了方便她擦拭沾满面粉的双手以及拥抱她的孙子们。

看着她，阿尔芒几乎能闻到香草精的味道。

他发现自己在微笑，接着他将照片递给莫娜，“格罗丽亚娜女大公。”他说。

莫娜点点头，笑得更灿烂。

“《月宫女星》里的角色，”莫娜开始认真地观察起这张在安东尼的客厅中拍摄的照片，“或者像《我的朋友叫哈维》。”

“你载他们，对。”几分钟后，他们准备离开时，卢西恩对阿尔芒说。

这是一句陈述，而非疑问。“他们”指的是莫娜和本尼迪克特。

“我还有些事情要和安东尼·鲍姆加特纳确认。”公证人说。

“好。”阿尔芒说。

卡洛琳和他们一起走，雨果留下来和安东尼一起探讨农舍的未来。

没过多久，莫娜、本尼迪克特、阿尔芒便和蕾娜玛丽一同坐在了小酒馆的火炉旁。克拉拉、露丝和加布里也加入进来，点了酒喝。

电力供应恢复了，电话线也修复了。

“他们明天下午才能来。”本尼迪克特从酒馆吧台处打完电话，返回火炉旁说。

“谁？”克拉拉问。

“修车的人，”本尼迪克特说，“我的皮卡还停在鲍姆加特纳女士的农舍，得找拖车，还得换新胎。”

他看了一眼阿尔芒，后者点头表示赞同。

“我给镇公所打过电话，强烈建议他们派检查员去她家，”阿尔芒说，“我认为那里需要做情况鉴定。”

“也许还有救，”本尼迪克特说，“如果鲍姆加特纳家的人愿意让我一试。”

“想都别想，”阿尔芒说，“卡洛琳说得对，就应该把那里推倒，把地卖了。”

太阳就要落山了，天空一片淡蓝，之后变得漆黑。

“你留下来再住一晚。”蕾娜玛丽对本尼迪克特说。

“但是我没有换洗衣服。”

“我们给你找，”加布里打量着这个年轻人，“我想你和露丝的体格差不多，她还阳刚一些。”

他们一边喝酒，一边谈论在女男爵家见面的事，她似乎真的认为自己是女男爵，是罗斯柴尔德家族的后裔。

“好显赫的家世。”露丝说。

“可就算是真的，”蕾娜玛丽说，“也不一定就代表她拥有爵位和财富。”

“也可能真的拥有，”克拉拉说，“你怎么弄得清？”

“卢西恩正在调查。”莫娜说。

“叫她‘鲍姆加特纳女士’听着怪怪的，”克拉拉说，“我认识女男爵，但这位柏莎·鲍姆加特纳却陌生得很。”

“我同意你的看法，”莫娜对阿尔芒说，“她确实很像玛格丽特·拉瑟福德。”

露丝把苏格兰威士忌重新往她的杯子里倒了一杯，笑起来说：“是，确实像。她让我想起的就是玛格丽特·拉瑟福德。”

“不过，”阿尔芒对莫娜说，“我认为你更接近事实的核心。重要的不是她的长相，而是个性。”

“为什么？”加布里问。

“《我的朋友叫哈维》，”莫娜说，“与这家人见面的过程让我想起那部电影。”

克拉拉笑着说：“你是说埃尔伍德·P·多德。”

“太荒谬了，”露丝说，“女男爵一点都不像吉米·斯图尔特。”

看着本尼迪克特茫然的表情，蕾娜玛丽解释说：“《我的朋友叫哈维》是一部老电影，讲的是一个男人……”

“埃尔伍德·P·多德。”莫娜说。

“他最好的朋友是一只1.8米高的兔子。”蕾娜玛丽继续说。

“名叫哈维。”莫娜说。

“他们一起走遍世界各地，”蕾娜玛丽继续讲，“但任何人都看不见兔子。”

“显而易见，”露丝说，“因为它是一只1.8米高的白兔。”

“他们想要说服埃尔伍德，哈维不存在。”克拉拉说。

“他们认为他疯了，”露丝拍了一下罗莎，“想确诊他的病情。”

“这个故事是想说，如果一个人很快乐，那么这或许就是唯一重要的事，”蕾娜玛丽说，“相信一只巨大的白兔存在有什么坏处呢？”

“或者说相信爵位的存在，”克拉拉举起杯子，“敬女男爵。”

“敬女男爵。”他们齐声说。

“但不只是爵位，对吧，”本尼迪克特说，“还有钱，好几百万。我在想，相信一笔并不存在的财富，有没有坏处呢？”

“或者说相信爵位的存在，”克拉拉举起杯子，“敬女男爵。”

“敬女男爵。”他们齐声说。

“但不只是爵位，对吧，”本尼迪克特说，“还有钱，好几百万。我在想，相信一笔并不存在的财富，有没有坏处呢？”

“‘你要学的事多着呢’年轻人，”露丝引用电影里的台词，“‘而我希望你永远也不用学’。”

14

“那你打算怎么做？”他们小心翼翼地将汽车开下山，进入三松镇，安妮问，“你打算告诉他吗？”

“哪一部分？”吉恩盖伊问，“调查还是……”

他能感觉得出，因为积雪和寒冰，车尾开始往侧面滑，于是他停止说话，集中精力。他目光紧盯路面，双手轻轻放在方向盘上，注意力完全集中。

他迅速看了一眼后视镜，看见奥诺雷被安全带紧扣在车座上，正看着窗外。

“我认为我们得先做出决定，你说呢？”车子安全下到山脚下，他才终于继续说完，接着他们开车绕过镇广场。

路两边都堆起了雪墙，因此除了隐藏在墙后房屋的闪光外，什么也看不见。

吉恩盖伊从未见过这般景象，它既美丽又令人担忧，既让人感觉舒适又感到不祥，仿佛大自然正在选择是该保护还是该毁灭掉这个小镇。

他将车慢慢开进雪堤上凿出的一个开口，沿着那条雪中隧道开往伽马什的家。安妮没有下车，而是继续坐在车上，雪墙反射的车头灯光照亮了她的脸。

“没事的。”她说着凑过去，亲吻他的脸颊。

这是一个非常简单随意的动作，吉恩盖伊很容易忽略其中的赞赏之情。

被吻，毫无缘由。

但对于一个理智之人，这动作却让他感到惊讶。

“昨天的会面怎么样？”吉恩盖伊在书房落座后，伽马什问道。

伽马什家的晚餐刚刚用完，吃的是肉馅土豆饼和巧克力蛋糕。奥诺雷已经在他的房间睡着了。

家里的不速之客，那个留着怪异发型的小伙子本尼迪克特，出门去酒馆喝酒去了。认识安妮和吉恩盖伊后，他和奥诺雷玩儿了很久。奥诺雷上床后他们用了晚餐，之后本尼迪克特询问伽马什是否介意他出去喝杯啤酒。

“是个好孩子。”吉恩盖伊说。

“是啊。”阿尔芒说。

“你对他了解多少？”吉恩盖伊说得很随便，但阿尔芒很了解他，所以不会上当。

“你是想问，他会不会趁我们睡着大开杀戒？”

“只是好奇而已。”吉恩盖伊说。

这个本尼迪克特又不是戴着滑雪面罩，拎着大砍刀搭便车时碰见的。不过话说回来，阿尔芒对他又有几分了解呢?

“我快速查过一次，”阿尔芒说，“他自报的身份无误，是个建筑工，住在蒙特利尔，显然是和女朋友一起住。”

“显然？”

“呃，这个说起来就有点怪了，”两人落座时，阿尔芒承认道，“停电后，电话接不通，他无法联系女友告知自己的方位，汇报是否安全，也无法确定女友的情况，但他似乎完全不在意。如果是我因为暴风雪与蕾娜玛丽失去联系，我会不遗余力确定她的安危。”

吉恩盖伊点点头。他也会为安妮做同样的事，这甚至不是一个选项，而是一种本能。

“也许他们并不相爱。”他说，“你认为还有其他原因？”

“我想这个女友可能只是一个方便的借口，”阿尔芒笑着说，“我认为这个英俊的孩子是想找条出路，离开不舒适的环境。”

“所以他就编了一个女朋友？”吉恩盖伊认真地看着他的岳父，“别告诉我你曾经也这么干过。”

阿尔芒笑了，说：“我年轻时干过好多次。真找女朋友才是问题。”

“我看得出你要找女朋友很难，但这个孩子为什么要编造一个女朋友？我觉得他要找女孩儿完全不是问题。”

“或许那就是原因，这样他就能屏蔽不需要的求爱。”

“虚构的恋人，聪明。”

他真希望自己年轻时也能想到这个办法，比如接到不想参加的社交活动邀请，就可以拿女友当借口拒绝。

如果这个猜测属实，那本尼迪克特比他外表展现出的要聪明，不过这并非难事。

“好吧，如果女友不存在，你怎么解释他的发型？”吉恩盖伊问，“是女友剪的吧？”

“很难解释。你没看见他昨天穿的毛衣，是他女友拿钢丝绒织的。”

“那她一定存在。年轻小伙子为了性事什么做不出来？我记得……”就在这时他意识到自己在和谁说话，于是截断话头。

“你想让我查查他吗，老大？”

“不用麻烦，与我们无关。”

“当然，还有一个问题，那女人在遗嘱中为什么选中他做清盘人，”吉恩盖伊说，“还有你们。你认为那女人真的是女男爵吗？”

“不，”阿尔芒说，“我想不是。我认为她女儿说得对，她编造这个头衔来自我安慰。我们都会做梦，尤其是小时候，但长大后大多数人就会停止。我想鲍姆加特纳女士一直没放弃幻想。”

“而且她还要把爵位传给自己的子女。”

“我对那事不能十分肯定。我认为她的女儿可能会放弃，但长子安东尼似乎有兴趣，小儿子雨果会怎样，我不知道。”

“或许她就是出于这个原因才选择的你和莫娜。在某个清醒的时刻，她明白过来，她的幻想真的把大家搞得一团乱。你能想象如果执行遗嘱的是她的子女，会发生怎样的争斗吗？”

“但那还是无法解释她为什么选择我们，”阿尔芒说，“当然也无法解释她为什么选择本尼迪克特。”

“是的。”吉恩盖伊思索片刻，“但奥诺雷喜欢他。”

这看似是一个不合逻辑的推论，但阿尔芒知道并非如此，他也注意到了，蠢人才会相信一个婴儿的本能，但完全忽略不理也是在犯错。

阿尔芒在椅子上挪一下身子，然后问道：“昨天的会面怎么样？”

“你是说与调查员的会面？”

片刻的停顿后，吉恩盖伊立刻明白自己犯了错。这样发问等于是在说，他还参加过别的会面。

他等着岳父提问“还有别的会面”？

但伽马什没有问，取而代之的是，他交叉双腿等待着。

“还行。”

“别忘了你在和谁说话。”

他用的是谈话般平静的语气，但其中的警告意味很明显——不要撒谎。

透过关闭的书房门，他们能听见外面的说话声，是安妮和蕾娜玛丽。

吉恩盖伊想，很少有什么东西，能比你爱的人在隔壁轻言细语更让人感到安心。

如果他需要什么东西来帮助入睡，那他不需要白噪音发声机，也不需要下雨或海潮声的唱片，他想要的是这两个女人的交谈声。他会慢慢地睡去，她们的轻言细语就像一个圆环，听不真切，但却会提醒他，他不是孤身一人。

事实上，昨晚他没有睡好。他要做一个决定，心里很焦虑。

波伏瓦开始回想前一天与安全局调查员见面的情景，他想保持精确，“他们很友好，”他的声音低沉而谨慎，“似乎想为我提供一条出路，一艘救生艇。”

“你没意识到，船正在下沉吗？”

波伏瓦点点头，说：“我本以为一切都结束了，真的，我以为走进会议室就会听到，都弄清楚了，你将官复原职。”

“你真那么以为？”

“难道你不是吗？”

伽马什思忖着，或许一开始，他也曾想过那个可能性。

但接着，被问的问题越来越多，他一遍又一遍地解释事情的原因和经过，他看得出他们的思考过程。而且从他们的观点中，他也听得出来。

整件事赋予了他一个有趣的视角，他可以从犯罪嫌疑人的角度来看问题。

在白日的冰冷光线中，要想解释某件事，似乎是不可能实现的任务。

尽管那时候他的思维异常清晰。

“我认为，在现阶段，任何事情都有可能。”他对吉恩盖伊说。

门外的声音仍在继续。他们能听见，当一方说了什么有趣的事时，另一方就发出轻笑。

小书房里却一片寂静。吉恩盖伊很少经历这样的寂静时刻，但却让他隐隐想起他们在那座遥远的修道院共度的时光。

那是在圣吉伯特二狼修道院，那里的寂静是如此的深沉，让他觉得不安。

他想要打破寂静，但他本能地知道，不该由他来打破。

于是他只能等待。

伽马什坐在他熟悉的椅子上，但有那么一个瞬间，每一件事都让他感觉陌生。他意识到，事实上，他心里其实怀抱着最终被免罪的期望。

他期望昨天吉恩盖伊与调查员见面后会给他打电话，告诉他都结束了，然后他还将接到首长的来电，告诉他，他的事情已经查清，他将恢复原职。

但他没有接到电话，当时电话线不通，所以让这个虚幻的期望得以幸存下来。

伽马什自顾自地笑笑，对鲍姆加特纳女士多了一份理解。

我们都会做梦。

现在他能看出他错得有多离谱了。

总得有人受到谴责。如果毒品流入街头，他们会给予他最严厉的惩罚，而现在他们都能确定，那一天随时可能到来。为什么不呢？说到底，该承担责任的还是他，只有他。

想到这些，他感到安慰。如果船真的沉了，他不会连累任何人。这是他所做决定的后果，是来自友军的误射炮火。

他仿佛看见母亲跪在他的身边，调整他的连指手套和帽子，然后将他的大围巾系在脖子上，系好后又拍一拍。他即将出门，走进蒙特利尔寒冷的早晨去上学。母亲看着他说：“记住，阿尔芒，如果遇上麻烦，就去找警察。”

她凝视着他的双眼，神情一如往常般严肃，直到他郑重地点头，她才重新露出微笑。

“我发誓，我真的想死。”

现在，五十年过去了，他坐在自己家中，闻到淡淡的花生黄油饼干的味道。

接着透过书房的门，他听到妻子和女儿轻笑的声音。他想起外孙已经睡着了，他想起他的儿子丹尼尔、儿媳和两个孙女都在巴黎。

他看着女婿的眼睛，看着他的副手，他的朋友。

他感到安全，而且他不觉得后悔。

接着，阿尔芒扫了一眼桌子上面的那本书，今天上午差点砸到他身上的那本书。

“人不应恐惧死亡，而应恐惧从来不曾活过。”

“你从前的房间。”女房东说。

她短粗的手指一把拍在门上，她的指甲都被烟熏成了黄色，门随即打开，释放出一股陈腐气味。

尽管这是个寒冷的夜晚，但房间里却很沉闷，旧暖气片无人调节，排出的热气把腐烂的味道都扬了起来，闻着就像有什么东西正在腐烂一样。

跟艾米莉亚曾经住在这里时相比，蒙特利尔东区的这座分租公寓几乎毫无变化，在这里依然能闻到尿骚味，依然能听到男人的呻吟和牢骚。他们的生活溜走了，从他们的指缝间溜到了下水道。

女房东倒是长胖了，也变温柔了。她咯咯笑着露出一颗牙齿，上面黏着一块口香糖。她呼出的气息简直像是在屠宰场一样。

门关上了，艾米莉亚听见女房东拖着脚穿过走廊。

艾米莉亚张开嘴呼吸，用牙齿轻轻敲打舌钉，然后将装满书的背包扔在单人床上。她后悔将那本书扔给了伽马什。倒不是后悔她的粗暴行为，相反，那让她感觉很爽。她后悔的是，以后再没有马尔库斯·奥列里乌斯相伴了。

出门时她差点被拖把和提桶绊倒，那一定是女房东留下来的，因为她接下了清洁工的工作才换来了这个房间。看样子，这地方从她上次离开后，就不曾打扫过。

“去他的。”她一脚踢翻水桶，眼看着肥皂水漫过走廊。

这活儿可以等，她还有更紧急的事要做，没时间在这鬼地方打转。

“跟我来。”伽马什的话让吉恩盖伊感到惊喜，但很快他就失望了，因为他看出，伽马什并不是要带他进厨房再吃一块巧克力蛋糕。

取而代之的是，阿尔芒走向前门，从挂钩上取下他的派克大衣。

“要出去？”蕾娜玛丽从椅子上转过身，看着他们问道。

“出去兜一圈。”

“去酒馆？”安妮起身走过来。

“不，围着广场走一圈。”

于是她重重地坐回沙发，说：“再见。”

亨利和格蕾西跑到门口，期待着再出去遛遛，但阿尔芒解释说外面太冷。

“我们就不冷吗？”吉恩盖伊虽然这样问，但还是跟了上去。

出门后，他们沿雪中隧道走到公路上。这是个晴朗的夜晚，没必要拿手电，四周万籁俱寂，只听见他们沉重的冬靴踩在雪地上发出嘎吱嘎吱的声音。

总警司经常说，散步能解决一切问题，波伏瓦却相当确信，一切问题都能通过厨房里的一块蛋糕解决。

“准备好了吗？”

“啊？”

“你不把你脑子里想的另一件事说出来，我们就一直围着广场绕圈子，你知道的吧。”

“你……”

“那么……”阿尔芒发出警告。

“没有那么，”波伏瓦说，“我的脚没有知觉了，我的手指都麻木了，我的鼻孔冻得张不开，眼睛也因为鼻窦炎直流眼泪。”

“那你也许准备好开口了。”

“你这是折磨我。”吉恩盖伊说。

“这种事我并不擅长，”阿尔芒的声音很友好，“因为我也陪你出来了。”

嘎吱嘎吱嘎吱。

伽马什走得很慎重。行走之间，他将两只戴着连指手套的手扣在一起，背在身后，仿佛现在的气温不是零下，仿佛冷空气刮在他脸上不如刮在吉恩盖伊脸上那么疼似的。

“还有别的事，对吧？还有一次会面。”

“是和银行，我们在考虑买房。”

嘎吱嘎吱嘎吱。

“好啊，令人激动。”

嘎吱。

“本来我们是想把钱都凑齐再告诉你的。”吉恩盖伊真希望自己闭嘴，停止撒谎。

“我明白。”

阿尔芒停下脚步，昂起头，说：“看那边，吉恩盖伊。”

他照做了。

他看见的是北极光，超脱尘俗的绿光，在夜空中流淌。

接着，吉恩盖伊低下头，发现阿尔芒在看着他，老人的脸被这舞动着的神奇光芒照得异常清晰。

在那双温柔的眼眸中，他看见了自己的倒影。

他知道岳父在他身上看见了什么。他看见的是一个坐在救生艇上越划越远，越划越远的人。

15

“谁去叫本尼迪克特起床？”吉恩盖伊用叉子将培根推到铸铁煎锅的边缘。

厨房里飘着枫木熏培根和新煮咖啡的香气，接下来他要煎鸡蛋。

现在是周六早上八点十五分，太阳已经升起，但本尼迪克特还没起床。

“我去。”阿尔芒说。

他刚打完私人电话从书房出来，看着有点心不在焉的样子，爬楼梯时，他的注意力似乎在别处。

他们听到阿尔芒敲门，喊道：“本尼迪克特，早餐准备好了。”他继续敲门，“起来吃掉它们。”

蕾娜玛丽笑了，“起来吃掉它们”这句话她以前听阿尔芒在儿子丹尼尔的门外喊过不知多少次。

不过丹尼尔在家里住的最后几个月却不是很开心，因为他直到上午十点还在昏睡。她记得阿尔芒走进他的房间叫他起床时，他愤怒的样子。

他当时几近暴怒。

但蕾娜玛丽想到这里仍然在笑。年轻人睡懒觉一开始再自然不过，但时间一长，一切就都变了。

“你们能上来一下吗？”阿尔芒朝楼下喊道。

他们面面相觑，接着安妮抱起奥诺雷，大家一起上楼。

“他不在房里。”阿尔芒让到一边，好让他们看清房内的情景。

他们透过打开的卧室门往里看，不只是本尼迪克特不在里面，床上根本没有睡过的痕迹。阿尔芒走进去四处查看。

“他的东西呢？”吉恩盖伊说。

“还在。”

当然，房里还和本尼迪克特昨晚离开时一模一样。

“我去打几个电话问问看。”蕾娜玛丽下楼走进客厅拿起电话，阿尔芒和吉恩盖伊穿戴好外套、帽子、手套和靴子。

阿尔芒这天早上已经出过门，牵亨利和格蕾西绕广场散步来着。但当时太阳才刚刚升起，他可能看漏了一些东西，没看见雪堤上的人。

寒潮来了，现在外面只感觉到冷。一出门，伽马什就看见了露台上的温度计，零下六摄氏度，够冷了。

两人开始绕着广场小跑，阿尔芒顺时针跑，吉恩盖伊逆时针跑。

阿尔芒强迫自己放慢脚步，改为竞走。他不想漏掉任何东西。

他敏锐的目光四处扫视，集中精力搜寻，尽量不带任何情绪，尽量不去想本尼迪克特蜷缩在路边的样子。如果是那样，那就没必要匆忙了，但他们得匆忙行动，以防万一。

吉恩盖伊绕过弯道，说："一无所获，老大。"

他们继续绕圈，这一次放慢速度。雪堤很陡，但吉恩盖伊在阿尔芒的帮助下爬了上去，他像走钢索的人一样走在顶上，跨过锯齿一般的雪脊，仔细观察左右两侧。

克拉拉从她的小屋里赶了出来，很快莫娜也从书店出来了，就连露丝也走出门外。

"蕾娜玛丽打电话给我，"老诗人问，"有事吗？"

"没事。"

蕾娜玛丽也走了出来，说："我刚和奥利维尔通过话，本尼迪克特昨晚去过酒馆，他喝了几杯啤酒，但没醉。"

她和阿尔芒都非常清楚，有时候人在寒冷和黑暗中会分不清方向，尤其是在喝酒和嗑药的情况下。

"这里什么都没有。"吉恩盖伊滑下雪堤。

"我们得分头找，"阿尔芒说，"搜索进出镇子的道路。"

"我去旧舞台路。"克拉拉不等回应就朝那边走去。

他们分派道路时，露丝走进小酒馆找奥利维尔说话。

几分钟后，他们听到一声尖利的口哨声，那是露丝召集他们回酒馆。

他们走进温暖的室内，感到皮肤刺痛。

“他昨晚来过，”奥利维尔确认道，“我没看见他离开。”

“我看见了，”加布里用围裙把双手擦干，“他和比利·威廉姆斯一同走的。他们聊了一整晚，之后两人一起离开了。”

“他们去哪儿了？”

“我不知道，但我确实看见比利的卡车开走了。我不知道那孩子是不是和他在一起。”

加布里拿起吧台上的电话开始拨号。他们看见他点头、倾听，然后挂断。

“比利说他让本尼迪克特搭车去了鲍姆加特纳女士的农舍。”

围在炉火边的莫娜停止揉手的动作，转过身来，问：“他为什么那么做？”

“本尼迪克特要去的，”加布里说，“说是那孩子的皮卡有什么问题，刚好就在比利回家的路上，所以就顺路捎他过去了。”

“然后就把他丢在那儿了？”克拉拉问。

“我猜是的。”加布里说，“不过这听着不像是比利·威廉姆斯会做的事，他负责公路养护，也会在这一片到处干些零活儿，他非常清楚这样的天气足够冻死人。”

“本尼迪克特一定是开车回蒙特利尔了。”奥利维尔说。

“也许。”阿尔芒说。

“怎么？”克拉拉问，只见莫娜走进她的书店，找到公证人留下的文件，那上面写有本尼迪克特的电话号码。

“他答应过不去开他的车的，”阿尔芒说，“所以我们才把他的车留在那里。他的车没有雪地轮胎。”

“别告诉我是有人撒谎。”露丝撅起下唇，露出一副丧气的表情。“他发过誓？”

并且想死？

但令阿尔芒吃惊的是，她竟然停了下来，没背出后半句。看来露丝也不是完全不近人情。

“如果他回了蒙特利尔，难道不能给我们打个电话吗？”蕾娜玛丽问。

“可能还在公寓昏睡呢，”克拉拉说，“等他醒了，你们就会接到他的电话。”

“好吧，我可不等，”莫娜挥舞着她找到的文件，向电话走去，“我打他手机看看。”

她拨通号码。所有人都看着她，等待着，等待着。

她对着话筒说了几句，然后挂断。

“转到语音信箱了，我让他回电。”

“只有他这一个电话吗？”吉恩盖伊越过莫娜的肩膀，看她拿的文件，“没有宅电？”

“现在的孩子都没有宅电，木头脑袋，”露丝解释说，“你老了，所以不知道。”

“我们必须去农舍，”阿尔芒朝门口走，“确定一下。”

“我和你一起，”莫娜说，“我们是一个团队，清盘人要团结一致。”她回应阿尔芒的目光说，“怎么，事关重大？”

“根本不是大事。”露丝说。

“我知道。”莫娜更多的是在回应阿尔芒的眼神，而非露丝的反驳。

阿尔芒点点头，他二人都知道可能会发现什么。在这群人中，他和莫娜与本尼迪克特最亲近，那个小伙子几乎立刻就能让他们有一种亲近感。莫娜说得对，他们确实像是一个奇怪的小团队。

“我也去。”吉恩盖伊与他们一起朝车子走去。

“我也去。”蕾娜玛丽说。

“你能待在家里吗？”阿尔芒问，“以防他打电话来。”

“记得有消息了通知我。”在她叮嘱间，其余人上了车。

“天啊！”车子开过拐角，农舍出现在眼前时，莫娜不顾安全带的束缚往前挣去。

“我来打911。”吉恩盖伊说。

本尼迪克特的皮卡还停在原地。阿尔芒从后备厢里掏出铁铲，快速走过去，往车厢里看。

空的。钥匙插在点火器中，转动过，但应该是没油了。他拔出钥匙放进口袋。

“救援队正在赶来。”波伏瓦跟上来。

“这里没人。”莫娜站在院子里的另一辆车的旁边，但阿尔芒不认识那车，莫娜问，“昨天我们离开时，没有这辆车对吧？”

“是。”阿尔芒说。

波伏瓦从前门台阶旁的雪堤里拔出一把铁铲，像武器一样握在手里。

莫娜跟上来，三人都瞪大了眼。

鲍姆加特纳女士的房子已经塌了，屋顶和二楼已经塌陷，部分区域把一楼压得粉碎，还有一些部分悬在空中，勉强没塌下来。

“打电话回镇上，让他们带狗来。”伽马什一边慢慢地前进，一边说。

于是波伏瓦开始打电话。

“他在里面吗？”莫娜小声问。

“我想是的。”伽马什看了一眼身后的另一辆车，“而且不止他一个。”

他摘掉御寒帽，抬头仰望农舍。

“你们听见了吗？”

吉恩盖伊和莫娜都摘掉帽子专心倾听。

静无声息。

伽马什大步走回自己的车，按响喇叭，两声短促的鸣笛，然后停下倾听。

但四周只有无情的寂静。

静无声息。

这时传来某种声音。

敲击声，还是破裂声？

他们彼此对视。

“可能是木梁要断了，老大。”

“也可能是本尼迪克特，”莫娜说，“或者别的人，想传递讯号。我们该怎么办？不能干站在这里。”

救援队已经出发，但可能还需要二三十分钟才能赶到。在这种寒冷天气，那段时间意味着生死之别。如果有人侥幸熬过了这个漫长的寒夜，那他现在一定快要坚持不住了。

“我们必须先确定里面是否有幸存者，然后才能决定下一步的动作，”阿尔芒将双手围在嘴巴周围做成喇叭状，大喊，“本尼迪克特！”

“喂！”波伏瓦大喊。

接着他们都沉默下去，留神细听。

一声敲击，这一次绝对没听错，接着又是一声，砰砰。不会错，还有人活着，而且对方很害怕。

在那短短的一瞬间，伽马什想起另一个人——艾米莉亚和她的舌钉。咔哒咔哒，那是她的呼救。

拯救我们的灵魂。

“他必须停止敲击，”莫娜瞪大眼睛，呼吸也加快了，“这样会把整个房子弄塌的。”她大喊起来，“别敲了。”

“我们听见了，”伽马什喊道，“我们来了，别敲了。”

他转过身，看见另外两人的脸上都写满恐惧。

“我们是必须进去吗？”波伏瓦说。

阿尔芒点点头。他们恐惧的也正是他的恐惧，那就是担心他们即将进去的这座农舍会彻底崩塌。他和莫娜是害怕，吉恩盖伊则是极度恐惧。

他有幽闭恐惧症，确切地说，这次行动简直就是他的噩梦。

波伏瓦快速点一下头，将铲子握得更紧，然后朝废墟迈进一步。

“我想你应该……”伽马什话没说完就停了下来，因为他听到有声音。

他们回头往外面的车道上看。一辆皮卡停了下来，吉恩盖伊放下铲子，差点儿哭出来了。

帮大忙了，救援者来了。懂得该怎么做的人来了，可以让他们进去。

皮卡停下后，下车的只有一个男人，波伏瓦差点儿又哭出来了。

来的不是援军，是比利·威廉姆斯。

“听说那孩子失踪了，我过来看看能不能帮上忙。”他站在车子旁边，看着面前的房子。接着他说了一句别的什么话，伽马什听着像是“鲸油牛肉钩住了”。

伽马什转向莫娜，问道：“他说什么？”

伽马什迷惑是有原因的，他似乎是世界上唯一一个听不懂比利·威廉姆斯说话的人，一个字都听不懂，连大概意思都听不出来。

“不重要。”莫娜说。

“那孩子还活着吗？”

“我们认为还活着，”莫娜说，“反正里面有人，不是本尼迪克特，就是别的什么人。你昨晚是让他在这里下车的吗？”她指着那辆停在旁边的轿车说。

“没注意，”他扭头看向农舍，“当时天已经很黑了，好了，我进去救他，送他过来是我的错。”

伽马什用心倾听他们的交谈，然后看着莫娜说：“问问他有没有受过训练，从危楼中救人的训练。他清楚自己在做什么吗？”

这时比利转身对伽马什说：“你以为我听不懂你说话吗？我听得很清楚。”

比利的脸庞上写满了沧桑，没办法判断他是三十五岁还是七十五岁。他的身体瘦得像根棍，即使穿着厚重的冬装，感觉也只有一把紧绷的筋肉。

但比利看阿尔芒的眼神很温和，表情也很亲切，他露出一个微笑。

“总有一天，老朋友，你会明白我的。”

伽马什听不懂。

从第一次见到比利·威廉姆斯以来，他对这个人的了解就是，他的方法比神还多。

比利仔细研究倒塌的农舍，脸色严肃起来，接着，他朝阿尔芒转过身。

“等这事完了，”他从自己的皮卡上拿出一根巨大的撬胎棍，“你欠我一个柠檬蛋白酥。”

莫娜没费力翻译。

比利上前一步，伽马什出手阻拦，但比利将他的手推开了。

“昨晚我把那孩子放在这里，还帮他推了车，直到车子启动，之后我就走了。我不该把他丢下的，所以现在我回来找他了，我要把他带回家。”

这一次伽马什无须莫娜翻译。比利说什么都不重要——现在重要的是行动。

“你不能一个人进去，你需要帮助。我和你一起。”阿尔芒转身交代吉恩盖伊和莫娜，“你们等急救队，他们应该很快就要到了。告诉他们发生了什么。”

“你进我也进。”莫娜说。

“不，你不能进。”

“里面困了两个人，”她说，“你们需要更多的帮手。”见阿尔芒依然犹豫不决，她又说，“这轮不到你做决定，阿尔芒，我自己决定。再说，我看起来比你还强壮。”

他皱起眉头，她看上去确实相当强壮。

伽马什点点头。她说得对，他们需要她，而且这事轮不到他做决定。

“老大？”吉恩盖伊看上去十分痛苦。

“老邻居，你负责高处，”阿尔芒轻声说，“我负责坑洞。记住了吗？我们说定了。”

“你们来吗？”比利已经走上台阶，“抓紧。”

波伏瓦往后退。

“他说要小心。”吉恩盖伊说，但阿尔芒已经跟在比利和莫娜身后，钻进了塌了一半的门口。

屋里面光线暗一些，不过有阳光从上方的开口照进来落在地面。积雪融化后汇成细流，从屋顶穿过坑坑洞洞流淌下来。里面很安静，只听见他们的呼吸声，还有他们沿着落满碎片的狭窄廊道往前挤时的脚步声。

他们尽可能迅速、轻盈地移动。

接着，他们停了下来。

上方一个浴室塌了下来，落在原本的厨房里，残骸中有一只猫爪浴缸，挡住了他们前进的道路。

伽马什用铁铲轻轻拍拍浴缸，等待着。

四周一片寂静，正当阿尔芒的心即将沉落时，他们听见一声敲击，然后又是一声。

比利指着声音传来的方向。

但建筑残骸刚好挡住了道路。

比利咕哝了一句，伽马什完全听懂了，有些咒骂是不需要翻译的。

接着伽马什惊讶地看见比利跪了下去。他看了一眼莫娜，发现她也在思考同样的问题。

这个人是在祈祷吗？阿尔芒完全赞同那样的行为，但眼下可能不合时宜。况且，他猜神完全清楚他们的感受，以及他们想要的结果。

但他也了解，祷告更多的是为稳定人心，而非告知神明。

这时他看到比利已经将撬胎棍插进浴缸下方，正试图往上撬。他放下自己的铁铲，开始帮忙。两个男人都俯下身去，阿尔芒用尽全力将撬棍往下压。

那只铸铁浴缸挪动了，但只动了一点点。

“等等，按住别动。”阿尔芒退到后方，喘几口气，然后朝比利点点头，两人再度发力。

但那浴缸被压在好几吨残骸之下，几乎一寸也动不了。

“你们能过来帮帮忙吗？”莫娜问。

“等——一——下——”阿尔芒咬紧牙关说。他又连推了两次，才摇摇晃晃地退下来，宣告失败，他盯着面前坚固的屏障，想着后面的幸存者。

这时他们听到嘎吱声，碎石堆动了起来。

伽马什拉着比利，一起往后退出半步。

他转身刚要提醒莫娜，却停在那里，一脸震惊。看起来像是莫娜一只手就将残骸抬了起来，于是他凑过去看。

他带进来的是一把铁铲，比利带进来一根撬胎棍，莫娜则悄无声息地从阿尔芒的车里拿来了千斤顶。现在她已经将那东西楔进一根木梁的下方，整个人正压在摇杆上。

木梁两厘米两厘米的摇摇晃晃地被抬了起来。

“我需要帮助！”她呼叫道。

他二人也走过去，压住千斤顶的摇杆。一泵，两泵，就像雪花越落越多。他们暂停片刻，又压了第三泵。

椽木和大梁被推动，发出爆裂声。

伽马什减轻呼吸，睁大眼睛，支起耳朵，等待着看这堆残骸是会坍塌还是稳定下来。

接着透过不断移动的残骸，他又听见了敲击声，并且声音越来越狂乱。

“别敲了！”他提高音调喊道，然后敲击声停止了。

莫娜在他们的帮助下，将木梁抬到他们所能抬的最大高度，撑起的缺口大约有四十五厘米高。

伽马什看看缺口，然后又看向莫娜。

“你们别想把我留在这里。”她读懂了他的想法。

“你钻不过去的。”

“你能钻过去？”

阿尔芒脱掉他厚重的大衣，说：“我能。”

“那我也能，我们一起走。”她脱掉外套抱在怀里。

“就为了逞能？”阿尔芒问。

“出于实际考虑，”她说，“你们需要我。”

“如果我有得选，那不管什么时候，我都会选她代替你，”比利对莫娜笑着说，“威猛的好女人。”

“他说什么？”阿尔芒问。

她转告了他。

“你一定听错了。”阿尔芒虽然嘴硬，但还是笑了。

比利说，“我们再试一次。再抬五厘米应该就够了。”

他抓住摇杆猛推，阿尔芒和莫娜也一起帮忙。

耳边传来更多的呻吟声，有的是房子发出的，但大部分还是他们。

木梁动了，他们盘算着应该足够了，希望如此。

“我先进。”阿尔芒说。

他回头看了一眼进来时走的那条遍地瓦砾的狭窄廊道，判断出目前所在的位置是以前的厨房。前面似乎是客厅，但要穿过二楼塌下来的浴室。

他再度转身面朝开口，它看着像一张嘴，已经准备好要紧紧咬合了。每一丝生存的本能都在警告他不要进去。

他面朝上方仰躺下来，将自己推进开口。距离眼睛只有几厘米的上方都是碎木片和生锈的铁钉，它们就像一根根獠牙准备随时刺向他。他扭头闭上眼睛，大呼一口气，将身体弄得尽可能地扁平，一寸一寸地往前推。

刚割过的青草的气息；他走在塞纳河边，牵着芙洛拉和左拉的小手；一个慵懒的周日早晨，蕾娜玛丽躺在他的怀里。

他的脸钻过去了，接着是脖子，他扭着肩膀，胸膛也过去了。

接着他动不了了，钉子钩住了他的衬衫。

但他已经进得太深，莫娜和比利都无法帮忙。

上面又摇晃起来，他能感觉到有东西在坠落。每次他轻轻呼吸的时候，钉子都会碰到他的胸膛。

“阿尔芒？”莫娜叫道。

“稍等片刻。”他说。

他再次闭上眼睛，平稳呼吸，稳定情绪。

洗过的衣服晾在绳子上，奥诺雷的气息；端一杯冰茶坐在花园里；蕾娜玛丽，蕾娜玛丽，蕾娜玛丽。

他继续推，感觉钉子撕破了他的衬衫。

小小的碎屑落在他脸上，洒在他的眼皮和嘴唇上，每次吸气，它们都往他鼻子里钻，他快憋不住了，感觉马上就要咳嗽起来。他要憋下去，战胜它，于是他更加用力和疯狂地将自己往前推。

撕裂声停止了，他摆脱了钉子。

阿尔芒快速地换成双膝跪地的姿势，弯腰咳嗽个不停。

“阿尔芒？”莫娜的叫声更加急切。

“我没事，”他的声音很刺耳，“先别动。”

他环顾四周，找到一块混凝土，捡起来伸到开口位置，将钉子敲平。

“现在应该没事了。”

莫娜费了番气力也钻了过来，接着是比利，他先用脑袋把派克大衣顶了过来。

“什么味道？”莫娜仰起头，鼻子在空中嗅。

阿尔芒也闻到了一股辛辣的味道，很熟悉，甚至让人感到舒适。只不过……

是木头烧焦的味道，它正在碳化。

他和莫娜对视一眼，然后看向比利，后者第一次露出担忧的神色。

伽马什感到脖子上的汗毛都竖了起来。

这地方着火了。

“我们得动起来。”

“快，快。”吉恩盖伊瞪着面前的农舍。

他屏气凝神，聚精会神地看着，连眼睛都不眨一下，甚至没听到车开过来的声音。

除了面前的房子，其余的一切都不存在。

现在已无须再谨慎。

“喂，”莫娜喊道，“你在哪里？”

“在这儿，我在这儿。”回应的声音是嘶哑的，很陌生。

他们看向声音传来的方向，他们与呼救者之间还有一堵残骸堆成的屏障。

他们用双手翻刨，清理混凝土块和木块，直至掏出一个洞。阿尔芒趴在地上往那边看。

他看到一顶又长又细的帽尾。

然后是一张熟悉的脸庞。

“是本尼迪克特！”他对另外两人喊道。

“谢天谢地。”莫娜说着抱住比利。

本尼迪克特背靠着一扇门，眼睛瞪得老大，几乎不敢相信自己祈祷和呼叫的内容，竟然真的实现了。

小伙子举起一只手捂住脸，但却无法捂住泪水。

“你们来了，你们来了。”

比利将开口掏大，阿尔芒钻了过去，本尼迪克特紧紧地抱住他哭了起来。

阿尔芒拥抱他片刻，然后后退好看清他的脸和身体，看上去他没有受伤。

“这里还有其他人，”伽马什说，“他在哪儿？”

“其他人？”本尼迪克特问，“我想应该没有。我不敢相信你们真的来了……”

“车道上还有一辆轿车。”莫娜也钻了过来，之后是比利。

“是的，我看见了，但我进来的时候呼叫过，没人应答。”

阿尔芒注意到地上有木头闷烧留下的一小圈痕迹。原来本尼迪克特是靠焚烧他所能拿到的木头才挺过这个苦寒之夜的。

这就是味道的来源，房子根本没着火。

阿尔芒指给莫娜看，比利却碰了碰他的手臂，要他安静。比利扬起脸，脑袋偏向一侧，专心倾听。

“是救援队吗？”莫娜问。

“救援队？”本尼迪克特问，“你们不是……”

比利嘘了一声，他们都安静下来。

比利看着天花板，阿尔芒看到他瞪大眼睛，与此同时，他听见一声巨大的破裂声，像是尖啸。房子在尖叫。

“不！”吉恩盖伊大喊。

他冲上前去，但被拦了下来。他挣扎着想要摆脱。

安全局当地的救援队员将他拖了回来，这时只见农舍消失在一团雪云之中。

“老天啊。”一位探员小声感叹。

房屋框架倒下来时，本尼迪克特一把将阿尔芒拉了过去。

“到门口去！”小伙子大喊。

比利抓着莫娜，刚刚跳进去，就听见一阵撼天动地的爆裂声。

他们跪在地上，紧紧闭起眼睛，依偎在一起。巨大的破坏力压倒一切，喧嚣声震耳欲聋，让人辨不清方向。砰砰声、轰鸣声、刮擦声、呼啸声，有房子发出的，也有他们发出的。接着，房子轰然压倒在他们身上。

碎石落在阿尔芒身上，将他推到一侧，但那里无处可去。各种碎片和残骸此刻从两侧向他们围拢，将他们钉在中央，压在原地。

本尼迪克特将他拉了过去，他听见哭声，这孩子用身体将他挡在下方，保护他免遭难以避免的伤害。

他此刻几乎无法呼吸，脑子里只有一个想法，一种感觉。

蕾娜玛丽，蕾娜玛丽。

接着，那邪恶的尖啸声沉寂下去，椽木坠地发出重重的拍击声，然后不再动弹，巨大的撕裂声和碰撞声也慢了下来。

阿尔芒睁开眼睛，不顾刺眼的沙砾，眯缝着四处看。他抬起头，咳嗽起来。

然后他看到本尼迪克特的脸。

他的额头上有血，一路淌过脸上黏附的石膏和混凝土粉末，这使得他看上去就像一尊碎裂的雕塑。

但他的眼睛却很明亮，还在眨动。

“莫娜？”阿尔芒的声音很刺耳，他自己几乎也没认出来。

“在这儿。”他感觉出她在背后动弹，但他无法转身。他们被钉在里面了。

“比利呢？”

那个词阿尔芒听不懂，但声音他认得。

他们都幸存下来了。

本尼迪克特闭上眼睛，以隔绝空气中的沙砾，但阿尔芒一直睁着眼，瞪得大大的，越过依然紧抱着他的男孩往外看。他的眼睛泪流不止，灼烧一般痛，但他能看见那根拯救了他们性命的大门柱，上面还有几十年前留下的刻痕，那是身高刻度。

安东尼和卡洛琳的每个刻度都蹿得很快，雨果却没有。

阿尔芒越过门柱上的刻痕，看见有一只灰色的手从瓦砾堆里钻了出来。

16

艾米莉亚醒了，一路艰难地爬出来，爬到阳光中。她的脑袋抽痛，感觉迟钝，眼睛拒绝聚焦。

她眨眨眼环顾四周，直到弄明白眼前的所有景象。

这里不是她的卧室，当然，不是过去两年中她称之为家的、学院里的那个干净整洁的房间。

也不是合租公寓里那个粪坑，而是一个完全陌生的粪坑。

然后她想起来了，于是重新钻进肮脏的被子，把脸埋下去，闭上眼睛。

“我都干了些什么？”

“你做了什么，甜豌豆？”

马克坐在床边，只穿着灰色松垮的内衣，眼眶凹陷，眼睛却很明亮，像是深井里的闪光。

她和马克在同一个村子里长大，在同样的运动场、校园和街道玩耍。

是马克先来的蒙特利尔。作为一个年轻的同性恋，他对一切都感到新鲜，生活得朝气蓬勃。他身材结实，面容英俊，因为走出家乡而兴奋不已。他为自己挣得了一份生计，诚然，是作为男妓，但他干净小心，用的都是自己的小房间。

他的梦想是找个富有的“老女王”，安定下来。

她是跟着马克来到蒙特利尔的。他带领她找到最好的交易商，不会往假货里掺假的那种。低谷时是他带领她去街头角落，他保护她，就像是她的大哥。

他自己是很小心的，游走在成瘾的边缘，但从不会翻过去。为了出入高档餐厅、私人俱乐部，以及高档车里，他把自己打理得很像样。

被伽马什踢出学院后，艾米莉亚投靠了这个唯一能帮她找到所需的朋友。

他们隔着他公寓的门彼此打量，几乎都没认出对方。马克的头发不只是油腻，几乎都快掉光了，头皮上隐约可见块块疤痕。他嘴唇皴裂，肤色斑驳。

他一笑，她看见他的牙齿豁了好几个口。

“我是不是糟透了？”他看着她脸上的表情问。

“不，不，我呢？”

她能从他眼中看见自己的影子。一个陌生人，清洁、冷淡，头发乌黑发亮，皮肤光滑。

他们不再是兄妹，他们不再是同一族群。

“你怎么来了？”他挡在门口。

“我需要你的帮助，我被学院开除了。”

“为什么？”

“持有毒品，或许还进行交易。”

这时他笑着松了口气，说：“或许？”

艾米莉亚看上去或许像其他族群，但有些DNA毕竟是他们共享的。她回家了，回到他身边，回到贫民窟，回到原本属于她的地方了。

“什么？”他放下手臂，让她进门，“海洛因？对乙酰氨基酚？”

“芬太尼。”

“好东西。”

她点点头。

“你身上现在有吗？”

他脏污的手朝她伸去。她后退，结果差点被地上的一堆衣服绊倒，但她很快就重新站稳了。

“当然没有，都被他们收了，我得再搞一些。不过还有更好的东西，现在还没出来，晚点会出来的，那才是我想要的。你听到风声没有？”

“有，我听到传言，不过都是胡说八道，什么都没有。”马克看着这位不速之客，“你知道些什么，甜豌豆？”

“我知道那不是胡说，那是某个警察经手的，是好货，马克。”

“真的吗？”

“真正的好货，比芬太尼好多了。弄到它就能发大财，想要的一切都能实现，一劳永逸。”

“一切？”

她点头。

“一劳永逸？”

她点头，说：“不用再住粪坑，不用再出卖肉体，不用再担心下一次袭击什么时候发生。我们将拥有一切。”

“我们？”

“我需要你的帮助。听着，我在学院里学到一些知识，非常有用的知识，比如如何组织，如何作战。现在联盟已经没了，每个人都在单打独斗对吧？”

他点点头。

“我能取而代之。”

“你？”他看着面前的小姑娘笑了。

“重点不在于战斗中狗的大小……”她说。她知道，那是他最爱说的一句话。

“而在于狗群战斗的规模。”他仔细观察她片刻，“你真是个了不起的人。”

她笑了，说道：“你帮忙吗？”

他看她的目光中兼有希望与怀疑。

“你认识的人多，马克。我离开太久了。”

“你不只是离开，你是当了警察。”

“算不上，”艾米莉亚说，“再说，从什么时候开始，警察就不能从事毒品交易了？又不是什么难事。你帮忙吗？”

他看看窗外，然后又回头看她，说：“街头已经不是你记忆中的样子了。”

她无须更多证据，眼前的景象就已经足够，他也不再是她记忆中的样子。

“你不会想和外面的东西搅和在一起的，艾米莉亚。”

他张开双臂作为展示，展示发生的事情，以及他何时抵达成瘾的边缘——并且翻了过去。

“回家去吧，甜豌豆。”

“这里就是我的家。”

马克看着她，疲倦的大脑开始考虑。

“一切？”

“一切，”她说，“我们要做的，就是找到那些货。”

他点点头，做出决定，说：“去他的，我已再无可失。或许这句话应该成为我们的箴言。”

艾米莉亚咕哝着回应道：“或许。”

因为伽马什，她现在也已经再无可失。她意识到，这种状态让她充满力量。

“跟我来。”他说。

马克没有撒谎，蒙特利尔内城的大街小巷已经改变。虽然这里从来都不安全、不干净、不好玩儿，现在更是糟透了，变得更黑暗、更肮脏，到处都是粪便和呕吐物。

迎接她的是一张张灰脸，但脸上的表情是精明的。她对于他们是陌生人，即便有马克做担保也无济于事。

“别告诉任何人你前几年的去向。”他小声说。

“死也不说。”她说。

“如果有人问起，我就说你在温哥华住大街。”

他们找到一小群毒贩，众人都盯着她。

她脸上还有些肉，脸颊上还有红晕，衣服上也没有结冰的呕吐物、尿渍和精液，更没有结成硬壳。

“如果她去了温哥华，”一个毒贩问马克，仿佛艾米莉亚不在眼前，“那她为什么还要回来？”

“我就在这儿站着呢，丑八怪，”她说，“有话跟我说。”

她至少比那人矮十厘米，她得仰着头才能与他对视。

毒贩走上前来，用盆骨顶住她，将她往后推，一直推到巷子里的砖墙上，接着压在她身上。

他最多只有二十五岁，但看上去却很老，就像是从远古坟场挖出来的一样。不过这群人都这样，在蒙特利尔街头，一座被微克剂量的芬太尼埋起来的大坟场中。

他呼出的气体喷在她脸上，闻着有臭鸡蛋的味道，像硫黄，像地狱之火。

“你知道我为什么回来，”她咆哮道，甚至懒得把他推开，“你知道我想要什么，那东西我在温哥华可弄不到。”

他的身体狠狠地向她刺去。

“你是来找这个的，是不是？”他的骨盆在她身上碾磨，“我记得你，小姑娘，艾米莉亚。”

他慢吞吞地念出她的名字，像是从泥坑中拖出来的一般。

“你有我想要的东西，”她伸手够到他两腿之间，“但不是这个。”

她猛地捏了一把，但感觉到的却是一团柔软，他的裤裆里像是塞了一只连指手套。

“捏对了，小姑娘，用点力。”

她将手从他胯部抽回，用学院里武术老师教她的方法，狠狠扼住他的喉咙，然后用力挤压。

“像这样？”她问。

他瞪大眼睛，她继续用力。

他的眼睛鼓出来了，她仍然紧握不放。

“艾米莉亚，”马克说，“住手，你会杀死他的。”

“我已经再没什么可失去了，”她咆哮着继续用力，直至感到他的喉头开始崩溃，“我要那批新货，我专程赶回来就是为了它。要是得不到，那我就拿点别的东西代替，哪怕只是为了好玩儿。”她继续用力。

他眼中露出恐惧神色。

所有人，包括马克都在往后退，毒贩发出一声似笑非笑的声音。

“没听见，你说什么？”她问。接着她用空着的那只手翻他的口袋，毒贩已经翻出了眼白。

她找到几板药丸、几包粉末。

这些都不是她要找的。她把粉包装进自己口袋，然后放开那男人。

他又是咳嗽又是呕吐，然后向艾米莉亚冲来。她一闪身，推着他的脸撞在墙上，将他钉在那里。

“我不是小姑娘。我是个不要命的人，”她在他肮脏的耳边发出嘘声，“你知道我别的名字吗，你这可怜虫？”

她扭过他的头，好让他看见她的脸。

“我是独眼人，告诉你的货主，让他当心点。”

最后她又撞了他一下，然后转身离开，马克小步跑着跟上她。

“你想干什么？”他问，“你刚才是在干什么？他们会杀了你。”

“也许会，也许不会，我不在乎。”她把多数粉包都递给他，“一个留给你自己，其余的都卖掉。”

“那你呢？”他在积雪覆盖的街道上连滑带滚，想追上她。他双臂护在胸前，外套太薄，在这种苦寒的夜晚根本无法保暖。

“我还有更好的东西要去找。”她说。

第二天早上她在马克的床上醒来，马克正看着她。

“天啊，女孩儿，你昨晚碰到什么了？我走后，你又去找那批新货了，找到了吗？”

她摇摇头，说：“我怎么回来的？”

“我扶你回来的。我在一个巷子里找到了你，以为你肯定死了，但你只是昏过去而已。你吃了什么？”

她用一只手揉脸，感觉有沙粒，或是泪水从脸颊滚落。

“我不知道。”

艾米莉亚之前确实磕嗨过很多次，但都不像这次一样。她感觉脑袋快要裂开了，呼吸困难。

她试着回忆昨晚发生的事，但记忆中只有一些扭曲、倾斜的片段。她胃里一阵翻涌，感觉要吐。

有一个画面在她脑中不停地回放。

那是一个小姑娘，六七岁的样子，头上戴着鲜红色的加拿大人队的御寒帽，手上戴着驼鹿毛的连指手套，拎着一袋毒品。

那女孩儿晃荡着双脚，在她头顶看着她。

但艾米莉亚知道，这并不是记忆，而是幻觉，是那个臭脸子的毒贩叫她小姑娘勾起的。

“你真让我大吃一惊，”马克说着也钻进被子，躺在她身边，又将被子拉上，“所有人都想知道你是谁。”

“那你怎么跟他们说的？”

马克张开手臂环住她，将她拥在他瘦骨嶙峋的胸膛上，他的嘴对着她脏兮兮的头发，声音被蒙住了，他说：“甜豌豆，我告诉他们，说你是独眼人。”

17

阿尔芒拼命去抓那只手，以及下面的身体。

“怎么回事？”莫娜叫道。

她被钉在阿尔芒背后，看不见他在做什么，也不知道原因，但她能感觉到他几近疯狂的行动。

她试着睁开眼睛，但空气中的脏东西让眼皮只能继续紧闭。她对面的比利也紧闭双眼，双手紧紧地握住她的手。

只有阿尔芒一直睁着眼睛，盯着那只手。他用力张开手臂想要够到那只手，希望能看到它动一下。

他尽可能地弯腰向前够，但够不到，距离相当远。

“怎么了？”本尼迪克特问，“发生什么事了？”

“还有一个人也被埋住了，我看到一只手。”

本尼迪克特开始咳嗽。阿尔芒感觉轻松了些，他意识到自己把本尼迪克特顶得太狠，为了够一个几乎可以断定死了的人，却弄伤一个活人。

他们听到头顶传来吆喝和挖掘的声音。

阿尔芒还是伸出手去，像是在无意识地模仿《创世纪》画中的内容。两根手指，即将触碰。但米开朗基罗描绘的是生命之初，阿尔芒却知道，他面对的是结束，是某个人生命的结束。

“谁？”阿尔芒问。

吉恩盖伊随手关上门，在救护车中的长椅上坐下。

阿尔芒选择最后接受医生的检查。本尼迪克特脑部受伤，已被送往医院做扫描。莫娜和比利结束检查后，被告知最好还是去一趟BMP医院，但两人都拒绝了。

“我只想回家，”莫娜说，“冲个澡，见见朋友。”

虽然有医生帮忙冲洗了好几次，但阿尔芒的眼睛还是一直在眨，里面还残留着一些细小的沙粒。

他的脸污迹斑斑，有尘垢，有汗渍，还有洗眼用的药水，不过没有血。

坐在对面的吉恩盖伊几乎无法相信，伽马什活了下来，所有人都活了下来，他们被一根结实的门柱拯救了性命。

“本尼迪克特，”阿尔芒咳了几声，拿克里奈克斯纸巾擦干了嘴角浑浊的唾沫，“将我们拉进那个门洞，保护了我们。”

他能感觉到，瓦砾落在他的手臂和腿脚上，从四面八方砸在他身上，他们身上。他的胸膛缩了起来，呼吸困难。

虽然他看不见，但能感觉到本尼迪克特用自己的身体护住了他。

他能听到呜咽声，慢慢降低，变成呻吟。

那孩子吓坏了，知道自己就要死去，但他还是选择搭救离他最近的陌生人，那有可能是他能做出的最后行动，哪怕会让他付出生命的代价。

吉恩盖伊点头赞同。

他是第一个找到他们的人。他冲破拦阻的手，爬上废墟，在积雪和松散的残骸上连滚带爬。

接着他听到他们的声音，大声呼救的声音。比利的、莫娜的、本尼迪克特的，但却没有他迫不及待想要听见的那个声音。他感到恐慌，开始用双手抓刨，将平时根本不可能搬动的瓦砾全部抛到一边。直至他的皮手套被撕裂，直至他找到他们。

先是比利，接着是莫娜，然后是本尼迪克特。最后，另一张脸转过来面对着他，他在阳光下眯着眼睛。

那个声音刺耳地说：“吉恩盖伊，还有一个人。”

救援队带着搜救犬挖掘那具尸体的同时，吉恩盖伊帮助救出了他们。

莫娜的腿上有擦伤，比利扭伤了一只脚踝，本尼迪克特头部被砸，可能还有之前的倒塌造成的伤，再加上昨晚的冻伤。

阿尔芒离开时几乎未受损伤。

他们沉重的靴子和外套以及厚厚的御寒帽和手套，在很大程度上保护了他们，再加上那个门洞，还有本尼迪克特。

阿尔芒再次眨眼，试图将坐在半米开外的吉恩盖伊看个清楚。他感觉像是有人往他的眼睛里涂了掺有石子的凡士林，眼前的一切都看不真切，沙粒几乎让人失明。

和其他人一样，他也拒绝去医院，和其他人一样，他也只想回家。

但比利和莫娜乘车回了三松镇，阿尔芒却留了下来，他得知道另外那个人的情况。

“他们刚找到尸体。”吉恩盖伊说。

他拿出一只钱夹。

阿尔芒打开它，看见里面有一张驾照，但看不清字。他眯缝起眼睛想清理视线，但驾照上的文字和照片依然模糊不清。

他把钱包还给吉恩盖伊，说：“你能读给我听吗？”

莫娜溜向浴缸深处，直至热水没到她的下巴，肥皂泡高得遮住了外面的一切。

“天啊。”她呻吟一声，寒冷和恐惧感逐渐平息。

热水浴无法解决的，香草的气息、黑巧克力布朗宁蛋糕和一大杯葡萄酒全都摆平了。

浴室门外飘来巴赫的旋律，是《双小提琴协奏曲》，被乐声掩盖、难以听清但依然能听见的，除了克拉拉的细语，还有另外一个非常轻柔的声音。

“嘎，嘎，嘎。”

她闭上眼睛。

比利·威廉姆斯很少泡澡，更别说洗泡泡浴了。

倒不是他觉得那样有损男子气概，只是他从来没想过这事。

是伽马什夫人邀请他进门，洗个澡，暖暖身子，然后留下来吃饭。他又冷又饿，正准备拒绝时，突然闻到玫瑰的香气，于是一瘸一拐地跟着她穿过门厅，走进卧室和附带的大浴室。浴缸里放满了水，上面漂着高高的一层肥皂泡，闻起来像是他祖母的玫瑰园。

太过诱人，无法拒绝。

“那我先走了，请自便，”她说，“我去看看莫娜怎么样了。”

“代……”比利话没说完就停了下来，想了一会儿又说，“代我问声好。”

“好的。床上有干净衣服，炉子上的炖菜还是热的。”

伽马什夫人离开后，他走进浴缸坐下，深深地溜进热水中。热水和泡沫盖住他酸痛的身体，他感觉紧绷的肌肉在慢慢放松。

他在浴缸旁的一张桌子上找到一瓶啤酒，是他最爱的口味，还有一大张馅饼，也是他最爱的口味，柠檬蛋白酥。

比利闭上眼睛，叹一口气。

艾米莉亚·绍凯站在喷头下。她感觉自己还是很虚弱，视线模模糊糊。

她本想花时间慢慢泡个热水澡的，但马克的浴室太恶心，浴缸里积了一圈的污垢，马桶里也全是污渍，下水口被头发堵住了，长的短的弯的直的都有。她只想尽快洗完出去。

她闭上眼睛，感受着温热的水淋在她抽痛的脑袋上。她用破裂的廉价香皂洗了身体和头发，有那么一刻，她感觉自己差不多算个人了。她想象着等自己睁开眼睛，她会站在学院那干净、明亮的浴室里。

艾米莉亚尽可能久地沉浸在这个幻想之中，然后睁开眼睛，开始用力擦洗，用力擦洗。

这时，她注意到她左手前臂上写有东西，在原本的众多的文身中，出现了一个新的文身。

她仔细看，不，那不是文身，是用记号笔写上去的。

大卫。

全部内容就是大卫这个名字，外加一个数字——14。

不是她写的，是别的什么人涂上去的。

她用力擦洗，手臂上的皮几乎都要擦掉了。

但那名字还是洗不掉。

大卫，14。

18

吉恩盖伊・波伏瓦在厨房挂断电话后问他的岳父，能否借用书房电话。

“当然。”

阿尔芒看着他走进书房，这才转身面对房间里的其他人。

蕾娜玛丽、比利和安妮。

还有本尼迪克特，阿尔芒和吉恩盖伊直接去医院，在分诊处找到的他。他擦伤了，头上发际线位置打了绷带，此刻正在狼吞虎咽。

“他很幸运，”医生说，“没有骨折，也没有内出血，连脑震荡都没有。他是你儿子？”医生问吉恩盖伊，他嫌弃地看了一眼那位年轻医生。

“不，不是我儿子，”他立即否认，却看到阿尔芒在笑，随即说道，“是他的孙子。”

“不完全属实。”阿尔芒说，不过他也没有完全否认。

医生见两人都衣冠不整，身上还脏兮兮的，接着他看到本尼迪克特也脏兮兮的，衣冠不整，看来没有必要再争论，说：“好吧，你们可以带他走了。”

于是他们就将本尼迪克特带回了伽马什家。

现在，所有人都沐浴完毕，换上了温暖衣物，然后一起吃了一顿炖牛肉，外加热乎乎的浓奶油苹果酥。暖心的食物总能完成它们的重大使命。

现在是下午三点左右，他们坐在厨房火炉边取暖。

他们当然问过尸体的事，都想知道死者的身份。但吉恩盖伊解释，在家属确认身份之前，他无法告知。

他现在打电话就是为这事。

几分钟后，吉恩盖伊返回，在安妮身旁找了张椅子坐下，他看了一眼阿尔芒，说：“死者是安东尼·鲍姆加特纳。”

“什么？”本尼迪克特说，“可我们昨天还见过他。”

“鲍姆加特纳？”蕾娜玛丽说，“女男爵的亲戚？”

“她儿子。”阿尔芒说。

“可怜的人，”安妮说，“他有家人吗？”

“有，”吉恩盖伊说，“已经通知了他前妻，她会通知他们的子女，只是他们都还没到二十岁。”

“他去那边干什么？”蕾娜玛丽问。

“问得好。”吉恩盖伊说。在他刚刚接到和拨打的电话中，还提出了其他问题。

“你确定昨晚过去时没看见他，也没听见他的声音吗？”吉恩盖伊问本尼迪克特，后者直摇头，“你没看见别的人？”

本尼迪克特再次摇头，阿尔芒则饶有兴趣地看着他的女婿。

“我看见那辆车了，”本尼迪克特说，“不过是比利帮我把我的皮卡启动后才看见的，车头灯照到了那车。我知道皮卡得费些时间才能加热，所以就进了农舍想避避寒。”

“于是我就离开了，”比利说，“我很抱歉。”

“没关系，不是你的错，是我自己蠢，根本不该走进去。”

“那房子没锁？”阿尔芒问。

“对。”

阿尔芒擦掉脸上的眼泪，是眼睛发炎导致的，然后他将浸湿的纸巾扔进火炉。

医生叮嘱他不要揉眼睛，沙粒会刮伤角膜，造成永久性伤害。

但眼睛太难受了，光是擦拭眼泪根本无法满足。

蕾娜玛丽见状便握住他的一只手，而他则将另一只手坐在身下。

“介意我们加入吗？”客厅里传来一个声音，进来的是莫娜和克拉拉，“听说你们从医院回来了。”莫娜抱抱本尼迪克特，“你还好吗？”

比利跳起来，将自己的座位让给莫娜，还要拦住克拉拉不让她坐。蕾娜玛丽的眼睛立刻点亮，冲着阿尔芒笑一下。

“就是被撞了一下。”本尼迪克特说。

“被‘创’了一下，”克拉拉说，“你真是个‘豪’子。”

本尼迪克特瞪着她，那样子就和比利说话时阿尔芒的眼神一样。

“我想你们还不认识吧，”莫娜说，“这位是克拉拉·莫洛，一位邻居。”

“你好。”本尼迪克特吐字清晰地大声说。

“你没看过《黑夜怪枪》？”克拉拉转身问莫娜，“看来我们需要一起看的电影又多了一部。”

“好主意。”

“克鲁索探长？”克拉拉问本尼迪克特，后者还瞪着她，稍稍歪着脑袋，仿佛那样有助于他理解这个头发蓬乱的女人的言论。

“‘我的双手就是致命武器’。”克拉拉抬起双手，摆成空手道掌劈的架势，又说了一句电影台词。

这时本尼迪克特一脸惊恐，后退一步，“创”在阿尔芒身上。

“没事的，”阿尔芒笑着说，“她只是想用它们来画画。”

“用手指画画？”本尼迪克特问，“我有个姑姑会那么做，不过那是为了治疗，而且不会用在头上。”

“说到这，你脑袋没事吧？”莫娜又回到先前的问题。

“他们做了头部扫描，不过显然我颅骨厚得很。”

他说得一本正经，众人都忍不住笑了起来。

本尼迪克特自己一开始还没反应过来，一脸的迷惑，之后才得意地笑了。

“但是很有爱心，”蕾娜玛丽拍拍他膝盖上搭的毯子，“你救了他们的命。”

“是他们救了我。”

“那房子里一定很冷，”阿尔芒说，“没有暖气。”

“是的。”

“好在你能生火取暖。”他说。

“就是把我们吓得够呛，”莫娜说，“我们闻到那味道之后，还以为那地方着火了，像是在说，光是塌还不够糟似的。”

“现在你能告诉我们吗？”克拉拉接过阿尔芒从餐桌旁拉来的另一把椅子问，“我们认识那个被埋的人吗？”

“我刚告诉他们，”吉恩盖伊说，“死者是安东尼·鲍姆加特纳。”

莫娜一脸震惊，说：“女男爵的儿子？我们昨天下午还在他自己家里见过他。”

本尼迪克特也说过同样的话。阿尔芒知道，几乎所有人都说过，仿佛不久前刚见过的人就应该拥有保护，不会突然死去那般。

他转身对本尼迪克特说：“你说你走进那座农舍时，门没锁，那你当时就没发现鲍姆加特纳先生的任何痕迹吗？”

“没有。我打过招呼，以为里面有人，毕竟外面还停着车呢，但是没人回应。于是我就打开手机的手电，开始四处查看。我就是随便转转，等我的皮卡加热。接着我又想到，或许可以试试拯救这个地方，所以就往里走，想仔细看看。事情就是这样。”

小伙子安静下来。

阿尔芒和吉恩盖伊都有过受创的经历，认出了他身上的异常信号。

“发生了什么？”阿尔芒轻声问。

他的治疗医生教过他一些应对创伤后遗症的方法，他转授给了安全局所有的探员，那就是，谈论发生过的事情，不只是生理伤害，还包括心理创伤。

现在他想劝诱本尼迪克特，这个厚脑壳、大心眼儿的年轻人讲出来。

亨利躺在阿尔芒和本尼迪克特两人之间滚来滚去，大大的耳朵重重地摔在地板上摊平，活像两块小地毯。

本尼迪克特弯腰轻揉亨利的肚皮，他没看任何人的眼睛。

“我能听见噼里啪啦的声音，”他告诉正专心聆听的亨利，“以为是霜寒正在渗入木头，旧房子经常会那样，我不觉得害怕。一开始，我以为情况在我的掌握之中，但接着传来了一声巨响，当时我在厨房，能听到一些动静，像是火车开过来的声音，之后房子开始摇晃。”

他的声音提高了，莫娜握住他的手，不是阻拦，而只是想安慰他。

本尼迪克特看看莫娜，接着又看向阿尔芒。

阿尔芒虽然视线模糊，但还是能看出这男孩儿的恐惧。

“我拔腿就往门口跑，”本尼迪克特继续讲，“但是一根木梁垮了，就落在我面前。我很幸运才及时停下，接着……”他的声音开始颤抖。

“继续。”阿尔芒温柔地说。

“接着，我感觉到处都开始爆炸。我被弄糊涂了，呆站在那里。”

他睁大眼睛张望四周，最后目光落在吉恩盖伊身上。后者看他的眼神中没有怜悯，没有同情，甚至没有理解，尽管他其实非常明白。

他的表情中只有一件事，那就是安慰。而那正是本尼迪克特此刻所感受到的，于是他当时的反应，他做了什么，没做什么，都变成了再自然再正常不过的事情。

呆住、狂奔、哭泣、吼叫。这些吉恩盖伊都经历过，但他受过训练。而这男孩儿却只是个木匠，一个建筑工。

“我能体会，”莫娜说，“我也吓呆了，当那房子开始塌下来时，我感觉……”

“我孤身一人。”

莫娜正准备继续往下说，但此刻只是张着嘴，保持沉默。

“我孤身一人。”本尼迪克特此刻像是在耳语。

那就是区别，深渊一样深刻，横在他们的恐惧与他当时的境况之间。他们也经历了生死攸关的时刻，但不同的是，他们一起面对。

但他孤身一人。

本尼迪克特的下唇在颤抖，他绷紧着下巴努力克制。

“我害怕极了，”他轻声说，“等我终于动起来的时候，我看见了那个门洞，祈祷上面有横梁支撑。我跳进去趴下身子，等待。周围的一切都在崩塌。”说话间，他的肩膀不自觉地拱了起来，“接着响声停歇了，我被困住了。我大声喊啊喊啊，但没有一点回应。当时真的很冷，四周一片漆黑。我的手机掉了，我不能打电话，也没法发信息。一点光都没有，接着真正的寂静降临。”

他抱紧身体，凝视着火光。

“但是你有火柴。”阿尔芒说。

本尼迪克特点点头，接着说：“我忘了说。我找到一小堆木头，都是干透了的老木头，所以很快就点燃了。每隔一会儿周围就有一些动静，但我好像习惯了，火烧燃后，我感觉好了一些。我对自己说话，告诉自己，我干得很漂亮，一切都好极了，我绝顶聪明，绝顶幸运，会有人来找我的。”他依次凝视比利、莫娜和阿尔芒，“后来，你们来了。”

“你没听到其他的声音？”吉恩盖伊问，“人的声音？”

“没有，直到你们到来。”

他们点头，开始思考、想象、回忆。

但至少有一个人觉得好奇。

“你为什么要去那儿？”阿尔芒问本尼迪克特。

“去取我的皮卡。”

“但是你承诺过，没有雪地轮胎，你不会去开那辆车。你对我保证过，所以你为什么还要去？”

本尼迪克特的目光从阿尔芒身上垂落。“对不起。”他发出一声叹息，“现在说起来很愚蠢，当时我喝了两杯啤酒，觉得那是个好主意。我知道很可悲，但我有两样真正在乎的事，我的女朋友和我的车。我想她，而且我也很担心我的车。比利说可以载我一程，我就接受了。”

他抬头看向阿尔芒。

“我准备早上再给你打电话，告诉你我的去向。真的对不起。”

这种行为在他这个警察，这个有儿子的父亲看来，着实是鲁莽。阿尔芒点点头，眼睛依然盯着本尼迪克特。要相信这个小伙子判断失误，这一点并不难。看看他的头发和毛衣，他的名片就是证据，也不难相信他是个粗心大意的人。在没有雪地轮胎的情况下，他都敢在魁北克可怕的冬天开车，由此就能说明。

但阿尔芒很难相信的是，本尼迪克特会违背承诺，尤其是一个他知道很重要的承诺。

但他还是做了。

阿尔芒知道，这意味着他对这个小伙子的判断是错的。但在其他事情上他也错了吗？

太阳就要落山了，安妮轻轻起身，打开一些电灯。

“还有人要喝的吗？”她问。

“给我来点。”莫娜说着站起身。

“我来帮你。”克拉拉说。

“我们能去你书房谈谈吗？”吉恩盖伊问阿尔芒。

一走进书房，吉恩盖伊就关了门。

“老大，有件事我现在还不能告诉他们，”他说，“法医认为，安东尼·鲍姆加特纳并非死于房屋坍塌。”

“那是为什么？”

“他的头骨被砸碎了，伤口上有混凝土和石膏碎屑，但并没有真正嵌进去。”

“内出血呢？”

“没有。”

“肺呢？”

“干净。”

伽马什点点头，招呼波伏瓦坐下，然后自己也坐下来。

“房子塌陷之前他就死了，”伽马什立刻就明白了他的所指，“有没有可能是心脏病或中风？”

“这两种情况哈里斯医生都考虑过，但他认为不是，”波伏瓦说，“他已经做好准备，宣布死因是头部创伤，死亡时间是在房子倒塌之前。”

“这就是你刚才打电话谈论的内容。”

“对。我已经把死因归类到他杀了，派迪弗雷纳督察跟进案情，我来领导调查。”

“好。”伽马什说。

“关于昨天与鲍姆加特纳的会面，有什么能告诉我的吗？”

伽马什想了想，之前他准备把遗嘱的事告诉吉恩盖伊，但不透露任何细节。这事只是很奇怪，但他认为这不是谋杀的诱因。但现在他开始考虑了。

他讲了会面的情况，鲍姆加特纳的家、其余参与的人，以及他们对遗嘱的反应。

“所以他质疑过选你做清盘人的原因吗？”波伏瓦说。

“是，他以为是他们三兄妹，因为他们的母亲曾经透露过。”

“那一定出了什么事情，一定有什么事情发生了变化，所以她才将他们换掉了。”

“但她还是将所有财产都留给了他们，”伽马什说，“你会觉得，如果有过争端，她是不是不仅要取消他们的清盘人身份，还会完全剥夺他们的继承资格？”

波伏瓦点点头，陷入沉思。

“老大，还有什么地方让你觉得奇怪吗？”

有吗？当时没有，但现在呢？回想一下。

他原本觉得，人是多么容易被引诱去过度诠释一些事情啊。比如眼神、语调、发脾气等细节。当时他们是客人，但没有意识到，自己同时也是证人。

现在他想试着弄清楚，当时是不是有什么言论或行为，可能会导致几个小时之后安东尼·鲍姆加特纳的死亡。

每当他跪下来查看遗体时，总会问自己这个问题。

为什么这个人会死？

此刻他就在自问这个问题。为什么安东尼·鲍姆加特纳会死？究竟发生了什么事？

“看起来，巧合确实太多，”他坦诚地说，“遗嘱刚刚宣读，几个小时后，他们中就有人遭到了谋杀。但无论如何，我都不记得会面时发生过任何有可能引发谋杀的事情。不过我们离开后，雨果和公证人还留在安东尼家里。可能我离开后发生过什么事情。”

“你怎么看这份遗嘱，老大？”

“我认为，从我们的视角来看，这份遗嘱出人意料，甚至像是精神错乱的行为。但我不得不说，她的子女，包括安东尼在内，似乎都并不感到惊讶。如果她没把所有的钱和物产留给他们，他们可能才会惊讶。”

“对，”波伏瓦站起身，“案子开始了，我们会竭尽所能地去搜索鲍姆加特纳家的信息。”

“包括女男爵，”伽马什说，“我忍不住会想，如果她还活着，那她的儿子是不是就不会死。”

他站起身走到门口，但电话响了，于是他又折回桌子。

“喂，你好。”

伽马什示意波伏瓦别起身，自己却站着没动。

吉恩盖伊看到伽马什变了神色。

“不，你做得很对。她还在那边吗？”他一边听，一边慢慢地坐回去，“再给我讲一遍发生的事情……我明白了。你确定她是那么说的？”

在这短暂的停顿间，波伏瓦看得出，伽马什的薄嘴唇变得煞白。

“继续跟进……不，不，什么都别做……我当然知道这样不合法。”他厉声说完深深吸一口气，控制住情绪。等再度开口时，他的声音重新变得平稳。“注意判断，但要明白，你只是观察者，不要干预。”

他挂断电话后，吉恩盖伊问：“是绍凯学员的事吗？”

伽马什已经告诉了他昨天在学院发生的事，他知道总警司派了人跟踪绍凯。

“前学员，”伽马什说着点点头，“是的。”

“她在街头露面了？”

“对。”

总警司似乎不想说话，倒不是不想让波伏瓦了解发生的事情，而是因为他自己似乎也不能确定。

“她朋友发现她昏倒在一条小巷，将她带了回去。”

“该死，”波伏瓦摇摇头，“蠢女孩儿。”接着他认真地看着伽马什，“不过说真的，老大，这并没出乎你的意料吧。”

他本来想说“我告诉过你”，但话到嘴边却停了下来。自从伽马什亲自批准这位年轻学员进入学院以来，波伏瓦就一直在提醒他。

这是他二人之间很大的一个分歧，这也是总警司的弱点，他的软弱之处。

伽马什相信人是会变的，会变坏，当然，也会变好。

但吉恩盖伊·波伏瓦却更了解人，在他的经验中，人是不会发生本质变化的，变化的只是他们隐藏内心最黑暗想法的能力。他们戴上了文明的面孔，但在微笑和礼貌言谈的背后，看不见的阴暗处，腐败程度正在不断加剧，等到时机到来，条件合适，那些可怕的想法就会转化为行动。

“你打算怎么做？”波伏瓦问。见伽马什没有回答，他开始认真观察这位上级兼导师，然后明白了他的想法。

“你现在跟踪她，不为保护，而是想看她是否能找到那批阿片类药物。”

“对。”

波伏瓦想到，归根结底，这并不是软弱，但他试着不让自己的震惊表露出来。

“蒙特利尔警察局已经派了两位便衣特工监视她，他们会向我汇报。”伽马什说。

“你打算牺牲她？”

“如果可以，我也会牺牲我自己，”伽马什说，“但我不是能带领我们找到那批货的人，那样的人只有一个。”

吉恩盖伊试着保持文明的面孔，但他怀疑自己的情绪还是泄露了。

总警司伽马什之前也曾要求部下做出重大牺牲，也曾多次置他自己于险境。

但那总是在提前告知并取得同意的情况下，参与人员都明白自己的任务。

这一次情况却有所不同，而且非常不同。波伏瓦面前的这个人要利用的是一个深陷困境的年轻学员，他将她置于危险之中，但并未征得她的同意。

波伏瓦从中有两个发现。

总警司是多么急切地想阻止那批毒品流入街头，以及为此他愿意付出多么大的代价。

不过吉恩盖伊也有其他的一些发现，那就是这件事对这个正派人所造成的损失。

波伏瓦不知道自己是否能做出这般令人毛骨悚然的事。

“大卫？”毒鬼说，“不，我不认识大卫。”

艾米莉亚继续紧逼。她甚至不知道这个大卫是英裔还是法裔，她要找的是戴维还是达维。

这个出发点看上去很小，但在世界的这片区域，一个小点也很重要，就像皮肤上一个微不足道的针眼。是的，这是一个由小点点组成的宇宙，但却能对人造成巨大的刺痛。

她相当确信，这个大卫已经知道她了，因为她正在四处打探，寻找那批新货的下落。这是一个信号，表明他有能力做到这一步。

但艾米莉亚不会被吓趴。

事实完全相反。她觉得他犯了个错，泄露了踪迹，所以现在她的搜寻有了重点。

找到大卫，找到毒品，然后她的担心就会结束，然后她就能向伽马什证明她的能力。

她穿着跑鞋的脚已经湿透了，泥浆结成了硬壳。她离开学院时为什么没把靴子带出来？她拿走的就只有书。

昨天离开合租公寓以后，她就没回去过，今晚她必须回去一趟。马克需要空间做生意，而她也有自己的事要做。

“我要找大卫。”她对一个妓女说。

“除非你要找乐子，不然我帮不上忙，小伙计。”

艾米莉亚被激怒了，接着她意识到，此刻她的外套、牛仔裤和戴在头上的帽子，让她看着确实有点像个小个子男人。

她沿着圣凯瑟琳街艰难地往前走，街道的名称源自疾病的守护圣徒，但在她的眼中，这里的阴暗小巷中充满了渣滓、腐质、病人、毒鬼、妓女、濒死和等死之人。

他们都是些孩子，大部分比她还要年轻。在她离开的两年间，这里都发生了什么？

她知道答案。这里出现了阿片类药物，出现了芬太尼，还有更糟的东西。

艾米莉亚往一条阴暗的小巷里打量，她觉得好像看见了一个孩子，她戴着一顶鲜红的御寒帽。不过她敢肯定，那不过是个幻象，是她头一晚嗑药所产生幻觉的回放。

阿尔芒关了房子里所有的灯，但没有上床。虽然经过这么可怕的一天，他很想钻进温暖的被窝，将蕾娜玛丽紧紧拥入怀中。但取而代之的是，他只拿了枕头和毯子，睡在了客厅的扶手椅中。

因为黑暗走廊前方的卧室里，比利和本尼迪克特已经睡下了，他希望一切平安。

如果有人从梦中惊醒，阿尔芒得在这里。

克拉拉关掉了书店阁楼的灯。她确认莫娜很快睡熟了，正准备离开时，她在楼梯顶上又停下脚步回头看了一眼。

她想起莫娜与她共度的所有时光。彼得离开后，每当她做噩梦醒来，莫娜都在。

克拉拉架上水壶，给自己泡了一杯红玫瑰牌浓茶，然后在火炉旁的大扶手椅上落座。

阿尔芒突然坐起，他是被某种声音惊醒的，但当他留神细听时，房子里寂静无声。

接着那声音又来了，是哭声。

他掀开毯子，迅速走进走廊。

“本尼迪克特？”他小声呼唤，一边敲门一边继续听。那声音又响起来，这一次更像是在呜咽。

阿尔芒走进门，拉了一把椅子在床边坐下，他找到本尼迪克特的手，握住，一遍又一遍，轻柔地重复地说着他很安全。发现这么做无效后，他开始轻声唱歌，唱他脑海中最早冒出来的歌。

“雪绒花，雪绒花……”

最后那男孩儿停止哭泣，呼吸平稳下来，睡着了。

隔壁卧室里，比利·威廉姆斯睁着眼睛望着天花板。黑暗中，天花板似乎在坠落，马上就要落在他身上一样。他抓住两边床沿，不停地对自己说，这只是幻觉。

我很安全，我很安全。

但胸膛上的残骸压得他无法呼吸，天花板还在坍塌。

他听见一声哭泣，肾上腺素飙升，就和他在那座不停发出尖锐声响的房屋中听到的哭声一样，那不像是人类发出来的。

接着，他听到喃喃低语，然后是别的什么声音，无法辨识，但很熟悉。

他松开双手，闭上眼睛，在某人温柔的歌声中睡着了。

艾米莉亚捶响女房东的门，门只开了条缝，足够探出眼睛看敲门人是谁。

“你究竟想干什么？”老女人问道。

她脏兮兮的睡袍敞开着，露出艾米莉亚无心观看的身体。

“我想要我的房间。里面有别人？”

“对，有人付钱了。”女房东的愤怒变成满足，“你承诺用打扫卫生来换那个房间，但你没做到，不是吗？你把桶踢翻了，我不得不自己做清洁。”

艾米莉亚知道那是谎言，她发现翻倒的桶和拖把还躺在那个房间门外的走廊上。

那双小眼睛正透过门缝打量艾米莉亚。

“趁我报警之前，赶紧滚蛋。”她说着就要关门，但艾米莉亚用身体拦住了她。

“我的东西，把我的东西给我，你这个老贱人。”

“不在我这儿。”

“那在哪儿？”

“你感觉到温度了吗？”老女人停顿了一下，然后笑着说，“那就是你的东西。”

艾米莉亚丢开门，女房东的话以及其中所蕴含的意思击中了她。就在那一瞬间，门“砰”的一声拍上了，防盗锁也落锁了。

“贱人！”她大喊着往门上撞，一遍又一遍，直到声音沙哑，肩膀撞肿，她才筋疲力尽地倒在地上。

身下的地毯硬邦邦的。她闻到腐败的烟草味、屎味、汗味，还有尿骚味。她感觉到温暖。

艾米莉亚双手抱住头，痛哭起来，为她被毁的生活，为她那些已烧成灰烬的书。

接着，那温暖让她感到太过痛苦，于是她站起身，重新走进寒冷，去寻找那批毒品。它们是如此的崭新，如此的有力，能将她带走，远远带走，离开这里，永远不再回来。

蕾娜玛丽发现阿尔芒在炉火边打盹。

看到她，他立刻直起身来，告诉她本尼迪克特的事。他说："我得守在这儿。"

"对。"她说着帮他整理好枕头和毯子，拉来一把椅子在他身边坐下。她抓住他的手，轻声说起奥诺雷，说起他们在巴黎的孙子孙女，说起格蕾西和亨利。

直到他沉入深沉安宁的梦乡。

19

阳光从酒馆的竖框窗户中泻入，照在粗条地板上、舒服的椅子上、松木桌上，也照在顾客身上。

但它照不到最远的角落，开放式的大火炉旁，莫娜、本尼迪克特、阿尔芒和卢西恩坐的位置。

阿尔芒打电话叫公证人来见面，顺便带一些文件来。

莫娜和本尼迪克特讲了头一天发生的事，公证人听着，脸色越来越阴沉。

"我刚去过的那座农舍？"他们讲完后，他问道，"现在已经塌了？"

"是，我们现在好多了，"莫娜还回答了一个他没问的问题，"受了些擦伤，但昨晚的热水澡帮了忙。谢谢。"

卢西恩不解地看着她。

他们坐在高背椅上，早餐和牛奶咖啡摆在面前，身旁的炉火在咆哮，枫木劈柴将它们喂饱了。

"农舍倒塌时，里面发现了一具尸体，"阿尔芒说，"死者是安东尼·鲍姆加特纳。”

公证人瞪大眼睛说道：“鲍姆加特纳先生？他死了？”

“是。”

“可我们才见过他。”

“他一定是在我们离开后过去的。”莫娜说。

“为什么呢？”卢西恩问。

“我们不知道原因。”

伽马什本来打算先不告诉他们，但波伏瓦已经将这事作为谋杀处理了。隐瞒的时间越长，知道的人越少，人们的警惕心就越低。

真相很快就会水落石出。

“我们走后，鲍姆加特纳先生和你说过什么吗，关于农舍的事？”伽马什问。

卢西恩摇摇头，说：“没有，我整理文件时和他聊过几句。我没待太久，一切都很正常。”

莫娜和阿尔芒都知道正常人类的反应会是什么样，卢西恩可能不是最好的裁判，但如果爆发冲突，即便是他，也不可能注意不到。

“他们的母亲在遗嘱中不让他们做清盘人，你知道原因吗？”伽马什问。

“毫无头绪，”卢西恩说，“我们甚至都不知道之前的清盘人是他们。他们以为自己是，但谁知道呢？”

“你父亲可能知道，”莫娜说，“一定还有一份旧遗嘱。”

“即使有，那我也不知情。”

“你把他的文件带来了吗？”阿尔芒问。

伽马什在电话中告诉公证人，让他浏览他父亲的卷宗，把跟鲍姆加特纳家族有关的文件都带来，于是现在卢西恩将一叠文件整齐地放在桌上。

“你父亲不是安东尼·鲍姆加特纳的公证人，对吧？”伽马什说着戴上老花镜。

“不是，只是他母亲的。”

“你读过这些文件吗？”伽马什指着那叠纸。他眨眨眼，又斜着看了几次，试图让依然模糊的视线变得清晰。

这天早上他醒来时发现，虽然身体依然因为农舍倒塌事件而酸痛僵硬，但眼睛的刺痛感却减轻了。眼前的文字依然不是完全清晰，但他仍尽力去阅读。

“没有，”卢西恩说，“没必要，我已经找到我们要找的东西了。”

“一份旧遗嘱？”莫娜问。

“一份非常旧的遗嘱，”卢西恩说，“但不是鲍姆加特纳女士的，而是我自己调查时发现的一份文件。我认为我找到了柏莎·鲍姆加特纳自称‘女男爵’的原因。”

莫娜在椅子上转过身，正面朝向他，阿尔芒摘掉老花镜，本尼迪克特咬了一大口烤黄油蛋卷后也向前倾身。

卢西恩停下来，享受这一时刻。

“别卖关子了，赶紧说吧。”莫娜厉声说。

成为焦点的时刻似乎已经结束了。

“好吧，昨天我们参加完那个家庭会议，阅读了那份遗嘱中离奇的条款后，我决定做一些尝试。我搜索了肯德罗斯这个姓氏下的遗嘱文件，费了一番工夫，最后找到了这个。”

他拿起那沓文件最上面的一份文件，递给莫娜。

那是一份老文件的复印本，用普通笔迹书写，盖满正式印章。

“是德语。”她说。

“是，我读了一点，”卢西恩说，“好像是一个案子的简介，一个名叫什洛莫·肯德罗斯的人，也就是肯德罗斯男爵，他的遗嘱遭到了质疑。”

莫娜睁大眼睛，意味深长地看了阿尔芒一眼，然后将那文件递给他。

阿尔芒斜着眼仔细观察一番，然后递给了本尼迪克特，他摘下眼镜说：“顶上的日期记录说是一九八六年？”

“是的。”卢西恩从本尼迪克特手中拿走文件，举起来，“这是根据一八五六年维也纳法庭文件的原件翻印的。这位什洛莫·肯德罗斯似乎将一切都留给了两个儿子。”

“是的。”莫娜说。

“同样的。”

“对。”阿尔芒说。

“我没说清楚，”这时无人反驳他，卢西恩说，“他把一切都留给了两个儿子。两人共同继承他的爵位，以及财富。根据这份文件，那是相当大的一笔财富，包括瑞士的庄园、维也纳和巴黎的家……”

“等等，”莫娜举手提问，“你是说他给两人留下来的遗产是一样的？”

“正是。”

“可这怎么能做到？”

“他做不到，问题就在这里，”卢西恩开始享受此刻众人的关注，“这就是一切的起源。我猜两个儿子处不来，于是互相起诉了对方。”

“然后呢？”本尼迪克特问。

“没有然后，问题一直未得到解决。”

“你不会是说，那份遗嘱现在还有争议吧，”莫娜说，“一百五十年过去了。”

“是一百六十一年。”卢西恩说，“不，我当然不是那个意思，奥地利人和德国人一样注重效率。事情应该在很久以前就解决了，我只是还没找到判决书。”

“但是我们可以推测，结果对鲍姆加特纳女士这一脉不利。”阿尔芒说。

“那么她为什么会觉得自己能继承爵位呢？”莫娜问。

虽然她这么问，但看到阿尔芒严肃的神情，她意识到这个问题的愚蠢。

柏莎·鲍姆加特纳如此坚信，是因为她想要相信，因为这符合她的需要。

女男爵生活在一个幻想的世界，分岔路口永远对她有利。在那个世界中，她既是受害人，又是继承人，是一个做清洁女工的女男爵，行走在一出维多利亚时代的音乐剧中。

莫娜曾经接待过多少委托人呢？他们坐在她的对面喋喋不休地抱怨“做错了”。他们死死地抓住自己的不忿，因此扼杀了理性。他们在抛开这些不公之事之前，就已经放弃了理智。

在某些案例中，在某些人身上，这种情况持续了许多年，尖刺牢牢地扎进他们体内。虽然兰德斯医生会倾听并提出建议，引导他们该如何放下痛苦，但他们还是任其溃烂。最后她终于意识到，有些委托人根本不想摆脱怨恨，他们想要的就是确认怨恨的存在。

她知道，继承爵位是一件可怕的事。它将人紧紧地拴在受害者的位置上，吞掉了周围所有的空气，直至那人生活在真空之中，没有任何有益的东西来滋养他们的生命。

莫娜还知道，悲剧几乎总是复合在一起。这些人总会将其代代相传，逐渐放大。

痛点成了他们的家族传奇、他们的神话、他们的遗产。损失成了他们最珍贵的财产、他们的遗产。

当然，如果他们失败，那就意味着有人胜利，那样一来，他们的愤怒就有了指向，然后演变为世仇。

莫娜看着阿尔芒从卢西恩手中拿回文件，在上面写了些什么。

“所以她觉得她这一脉被骗了。”本尼迪克特说。

莫娜抿紧嘴唇。她上了这么多心理学的课程，拿到了博士学位，还做过多年研究和工作，但都不如这个年轻人的一句话概括来得简洁。

柏莎认为她这一脉被骗了，被骗了许多代。

“你认为呢，阿尔芒？”莫娜问。

“出生就被告知所负担的罪责，”他记得露丝那首晦涩的诗，“和继承一份古老遗产的愧疚。”

“安东尼·鲍姆加特纳去那座农舍肯定是有原因的。”他说。

“也许他只是思念他的母亲。”本尼迪克特说。

也许吧，伽马什心想。

毕竟，在那座房子中有一些珍贵的东西，一样无法被剥除的东西——那地方充满回忆。

他仿佛又看见了那幅身高标记图，还有安东尼家里的那张照片，三个孩子站在花园里，背后的花既美丽又危险。阿尔芒·伽马什知道，那些记忆不仅宝贵，而且还拥有强大的力量，充满了美丽又危险的情感。

谁知道那座腐烂的旧房子里后来留下了什么呢？

伽马什又仔细研究了一遍那份印刷文件。那上面写的是德语，他看不太懂，不过反正他现在也几乎看不清楚字。

这就是一切的起源吗？一百六十年前写下的一份疯狂遗嘱，还有另外一份同样疯狂的两天前才宣读的遗嘱？

“鲍姆加特纳女士是在哪里去世的？”

“在一所养老院，叫圣雷米之家，”公证人说，“怎么？”

“死因呢？”阿尔芒问。

“心力衰竭，”卢西恩说，“你拿到的病历中有她的死亡证明。怎么？”他又问了一遍。

“没有验尸？”

“当然没有。她毕竟是位老人，而且是自然死亡。”

“阿尔芒？”莫娜叫道，但他只是快速回了一个微笑。

“这份文件我能留着吗？”他拿起那份复印件。

“不行，”卢西恩说，“我的卷宗里也需要。”

“对不起，不过我不该征求你同意的，”伽马什将那文件折好，放进胸前口袋，“我敢肯定，你还有复印件。”

他起身对莫娜说：“你的书店还开着吗？”

“没锁门，”她说，“我们想到一块儿了，你自便。”

接下来，阿尔芒花了几分钟时间浏览莫娜书店里的书架，找到了他想要的东西。他将钱放在收音机旁，将书揣进外套口袋。

返回酒馆时，他看见比利·威廉姆斯正朝他的车子走去。

“他不该开车，”莫娜说着走向门口，“他的脚踝有伤。”

她叫了一声，伽马什看见比利转过身来，冲莫娜微笑。

“他是个不错的人，”阿尔芒说，“是个好人。”

“身边有这么个人会很方便，”她说，“那是肯定的。”

他们看着比利返回酒馆。虽然比利·威廉姆斯说的话阿尔芒一个字也听不懂，但他明白他脸上的表情。

他好奇莫娜是否看见了他看出来的东西。

20

吉恩盖伊·波伏瓦低头看着安东尼·鲍姆加特纳的遗体，验尸官则在察看验尸结果。

和伽马什不同，波伏瓦没见过他生前的样子，但他还是看得出来，鲍姆加特纳相貌英俊、气宇轩昂，即便是死后，他依然散发着一种权威感，这实属罕见。

“他本来是一位健康的五十二岁男性，”哈里斯医生说，“你能看见颅骨上的伤口。”

尽管很远就能看见伤口，但伽马什和波伏瓦还是倾身去观察。

“你能确认武器是什么吗？”伽马什后退一步问道。

“根据伤口的形状，我认为是一块木头，大概有四寸厚二尺宽，有一边很锋利，也可能更大更重，像球棒一样挥动，”她模仿展翅的姿势，“击中了他的脑侧，用的是足够造成这种损害的力量。想砸开头盖骨，可不像你们想得那么简单。怎么？”

伽马什皱着眉头。

“你确定他是在建筑倒塌之前死的吗？”

这是一个至关重要的问题，答案将会决定他的死亡是意外还是谋杀。

“我确定。”

伽马什的眼睛里仍然充满血丝，泪流不停。但他还是认真地看着她。

哈里斯医生叹口气，摘掉外科手套，丢进垃圾桶。

她非常了解总警司伽马什和督察长波伏瓦，熟到喝酒时可以直呼他们阿尔芒和吉恩盖伊。

但在尸体面前，他们的身份是总警司、督察长和法医。

这个问题被反复提起，她并不感到生气，因为总警司是个细心的人，对追查凶手来说，没有比细心更必要的素质了。

她知道伽马什还在停职中，但依然视他为安全局领导，除非有人强迫她停止。

“安东尼·鲍姆加特纳在房子倒塌至少半小时前就已经死去。我可以根据他的器官和内出血做出判断。况且，他的脑侧受过撞击，建筑一般不会向侧面倒。”

“我去打个电话。”督察长波伏瓦掏出手机，先行走开。

“倒塌过两次，是不是？”哈里斯博士问伽马什。

“是，夜里有一次局部坍塌，昨天下午完全倒塌。”

“你们是在下午的那次被困的，”她说，“尸体也是当时被发现的吗？”

“对。”

之后他大概解释了一番。

“坐。”哈里斯医生指着一个高脚凳说。

“为什么？”

“这样我才能帮你冲洗眼睛。”

“我没事，正在恢复。”

“你想失明吗？”

“老天，当然不想。有那种可能性吗？”

她看得出来，他是真的很震惊。

“很小，但谁知道那座建筑用了什么建材？越快把沙子清理出去情况越好。视网膜可能正在遭受磨损，或许更糟，沙子还可能钻进眼球背后。”

他坐下来，她附身凑近他的脸，先仔细检查了一遍他的眼睛，然后拿起水往里面喷注。水雾落下时，他开始躲闪。

“抱歉，我该先提醒你一句，会有刺痛感。”

结束后，他一脸苦相，先是睁大眼睛，然后眨了眨。

“不要揉。”她提醒了一句，然后又仔细检查了一遍他的双眼，最后关掉工具上的灯，“好些了，好多了。”

但是感觉没有变好，现在他几乎看不见了，双眼都在发炎，而且很疼。他将双手坐在身下。

“你对他说什么了？”波伏瓦打完电话回来，“都把他说哭了。”

哈里斯医生笑着说：“我告诉他，酒馆里的羊角面包卖完了。”

“你是想杀了他吗？”吉恩盖伊问。

“够了，我还听得见，你们知道的。”伽马什说。他的视力正在恢复，炎症开始消退，“迪弗雷纳督察说什么？”

“他们正在彻底搜查事故现场，寻找武器，”波伏瓦说，“想弄清楚他被杀的地点和时间。”

“他们有什么看法？”伽马什问。

“迪弗雷纳认为，作案现场可能是二楼卧室。最后屋顶塌了，将他一起带了下去，所以就造成了现在的样子。”

哈里斯医生走到水槽边，阿尔芒返回金属验尸台。他将双手背在身后，低头观察安东尼·鲍姆加特纳的遗体。

他的长相和他母亲差别很大。他母亲像一位曾在一部喜剧电影中扮演君王的英国老演员，而安东尼·鲍姆加特纳就像是真正的君王，即便是死后，姿态中也依然有一种尊贵。伽马什闪念想到，那么爵位现在要归谁呢？卡洛琳还是雨果？

长子继承制也适用于虚拟的爵位吗？

他拉起白布，重新盖上安东尼·鲍姆加特纳的脸。

总警司思考着这块白布，以及下方的遗体，过了很久才开口。

“你说，凶手是故意想伪装成事故的吗？”

“似乎相当明显，”波伏瓦说，“凶手想要我们以为，他是被房屋倒塌压死的。如果不是本尼迪克特在场，说那里没有其他人，我们可能真会那么想，反正无人在场。”

“是。但如果想伪装成事故死亡，那农舍就必须倒。”

“对。”哈里斯医生从水槽边回过头。

波伏瓦返回桌边，先是看看总警司，然后低头看看白布。

“是的。”他这才明白伽马什的意思。

他不只是在简单陈述事实，还是在宣告调查中一个至关重要的部分。

这时，哈里斯医生擦干手，转过身来，吉恩盖伊能看出，她也明白了伽马什的所指。

“凶手怎么知道那房子会倒？”验尸官问。

“只有一个方法。”波伏瓦说。

“他将房子弄倒。”伽马什说。

“目前现场只有一个人拥有那种能力。”波伏瓦说。

伽马什从遗体旁走开，开始打电话。

听完总警司伽马什的讲述，伊莎贝尔·拉科斯特想了片刻。

然后她立刻同意了他的请求，但现在必须弄清楚的是，这一切是怎么做到的。

拉科斯特叫了一辆出租车，车子将她放在一堆积雪和泥泞中。

她小心翼翼地横穿冰封的人行道，她拄着拐杖，站在一座公寓楼的入口。

那是一座低层建筑，窗户上都结了厚厚的霜花，从里面应该看不清外面的情况。

她试着推了推前门，没锁。

她瘸着腿走进门，不得不绕路躲过地上的一大摞通告单。很显然，如果这里有看门人，那今天应该是请假了，或者今年都没上班。

伊莎贝尔·拉科斯特拿出手机，再次确认了一遍总警司伽马什发给她的信息。

本尼迪克特·普略特，3G公寓。

她四处寻找电梯，但意识到这里没有，于是就站在楼梯前，深吸一口气，开始往上爬。

结束与验尸官的见面后，吉恩盖伊开车将伽马什放在圣凯瑟琳街的一间咖啡馆门前。

“有点邋遢，”他四处看了一圈后说，“你确定要在这儿等吗？”

“我年轻时经常来，”伽马什环顾四周，“当时我只能喝得起这里的咖啡，甚至还带蕾娜玛丽来过。”

“来约会？你疯了吧？”波伏瓦看着卡座里掉落的渣滓。不过这地方本身看着还挺干净，是老爸老妈可以和做毒贩的儿子一起分享干酪薯条的地方。

“我猜蕾娜玛丽喜欢坏小子。”阿尔芒说。吉恩盖伊听着笑了起来。

“是，这里的人不会比你厉害。好了，老大，你还需要什么？”

“我需要你离开。”伽马什说。

现在吉恩盖伊就站在安全局总部紧闭的大门前。这个房间他很快就熟悉了，但没过多久就开始讨厌。

他举起手，但不等敲门，门就开了。

“督察长。”玛丽·詹维尔招呼道。

“督察。”他说。

“感谢你过来。”她让到一边，请他进门。

“感谢你找我。”

如果她打算假装这是一个社交活动，那他也可以。

“我们还有几个问题想问你。”她指着他上次坐过的椅子说。

同一张桌子，同一群人，但桌旁一把舒适的椅子上，现在多了一个老人。

波伏瓦这次是有备而来，他知道，除了赏心悦目的笑容外，他们还想从他身上得到什么。

他没有落座，而是走过调查员，径直向角落里那位没有说话的男人走去。

“你是谁？”他问。

男人站起身，他没穿制服，而是穿得像位公务员。波伏瓦想，他一定是警察或军人，而且头衔很高。

他比波伏瓦稍矮，中等年纪，身材消瘦。他身上有一种从容的气度，而且很警觉，那是一种在艰难形势下掌权多年的人才有的态度。

不过现在的局势看起来就很艰难。

“弗朗西斯·科诺耶，司法部的。”

波伏瓦大吃一惊，甚至有些发抖，但他极力控制，没有表现出来，“你为什么来？”

“我想你知道原因，督察长。”

“这件事已经变成政治事件了？”

“这件事一直都与政治有关。我希望你的总警司了解，甚至在他做出决定让毒品通过的时候，我希望他心里也明白这一点。不过你没必要那样看着我，我不是敌人，我们想要的结果是一样的。”

“那目标是什么？”

“正义。”

“谁的？”

弗朗西斯·科诺耶笑了，说：“这是个好问题。我服务的是魁北克民众。”

“我也是。”

“那总警司呢？”

波伏瓦无法抑制心中的怒火，说道：“他做了这么多，你还问这种问题？”

“但我们需要对他的服务行为做出总体衡量。是，他是做了许多好事，但他也放出了数量多到足够造成灾难的毒品，你真的能说，他服务的是民众吗？”

“他是为了阻止局面变得更糟。”

“可我们怎么知道事情会往坏处发展？”科诺耶问道，“我们能确知的就是，如果那批毒品流入街头，可能会有数千人丧命。那是正义吗？”

就连不了解政治的波伏瓦也看得出来，弗朗西斯·科诺耶用的是媒体记者才会用的语言，脱口秀和采访才会用的说辞。

这是为证明这次“暗杀行动”的合法性。

不管安全局领导的行动发自怎样的善心，他都犯了一个大错，所以他必须付出代价。

“你想要我做什么？”

“你有机会降低反噬的风险，督察长，你是他的副手。这件事会玷污整个安全局的名誉，本来这正是你们局赢回公信力的时候。”

“你想让我说，一切都是他的决定？都是他的行为？”

“你有选择权。伽马什将承担责任，没有讨论的余地。从他做出那个决定的那一刻起，他的毁灭就已经不可避免了。他很清楚，但还是执迷不悟。你无法阻止他的行为，你不可能拯救他。子弹已经射出枪筒，你能做的就是阻止对他人造成附带损害。”

“包括我自己？”

弗朗西斯·科诺耶耸耸肩。

“包括首长？”

科诺耶的脸色沉了下去。

“我们已经拟定好了一份声明，督察长。如果你愿意的话，可以拿回去好好读，然后换成你自己的语言。但是你得签名，做正确的事，不要被你的忠诚蒙蔽双眼。”

“你在开玩笑吧？你跟我说这种话？”波伏瓦想压住声音，保持礼貌，但怒火不可控制地喷涌而出。“他放走这些毒品，我们才有机会摧毁北美地区运行的最大贩毒组织。安全局的那次行动几乎让一名高级探员牺牲生命，你不但不感谢我们，反而控诉我和总警司是罪犯？”说完这些他的声音才降下来，“现在我成了盲目的人？”

“你不了解我看到的东西。”

“哦，我想我明白了一件事，我们只是你宏伟蓝图中的一个小细节，对吧？”

看到科诺耶眼中闪过一丝犹豫，一丝非常轻微的惊讶，他感到满足。

“你认为我们有宏伟蓝图，真不错，”科诺耶恢复了镇定，“但是相信我，我们其实一直都笨手笨脚的，只是在对各种事件做出回应，试着为我们的公民做好事罢了。”

波伏瓦没有说话，但他确实明白了一件事，这个科诺耶先生没有说错。

伽马什坐在卡座的塑料桌旁，一边小口喝水，一边看着窗外。

这时，他收到一条信息。

“我一会儿回来，”他说着拿出一张二十块的纸币递给服务生，“帮我留着这张桌子。”

“好的，先生。”

他拉下御寒帽盖住耳朵，戴上手套，眯着眼睛走进寒冷、明亮的日光中。他的脚嘎吱嘎吱地踩在人行道上，行人从身边匆匆擦过，急着赶往要去的地方。

但他不着急。在他的前方，马路对面，有两个人也走得很慢。一个又高又瘦，即使穿着冬装也显得很枯瘦，另一个矮一些也丰满一些，走得更加平稳。

那是艾米莉亚。

伽马什跟着他们的脚步走了两个街区，他们停下后，他闪进一条小巷。

他在那里缩成一团，靠在一座废弃建筑的冰冷砖块上观望。

他看见毒贩、吸毒鬼和娼妓都在光天化日下做生意，知道警察不会阻止他们。

圣凯瑟琳街算不上内城的主干道。

他能看见两个邋遢的男人，他们穿着肮脏的衣服在垃圾桶之间翻刨，偶尔还互相推搡，争夺罐头和发霉的面包皮。

伽马什看得大为感动。那两位年轻探员伪装得很好，干得很认真，就应该这样。在他们的职业生涯中，很少有比那一刻他们的所作所为更重要的事情，尽管他们尚不知晓。

他收到一条信息，一条简单的更新，是两人中的一位发来的，告诉了他艾米莉亚的动向。但他们不知道他的方位，不知道安全局的领导也加入了进来，也在监视那位前学员。

伽马什继续往阴影中退，因为艾米莉亚和朋友找到了一个毒贩。那两个男人看上去都很虚弱，尤其是与艾米莉亚比。

独眼人，伽马什想到。

接着，艾米莉亚做了一件奇怪的事。她将左手袖子撸到手肘位置，举起胳膊伸到毒贩面前，那人开始摇头。

艾米莉亚说了句什么，似乎是在争吵，然后转身背对那毒贩，离开了。她的朋友快步跟随。

“二十块一次口活儿。”伽马什听见男人在身后喊。

他没理会，继续监视，直至后背被戳了一下。

“我和你说话呢，老爹，想不想来一发？”

伽马什转过身，看见一个比自己的儿子还小的男人，他饱经蹂躏的脸上盖满文身。他以前一定很英俊，伽马什想，他以前一定很年轻。

“不了，谢谢。”他说着转身继续观看街对面的交易。

“那就滚。”

伽马什感到背部中了两拳，力道大到将他推出小巷飞过了冰封的人行道。他及时伸出双手，“砰”的一声撞在一辆停在路边的车上，他差一点儿滑倒在地，冲进来往的车流中。

一个司机经过时狂按喇叭，冲他比了个中指。

“你还好吗？”

伽马什感到一只瘦骨嶙峋的手挽住了他的手臂，他转身看见了一张大而深陷的脸。那脸颊如此凹陷，骨架上几乎只有薄薄的皮肤，眼睛膨大，黑眼圈很浓，但目光和善。

伽马什朝路对面看，目光扫过两个街区。

艾米莉亚听到鸣笛回头张望，但伽马什已经转身，正看着搀扶他胳膊的人。

“需要帮忙吗？”那声音轻柔地说。

“不，不，我很好。谢谢。”

她回头张望，冲着巷子里大喊：“你这该死的，你差点害死他。”

“该死的变性人，”黑暗深处传来回应，“滚出我的地盘。”

女人转身面对伽马什。两人差不多同样身高，很显然她曾经十分强壮，但现在已经干枯。她穿着一条短皮裙和一件镶有饰边的粉红色外套，她的妆容很细致，技巧娴熟，但难掩她脸上的疮痍。

“你确定没事吗？”她问，“这里不安全，你知道。”

“你真是非常好心，谢谢你。”说着他将手伸进口袋。

“不用。”她又用那只瘦骨嶙峋的手按住他的胳膊。

伽马什掏出一个笔记本和一支钢笔，写下他的私人电话。

“如果需要帮助，”他递给她，连同他的手套一起，“我叫阿尔芒。”

“阿妮塔·费夏尔。”她握住他的手，接过他的馈赠。

艾米莉亚同马克一起继续走。前一晚，她睡在他小公寓门外的走廊上，努力不去听里面的动静。

现在两人再度离开，他去找货，而她则去找大卫。

身后一辆汽车狂按喇叭，她立刻转身，看见一个妓女搀着一个差点冲进车流的男人的胳膊。

她看了一会儿，那男人好像给了妓女什么东西，一定是为服务付钱。有些事情从来都不会改变。

艾米莉亚沿着圣凯瑟琳街继续跋涉，寒风让她低下脑袋，眯起眼睛。和昨晚一样，她一直在重复念叨那些在她记忆中烧灼的熟悉诗句和她最爱的句子。她一遍遍重复，那是她私人的玫瑰经，一遍又一遍，一首又一首，直至生活褪去苦涩，直至吸毒鬼、妓女和变性人退去，只剩下她和那些现已烧成灰烬的书本里的词句散发出的温暖。

伽马什回到咖啡馆。

他知道来这里可能不是明智之举，但他想确认艾米莉亚确实回到了街头，正在做他期待的事——寻找卡芬太尼。

他没有想过，如果她和他都失败，将会发生什么。

他知道，芬太尼的效果比海洛因强一百倍，卡芬太尼又比任何芬太尼强一百倍。

用卡芬太尼对付人们，就像是拿着一只喷火器去对付街头的孩子。

在慢慢返回的途中，他想起波伏瓦说过的话，没有人比他更残忍。他是开玩笑说的，但伽马什知道，这话是真的。

阿尔芒感到刚才那年轻男妓朝他出拳打来的地方有些疼痛。有两个并排的地方一阵阵抽痛，如果他即将长出翅膀，那应该就是这两个位置。

但阿尔芒·伽马什确知，他不是天使。不过他确实想象过，如果天堂也有战争，那他会被安排到哪一方。

回到卡座后，他点了咖啡和一个三明治，然后戴上老花镜，打开早上在莫娜书店买的那本书。

那是伊拉斯谟的《名言集》，收录的是他的箴言和语录。

书中的文字字号很小，阿尔芒的眼睛还看不清，但他对书本内容非常熟悉，此刻他正在阅读熟悉的条目一燕不成夏、必要之恶、进退维谷、罕见之鸟。

接着他找到了他一直在找的那句话。

“在盲人王国。”艾米莉亚一边艰难跋涉，一边在心中背诵。

“独眼称王。”伽马什念道。

督察长？

波伏瓦转身，看见弗朗西斯·科诺耶正沿着走廊朝他走来。

“说句话。”

吉恩盖伊已经被讯问了一个小时，现在终于可以离开，但还没走出多远，科诺耶就追了上来。

这位司法部的同僚看看四周，然后将波伏瓦拉进洗手间，并且锁了门。

“你忘了这个。”他掏出一个马尼拉纸的文件夹。

波伏瓦看着它，里面装的是那份声明。

“我没忘，我不会签，永远不会。”

“里面没提及任何我们尚不知晓的东西。”科诺耶说。

“但签了它，对我来说意义重大，不是吗？”波伏瓦说，“放手，放下整件事，做正确的事。”

科诺耶微笑，说：“这个答案对你来说很明显，一直都是，不是吗？什么是正确？不是对我而言，也不是对伽马什而言。”

“那是谎言。他做了正确的事。”

“那为什么那么多正派的人都认为他错了？不只是他们……”他猛地歪歪头，指向讯问室的方向，“还有其余人。好人，包括你自己在内，都不同意他的决定。”

他死死地盯着波伏瓦。

“我知道了那事，你很惊讶吗？根据总警司自己的证词，你恳求他停止装载那批阿片类药物，核心集团的每一位探员都恳求他停止。他承认了，但那没有拦住他。他任由它流入街头，杀死可能接触它的数千人。”

“它还没有流入街头，而且他已经追回了绝大部分。”

“但不是全部。而且它每一天，每一秒都有可能流入街头，所有死去的年轻人都将躺在他的脚下。”

“你以为他不知道？那结果对他来说难道不够糟？你一定要把这事搞成公开行私刑？太恶心了，你令人作呕，我不会跟这事扯上任何关系。”

“你会改变主意的，在这事结束之前，你会签字的。”

“我不会。你希望这一切怎样结束？不可能只是保护政治家。”

科诺耶打开卫生间的门，然后回头看了一眼波伏瓦，他似乎心意已决。

“问伽马什。”

“什么？”

“问他。他知道的比他告诉你的多得多。”

科诺耶将那装有声明的文件夹扔在地上，然后离开。

吉恩盖伊看着它，然后捡了起来。

21

“你说的这位本尼迪克特……普略特不住3G。”伊莎贝尔·拉科斯特双手拿起汉堡，大大地咬了一口。

“但他确实住在那座楼里，”伽马什说，“和他女朋友一起。”

他等待伊莎贝尔咀嚼吞咽。

波伏瓦刚赶到圣凯瑟琳街的路边餐厅与他们会合，他挥手叫来服务生，说：“也给我来一个，再来一杯热巧克力。”

成年男子点热巧克力很难让人相信，但他还是做了尝试。

阿尔芒笑了。但看到波伏瓦的眼神后，他的愉快神色便消退了。

阿尔芒感到有些冷，仿佛锁闭的门开了一条缝。

“对，”拉科斯特终于吞下食物，她很久没有这么饿过了，“嗯，差不多。他们以前住……3G，不过女孩儿大概在一个多月前搬走了，所以他换了个小点的公寓，在同一座楼。你知道他是……看门人吗？”

她准备再咬一口，但伽马什按住了她的胳膊，阻止了她。

“我不知道。所以他没有女朋友？”

“现在没有，我找了他六个邻居了解过，他们的说法差不多都一样。两人同居了两年，分手似乎……很和平。”

她又咬了一口。这家店看着邋遢，但汉堡却是现做的，碳烤到完美，很美味。

她没提到自己一路费劲地爬了三层楼，每爬两级台阶都要停下来喘气。结果却发现3G现在住的是别人，而她要找的公寓就在门厅旁边。

“该死，该死，该死。”她每下一级台阶就咕哝一句。

“他们对本尼迪克特有什么看法？”波伏瓦问。

“他们说他有礼貌，很和善，值得信赖。那座楼里住着很多老人，他们似乎都接受了本尼迪克特。”

“他是会对人产生那种影响，”伽马什说，“他是杂务工吗？”

“是，”伊莎贝尔说，“根据其他租户的说法，他似乎很精通……自己的业务。不过他已经有两天没露面了。”

这些描述还远远不能提供决定性的信息。杂务工能修理漏水的龙头，但却不一定能随随便便弄塌一座房子。但是木匠或许可以，建筑工可以，而那正是本尼迪克特的另一份工作。

“如果是本尼迪克特杀的安东尼·鲍姆加特纳，”波伏瓦说，“那他就是搞砸了。他不可能也计划把自己困在里面吧。”

“或许不会。”伽马什说。

“你说的‘或许’是什么意思？”波伏瓦突然说，“这显而易见。”

拉科斯塔和伽马什惊讶地瞪着他。

“有什么事情在困扰你吗，吉恩盖伊？”

波伏瓦深吸了一口气，说：“抱歉，我只是又饿又累。”

嗜酒者互戒协会的主办人对他下过H.A.L.T.警告，饥饿、愤怒、孤独和疲累是酗酒的诱因。

他已经承认又饿又累，而且这次会面激怒了他。但让波伏瓦惊讶和难过的是孤独，科诺耶最后的那番评论让他感到非常孤独。

去问伽马什。

“对你来说不算太难吧，伊莎贝尔？”伽马什问，“去那座公寓楼。”

“你开玩笑吗，老大？这是我几个月来受过的最好的……治疗。”

她没告诉他们，她滑倒了，摔进一座雪堤，好不容易才挣扎着爬起来。接着她花了十分钟才叫到出租车。抵达餐厅时，她已经冻透了，而且浑身疲倦。

但这是她几个月以来最快乐的时刻，自从她中枪以来。

她之前一直担心自己将会永远退出，会被好心的同事视为同情对象，一个受保护、被怜悯的对象，最后遭到无视。

但伽马什没有那样。取而代之的是，他信赖她，交付她这份工作，而她也成功地向自己和他证明，她能胜任。

“我已经安排好去鲍姆加特纳家见他的弟弟、妹妹和前妻了。”波伏瓦看着手表说，“约的三点钟，如果可以，我希望你也过去，老大。”

“好，没问题，”伽马什说，“他们肯定知道他死了，但知道他是被谋杀的吗？”

“还不知道。”

不过也有可能，他们中有人知道得一清二楚。

伽马什离开去档案馆查阅文件，留下伊莎贝尔与波伏瓦独处。

“好了，说吧，”她说，“出什么事了？”

“没事。”

“得了，别逼我从你嘴里套话。你因为什么事情在生总警司的气，什么事？”

他说了与司法部那个男人的对话内容。

他在描述发生的事情时，一切听起来都很滑稽。如果他不曾看见弗朗西斯·科诺耶脸上的表情，那这一切看上去简直是愚蠢。

“你希望这一切怎样结束？”波伏瓦问，空气中盘旋着浓烈的消毒剂的味道。

“去问伽马什。”

这五个字简直是科诺耶往波伏瓦的世界里投下的一颗炸弹，但引发的更多的是崩溃，而非爆炸。他当时站在男厕，试图理解他说的话。

科诺耶差不多是在说，整个事情的中心人物不是某个怀恨在心的政治家，不是某个神秘的政府特工。而是伽马什。他不是目标，而是狙击手，他不是受害者，而是行凶人，而且他对发生的事情，对其原因和走向都了如指掌。

而他却没有告诉波伏瓦。

这一切调查、偷摸行事、威胁，都只是为了迷惑人、误导人，事情的真相是另外一副模样。

那就是弗朗西斯·科诺耶的意思，他那五个字的意思。

去问伽马什。

吉恩盖伊感觉自己的头很痛。颅骨底部隐隐作痛，就像黑暗思绪诞生时会有的心跳。

“但那并不表示总警司了解一切，”伊莎贝尔说，“这个科诺耶说不定是在耍你。可能这不是他第一次在公共洗手间操纵别人的想法。”

波伏瓦哼了一声，然后沉沉地叹了口气。

他想要赞同她，但她不在现场，没见到科诺耶说那句话时大获全胜的姿态。

“伽马什知道的比他说出来的多得多。”吉恩盖伊说。

“那难道不是好事？”伊莎贝尔说，“你只是因为他没告诉你而抓狂。”

“只是？”波伏瓦说，“我都火烧眉毛了，我的职业生涯可能毁于一旦。他知道这一切发生的原因，但却不告诉我。”吉恩盖伊激动起来，声音也变大了，“是，我气疯了。”

接下来他们很长一段时间没有说话。

“你知道，”她俯身越过桌面朝他靠近，声音那样轻，他不得不凑拢倾听，“他是整个安全局的领导，他知道的当然比你我多，比队伍里的任何人都多。那样最好，他是负责人，他一定调查这趟浑水许多年了。所以没错，他了解的、看到的，比你我多。谢天谢地。”

“他有秘密。”

“你对此感到惊讶吗，吉恩盖伊？”

“他在耍我。”

“也可能他是在保护你。你有没有想过？你难道看不出来？”

“我当然看不出来，”波伏瓦厉声说，“他将我蒙在鼓里，让我像个蠢货一样在这些讯问中周旋。我累了，伊莎贝尔。我只是……累了。”现在他看着盘子里的薯条，用食指推着其中的一根打转，然后抬头看着她，叹口气说：“你知道吗？”

她点点头。

“我厌倦了全力拼搏，”吉恩盖伊说，“厌倦了猜测下个街角转悠的是什么怪物。不是杀人犯，那些我还能应付，而是别的东西。政治游戏根本算不上游戏。”他摇摇头，然后垂下去，轻声说，“我不擅长。”

“你没必要玩儿。有他在。”这时她露出微笑，“而且你远比你表现出来得更擅长。我知道，他也知道。”

“他更擅长。”

“伽马什先生比你年长二十岁，他在其中摸爬滚打的时间长得多，而且所处的层次也更高。但现在有了你，他信任你。而且不止这些，他非常在乎你、关心你。如果你现在还不明白，那你可能永远都无法明白。”

她再次挥手叫来服务生。

“我想我们应该再来些茶，你说呢？”

她冲波伏瓦微笑，波伏瓦也忍不住回应微笑。

茶。

三松镇的盎格鲁人有压力时总是喝茶，就连露丝也一样，不过她喝的虽然看着是“茶”，其实是苏格兰威士忌。

吉恩盖伊一开始觉得喝茶很掉价，但不知从什么时候起，他开始渴望喝茶，希望他们上茶，而且虽然他不曾表露，但他喝得很开心。

现在他发现，红玫瑰的茶仅凭香气就能让他平静，他甚至都不用喝。

女服务生回来了，茶的香气将他紧紧包围，浓郁、芳香、抚慰人心。但吉恩盖伊依然能感觉到颅骨底部传来的搏动，直到那搏动像薄膜一样，包裹了他整个头部。

他必须思考，必须弄清楚，必须试着看清发生的事情的真相，而不是其他人想要他看见的表面。

但他脑海中想起的，却只有马太福音10:36。

他上班的第一天，督察长伽马什找他去办公室。那是两人第一次独处，波伏瓦探员立刻就发现了两件事。

桌子后面的男人散发出一种让人安心的感觉，这有些不同寻常。波伏瓦认识的年长官员，大多都会辐射出一种“滚蛋”的能量，波伏瓦探员曾经还试着学习过。

他注意到的另一件事，是督察长眼中的神情。

聪明、明亮、体贴，这些在安全局高级员工中并不罕见，但那双眼睛中，让波伏瓦探员惊讶的，是另一些东西——善良。非常明显，连他这个紧张的年轻人都能看出来。

“坐吧。”督察长当时快速、清晰地概括了一番对他吉恩盖伊·波伏瓦的期望，那等于是一份行为准则，先是通向智慧的四句箴言：我不知道，我需要帮助，我错了，我很抱歉。最后他只简单说了一句“马太福音10:36”。

“你可以把我说的话都记在心里，”督察长说着送他走到门口，“或者都忘了。这是你的选择，当然，后果也要你自行承担。”

吉恩盖伊·波伏瓦已经习惯了听令行事，听父亲的、老师的、前辈的。

选择的概念很新鲜，而且让人感到非常挫败，因为督察长喜欢在谈话中随心所欲地引经据典。

过了许多年之后，与督察长一同经历过许多恐怖的调查之后，波伏瓦探员才弄清楚马太福音10:36。

吉恩盖伊本以为会读到激动人心的情节，或许出自圣方济各之口，要么就是写给哥林多人的长信。

结果，读到的内容却让他难以忘怀——“人的仇敌，就是自己家里的人。”

这句话很难说有什么激动人心的地方，只是一句用温柔的姿态说出的严肃提醒，一句发自黑暗的低语——小心。

“我累了，伊莎贝尔，厌倦了这一切。”他摆摆手，表示不是针对这家昏暗的餐厅，而是对一个无法看清的世界。那里充满了怀疑、永不休止的盘问，还有地位变化。

他只想要休息。不，他想的不只是那些，他想蜷缩在自家的沙发上，炉火的旁边，将安妮和奥诺雷都拥在怀中。

他想要这一切都走开。

他开车送伊莎贝尔回家，她在门口拥抱他，小声说：“小心。”

这句话如此贴近几分钟前他一直在心里思考的事，他感到后颈上的汗毛都竖起来了。

“我有科诺耶的号码，”他说，“不用担心。”

“不是说科诺耶。”

“伽马什。”波伏瓦说。

“不，是你。”

在驾车穿越蒙特利尔市区去接伽马什的途中，他能闻到一股非常微弱，但让人熟悉的气味，是玫瑰水和檀香的味道。

他又看见了那双善良的眼睛，里面充满智慧与体贴，正试着与一个浑身散发着“滚蛋”气息的年轻的顽固探员交流。

他看着行人蹦跳着躲避车辆溅起的泥水，年老的夫妇互相搀扶着防止摔倒，从商店里出来的人都被冻得小跑起来。

吉恩盖伊想象着与家人走在塞纳河边的情景。他带他们去巴黎的美术馆、大教堂和公园，周末去普罗旺斯，去里维埃拉休假。那里的地中海上闪烁的只有日光，而没有冷雪。

22

“露丝，你在做什么？”莫娜问。

克拉拉和加布里停止敲击电脑键盘，都抬头看着荧幕。

四人一路驾车来到考恩斯维尔，此刻正坐在当地图书馆的电脑室，围坐在大会议桌旁，每人面前都放着一台笔记本电脑。

他们来这里不是为使用电脑，而是为享受高速的网络。

露丝发现他们的目的后，也坚持要求加入。

现在那位老诗人坐在她的电脑前，手指在键盘上迅速移动，发出响亮的声音，像是在捶打，而非敲击。她脸上露出满意的神情。

“没事。”露丝说。

露丝并不是不懂电脑，她八十岁出头时就使用了互联网。

“那是……”加布里猜测，“扩大她帝国疆域的方法。”

就算真的存在暗网，露丝·扎多也能把它找到，将它征服，成为其中的女王。

“她可是搜索皇后。”加布里说，露丝没有反驳。

不过他们知道她搜索的是谁，不是小学生，不是因为与众不同就遭到嘲笑的人。

她搜索的是找到他们的人。

她攻击袭击者。

“扎多女士。”图书管理员看到露丝一瘸一拐地走进门时，向她鞠了一躬。她上了年纪，弯腰驼背的，走路也不稳。

但是当她在她的笔记本电脑前落座后，她就变得轻快和强壮起来，坚不可摧、毫不留情，霸凌者无所遁形。她的帽子是那样的黑，以至于闪着光，看起来像是白的。

她正在给图书馆的这个房间重新命名——一个好地方。

“她在干什么？”克拉拉小声问加布里。

“我不知道。”他说。

“找到什么了吗？”莫娜问，于是克拉拉将她的电脑屏幕转过去给她看。

加布里和莫娜都看了一眼。

克拉拉正在搜索奥地利人的生卒和婚姻注册信息。因为蔓延到全世界范围的寻根热，这类信息在网上都能检索到。她正在追踪鲍姆加特纳家族的本支和旁系，回溯过去的历史，一直追踪到与肯德罗斯家族产生关系。

接着她继续追踪，想弄清楚他们是不是变成了罗斯柴尔德，又是在何地变更的。

“真有趣，不过我有点迷茫。到底谁和谁有关系，还有改姓不仅是因为婚姻，有时也是为了避免遭到歧视。显然他们是从犹太姓氏改为基督徒姓氏的。事实上，不只是姓氏发生了改变，许多人连信仰都改了。你们看到这里了吗？”

她指着一份古老的文件。一个姓氏由罗森斯坦改成了罗斯，但罗斯这个姓氏上方依然保留着犹太人的大卫之星，之后延续了数代。

然后一切就此停止，只剩一片空白，并有一串“10、11、38”的数字标记。

“那是什么意思？”加布里问。

莫娜静静地坐在那里看着那串数字。她知道，但她不能说，她在寻找名字和年纪。

罗斯家族的海尔格、汉斯、英格丽德、霍斯特都出生在二十世纪二十年代，他们的名字旁边都有大卫之星。

接着只剩一串数字标记：10、11、38。

然后只剩空白。

“是日期。”莫娜终于说道。

露丝凑过来看了一眼，然后又回到自己的电脑前。

“水晶之夜，”她敲得更狠了，“一九三八年十月十号。体面的好人显露真实面目，然后对他们的邻居，也就是犹太人反戈相击。”

“水晶之夜，”莫娜说，“得名于碎落的玻璃。”

“那天晚上破碎的不只是玻璃，”露丝说，“奥地利发生的事情尤其残忍。”

她说话的语气就像她身在现场一样，她脸色空茫，声音扁平，手指更用力地敲击键盘，似乎在紧追不舍。

“鲍姆加特纳家族？”莫娜问，“男爵家族呢？”

“看上去他们在大屠杀发生之前就逃出来了，”克拉拉说，“我正在追踪。有趣的是，没有人称呼他们为男爵和女男爵。”

“那或许是他们丢失了档案？”莫娜说。

“一定是。”加布里说。

“什洛莫·肯德罗斯将遗产留给两个儿子，”莫娜说，“你已经找到家族的这一脉改姓鲍姆加特纳了，那另一脉呢？”

克拉拉花了更多的时间点击浏览，说：“还需要时间，不过到目前为止，我找不到任何关于肯德罗斯男爵或女男爵的信息。”

“你不会是觉得……”加布里说。

“我不知道。”克拉拉说。

“遗嘱那边有消息吗？”莫娜问加布里。

“我不知道，”他说，“我进了档案系统，但都是德语，我读不懂。”

“那我倒是没想到。”莫娜说。

阿尔芒·伽马什坐在国家档案馆安静的后室中，他要找的记录不属于加拿大或魁北克。

他用他的密码进入国际刑警组织的档案库，然后找到奥地利的记录。他获取的记录比开放给公众的版本要更详尽。

但他很快就碰到了和加布里一样的问题。

他能读懂名字，鲍姆加特纳、肯德罗斯，但他无法理解法庭的判决书。

他只知道那是判决文件，是复数的，数量很多，先是一八五七年，然后是一八六二年……一份又一份，全部都涉及鲍姆加特纳家族和肯德罗斯家族。

他们彼此对抗。

他们也曾停歇过一段时候，但之后又再度开始，就像壕沟战，停战只为重新挖掘壕沟，然后战斗再度开始。他猜，战斗每次都会变得更加激烈，那是人类的天性。

他虽然能理解大的问题，即便这个案子被判了一次又一次，但他却无法获知具体信息，而让他感兴趣的正是具体细节。尽管它们远远不能带领他找到什洛莫·肯德罗斯男爵逝世一百六十一年后，杀死安东尼·鲍姆加特纳的真凶。

伽马什知道他需要帮助，于是他又做了一番搜索，找到目标信息后，他站起身开始踱步。

房间里只有他一个人，所以没人看到他喃喃自语、自说自话的样子。终于，几分钟后，他掏出手机拨了个电话。

“你好。”他用德语问好，然后他要求督察长接电话。

“我在寻找一份重要信息，关于一份遗嘱。”

电话那头的声音低沉、平稳，显然充满智慧，但冈德督察长总觉得说话的是疯子。

“再问一遍，你是哪位？”他问。

电话是下属转给他的，半夜轮班时，总有人喜欢开这种玩笑。他搞不懂这是真的有人在打电话，还是他自己的探员在试探他的底线。

“我是阿尔芒·伽马什，魁北克安全局的总警司。”

“加拿大的？”

“是的，”那声音听起来像是松了口气，“是加拿大。”

伽马什转转眼睛，他知道自己正把事情搞得一团乱。

他要求过，至少他认为自己要求过，找一位会讲法语或者英语的高级职员接电话。但很显然，接线的人根本不懂这两种语言。

接线员可能是在开玩笑，不过奥地利人虽然有许多闻名之处，却并不以幽默而著称。

打电话之前，他做过练习，从久远的年代勉强回忆起祖母教他的德语。

以前他总坐在厨房餐桌边，祖母会用法语与他交谈，然后换成德语，以及少量意第绪语。当然，小时候的阿尔芒无法区分。

他在国家档案馆这个小房间踱步的同时也在自言自语，重复回想起来的单词和短语，试图拼凑起一两个能让人听懂的句子。他一边走，一边咕哝，开始想起新鲜出炉的糕点的香气，它们和词语以及画面一起浮出了脑海。

他越来越清晰地闻到祖母每周五都会做的玛德琳蛋糕的香气。

她会从炉子里拿一个新鲜出炉的给他，不过要先在上面淋一勺鱼肝油，让它完全渗进蛋糕。这样一来，阿尔芒咬下去，会觉得既好吃又邪恶，抚慰人心又令人作呕，就像是被人拥入怀中的同时，又被推到一边。

“很好，我亲爱的。”祖母用意第绪语说着将他拥入怀中，他的眼睛距离她左手前臂上的文身只有几厘米远。

“我在调查一个谋杀案，其中涉及一份遗嘱，”伽马什对着电话说，至少他以为自己在说，“我需要调查一份遗产的执行情况，是一个很老的案子。”

“我在调查一宗谋杀案中的尸体，解决就是……”

电话那头，冈德的下属暂停片刻，假装在搜寻合适的词语。冈德肯定，那会是一个很荒诞的词语。

“……方法。不，不对，是一……”

冈德差点挂断电话，他受够了，但他又感到好奇，他无法完全相信这电话是个无聊的探员在开玩笑。因为电话那头的男人正费劲地表达他想说的话。

“……定数量。不，是大量？”

冈德转身在自己电脑上输入“魁北克安全局伽马什”进行搜索。

“……部分。对。其中涉及一个解决。不过解决可能不完全正确。天哪，这个词怎么说来着？”

冈德读着电脑上的信息皱起了眉头，接着他看看电话，试着将眼前的文字和听到的内容组合起来。这时那个深沉的声音在说：“力量，不，我就快想到了。遗嘱，就是它。感谢上帝。”他叹了口气，“遗嘱，其中涉及一份遗嘱。”

“总警司伽马什，”冈德说，“如果我理解得没错，你是想让我帮忙调查一份遗嘱的决议？”

他说得很慢，吐字清晰。

“是，是，没错，是早期的一个案子。”

伽马什直眨眼，既是因为此刻正环绕着他的鱼肝油蛋糕的味道，也是因为他几乎脱口而出的无稽之谈。

“一个老案子。”冈德督察长说。

“是。”

“能告诉我死者姓名以及遗嘱日期吗？”

伽马什读了面前的印刷文件。他还将自己的私人电子邮箱告诉了冈德。

“一找到相关信息，我立刻通知你。你说是个谋杀案？”

“是的，谢谢。”

“很乐意效劳。”

挂断电话后，伽马什感觉这番对话进行得既顺利又不顺利，令人欣慰又叫人恶心，成功又丢脸，而且他几乎可以肯定，他说的不是德语。

“真是愚蠢。”

23

迪弗雷纳督察已经率领凶案调查组抵达目的地。他们将车子小心地停在路边，等待督察长波伏瓦的信号。

波伏瓦敲开安东尼·鲍姆加特纳家的大门，前来迎接的是安东尼的妹妹卡洛琳。

高挑、优雅，唯一能表露悲伤的证据是她的黑眼圈。

“女士，”波伏瓦做了自我介绍，但没提他带领的队伍，“我想你认识伽马什先生。”

卡洛琳与波伏瓦握手，看到伽马什，她迎上前去，然后抱住他。

动作发生得很快，她自己可能比伽马什更惊讶。

伽马什在率领重案组时了解到，人们面对亲人突然死亡的反应各不相同。他们的感情可能会变得很克制，压抑自己，担心情绪崩溃会造成不好的后果。内敛的人会变得情绪化，因为无法熟练处理情绪。坚强的人会崩溃，脆弱的人会变坚强。悲伤中的人，既是他们自己，又不是他们自己。

卡洛琳拥抱了他，然后将两人带进客厅。

伽马什知道，外面等候的重案组探员很快就会进来搜查，安东尼·鲍姆加特纳的生活将袒露在众人眼前，就和现在他的遗体一样，接受调查，接受解剖，被揭开，就像验尸官寻找死因时所做的那样。

哈里斯医生的工作已经完成，安东尼死去的原因是因为脑部遭受重击，但他们的工作才刚刚开始。

他们刚走进客厅，雨果·鲍姆加特纳就迎上前来伸出手，他站在那里就像花园里的地精，结实、沉默、丑陋。但不知怎的，这样一个矮胖的人却控制了这个优雅的房间。

“这位是我大嫂艾德丽安·福尼尔，”卡洛琳说，“艾德丽安，这位是督察长波伏瓦和总警司伽马什。”

两人表达了哀悼。

“谢谢。太可怕了，我恐怕还是无法接受。我还想看到安东尼穿着拖鞋走进大厅的样子。”接着她又笑了，“我看得出，你们有些困惑。安东尼和我已经离婚好几年了，但我们还是朋友，或许我们本就应该一直做朋友。”

“或许？”卡洛琳问。

艾德丽安看了她一眼，但没理会她的话，说：“不过我们养育了几个出色的子女。”

她身高中等，年纪应该过了五十，头发染成了富丽的棕色，妆容干练，身材苗条，她的衣饰时尚，但并不浮夸。

“在我们开始之前，”波伏瓦在卡洛琳指的椅子上坐下后宣布，“我有些消息要告诉你们，不是好消息。”

雨果“哼”了一声，转头看着卡洛琳，卡洛琳也看了他一眼。

“什么？”他说，“好像眼下还能有什么好消息似的。都糟透了。”然后他转身又对艾德丽安说，“抱歉。”

这位大嫂一直把他当成类似滑稽角色一样的人物，当然充满喜爱。

“你说得对，雨果，糟透了。”

卡洛琳转过身去，与他们划清界限。伽马什忍不住想起一块冰川断裂后离开大陆的情景，然后冰川慢慢漂远。

他猜测这样的情景在很久以前应该真的发生过。卡洛琳虽然漂在近处，但始终隔着一段距离，很容易受到洋流、暗流的袭击，受各种观点和判断起伏的影响。

可能从童年时代就是这样。

在他们身后的书架上，能看到一些照片。虽然相隔太远，他的视力太过模糊，但他也能辨认出那个小的银质相框，能模模糊糊地看见三个露齿而笑的孩子，他们穿着湿哒哒的松垂的泳衣，晒成棕褐色的手臂随意地搭在彼此的肩上。

卡洛琳站在中间，两个兄弟站在她一左一右。

那时的她幸福吗？她曾经拥有过幸福吗？

还是说，裂痕在当时就已经开始形成了？然后他们的关系冷却、变硬、拉开距离。

是因为她的本性，还是发生了什么事？

在伽马什思绪的背后，那个重要问题总是存在。

为什么他们之中会有一个人死去？

“你们的兄长，”波伏瓦先是看着卡洛琳，然后又看看雨果，之后目光转向艾德丽安，“你的前夫。”她轻轻点头承认他的说法，“并非死于事故，他的死是人为的结果。”

他停顿片刻后，然后继续宣布：“他是被谋杀的。”

这句声明虽简短，却锋利。

波伏瓦和伽马什都知道，人们的头脑无法轻易抓住谋杀的实质。它太大，太陌生，太怪异。大多数人听说后都只是注视着他，就像此刻，他们都盯着他，等待那句话及其所蕴含的意思沉落，继续下沉，从他们的脑海沉入他们心里，然后永远居住在那里。

谋杀。

卡洛琳僵在那里，雨果待了片刻，他短胖的脸上显露出震惊神色，之后他伸出手握住姐姐的手。

在伽马什看来，那是一种无意识、无须剧本、发自本能的互相支持的表示。

艾德丽安孤零零地坐在一把靠背椅上，手指紧紧抓着椅子两旁的扶手，手指关节和她的脸一样白。伽马什觉得，她看起来好像快晕过去了。

波伏瓦起身走进厨房，端了几杯水回来。之后他走到门口，向迪弗雷纳督察发出信号。

伽马什听到前厅传来低语和窸窸窣窣的声音，那是安全局重案组的人进来了。

死后调查开始了。

雨果放下水杯，走向吧台。

“喝什么水？”他说着倒了三杯苏格兰威士忌，双手颤抖着给卡洛琳和艾德丽安各递去一杯。

艾德丽安喝了一大口，脸上才恢复颜色，雨果则一口喝干，而卡洛琳只是端着酒杯，仿佛忘了日常动作该如何进行，比如喝酒，比如呼吸。

“怎么回事？”她问。

“为什么？”雨果问。

“你确定吗？”艾德丽安问。

最后一个问题最自然，即便她已经知道答案。督察长波伏瓦当然确定，不然他就不会说出来，但她还是得问。

另外两个却不然。怎么回事？为什么？但他二人都没有问是谁杀了他们的兄长。

“我们确定。”波伏瓦说，“你们知道有什么人可能会想要他死吗？”

这一刻，在另一片大陆上，冈德督察长正坐在他的椅子上。时间已近午夜，这是他辖区的一个安静夜晚，他有充足的时间帮魁北克那位老警察搜寻。

尽管是一份非常古老的遗嘱，但他以为不过是一次例行搜查。

这是一个古老的事件。伽马什笑着想起那个可怜的警察艰难地寻找正确措辞的情景。

当他开始慢慢读屏幕上的文件时，他的笑容渐渐退去了。他按下鼠标往下滑。

继续，继续。

接着，他惊讶地向后靠去。

“没有人无可责备，”卡洛琳一本正经地说，“但我想，安东尼应该不曾将某人伤害到要来夺取他性命的地步。”

“不一定是他伤害过的某人，”督察长波伏瓦一边解释，一边思考着合适的字眼，“动机可能很复杂。你们的兄长可能拥有一件其他人极度渴望的东西，比如，他可能在工作上挡了某人的路，或者他发现了某些秘密。”

伽马什坐在圈子的边缘，倾听、观察，寻找某些发现，某些反应。

但三个人都在摇头。

“鲍姆加特纳先生为泰勒和奥格威投资公司工作，”波伏瓦说，“我想他应该是一名投资顾问。”

“对。”卡洛琳说。

“他负责帮人们投资。”

“类似于资金管理人，”雨果澄清，“他负责设计投资组合，取得顾客的支持，之后由其他人来进行实际交易。”

“明白了。”

一位站在侧面的探员正在记笔记。

“我们当然会跟进，”波伏瓦说，“他的工作中有没有不同寻常的地方？比如有没有不满意的顾客？糟糕的投资？任何不正确的建议？”

“没有。”卡洛琳说。

“他对自己的工作在行吗？”

“非常在行。”艾德丽安说。

“抱歉打断一下，介意我问一个问题吗？”伽马什问。

“请。”波伏瓦说。

“你们有没有谁找他投资过？”

三个人彼此对视，然后都摇摇头。

“为什么？”

“把生意和家庭搅在一起，不像是好主意。”卡洛琳说。

雨果一反常态的安静，艾德丽安则坐得笔直。

“女士呢？”伽马什问艾德丽安。

“离婚后，我把钱都转到了另一家公司。”

“尽管你们依然是朋友？”

“呃，花了一段时间才成为朋友。”

“明白了。那你们的孩子呢？”

“他们怎么了？”

“我在想，他们会不会有投资，或是有资金找了托管，或是有什么大学基金之类的东西。”

“是，他们分别都有自己的账户。”

“在他们父亲的公司？”

“不是。”

“也是移走的？”

“对。”

波伏瓦注意到，福尼尔女士的答案变得越来越短。没过多久，她就陷入了完全的沉默。

是的，沉默降临了。

别的调查者在询问中会步步紧逼，尤其是找到弱点以后，但伽马什却教他的探员学会利用沉默的力量。有可能它比大吼大叫更具威慑力，而事实往往如此。尽管大声逼问也有效果，但在此时此地不适用。

房间里一片寂静。

雨果坐立不安，艾德丽安红了脸。

卡洛琳呢？她在微笑。

动作很轻微，一闪而过，但没有错，她很满足。

雨果发出响声，卡洛琳小声阻止了他，那是介于清嗓子和哼哼之间的一个小的声音。

这就像是姐弟之间最基本层面的那种理解，一声咕哝对方就能明白。

寂静再度侵占了整个空间，将他们包裹，就连角落里的年轻探员也不安起来。

“你们想从我这里得到什么？”艾德丽安终于开口。

“我们想知道你所了解的情况，”伽马什说，“仅此而已。”

“告诉他们吧，艾德丽安，”雨果说，“许多年前的事了，而且他们反正也都会查出来，没什么可耻的。”

“对你来说，或许是的。”所有人都看向安东尼·鲍姆加特纳的前妻，寂静再度降临。

“我丈夫和他的一个助理发生了婚外情，”然后她说，“后来我发现了，这件事最终导致我们的婚姻走向结束。所以我不仅从他们公司转走了我的钱，也转走了孩子们的钱，从他手里转走的。”

“这件事过去多久了？”波伏瓦问。

“三年。”

“他们还在一起吗？”

“没有，他们结束了。”

“那位助理叫什么名字？”波伏瓦问。

“这重要吗？”

“或许，人心会有积怨。请问她叫什么名字？”

卡洛琳脸上再度浮现出隐隐的笑容，转瞬即逝，显得自命不凡又残忍。

“他叫伯纳德。”

波伏瓦皱起眉头，说：“懂了。”

“是吗？”艾德丽安问，“我想请问你懂什么了？觉得丢脸吗？还是懂了一切都是谎言，先是微不足道的小谎，然后是毁掉我们婚姻的弥天大谎？我爱上的人，没有，也不可能爱我，不可能以我爱他的方式来爱我。他承认了，从来没有，永远也不会有。我们当时就站在那儿。”她指着壁炉，“那里就是我们婚姻结束的地方，就在那儿，我与他对质，他承认了。他甚至都没想过减轻对我的打击。他看上去似乎如释重负。我们生活的地基已经坍塌，而他却只感到如释重负。他对我，对孩子都没有任何表示，他说他只想说出来，说出来。”

“但是，他并没有把一切都说出来，不是吗？”雨果说。

“他一直没出柜？”波伏瓦问。

“是的。”

“为什么？”

艾德丽安刚准备回答，却又停了下来。她原本已经抬到耳畔的肩膀又慢慢下沉。

她看到雨果轻轻点头表示支持。她的目光越过卡洛琳，没有停留，然后落在波伏瓦身上。

“其实我也不知道，我从来没有问过。我想，如果他说实话，行事小心一些，我可能会松口气。为了孩子们着想，或许，”她又说，“也为我自己。我从未停止过爱他，你知道的。如果他愿意，我不会离开他。我从未对任何人承认过这件事。我爱他，不是因为他是不是同性恋，而是因为他是安东尼。”

她环顾四周，说道：“我憎恨这个房间。”

伽马什在想，她恨的是不是仅限于这个房间。

24

“抱歉，”督察长波伏瓦将他的位置让给迪弗雷纳督察，“我让督察和总警司伽马什继续。”

他站起身，对督察点头示意后，他看见伽马什的眼睛。

伽马什当然清楚波伏瓦的意图，他在担任重案组组长时，也曾干过同样的事。

波伏瓦已经听取了家人的言论，现在该去见见死者了，或者说尽可能近地了解他。

波伏瓦走到各个房间门口，向里张望，有时还会走进去。

有探员在拍照，有的在取样，有的还打开抽屉和柜子进行检查。

他们认出了他。

“督察长。”

波伏瓦点头回应，不过大多数时候他都保持沉默。他观看，吸收，并不监视他们的活动，只是观察周围的环境特征。

这种感觉很怪。人们不经邀请就在一个人的家里四处走动，而房子里的一切还维持着他们早晨出门时的样貌，他们并未意识到他们再也不会回来，并未意识到那将是他们人生的最后一天。

这里有一种可靠、舒适、安宁的氛围。这是一个家，不是一个纪念品。

这里装潢的色调都很柔和，墙壁是温柔的蓝灰色，不过也有一些看上去几乎显得俏皮的色彩。

主卧窗帘上有石灰绿的几何图案，走廊墙上有一九六七年蒙特利尔世博会的旧海报。

一些衣服随意地丢在卧室的一张椅子上，废纸篓里有揉成团的纸巾，五斗橱里散放着一些零钱，还有一个相框，照片拍的是鲍姆加特纳和孩子们，一儿一女。

床头桌上有一本讲美国政治的非虚构类图书，还有一本《最新动态》新闻杂志。

波伏瓦掏出一支笔，拉开一只抽屉，里面有更多的杂志、钢笔、止咳滴液。

他关上抽屉，环顾四周，寻找其他人在此生活或是到访过夜的痕迹。

这里似乎没有其他人的衣服和牙刷。

如果鲍姆加特纳有伴侣或情人，那这里也没有痕迹。

波伏瓦沿走廊继续向前，在墙角转弯，走进鲍姆加特纳的书房，然后在那里停下脚步。

他对艺术所知不多，不认识任何艺术家的作品，但有一个人例外，而那位例外艺术家的作品就挂在墙上，在书房壁炉的上方。

那是克拉拉·莫洛的作品，而且不是随便的什么作品，是她画的露丝肖像的复制品，但又不只是露丝。

克拉拉在那幅画中，将那位精神错乱的老诗人描绘成年老的圣母玛利亚的模样，被人遗忘，充满愤怒。

她的手像爪子一样紧紧抓着脖子上破破烂烂的蓝披巾，脸上写满了嫌恶与愤怒。在这个头发花白的画像中，看不出温柔圣母年轻时的任何影子。

露丝。

但是，在她的眼睛里，有一丝闪光，一片光芒。

这幅画用所有的笔触，所有的细节，所有的色彩，最终汇聚出这一个小小的点。

露丝模样的圣母在远方看到了某种东西，隐隐约约，几乎看不清，更像是一种暗示。

克拉拉·莫洛在一个充满仇恨的老妇人几近失明的双眼中，画出了希望。

波伏瓦知道，大多数人在这幅画中都能看到绝望，但他们完全弄错了这幅画的意义，其中的关键就在于那个点。

少数注意到那个点的人，将永远难忘。克拉拉的肖像作品风格古怪，有时充满幻想，有时又传统到让人迷惑，从那以后，交易商和收藏者都开始回过头来，从她的作品中探索更多宝藏。

但让她成名，让她的职业生涯走向成功的人是露丝和一个光点。

波伏瓦冲那幅肖像点点头，耳边仿佛听到那位老诗人在咆哮“笨蛋”。

“你这个老太婆。”他咕哝道。

书房里忙碌的探员们都扭头看着他，但他只冲他们轻轻点了一下头，然后就继续往前走去。

督察长波伏瓦在房间里四处走动，不想挡住任何人的路。他在壁炉架停下脚步，观看上面的照片。

照片拍的是鲍姆加特纳和他的朋友们与政客们在商务宴会上的情景，还有更多的照片拍的是他的子女。有一张是鲍姆加特纳和他的前妻，两人看着很和睦，是一对充满自信的迷人夫妇。接着，波伏瓦拿起一个小的银质相框，里面有一张黑白小照片，拍的一定是他的父母。

父亲身材消瘦，相貌英俊，表情严肃，看上去很严厉。波伏瓦猜他应该是个很难取悦的人。

大儿子与他很像，至少继承了他的相貌。说不准个性应该也一样？但从照片里看应该没有，他在照片中几乎总是在微笑。

不过话说回来，安东尼·鲍姆加特纳很擅长隐藏自己的真实感受，这一点已经得到了证明。

波伏瓦的注意力转移到照片中的另一个人身上，也就是女男爵身上。

不管用哪种标准衡量，她都算得上丑陋，这一点无须争辩。她身材圆胖，长着一双西班牙猎犬一般的下垂眼，即便是在这张旧照片中，也看得出她脸上有很多斑点。

但是她在微笑，洋溢着一种永远都很高兴的气质。她的眼睛里也有闪烁的光芒，波伏瓦发现自己也在用微笑回应。

尽管如此，女男爵还是远远不如她丈夫迷人。

不过她那张脸上也有一丝傲慢，以及少许的狡猾。

雨果·鲍姆加特纳显然继承了她的这些方面。

那卡洛琳·鲍姆加特纳呢？她在容貌上更多的继承了父亲，但傲慢来自女男爵，不过母亲气质中的狡猾，到了女儿身上却变成了残酷。

这些照片很有意思，甚至反映了某些事实，但他真正感兴趣的东西在桌子上，是鲍姆加特纳的笔记本电脑。

“结束了吗？”他问那位正坐在桌边浏览文件的探员。

“是，老大。”

他站起身，将椅子让给波伏瓦。

波伏瓦在空白的电脑荧幕前落座。

电脑左边堆放着文件，数量很多，还有一些信件。但不是鲍姆加特纳收到的信，而是他写的，有他的签名，可能正准备寄送。

波伏瓦读了一封，看上去是一封相当标准的解释信，是关于投资和市场状况的。

其余文件看着像是财务报表。

他拉开抽屉，里面有更多的文件被塞得满满当当的。

“这些都清点完毕了吗？”

“是。”

波伏瓦将文件抽出来，开始浏览。抽屉里的凌乱与桌面上的整洁形成了鲜明对比。许多人的生活就是这样，房间里一片整洁，衣橱中却乱七八糟，桌台上井井有条，柜子里却一团混乱。

但作为凶案侦探，他也知道，他们要找的东西往往就在公与私之间的缝隙中。

随着他们对鲍姆加特纳的生活展开调查，公与私之间的凹洞开始缩小，里面隐藏的东西统统都会被驱赶出来。

此时波伏瓦正在浏览一张张文件，他抚平其中的褶皱，将它们放在笔记本电脑的右侧。

他在找一个特别的东西。

结束后，他转身面对电脑屏幕，开始思考。

鲍姆加特纳和大多数人一样，都给电子设备设置了安全密码。那天下午他们在他母亲农舍的废墟中找到了他的手机，已经被砸得粉碎，但应该能恢复一些信息。

波伏瓦知道，在面对现代科技时，几乎所有人都会做四件事。第一，设置密码；第二，忘得一干二净；第三，被迫设置新的密码，他们喜欢简单，所以给所有的设备都设置同一个密码；第四，他们将密码写在纸上，将纸藏在某个地方。

这样一来，他们只需要记住藏纸片的地方就可以了，而不用记密码。

波伏瓦咕哝着跪下来，然后躺在地毯上，打量桌板下方的阴暗面，结果什么也没有，他翻身站起来。

“有没有找到可能是笔记本电脑开机密码的东西？”他问那名队员。

“没有。”领队说。

“呃，”另一位说，“有一样东西。在那张疯女士画像背后有一张纸。”

波伏瓦感觉心跳开始加速，他走上前去查看。发现画像背后用透明胶带贴了一张纸，上面有一串数字，还有“圣母玛利亚”的字样。

“该死。”他小声骂了一句。

波伏瓦凭借自身对画作和艺术世界的了解，知道这指的是这幅圣母像的印刷编码，数字就是画作的印刷编号。

他重新坐回电脑面前，目光再一次落在鲍姆加特纳放在电脑左边的文件上。

接着，他起身沿走廊走向主卧。

“克卢捷探员？请你来一下。”

“好的，老大。”

听到督察长波伏瓦叫自己离岗，这位即将年满五十的女探员看上去像是松了口气，但同时也有些担心。

“雨果？”伽马什叫道。

“怎么？”

“你很久没说话了。”

“我没有要补充的内容。我姐姐说得很清楚，艾德丽安也是。我想不出有任何人想要伤害托尼。”

“你靠什么为生，先生？”迪弗雷纳督察问道。

他们已经弄清楚了，卡洛琳是一名房地产经纪。她自称事业成功，是业内顶尖的百分之五。

后来他们了解到她的说法勉强真实，实际是她公司处于她所在地区顶尖的百分之五。她的主要业务是针对年轻家庭的独立产权公寓。

这就使她成了魁北克房产经纪中垫底的百分之五。

“我是一名投资顾问。”雨果说。

“和你兄长一样？”迪弗雷纳问。

“是的。”

伽马什注意到，他神色中稍有迟疑，但他隐藏住了。

“你们在一起工作吗？”

“不，在不同的公司。我在霍洛维茨投资公司。”

伽马什面不改色地将这一切记在心里。

这正是他和蕾娜玛丽选择的投资公司，总部设在蒙特利尔，几十年前由霍洛维茨先生创办，现在已经是一家全球性企业，在纽约和巴黎都有分部。

“那你在公司负责什么业务，先生？”迪弗雷纳问。

“我是高级副总，帮一大批顾客管理财富。”

雨果的微笑显得很倔强，不过这让他看起来更丑了，就像一个南瓜杰克灯。

伽马什在无意识的情况下，就将雨果·鲍姆加特纳归类在粗野类别里了。如果他在霍洛维茨投资公司工作，那还能起到一定的帮助作用，让他在伽马什心中的印象变得和善一些，虽然程度不高。

他没有野心，但对于出生在好运中的兄长可能也并非全无怨恨。不过，他自己的好运有可能在别的地方。

伽马什想到这里笑了起来。但他也因为自己犯的错而感到羞愧，他警告过手下探员多少次来着？不要作假设，不要直接下结论。

而现在呢，他自己却在做一样的事情。

伽马什从未想过这个粗鲁的男人会是什么高级副总，照看着上千万，甚至上亿美元的财产。

他必须打个电话。

但总警司突然想到，在这一刻，清单上还有许多其他的事要做。他又产生了一个疑问，正在这时，波伏瓦出现在走廊，迎上了他的目光。

“出来说句话？”波伏瓦用唇语表示。

伽马什难以抉择。他迫切地想要提出那个问题，但他也知道，如果不是事关重大，波伏瓦不可能中途打扰他。

“抱歉。”总警司站起身，点头示意迪弗雷纳继续。

“有什么发现吗？”伽马什同波伏瓦往走廊深处走。

“我让克卢捷探员解释。”

波伏瓦的声音虽低，但难掩兴奋。

伽马什转过拐角走进书房，与他面对面的是疯狂的露丝的画像。他皱起眉头，然后目光继续转悠，最后落在桌边女探员的身上。

她转身看见伽马什过来，立即站起身。

“老大。”

“克卢捷探员，”伽马什点头示意，“告诉我，你找到了什么。”

她是最近从安全局财务部调过来的，是一名会计员，一名官僚，而非前线探员。事实上，她的会计工作都不是为法庭准备的，她是在安全局自己的预算部门工作。

但是总警司伽马什对她印象很深刻，与督察长拉科斯特讨论过后，他安排将其临时调入重案组，看看是否合适。

虽然有单独的金融犯罪分部，但谋杀动机往往都会涉及金钱，不管是否隐蔽，所以伽马什认为，如果能调个有专业金融知识的人进重案组，应当能起到帮助作用，拉科斯特也表示赞同。

伊莎贝尔之前与克卢捷相处得十分融洽，但克卢捷的反应却非常不同，被叫到谋杀现场，甚至被分派去搜查受害人的家，这对她来说不只是陌生。到了四十八岁这样的年纪，她感觉这简直就像是经历了一场奇怪的绑架。

她并不开心。

尤其是这一刻，她甚至感觉到更加难受。她面对的是大头目，是陌生的领导，尽管他本人看起来一点儿也不奇怪。但接着，她飞速运转的大脑在说，他们看起来都不奇怪。

她经历了极度悲伤的时刻，她的上司督察长拉科斯特受了那么重的伤，她被吓坏了。

这种事也有可能发生在她自己身上，这种想法也让她感到惊恐。她可能没有意识到，他们在派她出场之前，总会先下令总部提供增援。

但她的感觉依然没有好转，她反而清楚地认识到，安全局不只是账簿上的数字这么简单，不只是资助、砍掉哪个部门那么简单。在这里，你可能会遭遇危险，甚至会失去生命。

不管是夺走某人的生命，或者是献出自己的生命，她两样都不想参与。

她之前从没见过总警司伽马什，也完全不知道是他安排了自己的调职，并且一直在观察自己的进步，或止步。

伽马什不得不承认，这次调职并不是很成功。她显然并不快乐，一个对职位不满意的探员，永远无法在工作中做到最好。那次突袭发生时，克卢捷原本即将被重新调回会计部门。但一切都发生了变化，可与此同时，又什么都没变。

在领导权问题得到解决之前，魁北克安全局总部的工作基本处于停滞状态，这段时间，克卢捷探员无法调动。如果能将她调出重案组，回到会计部，她宁愿咬掉自己的手臂，代理督察长波伏瓦因此也十分为难。

但她暂时还是他们的人，于是此刻她站在鲍姆加特纳的家中看着总警司，几乎一言不发。不过遗憾的是，她还是发出了一声微弱的声音，一声极其痛苦的胡言乱语。

总警司伽马什见状想要帮忙引导她。

“你发现什么了，克卢捷探员？是在那些文件里发现的吗？”

他指着桌子上的那沓文件。

“那堆，还有这堆，”她指着同一堆文件说，把伽马什和她自己都搞糊涂了，“呃，这些就是那些，当然。好吧，里面绝对有些东西，但不具有决定性意义。”

波伏瓦督察见到此情景，叹了口气。

他不知道的是，就在不久前，伽马什本人在给维也纳那边打电话时，也发出过几乎和克卢捷探员一模一样的声音。

伽马什问的问题听起来很愚蠢，但他知道自己不是在犯蠢。他也知道，克卢捷探员不是在犯蠢。

“和安东尼·鲍姆加特纳的私人财务状况有关？”伽马什扔给她一条救生索。

他看见文件中有许多数字。

“是，也不是。其实我并不是真正明白。”

现在他们开始互相对视，波伏瓦认为，或许应该收走她的枪。倒不是说她有可能射击谁，或者说确切些，她不会故意开枪射击。

伽马什笑着说：“我们坐下说。”

他招呼她在桌后一张舒服的椅子上落座，又拉出两把椅子给自己和波伏瓦。

“好了，克卢捷探员，告诉我们最先吸引你目光的是什么？”

“这个，”她从笔记本电脑前拿起一张纸，“这些看着像是泰勒和奥格威投资公司的财务报表。”她的声音变得自信了些，“我想他应该是为他们工作的。”

“对。”

“这很不寻常，甚至不合乎职业道德，一个财务经理人竟然把私人和机密文件带回家，”她说，“把它们存入电脑还情有可原，毕竟有密码保护，但是打印成文稿，任何人都能阅读。我推测鲍姆加特纳先生的职位足够高，他明白这些规则。”

“那他为什么还要做？”伽马什问。

“当然，我也不能肯定，”她说，“但有两个可能性。要么他工作进度落后，认为没有人会发现或在意，要么就是他在计划什么东西。”

“计划什么东西是指？”

“在说这件事之前，还有一些奇怪之处，”她说，“关于这些文件。”

她停顿片刻，让两位上司思考。

“这些都是文稿，”波伏瓦先明白过来，“他不是直接在笔记本电脑中的电子文档里工作吗？”

“你会这么想，确实。汇编报表，撰写附件就行，不用在稿纸上忙活。”

“但是我的报表就是通过信件收取的，”伽马什说，“而不是通过电邮。”

“是的，出于安全考虑，大多数报表现在依然通过邮寄方式寄送，”她说，“电邮可能遭到黑客攻击。但是邮寄是最后一步，一般都由助理完成。鲍姆加特纳没有理由会拿到这些实在的文稿。更不会带回家，这些对他来说都毫无用处。”

“没有合法的用处。”波伏瓦说。

“正是。”

“那不合法的用处是什么呢？”伽马什问。

“他之所以把这些报表带回家……”她看着桌子上电脑旁整整齐齐的文件堆说，“是因为他不希望有任何其他人看见，当然也不能让他的助理看见，因为那样一来，助理就会立刻知道有问题。”

“那么会有什么问题呢？”波伏瓦问。

“在进入他的电脑前，我也无法确定。但是我们很容易就发现，这些报表是准备寄给不同人士的，其中涉及的投资组合价值数百万。还有交易完成，股票买卖的信息，这些看上去都是合法的报表。”

“实际却不然？”伽马什说。

“有可能，”她说，“但我无法确定。”

总警司伽马什点点头，金融犯罪要交由安全局管辖。每年他们都会发现大量犯罪案件，有些案子很小，而且完全是因为愚蠢，有些是擦线，但并未越界。伽马什曾私下向首长提过，应该更改分界线。

但还有一些，表面并未越界，实际却在地下深处，在黑暗的隧道中长期进行违法活动。

他们的行为一旦曝光，个人存款账户就会崩溃，退休基金也会消失，人生也会毁灭，一般都是永远无法获得补偿的老人。

这是一种有意制造的悲剧，一种诈骗，一种盗窃，要实行起来不仅需要多年时间，还需要在午餐、晚餐、婚礼、受戒礼和洗礼中持续进行。作为顾问，作为会计，作为经理人，与顾客家庭越走越近，持续不断地从他们手中盗窃。

毕竟，除了你永远不会起疑心的人之外，还有谁能骗走你所有的东西呢？

伽马什看看那些文件，又看看空白的屏幕，最后环顾这间舒适的书房。

然后他站起身。

“给泰勒和奥格威投资公司打电话，”波伏瓦和克卢捷探员也站起身，“调查你能找到的关于安东尼·鲍姆加特纳的所有信息，但要小心进行。”

“是。”

“再找出你能找到的鲍姆加特纳自身财政状况的所有资料。他的账户，隐藏的、公开的统统找出来。”

“是，老大。”她的声音干脆而高效，充满兴奋。

这件事她能做，而且能做得很好。

伽马什跟随波伏瓦返回客厅。

之前被叫走时，伽马什有一个问题想问，现在他有了更多疑问。

25

他们都盯着督察长波伏瓦，仿佛他发了疯一般。

就像伽马什之前一样，他也迷失在了一种实际并不存在的语言之中。

“安东尼？”艾德丽安说，“窃取客户的钱？”她差点笑出来，“当然不会。”

她看到卡洛琳和雨果也都在摇头。

“你不了解我哥哥，”卡洛琳说，“他永远不可能做那种事。天啊，他甚至在一家收容所当志愿者。”

这算不上推论，但也并非全无道理，伽马什知道她的意思。

只是，她认为只有糟糕的人才会窃取客户的钱，她的兄长在一家收容所当志愿者，那是在做好事，所以他不是糟糕的人，不过这种推理当然不成立。

有数量多到惊人的罪犯，在他们生活的其他领域，都是模范公民。

“先生你怎么看呢？”波伏瓦转身问雨果·鲍姆加特纳。

伽马什边听边看，密切观察。

“要让我相信安东尼干那种事，先得让我相信我自己干，”他说，“他绝对不可能做任何违背职业道德的事，更别说是犯罪了。”

“我只是好奇，”波伏瓦又问卡洛琳，“在他出柜之前，你知道他是同性恋吗？”

她摇摇头，对他突然改变话题而感到困惑。

波伏瓦看到艾德丽安和雨果也纷纷摇头。

“那有没有可能，”他轻声说，“你们并不如自己想象的那么了解他呢？”

卡洛琳的脸颊迅速变红，雨果则第一次露出愤怒的神色。

“这不是一件事，”雨果说，“一个是天性，无损于人格，另一个则是选择。违法是一种选择，但同性恋并不是能选择的事。我兄长是同性恋者，但这并不能说明他就是罪犯。”

“我没那么说过，先生，而且我想你也明白，”波伏瓦虽然有些许的不耐烦，但还是尽量让声音保持平稳，“我想说的是，你们的兄长很擅长保守秘密。他过着两种私密的生活，那他为什么不能有两种工作面貌？就算他真的是这样，你们就一定知道吗？”

“那你为什么要问？”艾德丽安问。

伽马什知道这个问题的答案。波伏瓦问，是因为他知道，通过答案他能更多地了解这家人，而非受害者。

雨果往走廊上看了一眼，然后又看着波伏瓦。

“你们在他书房里发现东西了，对吗？让我看看。我能帮你们澄清，解释所有看上去奇怪和有犯罪疑点的事情。”

总督察波伏瓦考虑了一下，然后说：“跟我来。”

由卡洛琳打头，他们都跟来了。

“稍等片刻，女士。”波伏瓦在书房门口拦住她。

他先行进门，与正在讲电话的克卢捷探员说了一句什么，她点点头，离开了房间。

卡洛琳和雨果随波伏瓦一起走进书房，艾德丽安则停在门口，或许是没意识到伽马什正站在她身后。

这里是安东尼·鲍姆加特纳的私人空间，他的避难所。壁炉前面那只用旧了的皮椅是按照他的体形量身定做的，他的桌子上还有一部笔记本电脑，架子上有书，还有记录私人家庭生活时刻的照片，以及工作上获得的奖杯。

这个房间甚至连看着都像他一样，优雅、阳刚、舒适，因为橘色长绒地毯的存在，还稍稍呈现出淘气的色彩。

伽马什看着她萎靡不振的样子，突然被感动了，这个女人是多么地爱这个男人啊。他想到这种浓烈的爱既能自行掉头离开，也能转化为恨。

“这就是你们找到的全部东西吗？”雨果指着电脑旁的文件说。

“是。”波伏瓦并未被他的语气吓到。

“他这是在处理客户的账户，”雨果说，“仅此而已。”

“在家处理？”波伏瓦问。

“呃，这确实不同寻常，”雨果承认道，“但是很容易就能推断出，他非常负责。甚至会利用自己的时间来为顾客工作。这无法证明任何犯罪行为。”

“那为什么会打印成纸质文件？”

“什么？”

“如果他是在处理顾客的报表，不应该是在电脑上进行吗？”

“有些人喜欢纸质版，”雨果说，“尤其是从事我们这种工作的老年人。我就经常会把电子表格打印出来，这样研究起来更方便。”

“电子表格可能会，”波伏瓦说，“但报表不会，不是吗？”

雨果耸耸肩，说：“我们都有自己的模式。你怎么可以只凭借这几页文件，就判定我兄长是在盗窃……我必须得说，这不公平。他是受害者，不是罪犯。”

“谢谢你，先生。”波伏瓦说，“现在来说这台笔记本电脑，你知道密码吗？”

姐弟俩对视一眼，都摇起了头。

“试试孩子们的名字？”艾德丽安提出。

“房子的门牌号？”卡洛琳说。

波伏瓦怀疑，她们在没有意识到的情况下，泄露了她们自己的密码。

雨果再次一言不发，但他的目光一直朝那堆报表看。

“我有个问题。”伽马什发现自己的声音把站在前面的艾德丽安吓了一跳。

“你的账户，”他看着卡洛琳，“目前在谁手中？”

这个问题他已经想了有一段时间了，于是现在他仔细地观察她的反应。

她停顿了很长一段时间。

“在我这儿，总警司。”雨果说。

“你为什么会将钱从安东尼手中转走？”伽马什继续看着卡洛

琳，“你说过不想把家人和生意混在一起，那显然不是真话。”

“雨果和我一直更亲近，”她说，“这样做感觉很自然。”

“既是这样，那你一开始就应该委托雨果才说得通，但你并没有。你的钱先是委托给安东尼，但发生了某些事情，于是你把钱拿走了，是什么事情？”

他的问题听起来很合理，但又不违背他刚刚才将她逼入绝境的事实。

“安东尼和我吵了一架。”她说。

“为什么？”

“这重要吗？”雨果问。

“你知道她为什么将钱从安东尼手中转托给你吗？”伽马什将注意力转移到雨果身上，后者立刻开始后悔自己的发言。

“那是她的决定，与我无关。我没有窃取她的财产。”

“我没问那个。”伽马什说，但那显然是个有趣的答案。

“先生？”

克卢捷探员拿着手机回来了，她用手掌捂住话筒，以免收入声音。

“现在没空，”波伏瓦说，“到客厅等我们。”

“是。”

她将手机抱在身前离开，仿佛那东西会爆炸一样。

“好了，”波伏瓦转身对鲍姆加特纳姐弟说，“回答总警司伽马什刚才的问题。”

“我不知道她为什么将账户转托到我手里。”雨果说。

“你没问过？”伽马什说完又问卡洛琳，“你没告诉他？”说完他认真地看着她，“你当然说了，我们会调查清楚的，不过最好还是听你自己说。”

“你告诉他，”卡洛琳对雨果说，“你可以解释。”

“好吧，”雨果深吸一口气，“他们不是吵架，只不过我们对外都这样宣称。实际上是，三年前我哥哥的营业执照被暂时吊销了。”

“为什么？”波伏瓦问。

“他婚外情的那个男人，是他一位资深合伙人的助手。那个助手偷了一些顾客的钱，安东尼发现后汇报了公司。最后钱被追回，那个助理被炒了，托尼留了下来，但是他们暂时吊销了他的执照。”

“为什么？他没做错任何事情。”

波伏瓦看到伽马什正在安静倾听。

“说得对，督察，”艾德丽安说，“我们也和你想的一样，他没做错任何事，但他们还是惩罚了他。”

“为什么？”波伏瓦又问。

雨果摇头耸肩，垂头丧气地站在那里，看着不像花园里的地精，倒更像是石像鬼。

“绝大多数事情都跟政治脱不了关系。那是他公司的内政，那位合伙人不想因为作了错误判断雇用了那名助手而遭到控诉，所以他们就将责任推到安东尼的身上，说事情完全是一场过失，安东尼将不该透露的顾客信息透露给了那位助理。”

“因为将打印出来的文件带回家？”波伏瓦说。

“我不知道。我知道的就是，他们抓他做了典型。”

“所以他受了罚？”波伏瓦问。

“是。从那之后他的职业生涯几乎算是完了，至少在国内是这样。他再没有被提拔成为合伙人。他一直负责账户，但交易都是由公司其他人来完成。他没做错任何事，但他们还是吊销了他的执照，羞辱他。”

波伏瓦又快速看了一眼伽马什，想看看他听到这番话的反应，然后他又快速移开视线。

“所以你就转走了你的账户？”波伏瓦问卡洛琳。

“我也不想，但安东尼坚持要这么做。他认为转到雨果那边比较好，他既能提供顾问，又能代为交易。”

“结果呢？”伽马什看见卡洛琳的脸色空茫，又澄清道，“是变得更好吗？”

“我想是的。”她看了一眼雨果说。

“我兄长非常了解市场动态，总警司。事实上，虽然我也不错，但托尼更胜一筹。他的执照被没收，实在是太卑鄙了。”

“他也那么认为吗？”波伏瓦问，“他心里有怨恨吗？”

“不，”雨果说，“他对合伙人们的谨慎行为表示感恩。他们本来可以公开宣布，甚至可以炒了他。我觉得他们都是卑鄙之徒，但托尼很忠心。”

“谢谢，”波伏瓦说，“你兄长现在有恋人吗？”

“据我所知没有。”卡洛琳说。

“你们知道伯纳德姓什么吗？”

他们三人都摇头。

“我对他了解越少越好。”艾德丽安的回答引得波伏瓦转过身来。

“还有什么事情是我们应该知道的吗？你们知不知道，有什么人可能想要鲍姆加特纳先生死的？”

他们思考了一下，然后再次摇头。

“遗嘱宣读过后，你留下来和你兄长商量事情来着，”伽马什对雨果说，“是这样吧？”

“是。我们两个单身汉经常一起用晚餐，我带葡萄酒，安东尼做饭。”

他说着垂下眉头，伽马什想，或许他想起了兄长死亡的事实，以及所有变化了的事情。

“你们之后聊了什么？”

雨果开始回忆，幸好事情才刚过去没多久，但从凶案的尺度来衡量，那段时间几乎算得上是永远。

“我们聊起妈妈，女男爵她的与众不同。”雨果露出南瓜灯般的笑容，“聊起有多想念她。”

“我也是。”卡洛琳说。

但她的声音听起来更像是在担心自己，而非是因为对母亲的感情。她仿佛是需要被囊括在内，或者更重要的是，她担心被落在外面，被落在后面。

“你什么时候走的？”波伏瓦问。

“那顿晚饭吃得很早，我八点就到家了。”雨果说。

“他提过想去你们母亲的农舍吗？”

“没有，不过我们聊过是否该拯救那栋房子。你觉得那是他过去的原因吗？”

“有可能。”波伏瓦说。

他给他们每人发了一张名片，并按照标准要求叮嘱，如果想起任何事情，请给他打电话。

接着他要他们交出安东尼家的钥匙。

三人看上去都很惊讶，但他们想想又觉得这并不是什么奇怪的要求，于是都交给了他。

鲍姆加特纳一行人离开后，波伏瓦和伽马什在客厅找到克卢捷探员。

“她挂断了，”克卢捷说，“但她告诉我，等你准备好再给她打回去。”

她拨通后将手机递给波伏瓦。

“你好，是奥格威女士吗？我是督察长波伏瓦，魁北克安全局重案组组长……是，是关于安东尼·鲍姆加特纳的事。”

他简单解释了一番，反正事情马上就会登上新闻。接着，他开始提问。

“他家里有文件？”奥格威女士问，“报表？纸质打印版？”

“是，你知道为什么吗？”

她停顿片刻后才回答：“不知道。”

“我想你知道，女士。我再给你一点时间考虑。我们明天上午能见一面吗？我把报表和信件都带过去。”

在他挂电话之前，伽马什碰了碰他的手臂，嘀咕了一句。

“还有一个问题，”波伏瓦说，“你有姓肯德罗斯的顾客吗？”

“我们有好几千顾客，督察长。”

“你能查一下吗？”

“我们顾客的名字是机密。”

“我们可以申请法庭命令。”

“我不是故意阻拦，你必须得先申请。”

波伏瓦转了转眼睛，但他听得出来已经没有争论的余地了。如果泄露机密信息的事传出去，奥格威女士将必须证明自己是迫不得已。

波伏瓦知道，人们都得自保。

“看来那种事司空见惯。”波伏瓦一回到车上就大发感慨。

“什么事？”岳父问道。

“让没做错任何事情的人停职，转嫁责任。”

他身旁传来一声被逗乐的咕哝声。

这是吉恩盖伊道歉的方式，为了他对伽马什的粗鲁，为了他任由司法部的弗朗西斯·科诺耶影响他的判断。现在他开始怀疑，这才是那次会面的目的所在，其余的每一个人，每一件事，都只是额外准备的道具。坐在角落里一言不发的科诺耶才是领头人，波伏瓦是观众。

他感到羞愧，自己竟然允许这种事发生，竟然曾经相信科诺耶所说的“去问伽马什”。正如伊莎贝尔所言，那个人不过是在公共厕所里操控他的情绪而已。

伽马什转过身来，笑着说：“你知道，我被控诉的所有事情我确实都做了，我完全承认，但是和鲍姆加特纳先生不同的是，我不打算保住我的工作。”

现在空气中只剩下波伏瓦的呼吸声悬垂在寂静中。

“你这是什么意思？”

“等这次停职解除，我不打算继续做总警司了。”

“你不能那么做。”

“我可以。安全局不能让违法的人做领导。”

波伏瓦直直地盯着前方，让那句话沉入心里。车上的暖气开到最大挡，挡风玻璃上的霜花全都融化了，他虽然挂了档，但脚还是踩在刹车上。

“安东尼·鲍姆加特纳保住工作，”伽马什说，“并不能说明他没有做错事。有可能是那位年轻的助理替他承担了责任，而不是反过来。合伙人更有可能保护谁？一个刚刚开始工作的年轻人，还是公司副总？”

“那你呢？”

“我？”

“还发生过什么你没告诉过我的事吗？”波伏瓦问。

波伏瓦还是不由自主地做了科诺耶建议的事——“去问伽马什”。

“这话从何说起？”伽马什问，“这就是你一直在困扰的问题吗？是不是有人说了什么？”

“有吗？”

“如果有，那我也和你一样不知情。这是政治，你我都知道。但是事情最终会发展到哪一步，目的又何在，我不知道。我知道的就是，这件事不重要。”

“是吗？”

“是的。重要的就是把那批毒品追回来，仅此而已。是我把它们放出去的，但纪律委员会对我的惩罚已经严重违反规定。”

吉恩盖伊知道他说的是真的，而且事情已经发生。他能看出职责所带来的折磨人的压力，还有愧疚，以及恐惧。

他能感觉得出，总警司在奋力追寻剩余毒品的过程中，焦虑逐渐加剧，几乎快要变成恐慌。

嘴角的皱纹，紧锁的眉头都是证据。还有他的手，即便是在普通闲谈中，也紧紧握着，仿佛非常痛苦一般。

子弹已经射出枪筒，科诺耶说过。现在波伏瓦看到，它已经抵达目标。

“我们会找到的，老大。”

“我们必须找到。”

吉恩盖伊从那句话中感受出了伽马什冷酷的决心，他想知道，为了追回那批毒品，伽马什能坚持多久。接着，他突然想起两人之前的一次谈话，内容有关艾米莉亚·绍凯，于是他停止好奇。

“回家？”波伏瓦将车子对准三松镇的方向。

“当然是要回家，”伽马什说，“不过先不回我们的家。”

半小时后，他们到了圣雷米之家。

护士长迎接了他们，之后邀请他们去她的办公室。

“我能帮你们做些什么？你说你们是警察部门的？”

她讲英语，两人也立即换了语言。在前台等她时，波伏瓦拿了一本宣传册，发现这里是一座英语老人之家，是本地少数主要以英语服务的养老院之一。

即便是倾向于双语生活的人们，也想要生活在母亲教授的母语环境中，度过生命最后的时光。

“是，”波伏瓦说，“我们想了解一下柏莎·鲍姆加特纳去世的情况。”

“那位公爵夫人？”

“是女男爵。”伽马什说。

“为什么？出什么事了吗？”

“我们只是有几个问题想知道答案，”波伏瓦说，“她的死因是什么？”

护士长转身操作电脑，片刻后回答道：“心力衰竭。”她摘下眼镜，转过身来面对他们，“我想这个说法很含糊吧，一般情况下几乎都是心力衰竭。除非家属要求验尸，否则医生都会这么写。这里住着的都是虚弱的老人，心跳随时可能停止。”

“在预料之中吗？”波伏瓦问。

“呃，几乎总是在预料之中，不过她的死有些出人意料。因为她没有病，她只是上床睡觉，然后就没有醒来。这也是我们大多数人想要死去的方式。”

“来看她的人多吗？”

“她的儿女会来，不过他们也要工作，来一趟很难。”

波伏瓦听出了她的言外之意——他们并不经常来。

“不过，他们经常打电话过来，”护士长说，“和这里住的有些老人不同，鲍姆加特纳女士显然有一个关心她的家庭，他们只是没办法经常过来。”

“那她去世的那天呢？”

“我得查一下。”

“请。”伽马什说道。然后他们随她走到前台，那里有一本登记簿。

她往回翻，找到老人去世的那一天，记录栏是空的。

“约瑟夫？”她叫来一位中年男子，“这两位是安全局的人，他们是来询问鲍姆加特纳女士的事情的。”

“女伯爵吗？”

“是女男爵。”波伏瓦很难相信，他竟然在为这个头衔辩护，“你在前台工作吗？”

“是。”

“来看她的人多吗？”

“不。她家人偶尔会来，多数是周末来，当然还有一个年轻女人，她总是坚持来探望。”

“年轻女人？”波伏瓦问，“你知道她叫什么名字吗？”

“当然，”护士长回到办公室，“我们还给她打了电话，皇后……”

“是女男爵。”伽马什插话道。

“……去世的时候。找到了。”她又开始操作电脑，“凯蒂·伯克。”

“能拼一下吗？”波伏瓦掏出笔记本。

一位老妇人，在一家看似经营得当、照护精心的老年之家自然过世，一个多月后，她的儿子遭人谋杀。他看不懂这两件事之间有怎样的联系，不过他还是记录下了护士长提供的信息。

“鲍姆加特纳女士去世后，你们为什么会打电话通知她呢？”伽马什问，“是因为无法联系到她的家人吗？”

“我们没联系她的家人。”

“为什么？”

“因为伯克小姐的名字在联系人列表中排第一，排在她子女之前。”

26

“那么，笨蛋，你老板在哪儿？”

“他在家，照顾雷雷。”吉恩盖伊说着将沙拉碗递给身边的奥利维尔，众人都围坐在克拉拉的长餐桌旁。

波伏瓦对自己竟然真的开始回应“呆瓜”的行为感到有点担忧，不过杀人犯、精神病还有露丝都曾叫过他更难听的称呼。

“看孩子？那是十四岁女孩儿的工作，”露丝说，“我明白了，他终于找到了自己能胜任的工作。”

克拉拉发出晚餐邀约时，波伏瓦一开始是打算推辞的，他累了，外面又黑又冷。

他派了一名督察去寻找这位凯蒂·伯克，然后就开始阅读交上来的汇报。早上他第一件事就是返回蒙特利尔的办公室，但现在他想要做的就是跷起腿，在火炉边打个盹。

但就在那时，安妮却小声地念了几句“咒语”——红酒焖鸡。

传言像野火一样，迅速传遍了伽马什家，说奥利维尔做了他著名的砂锅菜，打算带去克拉拉家。

“别开我玩笑了，女士。”

“甜点呢？盐腌，”她放低声音，气息清新温暖，“焦糖。”

“不不不。”他呻吟道。

“还有烤无花果冰激凌。”

“好，我要，”他站起身说，“你去吗？”他一边往门口走，一边冲着书房喊。

没听到回答，于是他退回去。

“老大？”

阿尔芒正在看电脑，旁边的桌上摊着一本书。

“你在做什么？”

“试着翻译点东西，对不对呀亲爱的？”

他将奥诺雷放在一边的膝盖上，又是阅读，又是查阅，还一边连连眨眼试图恢复模糊的视力，同时还在一个笔记本中速记。

“红酒焖鸡。”蕾娜玛丽也走到门口来说。

“啊，所以传言是真的，”阿尔芒说，“但是我们已经有晚餐计划了，不是吗？”他看着外孙。“番薯，好吃。也许再来点牛油果，好吃好吃。再来点他们说是肉的灰色的东西。”接着他抬起头来，“你们都去吧，我们能行。嗯，亲爱的。”

“好了，”安妮已经穿好了外套，她走进去亲了一下儿子，“别让他调皮。”

“你是在对奥诺雷说话，是吗？”她父亲问。

“是的。”

“你确定不带他去克拉拉家吗？”蕾娜玛丽问。

“不带，谢谢，”阿尔芒说，“我们整个晚上都计划好了。晚餐、洗澡、看电影、看书、再看一场全明星摔跤……”

“你计划了什么时候让他上床睡觉吗？”吉恩盖伊问。

“也许等都结束之后吧。”

“爸。”安妮叫道。

“好吧，不过我们还是会读书的，对吗？”他问男孩，“我们还要背诵《赫斯珀洛斯船难》，‘是纵帆船赫斯珀洛斯号，航行在寒冷的大海上’。”

“天啊，”吉恩盖伊说，“快逃，各自逃生。”

“那奥诺雷呢？”安妮假装恐惧地问。

“我们还能坚持。快逃啊，女士们，逃。”

阿尔芒转着眼睛，蕾娜玛丽笑了起来，她在想，如果有人说他这番行为是虚张声势，发现他对那首可怕的诗歌的了解仅限开篇几句，会发生什么。

“还工作？”她冲着电脑点点头。

“再忙一会儿。”

“要我留下吗？”吉恩盖伊问。

“错过红酒焖鸡？”

“露丝会去，也算是扯平了。”

“莫娜做了土豆泥。”蕾娜玛丽说。

“那就你们俩留守。”吉恩盖伊对阿尔芒说，这时刚好有一股冷空气窜进来。

安妮、蕾娜玛丽和吉恩盖伊转身说道：“把门关好。”

这样的合唱对他来说比国歌的旋律还要熟悉。

“天啊，外面可真冷，”他们听到伴随着跺脚声还有这样的抱怨。“这家伙，”阿尔芒能听到本尼迪克特的声音，“可是花了相当长时间好好享受了一回。”

阿尔芒笑了。本尼迪克特说不出“拉屎”或“撒尿”这样的词。他知道那小伙子是在说格蕾西，他感到同情。曾经有很多个寒冷的夜晚，他都在乞求那只小母狗能排泄干净，而不是只顾着追赶亨利。

本尼迪克特在等待皮卡交还的期间，承担了遛狗的责任，用以交换食宿。

阿尔芒觉得这下他们欠了本尼迪克特很大的人情。

“我给你们带吃的回来，”蕾娜玛丽说着亲亲奥诺雷的脑袋，然后双手捧着阿尔芒的脸，亲吻他的嘴唇，小声说着，“亲爱的。”

他微笑着。

“那是德语？”她看着屏幕问。

“是的，花了我一阵子才读懂。”

“你眼睛还在发炎？”她看着他的眼睛，发现有血丝。

“我的德语有点生锈了。”他说。

“生锈，是德语中‘不存在’的说法吗？”

他笑起来，说：“差不多吧。”

她又看了一眼屏幕，说：“好长，谁发来的？”

“维也纳的一名警察。”

她将围巾系好，说：“晚点见。”

“玩儿得开心。”

说完他回到电脑面前，倚在雷雷头上，闻着他的香气，阅读一个家族分裂的经过。

吉恩盖伊看着软软的鸡块，还有蘑菇和浓郁、芳香的肉汁，旁边是一大堆土豆。

它们被搅打过，莫娜坚持，不只是捣碎那么简单。

他饿得想哭。

“那么是真的了？”露丝说，“女男爵的儿子被杀了。”

他们刚抵达晚餐现场，吉恩盖伊就把克拉拉和莫娜叫到一旁，小声宣告了案情。其他人过来后，消息当然就传开了。

“我还以为你在说谎。”露丝对莫娜说。

“我为什么撒那种谎？”

“那你为什么要说你的图书室是书店？”露丝问，“你天生就会撒谎。”

“就是书店，”莫娜被激怒了，“别以为我没看见你把书藏在衣服下面拿走。”

“哦，那你没看见的还多着呢。”露丝说。

“比如呢？”

“比如比利·威廉姆斯。”

“我看见他了，他帮我清理了小路上的积雪，还帮我刷了车。”

“没帮我刷车啊。”克拉拉咕哝着迎上奥利维尔的眼神，两人都笑起来。

“你们想说什么？”莫娜问，“他是个好人，仅此而已。”

“那他为什么没来？”露丝问。

“来？”莫娜环顾四周问，“他为什么要来？有什么东西需要修理吗？”

“我得说是的。”露丝说完，身旁的罗莎也开始点头。

“我们换个话题吧。”蕾娜玛丽说。

“好吧，如果不能说谋杀，”露丝说，“那这里的图书管理员持有偏见也不能谈……”

“偏见？我没有……”

“我今天看见你的画了。”吉恩盖伊突然说出他脑海中跳出的第一件事。

“你就是怀有偏见，你知道，”露丝说，“你只看外表就下定论。比利·威廉姆斯只是个杂务工。”

“我的画？真的吗？”克拉拉问，“在哪儿？”

“其实是印刷品，”吉恩盖伊说，“批量印刷的那种。”

“你这不是锅嫌壶黑吗？”莫娜不甘示弱，“你不是也只把女男爵当清洁女工吗？你甚至连她的名字都不知道。”

“你是不是该向加布里求婚了？”安妮突然加入聊天，问奥利维尔，“我们都在等呢。”

“你们在等吗？”加布里说，“他要是再继续耽搁，我的蜜月套装都穿不进去了。”

“而那就是你的回答。”奥利维尔说。

“关心一个人不一定要知道他们的名字。”露丝说。

“那你关心过吗？”莫娜说，“你知道她过世的消息吗？”

“我在安东尼·鲍姆加特纳家看见了你的画。”吉恩盖伊抬高声音。

“去世的那位？”克拉拉问。

“嘿，我想我们不能谈论谋杀案，”露丝说，“那不公平。”

“我们没有谈论谋杀案，”吉恩盖伊说，“我在谈论艺术。”

“你？”安妮、加布里、奥利维尔、克拉拉、莫娜、露丝，甚至连蕾娜玛丽也加入进来，异口同声地说。

罗莎看上去好像受到了惊吓，不过话说回来，鸭子经常受惊，而且往往理由充足。

“怎么？”吉恩盖伊说，“我也受过教育。”

“才怪。”安妮拍拍他的手说。

“对，”他说，“我谢谢你了。”

众人都笑起来，然后莫娜转身面朝露丝。

“对不起，我不该因为女男爵的事责怪你，不过你说别人心怀偏见，是件很可怕的事。”

“我没说‘别人’，”露丝说，“我说的是你。你是个锅，并不意味着你就不能……”

“我是什么？”

“我们刚才在说什么画来着？”蕾娜玛丽问。

“那幅……”吉恩盖伊朝露丝歪着头，“当然不是原件。”

“啊，那我们运气真好，原件就在这里。”蕾娜玛丽说。

“我不是指原画。”吉恩盖伊说。

“是吗？”蕾娜玛丽笑着问。

“哦对，”克拉拉说，“那幅印刷版是我送给女男爵的，我都忘了。”

“安妮说得没错，你知道，”加布里对奥利维尔说，“如果你想要一个新鲜水灵的丈夫，那你最好快点求婚，我可无法永远停留在三十七岁。”

“好吧，你三十七岁已经维持好几年了。”奥利维尔说。

“我猜是她送给她儿子了，”克拉拉说，“太悲惨了。你知道是谁杀了他吗？哦，抱歉，这不是晚餐话题。”

不过这反正也不是这群人第一次在摇曳的烛光中，围着桌子谈论一宗谋杀案了。

“好了，雷雷，”阿尔芒轻声说着摘下老花镜，用手擦擦疲倦的眼睛，“你怎么看呢？”

他们吃了晚餐，洗了澡，现在正坐在客厅壁炉前的沙发上。阿尔芒在阅读自己粗略翻译的那封邮件，奥诺雷穿着他最爱的小熊睡衣躺在外公的怀里，亨利睡在一旁的沙发上，格蕾西则睡在另一旁。

奥诺雷完全知道该怎么理解那封邮件。虽然他无法明白里面的文字，但他懂得外公身体所产生的深沉、温暖的共鸣，每一个字都辐射进了他的心中。

他们就是那么合拍，而且合奏出的是一曲动听的曲子。

他紧紧抓住正牢牢抱着他的那只大手，感觉自己的脑袋被轻轻拍了一下，还得到了一个吻。

他闻到了外公身上熟悉的味道。

外公正在阅读，寻找一宗谋杀案的动机。

接着，阿尔芒放下他的笔记本，将奥诺雷抱上楼，放到床上，

然后拿起一本《维尼熊》的故事书。奥诺雷听着跳跳虎、袋鼠妈妈、小猪皮杰、维尼熊还有克里斯托弗·罗宾在百亩森林里的探险故事，睡着了。

“看到这幅画我还是会起鸡皮疙瘩。”蕾娜玛丽看着克拉拉工作室中摆放的那幅油画原件说。

“我在鲍姆加特纳的家里看见露丝时，”吉恩盖伊说，“差点心脏病发作。它就挂在他的壁炉上方。”

“这幅作品一定售出了很多印刷件，”蕾娜玛丽说，“这是你大获成功之作，你的突破之作。”

“没，画廊几乎没卖出多少，”克拉拉注视着她的那幅名作，“虽然他们印了许多，人们也喜欢看，但他们并不想买。说真的，谁会想要把它挂在家里呢？”她用还舀着冰激凌的勺子指指画架。

“显然，安东尼·鲍姆加特纳想。”吉恩盖伊说。

三人都看着画作中讨厌的老妇，然后向后靠，他们同时从克拉拉工作室的门口往厨房张望，看看餐桌边那同样让人讨厌的老妇。

露丝还在与莫娜争论，这次话题好像变成了泡芙酥面该怎么做。

“所以他们才管那叫乐福鞋。”他们听见老诗人说道。

“就像人们会说一条面包？真的吗？”本尼迪克特说。

“不是，”莫娜说，“拼作c-h-o-u-x，不是shoe，更不是乐福鞋。[①]”

“哎呀，那可完全说不通。”

接着，三人又开始讨论工作室墙上靠着的那幅油画。

“我在想，死者深受这幅画的吸引，”蕾娜玛丽说，“这能说明他

---

① 此处是谐音，泡芙（choux）与鞋（shoe）发音相近，所以露丝想到乐福鞋（loafer），本尼迪克特想到了长条面包（a loaf of bread）。

什么呢？”

“除了他出色的艺术品位之外？”克拉拉说。

“他没有被画吸引，”吉恩盖伊说，“是他母亲被吸引。你说过，是他母亲想要的，接着他母亲把画给了他。”

“但是他把画挂出来了，”蕾娜玛丽说，“而不是藏在地下室。”

“是的，”吉恩盖伊继续凝望帆布上的露丝画像，“你们说，女男爵明白这幅画的内容吗？它表现的并非苦难，而是希望。”

她们都盯着他看，丝毫不掩饰惊讶之情，他感到相当屈辱。安妮走过来，搂住他稍稍有些发福的腰。

“看来我们得把你算作艺术Aficionado[①]了。”她说。

“Aficionado，”他说，“是一种意大利冰激凌对吗？我想你是想说艺术冰激凌吧。”

“我想你找错谈话阵营了，”安妮说，“你应该加入那边的阵营。”

她指着莫娜、露丝和本尼迪克特三人组，此刻他们正在谈论信号灯与小蛋糕之间的区别。

“不了，谢谢你，”吉恩盖伊说，“再说，我已经知道了我需要了解的所有艺术知识。‘明暗对比’，”他扬扬得意地说出这个词，仿佛是在宣告奥运会开幕，或是宣布轮船下水试航，“就是这个词，我知道的唯一一个艺术术语，但是足够吓掉人们的裤子。”

“那个词怎么说来着？”正从冰箱里拿冰激凌的加布里问道。

“别告诉他。”奥利维尔说。

“有剩的吗？我想拿些回去给阿尔芒。”蕾娜玛丽走进厨房。

奥利维尔指着条案上的一个容器，里面装满了红酒焖鸡和土豆泥，“都给你准备好了。”

---

① 这里是发烧友的意思。

“谢谢你，帅哥。”

“所以，”露丝对本尼迪克特说，“如果有人给你一个信号灯，不要吃。”

“那小蛋糕呢？”

“给我。”

本尼迪克特在点头，莫娜和罗莎都目光呆滞地瞪着他们。

吉恩盖伊敲敲本尼迪克特的肩膀，说：“来帮我洗碗。”

吉恩盖伊负责清洗，本尼迪克特帮忙擦干。

“你为什么撒谎？”波伏瓦轻声问他。

“什么事？”本尼迪克特接过一个沾满水花的温暖的玻璃杯。

“女朋友的事。”

“哦，那个啊。”

“告诉我实话。”吉恩盖伊说。

“重要吗？”本尼迪克特问。

“这是谋杀调查，每件事都很重要，尤其是谎言。”

“但受害者与我无关。”

“你真这么认为？”波伏瓦问，“你是一份遗嘱的清盘人，而他是那份遗嘱的主要继承人。遗嘱宣读四小时后他就被杀了，他的尸体在一座废弃的房屋中发现，而你也是在那里被找到的。你在那房子里的时候，他也在场。”

吉恩盖伊给了他时间思考。

“但我并不知道他在。”本尼迪克特说。

“那我怎么知道，你现在是不是还在撒谎？”他看着这个年轻人的脸，“所以你明白为什么谎言事关重大了吧。无伤大雅的谎言可能并不重要，但它却向我们证明，你并不完全可信。”

“但你们可以相信我，”他的脸颊现在已经涨得通红，“一般情况下我不撒谎的，但是我……我讨厌大声说出来。”

“说出什么？”

“她离开了我，我们分手了，太快。”

“已经过去两个月了。”

“你怎么知道的？”

“我是魁北克安全局重案组代理组长，”吉恩盖伊将一只残留着泡沫的盘子递给本尼迪克特，“你真以为我们不会向你提问吗？”

“那你们得知道，我的恋情与这个案子无关。”

“真的吗？可是昨天晚上伽马什问你为什么要去那座农舍时，你再次撒谎，你说你思念你的女友，所以想回家，但那不是真话，不是吗？”

本尼迪克特集中精神擦拭玻璃杯。

“算是真话，你不懂那种滋味，你的心都碎了，周围的人却都快乐无比。”

他看着吉恩盖伊。

“你、你的妻子、雷雷、伽马什先生和夫人，你们拥有我想要的东西。我也曾经拥有，但我现在失去了，我再也无法享受，我心痛难忍，必须离开。”

本尼迪克特睁大眼睛，完全是恳求的神色。

这神色是为了什么？吉恩盖伊心想，想得到理解？宽恕？

不，他想，他想要的正是我心碎时想要的东西，他希望我不要再揭他的伤口。

“我明白，”他说，“不要再撒谎了好吗？”

“我保证。”

波伏瓦抬头看着这个年轻人，直视他的眼睛。

“你认为鲍姆加特纳女士为什么会选择你，作为她的遗嘱清盘人呢？”

“我不知道。”

“你一定思考过这个问题，不是吗？本尼迪克特，她为什么那么做？你一定认识她。”

“我不认识，我发誓。我从来没见过她，那位女男爵。你可以用测谎机测试。现在还有测谎机吗？我应该问问露丝。”

波伏瓦叹口气，说：“她自己就是个谎言制造商，她根本无法辨识谎言。”

“但是如果你会编造谎言，那一般来说，你不是也能辨识吗？”本尼迪克特问。

吉恩盖伊必须承认，这句话很有道理。确实，露丝是个撒谎专家，有时候是真相在躲避她，而且，或许也在躲避这个讨人喜欢的年轻人。

在房间的那头，克拉拉正在观看吉恩盖伊和本尼迪克特谈话。

“你在想什么？”蕾娜玛丽问。

“我想画那个年轻人。”

“为什么？”

“他身上拥有某种东西，整个人像是透明的，但又……那个词怎么说来着？”

“稠密？”蕾娜玛丽大胆说了一句。

克拉拉笑着说：“啊，对，但又……”

但又……蕾娜玛丽看着女主人，心里想到，但又不对。

他们即将离开时，露丝送给吉恩盖伊一个礼物。

“一本诗集，”她说，“你可能会喜欢，不过不要读给我的教子听。”

“为什么？”他眯着眼睛问。

“你会明白的。”

“是你的诗集吗？”安妮看到礼物上还包了一层旧报纸。

“不。”

“我的？”莫娜问。

“与你无关。”露丝说。

“我敢打赌与我有关。”莫娜咕哝着穿上靴子。

到了门口，两个女人拥抱告别，莫娜提出陪露丝步行回家。

“我们会看着她回去的。”奥利维尔说。

克拉拉正打算关门阻挡刺骨的寒冷时，突然听到加布里在门外的黑暗中说：“啊，看啊，一块浮冰。快来，露丝，上面写着你的名字。”

“变态。”

“老巫婆。”

接着，一个困倦的声音轻轻骂了一句“该死”，她关上门。

阿尔芒开门迎接他们。

“开心吗？”

“露丝也在场。”吉恩盖伊说。

阿尔芒笑着表示理解。

“你可能已经吃过饭了，”蕾娜玛丽说，“不过以防万一，如果你还饿。”她将饭盒递给他。

“啊，救星，我正饥肠辘辘呢。”阿尔芒亲了妻子一下，将饭盒拿进厨房。

“你把那封邮件翻译出来了吗？”吉恩盖伊问。

“是的，我想是搞定了，至少理顺了要点。”

“内容是什么？”

阿尔芒正打算说，又看见安妮正等着丈夫回房。

“早上再告诉你。介意我开车和你一起去一趟蒙特利尔吗？”

本来只是一句出于礼貌的招呼，但让他惊讶的是，吉恩盖伊竟然有所迟疑。

“也不是非得去，”阿尔芒说，“我敢肯定，还有其他人……”

“不，不，我当然可以开车载你。只不过，我一时半会儿回不来，而且我要开早会，我们很早就得出门。”

“那我可以送你，先生。”本尼迪克特说。原本他正钻在冰箱里找东西，这会儿拿了一个派出来，“我实在是需要换洗衣服，还想去看看公寓楼的状况。之后我再开车送你回来，到时候我的皮卡应该就修好了。”

“那再好不过了，”阿尔芒说，“谢谢。”

“你进城干什么？”蕾娜玛丽问。

“我要找史蒂芬·霍洛维茨吃午饭，”他对吉恩盖伊说，“就是霍洛维茨投资公司的。”

吉恩盖伊点点头，那是雨果·鲍姆加特纳工作的公司。

安妮和吉恩盖伊道了晚安，本尼迪克特也拿着一块很大的派和一杯牛奶回了房。

“安东尼·鲍姆加特纳一定是个有趣的人。”蕾娜玛丽开始加热打包的红酒焖鸡。

“为什么这么说？”

“因为吉恩盖伊告诉我们，他把克拉拉的作品挂在书房里。”

“对，出乎意料。”

阿尔芒想到他花了一个晚上才翻译出来的电邮。和那幅画一样，那封电邮中也充满了怨恨，但其中也蕴含着希望，只是与克拉拉画作中的不是同一种。

电邮中有复仇和报复的希望，散发着贪婪、幻想的味道，而且还非常乐观地相信，另外某个人身上会发生非常可怕的事。

而且也确实发生了。

希望本身，并不一定是善类或者好事。

阿尔芒在想，鲍姆加特纳站在那幅画作面前凝视圣母的眼睛时，看到的会是什么呢？

他看见的是救赎，还是仇恨的许可？

或许，他从那张脸上看见了自己的母亲，觉得她正低头凝视自己。连同她所有的疯狂、幻想、失望和赐予。

或许他看见的是，错误的希望代代相传带来的后果。

或许那正是他喜欢那幅画的原因。

或许他看见的是他自己。

“你去睡吧，”他对蕾娜玛丽说，“我很快就来，还有一点工作。”

“这么晚？”

“嗯，你们走后奥诺雷想看《终结者》的第二部，之后我们又玩儿了一会儿，所以我没剩下多少时间工作。”

“你真是个糊涂鬼。”她亲吻着他说，她的拇指追溯着他太阳穴上深深的伤痕，“别太晚。”

她端走了她的茶，留下一阵清新的洋甘菊和旧花园里玫瑰的芬芳，与红酒焖鸡浓郁、朴实的香气融合在一起。阿尔芒站在厨房里，闭上眼睛，之后，他重新睁开双眼，返回厨房。

亨利和格蕾西也跟了进去，蜷在桌子下面。阿尔芒输入开机密码，看到照片和视频终于下载完成。

艾米莉亚和马克清早就分开行动了。

现在天已经黑了，到了饥饿的人走出公寓觅食打猎的时间。

她从小巷走到背街，走到停车场，再走到废弃的大楼，一遍遍地重复同一句话。

“我要找大卫。”

她觉得她在几个回话人的脸上看见了一丝感兴趣、赞扬的闪光，但她继续追问道：“他在哪儿？我怎么才能找到他？”人们却都掉头离开。

不过，她也吸引了许多人的目光，其中多数都是年轻女人，有妓女，有变性人，还有顽固的吸毒鬼。为了得到一剂毒品，他们愿意偷窃，愿意做任何事情。

他们找到她是因为，她不问他们任何问题，而且她能打，她打过，并且打赢了。

他们不知道还能还击。

但现在他们知道了。

阿尔芒看着艾米莉亚几小时前被拍下的照片，都是从远处拍的。

他看见其中一张照片里她正在做一个手势，她抓着自己的手臂，他推测那是一句相当常见的诅咒。他能想象她在做那个动作时，嘴里会冒出什么话。

他仔细观察。

她很邋遢，头发没洗，衣服很脏，牛仔裤的裤脚上沾满泥水。

他试过，但他看不见她的眼睛，她的瞳孔。

接着，他点开那段视频。

“你知道对吧，”她咆哮道，“大卫在哪儿？”

“你为什么找他？”

“与你无关。告诉我，不然我就掰断你的胳膊。”

那毒贩转身离开。

艾米莉亚身后围了半圈年轻女人，差不多都是些孩子。

“该死的，别想拒绝我。”

艾米莉亚迅速行动，趁那磕嗨的毒贩来不及反应，就被她一把推到了墙上。接着，她抓住他的胳膊，将其反剪在背后，快速熟练地一扯。

毒贩的叫声把周围聚集的女孩儿吓坏了，旁观者四散逃走。

那毒贩也差不多还是个孩子，一下子滑倒在地上，哭了起来。他的胳膊无力地垂在那里，角度十分吓人。

“下次就轮到你的腿了，接着是你的脖子。”艾米莉亚说。

她在他旁边蹲下身子，撸起夹克的袖子，露出手臂。

“大卫，大卫在哪儿？”

阿尔芒左右挪动身体，仿佛换个角度就能看得更清楚似的。

但是艾米莉亚的身体挡在前面，录像中虽然有声音，但因为她背部的遮挡，他听不真切。

他看见她站起身，一脚将那毒贩踢翻。

他听到毒贩在哭，接着，艾米莉亚和她的同党走出了画面，毒贩的跟班此刻也转身追随艾米莉亚离开了。

阿尔芒眯起眼睛，眉头紧锁。接着他跳回视频的开头，一遍又一遍地反复观看，直至有样东西吸引了他的注意力。

他将画面截图放大，画质越来越不清晰，但他继续放大，越来越近。

他的脸也逐渐向屏幕靠拢，最后连鼻头都差点擦上去。

他发现她的前臂不只是在打手势，他凑近些看见那只手臂毫无遮挡。

零下二十度的天气，艾米莉亚撸起夹克和毛衣，将皮肤暴露在外。

阿尔芒认为人们那么做一般有两种原因。

第一，注射海洛因，但她没有注射史。

第二，她在给对方看某种东西。

她的手臂上有东西，她的文身，他似乎见过它们从她制服袖口处露出来的样子，但他没有仔细观察具体图案。现在他能看清了。

文身似乎很精细，不是图画，而是交错缠绕的文字，盖满了她的整条手臂。虽然无法全部读完，但他看得出来，有些字是拉丁文，有些是希腊文，还有些是法文和英文。

她的身体就像一块罗塞塔石碑[①]，是打开、解密艾米莉亚的一个工具。

他希望他能读一读文身的内容。

但有个词跳了出来。她的皮肤上有个用黑粗字体潦草书写的词语，看起来更像是涂鸦，和其他精雕细琢的文身不太一样。

他仔细观察，然后靠回去，希望能像赏画时一样，通过拉远距离来获得更清晰的视角，但没能成功。

他继续放大，骂了一句自己模糊的视力。

他认出了字母D，两端都有。他用手指追溯文字的线条，意识到拐错弯后就退回去重来，现在字母已经进入拉丁文或希腊文文身的深处。

V.

A.

DAVD.

“大卫。”他小声念出来。

---

① 公元前一九六年制作，碑体上用希腊文字、古埃及文字和当时的通俗文字篆刻了古埃及国王托勒密五世登基的诏书。

名字旁边还有一些数字，“一、四。”他小声念道。

他按下播放键，现在已经十分熟悉的视频画面滚动向前播放，他看着她再次使用在安全局学院学会的动作卸掉毒贩的肩膀。

然后艾米莉亚和她的追随者就离开了画面。她的追随者越来越多，现在也吸纳了年轻男人。

她的影响力越来越大。

她做到这一步并没有耗费太多时间。他应该预见到这一点的，或许他早就知道，只是不想承认。

他不只是往魁北克街头放了一批致命的毒品，还放走了艾米莉亚。

艾米莉亚正在进行的，只是她一贯的行为，她在接管。

“你要做什么？”他小声念叨，“大卫是谁？”

视频继续播放，但画面中只剩下了那个像垃圾一般倒在地上的毒贩，以及他呜咽的声音。

阿尔芒准备关闭时发现了一些动静，那是一个头戴鲜红色御寒帽的小女孩儿，她从黑暗中走出来，停在人行道上，她孤身一人，孤零零地站在那里。接着，女孩儿转过身，走出画面，追随着艾米莉亚去了。

看到这一幕，他脸色煞白，嘴巴微张，看到小孩子孤身一人出现在街头，他感到难受。

他被刚刚离开的小女孩儿所吸引，差点错过画面中留下的东西。

还有一个人，他现在才注意到。一个男人出现在屏幕的边缘，斜着身子，几乎是随意地靠在小巷的墙上。男人抱着双臂，目送着艾米莉亚离去的身影，他似乎是在思考，接着好像是拿定了主意，他从墙上直起身，但没有追随他们，而是跨过正疼得满地翻滚的毒贩，朝相反的方向走去。

阿尔芒在想，他刚刚看见的这个男人，会不会就是大卫。

27

上午十点左右，阿尔芒和本尼迪克特出发前往蒙特利尔时，吉恩盖伊早已出门。

阿尔芒没和吉恩盖伊一起，所以没看见，他先在大楼后面停下四周观望了一番才走进去的。

吉恩盖伊进门时，大会议室里空无一人。

他坐了一会儿后突然起身，不安地在窗前来回踱步。然后他绕到桌前，驻足观看一幅熟悉的画作，那是一幅复制的让·克劳德·勒米厄的经典名作。

然后他又开始踱步，窗外是蒙特利尔的街景，在薄纱般的冰雾笼罩下若隐若现。

他背在身后的双手紧紧握在一起，先鼓起脸颊吸气，然后再吐气。

现在有家庭了，他告诉自己，得把他们放在第一位。

是的，那才是他来这里的原因，不是为他自己，也不是因为懦弱、胆小。

门开了，他转过身，现在他已对之前询问过他的男女非常熟悉。就在几天前，他们还向他提出建议。

他拒绝接受建议让他们很不开心，显然很少有人会拒绝他们。

他解释自己对总警司忠心耿耿，而他们则说明了此次提议的优势，以及拒绝后将会面临的不利处境，他被折磨得筋疲力尽。代理督察长波伏瓦认可他们的技巧，就像他认同他们这么做只是为了工作一样。

但是头天夜里，趁安妮在他身边熟睡后，他坐起来重新浏览了这些文件。他仔细阅读，反复阅读，如果他签名，真的会有那么糟吗？真的会有人因此责备他吗？

讽刺的是，这种事他平时都会找总警司商讨，但这次不行，这件事不行。

他当然与安妮长时间讨论过各种选择以及可能造成的后果。

现在他来了，即将做一件他从没想过的事情。

握手后，所有人都坐下来。在这尴尬的寂静中，一位助理端来了咖啡，吉恩盖伊指指勒米厄的画作，说："我喜欢这幅作品。"

"我很高兴。"女人说。

"数码打印的吗？"他问。

"是原件。"

"啊，"他说，"难怪明暗对比这么出色。"

女人身旁的一位男士笑着说："看得出来，你很懂艺术。是的，能意识到其中的光暗对比，细微与极端处理的人不多。"

波伏瓦笑着点点头。但因为某种原因，他能想到的只有冰激凌。

咖啡端上来了，浓郁、强劲，他喝了一大口振奋精神。他已经做好了面对他们的准备。

看样子，他们也准备好对付他了。

领头的女人将一小沓文件推过桌子，上面放着一支钢笔。

"我们很高兴，你能改变想法。"

他拿起钢笔，迅速签名。现在他没办法迟疑，这是总警司伽马什给重案组成员上过的入门课程内容之一。

行动一旦开始，你就不能犹豫，一旦做出承诺，就不能再作猜疑，永不回头。

波伏瓦盖上笔帽的时候意识到，这次行动在几个月前就已经开始。从他和伽马什被停职，调查开始的时候，从上面不仅开始怀疑他们部门的行动，还怀疑他们的正直与献身精神的那一刻，就已经开始了。

如今事情已经发展到这一步，到了这一刻，到了这个房间。

他将文件推还回去。

“你留着吧，”波伏瓦准备归还钢笔时，女人说，“我很高兴你决定加入我们。”

她在笑，所有人都在笑。

她伸出手，短暂迟疑后，他握住了。

“是纵帆船赫斯珀洛斯号，他航行在寒冷的大海上。”

他最多只能背诵这两句，但现在，当他看着窗外飘落的雪花，感受到胸前口袋里沉甸甸的钢笔时，他想起了那首诗的标题。

他在想，他这种奋力寻求安全的行为，是不是根本就不是为了从船难中逃生，而是在加速船难的发生。

事实证明，本尼迪克特虽然紧张，但却是个谨慎的司机。

他紧握着方向盘上十点和两点的方位，坐得笔直，目光一直没有离开积雪掩盖的公路。

高速公路上一辆辆轿车接连从两侧驶过，但阿尔芒并不着急，他认为安全最重要，不能鲁莽行事。他还知道，是他的出现使得这个孩子加倍小心，甚至加倍紧张。

他很快就会放松下来，伽马什想。

他们开始聊一些日常生活的话题，比如私房房主、本尼迪克特看门人的工作、公寓楼一般会遇到什么问题等。

阿尔芒告诉他，家里正打算翻新房屋。

“我想向你请教一下，希望你别介意，”阿尔芒说，“我家里是有几个卧室，但是如果我儿子丹尼尔和儿媳带着两个孙女回来，安妮和吉恩盖伊一家也刚好在的话……那房间就不够住了。”

“那你想增加一些房间吗？”

他们讨论了一些可能性。本尼迪克特建议加盖楼层，而不是平面扩建，还可以翻新阁楼，以及该怎么进行才不会把整座房子弄塌等细节问题。

“塌一座房子已经够多的了。”阿尔芒说，本尼迪克特表示赞同。

伽马什隐瞒了一些信息。他没有翻修房子的打算，但他看得出来，本尼迪克特确实知道该如何阻止房子倒塌，因此可以推测，他也知道该如何弄垮一座房子。

本尼迪克特将阿尔芒送到蒙特利尔市区霍洛维茨投资公司宏伟的办公楼前，答应晚些时候再来接他。

天空开始下起小雪，飘飘洒洒的，很漂亮。雪花掩盖了城市的污垢，至少能暂时遮掩一阵子。

伽马什看着本尼迪克特开车绕过街角，然后才挥手拦下一辆出租车，说了圣凯瑟琳街的一个地址。

“你确定？”司机将他上下打量了一番问道。

伽马什打扮得很得体，上身穿着做工精良的派克大衣，里面是白衬衫，围巾下还能看见领带。

“确定。谢谢。”

他仰靠在椅子上，表情变得非常严肃。

“请停在这儿等等我。”抵达目的地后，他对司机说。

“我不能等太久。”司机提醒他。尽管车费还没收到，但他宁愿离开，因为他不想被劫车，或是遭到吸毒鬼的殴打和抢劫。

这里是禁区，每一个出租车司机都知道，如果你不得不去，那一定不要久留。

他锁上车门，车子保持挂挡状态。不过他感到好奇，于是就看着他的乘客下车，怀抱着与外表不相称的自信，走进一条暗巷。那里面塞满了垃圾桶，到处都是娼妓。

他等了一分钟，两分钟，然后慢慢加速，让车子在巷子口空转。

出租车司机看到他的乘客与另一个高个子握手，那人瘦骨嶙峋，是个娼妓，一个变性者。

他交给她厚厚一信封的钱，奇怪的是，那妓女似乎想推辞，但他的乘客一直在坚持，然后他转过身来，看着出租车点点头。

男人走回出租车，从容的步态中透露出权威感。刚刚巷子里发生的事情，不管是怎么回事，司机都很想丢下他，但他最后还是没有。

阿尔芒道谢后回到后座，看着窗外呼了口气。他要在冰天雪地的街头搜索一个小女孩儿，一个戴红帽子的小孩儿。

不过他对这位新朋友阿妮塔·费夏尔很有信心，他相信她能找到那个小女孩儿，然后给他打电话，那样他就能过去找到她。

伽马什知道今天过来是在冒险，他很可能会把整个事情都搞砸，也可能会被人看见。但是总有些底线和界线要遵守。阿尔芒·伽马什已经厌倦了，他不想再越界，也不想再跨越，他厌倦了为更大的善而必须施行暴政的做法。

在那个视频里，小女孩儿一闪而过的画面中，他找到了一条他不会跨越的界线。

"'是纵帆船赫斯珀洛斯号'，"他小声背诵，呼出的气体在窗户上氤出一小圈水雾，"'航行在寒冷的大海上'。"

他知道所有人都以为他只记得这首史诗的开篇两句，那已经成了一个笑话。但事实上，他记得整首诗，每一个字，每一行，当然也包括它的结尾。

“‘基督救我们脱离这样的死亡’。”他看着窗外，在心里默念。

波伏瓦在办公室抓着一个厚厚的三明治，一边吃，一边阅读鲍姆加特纳谋杀案的汇报，包括审讯得到的补充信息、背景调查、作案现场找到的初步证据和照片。

他召集主要督察开了晨间简报会，了解他们正在调查的另一个凶案。

接着，他让克卢捷探员进来汇报她的发现。

克卢捷将文件放在膝头，却不小心撞翻，弯腰捡拾时，她的眼镜也掉了下来。波伏瓦绕过桌子去帮忙。“我们去那边坐吧，”他拿着一沓文件走到窗边的桌子旁，那是他与伽马什回顾案情时坐过几百次的位置。

“告诉我你知道些什么。”他对她说。

她照做了。

“这些，”她将一只手放在从安东尼·鲍姆加特纳书房找到的报表上，“不合法，数据加起来对不上。交易表面看上去没问题，但只要交叉检查一下，就会发现买卖数据对不上。”

“那这些是什么？”

“一场戏。”

“什么？”

“像是剧场道具，幻想的产物，做得看起来像真的，实际并不是。鲍姆加特纳先生一定知道这些顾客们不会仔细检查，大部分都不会。事实上，只有专家才能发现，而且即便是专家，也需要时间。”

“那他确实是在偷他们的钱？”

她似乎被这个问题的简单明了吓到了。

她想了一下，然后点点头说：“绝对是。”

“那你找到资金去向了吗？”

“需要更多时间，长官，还需要法庭命令。”

波伏瓦走回他的桌子，拿来一份文件。那是法庭命令文件，允许他们全权调查鲍姆加特纳的财产，还有一份是他们取得泰勒和奥格威公司的顾客清单的授权书。

这些法庭命令文件和之前克卢捷探员交给他的报表复印件，一起放进了他的小背包里。

“如果能进入他的电脑，应该也会有所帮助。”他说。

“我正在努力，老大。”

出租车将阿尔芒送回他上车的地方，霍洛维茨投资公司办公室的门外。它坐落在舍布鲁克街上，美术馆和霍尔特伦弗鲁购物中心旁边，这里是蒙特利尔的黄金地带，玻璃幕墙的塔楼与灰石豪苑鳞次栉比。

只需要坐一次出租车就能永远离开他刚刚所看到的场景。但伽马什知道，分隔两地的，不是勤劳工作，而是好运。运气选中了这些人，但放弃了那些人；运气将一些人介绍给毒品，却放过了另外那些人。五年前，两年前，甚至一年前，街头那些肤色惨白的吸毒鬼可能都还有完全不同的未来。但后来，有人介绍他们服用一种止痛药，一种阿片类药物，从此以后，所有的承诺，所有生来的好运，以及富足的生活——拥有一个充满爱的家庭、享受优质的教育，在即将到来的那样东西面前，都失去了招架能力。

有人被爱，有人却遭到毒打；有人受到关怀，有人却遭人漠视；有人大学毕业，有人却半途辍学。贫民窟里，一切的一切都结束了，因为芬太尼横扫了一切。

伽马什知道，街头现在的样子，不是拜他所赐，而是因为阿片类药物，因为止痛药，它们吞噬了一代人，而到目前为止，他放出的卡芬太尼尚未进入市场流通。

但他知道，那一天会到来的，而且很快。如果说现在的情况已经足够糟了，那么到时候街头会比现在糟无数倍。

“阿尔芒。”

这时史蒂芬·霍洛维茨走出办公室，对他伸手相迎。他在欧洲长大，说话稍稍带着点口音。虽然他已九十三岁高龄了，但依然充满活力，而且和吕底亚国王克洛伊斯一样富有。

“你看起来状态不错。”阿尔芒握住他结实的手。

“你也一样。”

他锋利的目光先将伽马什上下打量了一番，最后才落在他的脸上。

“你一直在哭吗？”

阿尔芒笑着说：“看到你总是让我情绪激动，你知道的。不过我没有哭，只是有点恼火。”

“这话听着更真实，多数人都觉得我很气人。”

阿尔芒没有反驳。

“我在里兹饭店订了位子，我知道这过于浮夸，不过我喜欢去那里看我的顾客，想知道他们有消费能力。”

他们步行两个街区前往里兹饭店，霍洛维茨时不时地会握住阿尔芒的胳膊，一点都不为自己的脆弱感到难为情。

他曾担任过阿尔芒父母的财政顾问。事实上，在战后，是阿尔芒的父亲帮助年轻的难民霍洛维茨开创了他的事业。无家可归的人永远也不会忘记那种感受，所以七十年过去了，史蒂芬·霍洛维茨也不曾忘记那份善举。

现在霍洛维茨投资公司有一个金额大到惊人的账户，登记在安妮和丹尼尔名下，就连伽马什本人也不知情。

霍洛维茨在遗嘱中做了说明，要等到宣读遗嘱时，伽马什才会知道真相。

“我听说你现在还处于停职期间，”史蒂芬任由一位穿制服的服务生打开亚麻餐巾，放在他的膝盖上，“谢谢。”

“是的。”他答道。

桌上等待他们的是两杯酸橙气泡水，还有两杯苏格兰威士忌和两盘牡蛎。

“谢谢。”餐巾在膝盖上摊开后，阿尔芒说。

“一群蠢人，”老人摇摇头，“需要我打个电话吗？”

“打给谁？”阿尔芒问，“或者说，我应该知情吗？”

“或许不必。”

“你已经打过一个电话了，我知道。谢谢。”

“你是我的教子，”史蒂芬说，“我只是尽我所能。”

阿尔芒看着他准备牡蛎，动作精准，因为他十分清楚自己喜欢什么口味。

史蒂芬·霍洛维茨就像是阿尔芒的父亲一样。所以当他得知年轻的阿尔芒选择法律，而非金融时，他大感失望，尽管他自己还有三个子女可以继承生意。

就阿尔芒自己所知，他与史蒂芬的关系无关金钱，而在于其他形式的支持。

“看见那边的那个男人了吗？”史蒂芬已经投入了他最爱的事情之中，那就是识人，“他经营着一家钢铁公司，是个彻头彻尾的白痴。我的人刚刚发现，他正计划在这个财政年给自己发一亿美元的奖金。有没有搞错？”

阿尔芒虽然并不觉得惊讶，但还是吓了一跳。只见史蒂芬站起身，朝那男人走去，他说了一句什么话，那男人的脸都涨紫了，接着他走回桌边，一路都在笑。

“你对他说了什么？”阿尔芒问。

“我说，我正在抛售霍洛维茨投资公司持有的他公司的全部股份。我们出发前，我刚下的命令。等着瞧吧。”

阿尔芒看到那男人掏出手机，狠狠地按了几个按键，然后瞪大眼睛，脸上瞬间没了血色，因为他看到公司的股价已经大跌。

“我已经交代我的人，等股价跌到一个低点就开始购买，全部买进。”史蒂芬说。

“你已经买下了他的公司？”阿尔芒问。

“控股权。再过几分钟他就会看到。”

“你将成为他的老板。”

“用不了多久。”

史蒂芬招招手，服务生领班匆忙赶上前去弯腰倾听，然后点点头离开了。阿尔芒皱起眉头等待解释。

“我告诉皮埃尔，那桌的饭钱我买单。经过这一番折腾，那人应该买不起单了，我不希望餐厅被迫承担一笔坏账。”

“你真是十分体贴，”阿尔芒看到史蒂芬笑得很灿烂，“你订位时知道他会来吗？”

“今天是周三，他总是在周三过来用餐。”

“所以你知道。”

“是的。”

餐点上来时，阿尔芒想，这真是个像轮中之轮一般复杂的世界。而绝大多数轮子都在碾压挡了史蒂芬的路，或是做了他不赞同的事情的可怜虫。

“你听说过露丝·扎多吗？”阿尔芒一边问，一边切开他盘子里的海鲈鱼，下面垫的是花椰菜泥，搭配炖扁豆，旁边点缀的是烤芦笋和西柚块。

“那位诗人？当然。”霍洛维茨垂下刀叉，看着远方开始背诵，“曾经是谁伤害了你，深到无法修复，以至于每当听到序曲，你都会撅起嘴唇。”

“就是她。”

“为什么问她？”

“我只是想到，你和她应该能处得很好。”

史蒂芬继续摆弄食物，说：“你受伤了吗，阿尔芒？”他对着盘中的多佛比目鱼说。

“没有深到无法修复的地步。”

史蒂芬重新抬起头，眼神清亮透彻，说：“我不是指身体方面的，那种创伤总能复原。我是指安全局的调查，这次的停职看上去会持续很长时间。”

“有些情况你不了解，史蒂芬。”

“是，但我了解你。安全局失去你这位领导人，将是一个巨大的耻辱。”

“谢谢。”

“你确定不需要我打电话吗？”

“你敢打试试看。”阿尔芒用刀指着他佯装威胁。

史蒂芬笑着点头说：“好吧，那你说说，为什么来找我？”

“事情很微妙。”

“我来猜猜看，是雨果·鲍姆加特纳的事。”

“好吧，就是这么微妙。”

“他兄长刚遇害，所以不难猜，新闻上说是谋杀，但你不能参加这次调查吧，我们已经确认过，你……”

“还在停职阶段，对。但我是他母亲遗嘱的清盘人，这事说起来很绕。”

他解释了遗嘱的事，霍洛维茨听得很认真，听完后思考了一番，最后才说：“那可真是奇怪了。”

阿尔芒笑了，说：“你的看法真是充满深思熟虑，是的，你没说错。不过我想问的是雨果·鲍姆加特纳的事，他是你们公司的高级副总裁。”

“他是。丑是原罪，他看起来很邪恶，让人相当讨厌。不过，和许多相貌丑陋的人、看起来像恶人的人一样，他不得不对此做出弥补，把自己打扮成体面人。要不是有三个子女接管公司，我会考虑他的。”

“他有那么出色？”

“是的。他死去的兄长有多糟，他就有多好。”

“这么说，你知道那事了。”

“我知道。不是雨果告诉我的，他很维护他的兄长。但街头有传言……”

“所有人都知道？”

“如果他们不知道，那他们就比我想象得要蠢。泰勒和奥格威公司的一名高级副总被吊销了营业执照，还能有什么原因？这是很严重的处罚，他们不会轻易做出这种决策。”

“雨果说他兄长是被嫁祸的，被抓了典型，真正偷钱的是那个助理。”

“是，是，”史蒂芬拿他的刀叉比画着，“等等，等等。他还说了什么？”老人朝阿尔芒凑拢。“谁更清楚如何从顾客账户里偷钱，谁更有能力将事情掩盖几个月？副总还是助理？谁更有可能获得进入权？谁更有可能被炒鱿鱼？我给你一个提示——最后一个问题的答案与前两个不同。”

阿尔芒点点头，他自己也分析出这些，他接着说："关于泰勒和奥格威公司，你有什么能告诉我的吗？"

"他们是一个相对较年轻的公司，大概有三十年历史，不过他们很喜欢宣称，公司是由皇家特许令在十九世纪初期建立的。"

"维多利亚找他们存过钱？"阿尔芒问。

"类似的说法。气派的办公楼等，显然也是想给人留下印象。"

"还有呢？"

"任何想用气势，而非业绩记录征服周围人的人，我一般都持怀疑态度。"

"那你就是怀疑所有人，"阿尔芒指出，"很难行之有效啊。"

"是的。"霍洛维茨笑着承认。

"你认为他们在隐瞒某些事吗？"阿尔芒问，"他们的做法是正当的吗？"

"是的，只不过离界线太近。"

"你知道地球是圆的吧？"

"地球或许是，但人类的本性不是，其中遍布洞穴、深渊和各种各样的陷阱。"

"泰勒和奥格威就坐落在此类陷阱的边缘？"

"如果他们雇佣的是人类，那么，是的。"

"你们也雇佣人类。"阿尔芒指出。

"但我会监督他们，"史蒂芬说，"我是不朽的。"

"而且永远正确。"

"现在你明白了。"

"雨果·鲍姆加特纳，"阿尔芒说，"和其余所有人一样，也是人类。他值得信赖吗？"

"就我所知，值得。你不是要请我将账户转到他手中吧？"他看着自己的教子，“不，你对他还拿不准，是不是，阿尔芒？”

“要甜点吗？”服务生撤走餐盘，阿尔芒问。

史蒂芬笑着接过甜点菜单。他们点了热苹果馅饼、抹茶味冰激凌和咖啡，之后史蒂芬继续发言。

“我感兴趣的是那份遗嘱。我见过被遗嘱撕裂的家庭，希望是有腐蚀性的，再与贪婪或绝望一结合，会变得相当可恶，仇恨会绵延多年。”

“甚至几代人。”阿尔芒说。

“他们真相信有爵位，相信所有财产都属于他们？”

“他们没这么说，但……”

“那是刻在他们骨子里的，”史蒂芬说，“有时候我们误以为自己并不相信其他人的狂想，直到最终得到检验。他们是犹太人对吧？”

“是，这重要吗？”

“或许。来自奥地利？维也纳？”

“对。”

史蒂芬在点头。

“你有什么想法？”

“称不上是想法，更像是一个模模糊糊的念头。我在想，那位老妇人，你叫她女男爵？她有没有可能是对的，只是我们没有意识到。我来调查调查。”他挥动账单示意结账，“那就是你想要的，不是吗？让我来做一些打探工作。”

“我只是想来见见你，”阿尔芒说，“一起吃一顿美味的午餐。”

“你是吃了一顿美味午餐，我却听了一肚子屁话。”他将银质浅盘推过亚麻桌布，“给你，你来结账。”

阿尔芒笑着摇头。以前每次都是他抢着付钱，每次都是。而这一次，因为史蒂芬，他感觉自己也帮另外四个他根本不认识的人付了饭钱。

“但愿我能赶快复职。”阿尔芒说着放下信用卡。

“为什么？复职了你就有能力付这顿饭钱？别担心，你付得起。”

“不，”他冲那位钢铁大亨点点头，那人的牛杂碎午餐已被毁掉，正等着史蒂芬离去的背影。“那样我就能调查谋杀案。”

老人笑了起来。

28

吉恩盖伊在泰勒和奥格威公司的等候室里四处张望。

他在四十五楼上，但根本感觉不出来。房间里装饰有橡木镶板、油画，甚至还有一个摆满皮革封面精装书的书架，仿佛是在说，如果你的投资顾问喜欢阅读，那么他一定不会压榨你。

吉恩盖伊往窗外看，本来以为会看到一座庄园般华丽的花园，但没想到是蒙特利尔的高空风景。

这是错觉。

克卢捷探员怎么说的来着？

一出戏，一个道具。看着像这个，其实是那个。这地方造得像个可靠、保守、值得信赖的公司，但它的真实面目会不会是别的样子？

他凝视着那些油画，然后站起身特地欣赏其中的一幅。

那是一幅有编码的印刷作品。它算不上赝品，但也不是真品。

“你喜欢？”一个女人在身后问道。

他转过身，本以为是接待员在说话，结果却发现是一位非常优雅的女士站在打开的门口，而且她年轻得令人惊讶。

“是的，”波伏瓦说，“我想求见奥格威女士。”

“请叫我柏妮丝，”她说着伸出手，“我没听错吧？安东尼遇害了？”

“恐怕是那样。”

她的眼睛眯成一条缝，吸收着这句话，说：“天啊，我会竭尽所能提供帮助。”

“谢谢。”

她转过身，他跟在她身后走进一条安静的走廊，一边走一边观察两边的办公室，其中的经纪人多是男性，他们都坐在那里讲电话，或是在笔记本上忙碌。

走廊里镶嵌有木板和艺术作品。

“油画很棒。”他说。

“谢谢，多数都是印刷品，不过也有一些是原件，”她说，“我祖父买过一些很糟的作品，以为是很棒的投资，其实不然。我们把那些作品都收在合伙人的办公室了，作为提醒。”

“提醒什么？”

“提醒当我们以为自己了解某事，其实根本不然时，会发生什么。”这时，她停下脚步，对他微笑，“你在职场上一定也遇到过同样的危险，督察长，只是你的错误会让人付出生命代价。”

“你们的也一样。”

她的笑容褪去了，说：“我意识到了。”

她转身继续谈论艺术，他看得出来，这都是事先排练过的说辞，一些她对每个人都会重复的行话，为了让听众安心。

“我们主打加拿大艺术。魁北克本地的也有，只要有收藏价值。”

“但并非全部都是原件。”

“对。原件往往不出售，所以我们就购买编码的印刷品，但仅限于限量印刷的那些。”

他笑了，接着又意识到她是认真的，于是问道：“为什么？”

“因为它们更珍贵。每一件事都是一笔投资，督察长。”

“每一件事？”

“每一件事。我不只是在说生意。作为人类，我们投资的不只是金钱，我们也投入时间，投入精力。当然，我这么说是有原因的，生命短暂，时间宝贵且有限，我们需要挑选投资的对象。”

“以获得最大收益？”

“正是。我知道这听起来太过算计，但是想想你自己的人生，你也不想浪费时间与不喜欢的人待在一起，或者做一些无法让你获得满足的事情吧。”

波伏瓦觉得应该给她一些聪明的回应，但他想说的只有四个字——胡说八道。

若是在几年前，他可能就说出来了，不过话说回来，几年前他还不是督察长。

“你在想什么？”她问。

“我在想，那是胡说八道。”

好，如果人生真的短暂，那还是做自己的好。

她停下脚步看着他，说：“为什么那么说？”

他先环顾四周，然后注意力重新回到她身上，说：“那种话，只有在这里工作的人才会说。我不是说我不相信你说的话。我想说的是，大多数人都不具备选择这种奢侈东西的权利，他们只是在试着度过每一天，接受他们能找到的工作，不管有多烂，都要试着维持一个家，或许婚姻糟透了，或许孩子也不听话。你生活在一个有选择权的世界，奥格威女士，但大多数人都没有投资，他们只有生命，他们只是在试着过完这一生。”

“零和博弈吗？”她问，“那才是胡说八道，而且自以为高人一等。有些人或许不能选择来这里工作，或者住豪宅，但他们依然有选择的机会。如果没有钱可供投资，那就投资时间。”

他们看着彼此周围，紧张的气氛显而易见。波伏瓦不在乎，他反倒喜欢这样，逼迫人们，看看他们表面之下的真实模样。

他觉得有趣的是，当他变得粗鲁时，她也发生了改变，他们使用的都是同样的语言。区别在于，这对他来说很自然，对她却不然。

这是一只变色龙，会适应环境，以及人。

这是一种有用的技能，既能防御，也能进攻。它的意图就在于降低人们的警惕性。“我和你一模一样，”她说，“你是我们的一员。”

这是一条巧妙且有力的信息，能让人们放松下来，让她进入他们的秘密。

如果需要，她可以优雅讲究，也可以满嘴脏话。

端庄、好斗、粗鲁、漂亮。

她可以全部拥有，但又空无一物，除了算计。

安妮身上有他所热爱的众多特质，其中之一就是，她的适应性虽然强，但她总是她自己，真实诚恳。

而这个女人却不是。

不过，如果他够聪明，这将成为一笔有用的时间投资。

“你们有克拉拉·莫洛的画吗？”他们绕过一个墙角，他问道。

“没有。我试图购买过她的《美惠三女神》，但印刷版本已经全部售空，只有一幅老妇的画像，把我吓得屁滚尿流。”

“你应该看看原件，”波伏瓦说，“比灌肠器还有用。”

她笑着请他走进自己的办公室。

他感觉就像是从过去走进了未来，或者至少是非常浮华的当代的一天。这是一间位于角落里的办公室，安装着落地窗。蒙特利尔的风景呈现在他眼前，壮丽辽阔。在其中的一个方向，他能看见横跨在圣劳伦斯河上的雅克·卡尔捷大桥。另一个方向，他能看见罗亚尔山，以及上面巨大的十字架。在两者之间，则是一座座塔楼式写字楼。大胆、闪耀、无畏，这就是蒙特利尔，虽然根系深深地扎在历史之中，却也做好了迎接未来的准备。这座城市总能让他激动不已，笼罩的冰雾让一切显得更加超凡脱俗。

她的桌子是木质的，光滑简洁，用古老材料呈现出现代设计。室内有一张沙发，几把椅子，还有一些艺术作品，和其余的一切一样，也都是当代作品。

“这些都不是你知道的作品，”见他浏览墙上的作品，她说，“多数都是学生作品。我们在当代艺术博物馆设有一个奖学金，资助年轻艺术家学习，作为回报，我要求他们提交一部作品。”

“希望有一天它们能升值？”他问。

“一般说来是那样，督察长。不过我主要是希望，他们能做自己喜欢的事。”

“那你呢？”波伏瓦问完后坐了下来。

“其实，我也喜欢。我想，我生来就是干这一行的——投资、金融、市场。我父母都在投资业。”

“你父亲是首席执行官，你母亲是董事会主席。”

“看来你做过功课。”

他觉得自己要被激怒了，这种说法表现出一种居高临下的优越感。

“不难，用谷歌简单搜索一下就出来了。你也是通过这样的方式工作吗？”

他也可以出言侮辱。

“呃，我姓奥格威并非偶然，但这间办公室是我自己挣来的，相信我，投资不只是一件自然而然的事，它让我着迷。”

“为什么呢？”

“它让你有机会真正改变人们的生活，保证他们退休后的情况，他们子女的教育，他们的第一个家。还能有比那更棒的吗？”

波伏瓦想，真相更棒。她说的就像走廊里的那些行话，也是一番事先排练过的发言，就像更多的橡木镶板、更多的伪原作一样。

“你呢？”她问。

“我？”

“你爱你的工作吗？”

“当然。”

但这个问题惊到了他，他其实从来没有考虑过。

他爱这份工作吗？

这些年来，他调查尸体，寻找凶手，当然不只是为了金钱或荣耀。那他为什么要做？有没有可能，他确实热爱这份工作？

波伏瓦从小背包里掏出批准文件，放在桌子上。

奥格威女士甚至都没费心去看，继续说道：“我也做了一番调查。关于你昨天的问题，我们没有姓肯德罗斯的顾客。我说的是现在，以前有过，但夫妇二人都去世了，一个是在五年前，一个是在去年，都是老人，而且患有疾病。”

“是安东尼·鲍姆加特纳负责照看他们的财富吗？”

“不，是在别的顾问名下。坦白说，账面金额非常小，等到要分派给继承人时，几乎没剩下多少钱，不过我认为，那份遗嘱是有点奇怪。”

波伏瓦因为这突如其来的结果而打起颤来。

“为什么？”他的声音中没透露任何兴奋感。

“我记不起具体的细节了，不过看上去他们留下的遗产远多于他们实际拥有的财富。我们当然找顾问谈过，想了解他们为什么认为自己拥有那样大的一笔金额，那位顾问也和我们一样迷惑。于是我们自己做了一番调查，我们的账目绝对没有任何问题。”

“你知道其中涉及了什么贵族头衔吗？”他问得好像这是一个完全自然的问题一般，而且做好了遭到嘲笑的准备。

但她没有笑，她看他的眼神确实很惊讶。

“你怎么知道？事实上，确实如此。我们认为他们一定是患了失智症，或是某类集体癔症。肯德罗斯先生是一名巴士司机，夫人负责抚养孩子。他们住在蒙特利尔东区，房子也非常朴素，退休后有一小笔收入，但他们却在遗嘱中宣称留下了百万财富，以及一个爵位。”

“男爵？”

“是的，还有男爵夫人。显然，他们就是那么称呼自己的。”

波伏瓦感到心跳加速，感官变得敏锐，当他靠近某样东西时总会有这种反应，或者说，当他面朝地摔下来时也会这样。

但他的立场依然很中立，这是他自己的橡木镶板，他自己的虚饰。

“你有他们孩子的住址吗？”

“我就猜到你会问。他们有两个女儿，都住在多伦多，都已婚。这和安东尼·鲍姆加特纳的死有什么关系？我说过，他们不是他的顾客。”

她的手放在一个薄薄的马尼拉纸文件夹上。

“恐怕我不能告诉你。”

他看到她有一丝恼怒的神色快速出现，然后迅速隐藏起来。这个女人不习惯听到拒绝，她显然是依靠信息才取得这样的成功的。这不足为奇，无知的人不可能拥有这样的办公室。

而他也不是靠分发信息才做上重案组代理组长职位的。

他伸出手，她将文件夹递给他。

“谢谢。他们在魁北克有没有亲戚？”

“据我所知没有。”

他点点头。他们在政府的数据库中搜索过鲍姆加特纳和肯德罗斯这两个姓氏，幸运的是，都是不常见的姓氏。

魁北克有一些姓鲍姆加特纳的人，他们或许是远亲，或者根本没有关系——特工正在核查，不过却没有别的姓肯德罗斯的人。

吉恩盖伊的大脑迅速运转，消化着另一封奇怪遗嘱的消息。他猜测，那封遗嘱可能就和女男爵鲍姆加特纳留下来的那封一模一样。他得找特工去查查看，肯德罗斯的遗嘱现在应该已经公开了。

“谢谢，”他举起文件夹，塞进小背包，“好了，我今天过来的主要原因，是想向你了解一些安东尼·鲍姆加特纳的情况。”

“好的，”她在椅子上俯下身来，“我能提供什么帮助？”

“他是个什么样的人？”

“他是个出色的分析师。他理解……”

“那方面我们晚点再谈。我想知道他作为人的一面。”

波伏瓦的技巧与伽马什相当不同。总警司喜欢保持沉默，由此让人们放松下来，吸引他们表现出真实面目，几乎忘却自己正在接受询问，而他的技巧是沉默、平静、安抚的微笑。

波伏瓦虽然能看出那么做的益处和成果，但他的方式是，与他们面对面，打破他们的平衡，让他们爆发。他会问很多问题，还会打断对方的回答，让他们知道谁是主导者，然后不断地给他们增加压力。

“作为人？”柏妮丝·奥格威问。

“你知道，就是作为人类，而非投资者。”

他看见她脸上神色的变化了，她说：“我明白。他很好……”

“可以说得更具体些，你喜欢他吗？”

“喜欢他？”

“就是感觉，”他说，“你对安东尼·鲍姆加特纳的感觉如何？”

“他很好。”

“小狗狗才好。他呢？你对他是什么感觉？”

“我喜欢他，”她突然说，“非常喜欢。”

“非常？”

“不是那个意思。”

“那是什么意思？”

“他很好。”

“拜托，他对你来说是什么样的人？”

“一位雇员。”

“除此之外呢？”

“没有别的。”

“你知道他是同性恋吗？”

“他告诉我时，我才知道。”

“真的吗？”

“是的，这不重要。他……”

“很好？”

“不止如此，他像一位父亲。”

她几乎是在喊，在大声对抗，对挑战她的波伏瓦发起挑战。

而他却停了下来，他已经得到了他想要的。

“对你？”

“对所有人，对我们所有人，甚至包括年长的人，他们都尊敬他。”

她以为他会再次打断，但波伏瓦从伽马什那里学会了何时该闭嘴倾听。

“他从来没有忘记过大家的生日，或是重要的纪念日，”她说，“不只是合伙人的，而是所有人的，包括助理、清洁工。他就是那种人。”

一个好人，波伏瓦想，也可能只是擅长做戏。

“我进公司时，用的是我母亲婚前的姓氏，我不希望任何人知道我的身份。一开始我是安东尼的助理，他耐心又和善，六个月里教我的市场知识，比我大学四年学到的还要多。他还教我如何读懂动态，该寻找什么，不要只研究年度报表，还要了解公司的领导层。他非常出色。”

“发现你的真实身份后，他做了什么？”

他皱起眉头，抿紧嘴唇。

“他不高兴。当时他带我出去喝酒，我以为他听说后会高兴。他教导的人有一天将会……”她举起手指着这间角落里的办公室。

“但他没有，”她说，“他告诉我，这是一个建立在关系和信任之上的生意，不是建立在花招和游戏之上。他希望我一开始就对他诚实，而我却觉得有伪装的必要，这对他不是赞扬，对我也不是，只能说明我不相信他。他虽然没说，但我看得出来，我让他失望了。太糟糕了。”

那我打赌在过去的这些年里，你一直都在试图补偿他，波伏瓦想到。鲍姆加特纳有那么聪明吗？把她玩儿得团团转？张口就说什么信任，其实他自己就没做到。

波伏瓦从小背包里掏出那沓报表，放在她的桌子上。

“我已经派了一名探员调查这些报表，我想你们会得出同样的结论。”

奥格威女士戴上眼镜，拿起报表。一分钟，两分钟，五分钟过去了。吉恩盖伊起身在办公室里漫步，仔细观看墙壁以及上面的艺术品，时不时地还看她一眼。

他的手机突然震动起来，他看了一眼上面的文字，是伽马什给他发来的信息，问他一小时后是否能去伊莎贝尔·拉科斯特家碰头。

他迅速回复道："当然。"

奥格威女士终于放下了报表，脸上没有表情，几乎一片空白。不过他看到她的手指在颤抖，接着，她将它们握成拳。

"你的关心是对的，督察长，"现在她的声音中完全失去了刚才的感情，发音清晰，很克制，"我很高兴你能把它们带给我。"

"是吗？"他重新坐回去。

她的笑容逐渐消失，眼神冰冷，完全不是一个年轻女人的模样，而是一家市值百万美元的投资公司的高级合伙人。她拿到这个职位并不因为她是主席的女儿，而是因为她有这个实力。

她能迅速吸收信息，将其分解，看清背后暗含的意思和选择，她不躲避现实，无论是多么不愉快的现实。这些技能能让她在任何行业都干得很好，包括他的领域。

"是，"她说，"它们迟早会曝光，这样我们总算有机会控制形势。"

至少在这一点上她是诚实的，波伏瓦想，不过他并没有被她的冷静骗到。克卢捷探员说得很清楚，这种程度的盗用可能需要勾结非常高层的人士，情况似乎持续了很长一段时间。

他们根本无法确定，这是不是安东尼·鲍姆加特纳一人所为。

事实上，在波伏瓦的心里，已经有一个想法开始成形。

鲍姆加特纳的腐败是显而易见的，但他也可能只是一个工具。用克卢捷的比喻就是，他搭了一个壳，导演了这出戏，但编写剧本的另有其人。

还有谁比董事会主席之女，鲍姆加特纳从前的学生更适合呢？

她刚刚讲的故事还能再假点吗？波伏瓦心想，鲍姆加特纳对她失望？他不知道她的身份？他的正派？

他真的教过她在商务学院没学过的东西吗？比如如何从顾客账户里偷钱？

说到底，如果想要隐瞒发生的事情，还有比她更合适的人选吗？如果他被抓住，还有比她更能提供保护的人吗？而他确实被抓了。

但他们没有炒掉他，而是炒掉了那位助理。

然后问题来了，那些钱去哪了？

从安东尼·鲍姆加特纳的生活方式中，看不出这番劳动的成果。他依然居住在多年的老房子里，开一辆虽然不错但只是中档的车，也没有任何奢侈度假的历史。

这个人贪婪到要去窃取顾客的钱，然而又规矩到一分都不花，实属罕见。

除非大部分的成果都去了别的某个地方，落入了别的某个人手中。

“这样的情况，你们会怎么处理？”他问。

“呃，我首先要做的，”她说着拿起电话，“是给监管会打电话，汇报这件事。”

“我们已经汇报过了。”

“好，那我晚点还是要打一个，”她稍稍有些恼火地放下电话，“我们当然会把从顾客手中挪走的钱全部归还。”

“是偷。”

“是。”

“有点奇怪不是吗？”他说，“这不是安东尼·鲍姆加特纳第一次从顾客手中盗窃了。”

“你说的是几年前发生的事？”她说，“那不是他干的。不是他直接干的，是高层合伙人的一位助理。”

“你的？”

“不是。”

“我想，他们当时正在发生异常婚外情。”波伏瓦说。

“是的。那位助理显然是在利用安东尼，他拿到他的登录密码，从不同账户中抽钱。他那种行为一定会被抓，实在是很不高明。不过在被发现之前，他确实弄走了相当大一笔钱。”

“谁发现的？”

“安东尼，他立刻找到我们，于是我们就采取了行动。”

“炒了那位助理。”

“是的。”

“而不是鲍姆加特纳先生。”

“他是犯蠢，相信了一个不该相信的人，但他的行为够不上犯罪。”

“可你们吊销了他的执照。”

“我们必须做出惩罚，必须让其他经纪人看到，不管是任何形式的腐败，都会遭到惩罚。”

“那他的客户呢？”

“他们怎么了？”

“收到通知没有？”

“没有，我们决定不予告知。钱被还回去了，公司还决定让安东尼和另一位经纪人合作，后者来负责顾客，进行实际的交易。不过安东尼可以继续管理证券财产目录，做决策，没必要闹到街上。”

“街上？”

“是我们的行话，是说金融界。”

街上。

波伏瓦开始觉得，这条“街”与圣凯瑟琳街的唯一区别就是，这个圈子披着一层薄薄的文雅外衣。一旦剥除了这层虚饰，露出的景象就和圣凯瑟琳街一样残忍、一样肮脏、一样危险。

“鲍姆加特纳对这种新的安排没有意见吗？”

“他理解。听我说，他本来没必要向我们汇报的。他原本可以找到解决办法掩盖过去，但他没有，他笔直地坐在你现在坐的位置上，把一切都告诉了我，关于他们的私情，以及他发现伯纳德偷走他的密码进入账户。他还提出辞职。”

“但你没有同意？”

“是的。”

“为什么？”

“我已经告诉你了。”

“你和我一样清楚，你可以炒掉他。鉴于发生了那种事，或许你应该炒掉他。”他看着那沓报表，“我想知道真相。”

她深吸了一口气，继续看着他的眼睛。

“他是我这里最好的财富顾问，他才华横溢。说到底我也只是我父亲的女儿，督察长，我认得人才，我想要留住人才，安东尼·鲍姆加特纳就是。所以我们就选了一个折中的办法，吊销他的交易执照，但允许他继续管理财产目录。”

“那么，如果他不能再做交易，那他又怎么能盗走那么多钱呢？”波伏瓦指着她桌上的文件说。

“不，不，这些都是假的，根本不是什么交易记录，事实就是这样。他把它做得像是真的，但全部都是官样文章。如果真有客户想认真阅读……”她在文件上摊开手指，“看到这些数字，他们感到震惊的同时也会觉得无聊。除了财务痴迷者，没人会劳心读这些东西。”

“那这些钱去哪了？”

她摇摇头，深吸一口气，说：“我不知道，但看起来金额有数百万，上亿。”

“不止。”波伏瓦迟疑片刻说，她点点头。

“得看这种情况持续了多久，对，我们得花一点时间才能全部弄清楚。”

“但他的客户不会察觉吗？账户里实际上已经空了。”

“怎么会？”

“等他们需要钱的时候，不会吗？”

“他们不会的，”她说，“他们把钱交给投资交易商后，最多只会兑换股息，收取利润。本金会留在账户。你的父母难道没告诉过你，永远别碰本金吗？”

“没有。他们只告诫我，别碰我兄弟的自行车。”

她笑了，说：“知道了。但投资行业众所周知的是，人们收取利润、股息，留下本金。”

“那这算是庞氏骗局吗？”他问。

“算不上，不过差不多。这种做法甚至很难被发现，因为他把报表做得看起来像是这些客户在通过泰勒和奥格威公司在做投资，但实际并没有。他用了我们公司的抬头，我们的报表格式，我们的地址，我们全部的一切，除了我们的账户。钱都进了安东尼的私人账户。”

“在哪儿？”

“我不知道。”

“所以你不可能知道发生的事情？”

“完全不知情。我们的审计师永远也不会发现，因为根本无法发现。”

波伏瓦这才逐渐明白这种做法的高明、简便之处。

“所以他有两批顾客？有一批顾客的账户，他是在合法经营，另外那一批他都在家里处理，也就是他盗取钱财的那一批。”

“看起来是这样。”

“我们需要知道，这批客户中是否有人在泰勒和奥格威公司拥有合法账户。”

“当然。这些文件能留在我这儿吗？”她低头看着那些令人不快的报表。

“可以。”

“你要找那些顾客问话？”

“是的。”他说。

她点点头。就像克拉拉那幅画中的露丝一样，柏妮丝·奥格威在地平线上也看到了一些迹象，虽然很远，但正在靠近，而且速度越来越快。那东西已经出现很长时间了，之前一直在等待，它的到来不可避免。

但在露丝看来是绝望停止的地方，对奥格威女士来说，才刚刚开始。

一旦这件事传出去，那么没有人会再相信泰勒和奥格威公司。这或许不公平，但这就是生活，万事万物都维系在一些脆弱的东西之上，比如信任，比如人性，比如一块薄薄的橡木镶板。

“这就是安东尼遇害的原因吗？”奥格威女士问。

“有可能。我们需要讯问每一个人。对于鲍姆加特纳先生的盗窃，你真的感到很震惊吗？”

“我现在也不知道了。”之前的她是那么的相信自己，对她的办公室，她的情绪都控制自如，但现在似乎出现了一条裂缝。

“有没有可能，之前的那次盗用就是他干的，而不是那位助理？”

她慢慢地点头，思索着，说：“有可能。”

“有可能那只是一次试运行，”波伏瓦说，“而他从中吸取了经验。”

听到这里她开始摇头，说：“我不能相信。”

“不相信是他干的？”

“是的。我也无法相信我竟然没看出来。每当看到安东尼，我都只觉得他是一个善良、体面的人。”

“所以这才叫作信心游戏，”波伏瓦说，“游戏的基础就建立在信心之上。”

“如果我们的推测是错的，会发生什么？”她问。

“但我们的推测是对的。”

“只是暂时假设一下如果是错的。安东尼举报那位助理的事情是真的，这事不是他干的。”她将手放在报表上。

波伏瓦一言不发，不想回应这种幻想。

这正是谋杀会导致的诸多悲剧之一。受害者的生活遭到审视，往往会揭露人们宁愿永远都不知道的事，通常都是与谋杀案无关的事，但还是会暴露出来。

比如婚外情、讨人厌的熟人盗窃、电脑里的色情视频、可疑电邮。这类事发生时，朋友和家人都拒绝相信。

局面总是变得一团混乱，人们情绪变得激动，有时甚至还会发生暴力冲突，为了维护死者的荣誉，以及他们的幻想。

“谢谢你抽时间见我，”说着他站起身走向门口，“今天晚些时候，克卢捷探员会联系你们。”

她的脸红了，不习惯自己的陈述遭人无视，她说：“你要伯纳德的名字和地址是吧？你离开时，我的助理会交给你。”

“谢谢。你们会合作吧？”

“当然，督察长。”

他想，她最好还是采取合作。损失已经造成，事情已经发生，任何掩盖、任何一厢情愿、任何谎言，都无法阻拦甚至减慢地平线上正疾驰而来的结局。

吉恩盖伊驾车穿过蒙特利尔，在前往拉科斯特家的路上，他开始思考奥格威女士最后的那个问题——假设安东尼·鲍姆加特纳没有偷顾客的钱，那就意味着罪犯另有其人。

安东尼·鲍姆加特纳的名字印在那堆报表上，附加的信中还有他的签名。

波伏瓦慢慢前行，穿过积雪覆盖车辆拥堵的街道。

那一定是某个和鲍姆加特纳很亲近的人。他了解这套系统，了解他的顾客，能进入他的文档，他取得他的信头，对他了如指掌。

泰勒和奥格威公司内的某个人。

现在波伏瓦开始认真考虑这个问题了。

假设安东尼·鲍姆加特纳没有做错任何事，没有偷窃。假设那些报表出现在他的书房，被露丝的目光注视，是因为他发现了另外某人的罪行，而他只是在仔细研究，想弄清楚是公司内部何人所为，什么人正在窃取顾客的数百万美元资产。

吉恩盖伊一边思考，一边拐上拉科斯特家所在的狭窄街道，在有待清扫的雪堆中寻找停车位。

假设安东尼·鲍姆加特纳就是奥格威女士描述的那样——一个善良的体面的人，一个可敬的人。当其他人做错事时，他提出辞职来承担责任，他明白信任的价值和脆弱。

如果他发现那种规模或者任何规模的腐败，那他会做什么？

他会与那人当面对质，要求解释，威胁曝光。

而那个人又会做什么？

“杀死安东尼·鲍姆加特纳。”波伏瓦咕哝着，小心地将车子倒进停车位。

29

“你们找我做什么？”卢西恩看着走进他办公室的两个女人问道。

“我想知道，你明明见过女男爵，”莫娜说，“为什么却说你没见过。”

她将他父亲的日程表放在桌上。

而她身边的克拉拉则在尽力控制自己的烦恼。在他们周围，到处都是箱子堆成的高塔，每一座的高度都是1.8米，似乎是故意按照战略堆放在办公室的。她觉得，这样一来，这间办公室就像一个障碍训练场。

不过它们也让人隐隐约约地想起别的一些东西，它故意摆得像是古代的岩石结构，比如巨石阵之类的，或是复活节岛上的神秘石像。

箱子一个接一个地往上摞，似乎很不结实，她看出里面都是文件，为什么不干脆一些把它们堆成一面墙？任何理智的人都会那么做吧。

但她看得出来，卢西恩·梅西埃根本算不上理智。理性，是的，他极其理性，但“通情达理”还需要人有一颗敏感之心，以便做出正确、合理的决定。

而这个人不是。

克拉拉完全支持创造性，但环绕在他们周围的不稳定的文件堆根本算不上艺术品。她认为，它们更像是卢西恩内心某些东西的投射，某些私密的不快乐的东西。

不快乐，这个词听起来非常简单，但又是多么的犀利啊！

“事实上，”莫娜继续说，“你还和你父亲一起去过她家。讨论遗嘱时你就在那里，你父亲的笔记中写了。”

卢西恩依然一动也不动，只有眼睛转来转去，在两人之间游移。他的目光一下子移动到她们身后的箱子上，然后又转了回来。

克拉拉觉得他就像一个小孩儿，以为只要自己的身体不动，别人就不会注意到他的眼睛在转，或者只要他闭着眼睛不看任何人，那他的身体就会隐形似的。

她知道，那是一种高度自我中心的心理状态，大多数孩子最终都会从中走出。

克拉拉毫不避讳，紧紧地盯着他。

是莫娜要求克拉拉来的，她的朋友想要一位目击者。倒不是因为她害怕这个小个子，而是因为在读过他父亲的文件后，莫娜意识到，这个人不可信。他可以信口胡诌，之后再换一套说辞。

“你必须集中精力，”莫娜在驾车过来时提醒克拉拉，“答应我。”

“你刚说什么？”

“拜托，我很严肃。我了解你，你表面看上去是在倾听一场对话，又是点头又是微笑的，但实际上，你心里却在试着解决你最新创作的油画中的某个问题。”

莫娜当然是对的，在驾车前往那位公证人办公室的路上，克拉拉就放飞了思绪，任由它们自由翱翔。她想看看她的潜意识会怎么处理本尼迪克特，处理他愚蠢的发型和傻傻的笑容，以及笑盈盈地眼睛。

她好奇自己会不会把他画成卡通人物，全部采用艳丽的色彩，用粉彩勾边，笔触豪放。

但眼下她坐在这间办公室中的箱子的阴影中，看着卢西恩，所有关于那个耀眼年轻人的思绪都消失了。

她转而开始思考该怎么画卢西恩。

“我没有撒谎，”卢西恩说，“我只是不记得了。我见过的人很多。”

“你为什么和你父亲去她家？他为什么会带你过去？”

“他是个谨慎的人，与年长顾客见面时总会带一个证人，提供不同的观点。”

“关于什么的？”

“那人是不是有能力。”

“那女男爵有能力吗？”

“当然。不然的话，父亲不可能让她立那道遗嘱。”

用炭笔，克拉拉想，她会用炭笔。用明亮的蜡笔画本尼迪克特，而画这个男人的话，应该用炭笔，描绘出某种东西曾在他体内存在过，但烧焦后留下的痕迹。

“我为什么找不到大卫？”艾米莉亚问。

马克耸耸肩。

他根本没有想过，他脑子中只有一个想法，那就是找到更多的毒品。他就像是尼安德特人，完全被生存的欲望所驱使了。

他意识到，当他关注的只有一剂剂的毒品时，艾米莉亚却在寻找“母矿”，寻找更多的货源，多到除了使用和出售，磕嗨和致富之外，他们根本不知该如何处理。

但他还是不得不担心下一剂毒品来源的问题。

艾米莉亚站在厨房，用他们从便利店偷来的一条面包做花生黄油三明治。面包不新鲜，已经开始发霉了，新鲜的面包早些时候都被别人买走了。

她必须记住这个教训。

“给。”

她把第一个三明治给马克，但马克却只是嫌弃地看看。这东西他已经连吃几个月了，该死的花生黄油，闻到这个味道他就觉得反胃。

他咬了一口，露出痛苦的表情，它尝起来像是绝望的味道。

“他一定就在某个地方，”她说着走到窗边，“不过如果他搞到了那批新货，他为什么不卖呢？他在等什么？”

马克也跟着她走到窗口，三明治在他瘦削的手中晃晃荡荡。

有一瞬间，他允许自己想起周六早上的煎饼和培根的香气。

接着，他将记忆锁了起来，锁在他一直保留着的私密房间里。他会爬进去，蜷缩成小小的一团，然后闭上眼睛，坐在母亲的餐桌旁，蘸着枫糖浆吃煎饼和培根，直到永远。

他凝视着下面聚集的吸毒鬼、异装癖和妓女。他们都在等待艾米莉亚，他们要做什么？

他们只想要一件事，他只想一件事——让痛苦停止。

“这个大卫不想被找到。”艾米莉亚说。

她知道，一定有充分的理由。如果他们想找卡芬太尼，那其他人肯定也想找，而他不会将货放在口袋里，他一定有一整套运行系统。

“比如一家工厂。”她大声说了出来，不过她知道，这依然是她的自言自语，“对吧？因为他必须切分、打包，准备好才会拿上街头。有好几千剂的新货，他需要空间，还有时间。他知道，一旦那货流入街头，警察、暴徒、飞车党内部，一切都将失控，方圆好几千米内的每一个渣滓都会涌入蒙特利尔，寻找它——寻找他，对吗？”

马克的三明治掉在地上，发出一声轻轻地响声，但他还站在那里轻轻摇晃，像一头站着睡着了的母牛，完全没意识到自己正身处屠宰场。

“所以，他必须尽可能多，尽可能快地卖货，然后结束这一切，”艾米莉亚说，“所以那批货还没出来。除非做好一次性卖完的准备，不然大卫是不会轻易开售的，一定放在某个地下室，某个制毒工厂里。”

这个大卫已经给她做了标记，为了告诫她离开，因为他觉得她只是个新来的毒鬼，想要买货。

她不知道大卫的身份，但大卫显然也不认识她，不了解她的实力。

30

吉恩盖伊抵达伊莎贝尔·拉科斯特家时，总警司伽马什已经到了。

他走到厨房餐桌边，加入他们的谈话。

三个人彼此打量着，然后异口同声地说道：“告诉我你知道些什么。”

“你先来，吉恩盖伊。”伽马什自然地占据了领导地位，笑着对女婿说。

波伏瓦简洁快速地讲了与柏妮丝·奥格威见面的事，以及他驾车路上的想法。

“你觉得……是其他人在盗窃顾客的……钱，并用了鲍姆加特纳的名字，”拉科斯特问，“而他一无所知？”

“鲍姆加特纳被杀是因为他发现了真相，”波伏瓦说，“寻找钱财的去向，是凶案的首要准则之一。”

他看着总警司。在作为探员的学习期间，他们见过太多次伽马什打破规则，甚至打破凶案调查准则的先例。波伏瓦和拉科斯特都知道，这就是他的部门能保持百分百破案率的原因所在。

“凶手没读过规则手册，”伽马什告诉过他们，“钱虽然重要，但还有其他形式的货币，还有贫穷、道德和情感的崩溃。就像强奸无关性爱，谋杀很少是因为钱，即便其中有金钱的因素。谋杀关乎力量、恐惧、报复、愤怒，关乎感情，而非银行的存款余额。当然要追踪钱的去向，但我敢保证，当你找到钱的时候，它会因为一些腐烂变质的情感变得恶臭。”

“继续。”这时伽马什对波伏瓦说。

“这当然是杀死鲍姆加特纳的充足理由，”波伏瓦说，“如果被鲍姆加特纳曝光，不管偷顾客钱的是谁，他面临的不只是毁灭，还有牢狱之灾。”

“杀死鲍姆加特纳，他就保住了财富和自由，”拉科斯特说，“相当有力的动机，我同意。”

“好，”伽马什说，“先把这个假设放到一边。这种想法有什么问题？”

波伏瓦并不觉得这种挑战烦人，反而觉得这是他最喜欢做的事之一。他非常擅长寻找缺陷，哪怕是针对自己的想法。正如奥格威女士所说的，这远远算不上他保持或准备投资的想法，他只是有点感兴趣。

“好的，”波伏瓦说，“如果他没有偷顾客的钱，那么他把那些报表放在书房做什么？”

“他只是发现了这件事，”让波伏瓦高兴的是，拉科斯特换上了故意唱反调的角色，“他非常震惊和生气，需要详细研究，有确定的把握后再提起控诉。”

“但是光靠那些报表，他怎么能知道是谁干的？上面只有他自己

的名字。”

“他是个聪明人，”拉科斯特说，“他了解泰勒和奥格威公司，知道谁有能力做这件事。”

他们意识到这是一个很无力的论据，反方可能会败诉，但有这种可能。

“那会是谁呢？”伽马什问。他很少会在辩论进行到这个环节时打断，他更喜欢倾听和思考。

这说明，他认为他们有可能取得了一些发现。

“帮他执行交易的经纪人，”波伏瓦提出，“我正准备找他询问。”

“还有呢？”

“很明显，”波伏瓦说，“柏妮丝·奥格威。”

“你对她的印象怎么样？”伽马什问。

“她年轻、开朗。做到那个职位当然是因为家庭，不过她的技能和性格让她能做好这份工作，她聪明、有野心、适应性强。”

“贪婪？”伽马什问。

波伏瓦就此展开思考，然后说：“或许有，我想为了保住她的地位，她愿意做任何事。”

“她会偷顾客的钱，然后栽赃给她从前的导师吗？”伽马什问。

听到背叛从前的导师这种说法，吉恩盖伊·波伏瓦发现自己的脸稍稍有些发烫。有一个瞬间他想，伽马什有没有可能知道他上午的会面，知道他已经签署了那份文件呢？

“她立刻就明白了实现这种做法的可能性，”波伏瓦说，“可能太过迅速。而且她有一点让我印象很深刻，就是她认为自己比周围的人都聪明。”

“或许……因为她确实如此，”拉科斯特说，“而且，谁会相信他们真的会被发现呢？奥格威女士了解，这门生意……知道该如何绕开所有的监察。”

“只需要建立虚假账户即可，”伽马什说，“非常简单。泰勒和奥格威公司里没有人会关注，顾客又毫不知情。他们会持续不断地收到看起来像真报表的文件，上面有看起来像真实交易的信息，他们的账户中会存入股息和红利。一切看上去都再正常不过。”

“只是她会将本金，也是顾客的原始投资，存入她自己的账户，”波伏瓦说，“然后支付大量的所谓股息，防止顾客提出质疑。”

“有没有可能是他们共同参与的？”拉科斯特问，“奥格威和鲍姆加特纳？”

“克卢捷探员怀疑有两个人合作，”波伏瓦说，“而且别忘了，鲍姆加特纳本人并没有大肆花钱。他一直住在同一座房子里，开的是一辆还不错但价格合理的车。那他偷钱又不花，原因何在？”

“应对退休，”拉科斯特说，“他把钱存进了某个离岸账户，然后有一天他会消失。”

伽马什听着他们的讨论，脑海中浮现出一系列鲍姆加特纳家族的照片。那是鲍姆加特纳本人和他孩子的，照片中的他们很开心，可以说是光芒四射。长着这样一张脸的人会离开他的孩子们，再也不见他们吗？直接消失，躲进某个加勒比海上的避难所？为了什么？就为了一艘汽艇和大理石浴室？

“抱歉，”伽马什说，“我把你们带偏了，回到原本的辩论吧。你们正说到，安东尼·鲍姆加特纳发现了有人盗用顾客钱财，准备与那人正面对质。”

“是，”波伏瓦重新集中精力，“他无意中发现了这件事。或许是一个所谓的顾客给他打电话，或者是他在派对上遇见了他们，于是他们就问起账户的事，而他对他们提到的账户一无所知。于是鲍姆加特纳进行了一番探寻，发现了这些假报表，并且把证据带回了家。

他专心阅读，然后计划见一见他怀疑的人……”

“为什么？”拉科斯特打断他的假设。

“什么为什么？”

“为什么不直接去找他合作的经纪人？”

“也许经纪人就是幕后元凶呢？”波伏瓦说。

“那为什么不去找行业监管会？”拉科斯特问。

“因为他不确定，”波伏瓦感觉他推论的速度慢下来了，“或者他能确定，但不想相信，他想给这个人一个解释或澄清的机会。或者他没有意识到，与他交谈的人就是有罪方。”

伽马什在椅子上换了个姿势，歪起了头。

这个过程很有意思。

“或许他要见的是他以为的同盟，”波伏瓦沿着这个出乎意料的想法竟然获得了更多的信心，“他准备给他们看看证据，问问他们的想法。”

“结果却被那人杀了？”拉科斯特说，“有点……反应过度。这人难道不能把水搅浑混，或者把鲍……鲍姆加特纳引上错误的方向吗？他们一定知道，如果杀死鲍姆加特纳，那警察，也就是我们，一定会进场讯问。”

“为什么？”波伏瓦试图推翻她的推论。

“为什么讯问吗？这有点类似……我们处理谋杀案的程序，不是吗？”拉科斯特问。

阿尔芒·伽马什看着这一幕。两个聪明的侦查员正在讨论解决犯罪案件中最邪恶的问题。是他手下的侦查员，他的门徒，现在他们的能力已经足够独自领导整个部门。

他很想念这种感觉，不只是坐在厨房餐桌边试着解决一个谋杀案，而是同这两位一起，同吉恩盖伊和伊莎贝尔一起，像手足一样并肩作战。

“我知道你倾向于直接逮捕你在查案中遇见的……第一个人，”伊莎贝尔说，“但我们剩下的人才是真正在调查的人。”

“谢谢。”波伏瓦勉强露出一个微笑，他意识到伊莎贝尔这种高人一等的说话语气其实是她的一个策略，她是想激怒他，但这种策略远比他愿意承认的要成功。

“但我想问的是，我们为什么要讯问一个盗用顾客钱财的案子？”

“因为，”现在她的声音透露出了她的耐心已经濒于极限，“调查会揭露这件事。”

“会吗？我希望能发现，但是很难保证一定会揭露，尤其是如果鲍姆加特纳与此事无关的话，”波伏瓦说，“听着，假设鲍姆加特纳是不经意间见到的恰好是真正盗用顾客钱财的人，他难道不是随身带着证据吗？即便他见的是某个他怀疑的人，他也会带上那些报表作为证据的。”

“是，”拉科斯特的声音很谨慎，她在试着观望话题会转向何方，“所以呢？”

但是伽马什看得出来，所以他轻轻地笑了。

“所以，那个人会发现两件事，”吉恩盖伊说，“鲍姆加特纳与盗窃案无关。他的电脑上，档案里，任何地方都没有痕迹，所以针对他死亡的任何调查都不会揭露任何有关盗窃案的事。凶手会做出理性推测，不管鲍姆加特纳随身携带的是什么文件，都可能是他持有的唯一副本。凶手甚至可能会问出来，以确保自己推测的真实性。”

“所以他就杀了鲍姆加特纳，毁灭了证据。”拉科斯特忘了辩论。

“正是。”

伽马什等待着，想看看两人之中是否有人会发现这段争论的漏洞。他等待着。

“如果那些是他持有的唯一证据，”吉恩盖伊说，“那为什么他的书房里又发现了报表？”

伽马什想，来了，就是这个问题。

如果鲍姆加特纳与人见面是为了倾诉自己的怀疑，或者直接就盗窃的事与他们对质，他会带上证据，而对方会在杀害鲍姆加特纳后，拿走证据烧掉。

所以为什么这些能定罪的报表复印件会出现在他电脑的旁边？

而且这种推测还存在一个问题。

“为什么要去那座农舍？”拉科斯特问。

是的，伽马什想，为什么要在农舍见面？

“熟悉的场地，”波伏瓦说，“或许他反正要去那里，赶在房子倒塌之前最后再四处看看。或许宣读遗嘱勾起了他童年的回忆，他想故地重游。这很方便，再加上他可能是无意识地想找一个安全的地方。”

“在夜里？没有电和暖气的情况下？”拉科斯特问。

波伏瓦点点头。雨果说过，那晚他们是一起吃的晚饭，之后他就早早离开了，但天可能还是已经黑了。

“那他为什么要上楼？”拉科斯特问。

“到童年住过的卧室，”波伏瓦说，“四处看看。”

虽然可信度很低，但毕竟存在。

“别忘了，”波伏瓦说，“鲍姆加特纳没想到自己会被杀。要么他以为要见的是一个朋友，一个会帮助他的人；要么他以为会与某人对质，那样就会发生一场很不愉快的对话。但是他显然没想过这个人会对他有任何生命威胁，不然他永远都不会同意与他见面。”

“或者是与她见面。”拉科斯特说。

“在那座旧农舍。”

“还有一个问题，”拉科斯特说，“那座农舍恰到好处的倒塌。”

“但真的恰到好处吗？”波伏瓦说，“那样就意味着，鲍姆加特纳的尸体会被发现，可能比凶手预计得要早。如果房子没倒，那他的尸体可能很长一段时间都不会被发现。”

“我猜，也有可能是鲍姆加特纳并没有准备与这个人在农舍见面，”拉科斯特说，“也许有人跟踪了他，到那里后将他杀害了。”

“你想说什么？”波伏瓦问。

“假设鲍姆加特纳联系上了他怀疑的人，安排第二天到办公室见面。那这个人就会知道有麻烦，于是就开车去了安东尼·鲍姆加特纳的……家，也许是想在他家里作案，但却看见他出门，于是就跟到那座废弃的农舍，索性在那里将他杀害。”

“对于凶手来说，这种假设有点过于便利了，不是吗？”波伏瓦问。

“但这样就解释了与遗嘱之间的时间问题，”拉科斯特开始为她刚发现的理论预热，她转身对伽马什说，“你、莫娜和本尼迪克特为他们宣读母亲的遗嘱。虽然……荒谬，但非常符合女男爵的作风。他们回想起了童年的记忆，于是安东尼决定开车去看看过去的……家，赶在那里倒塌或被卖之前再看一眼。”

波伏瓦“哼”了一声，伽马什却歪着头。有时他自己也会开车去童年的房子里走走。蕾娜玛丽的母亲去世后，在他们卖掉家里的老宅之前，她也曾去那里转了最后一圈。

拉科斯特的描述从情感上来讲是说得通的。不过波伏瓦说得也对，对于凶手来说，这种假设似乎确实过于方便。鲍姆加特纳刚好去了一座偏僻的农舍，那简直像是故意为安静的谋杀做准备似的。

“好了，”他说，“我们继续探讨更有可能的想法吧。如果安东尼·鲍姆加特纳不仅知道顾客的钱被盗了，而且他自己就是责任人，那么是谁杀了他？”

“他的目标之一，”波伏瓦说，“发现真相的人。”

“但为什么要杀他？为什么不找公司的领导揭发，或者更好的做法，比如报警？”拉科斯特问。

“因为这人已经向公司揭发过一次了，但他没有受到太大影响，”鲍姆加特纳说，“只是遭到了轻微的惩罚。既然上一次泰勒和奥格威公司就无动于衷，那这一次怎么能相信他们会采取行动？”

“好，但我的问题依然成立，”拉科斯特问，“为什么不报警，或者去找律师？为什么不起诉他？为什么要亲自与他对质？”

“因为他们还没有确定，”波伏瓦说，“大多数人都无法相信自己信任的人会偷窃。他们得先问清楚，如果答案让他们不满意，他们才会采取下一步行动。”

“对，”拉科斯特说，“找律师，或报警，但下一步行动绝对不是杀了他。就按你说的来，那么做又能达到什么目的？”

“就是往他的脑袋上敲了一下，”波伏瓦说，“脾气突然失控的后果，不是什么计划好的行为。就像鲍姆加特纳也没料到自己会被杀，我敢打赌，凶手也没想到自己会杀人。”

伽马什一直在听。但这种猜测存在一个重大问题，也是一个很熟悉的问题。

“那为什么是在农舍？”拉科斯特问，“鲍姆加特纳真的会同意在那里见一个顾客，一个正被他盗取钱财的人吗？就算他不知道……专门跑那么远是为了什么？农舍几乎是在一片荒野之中，一个相当偏僻的地方。我无法接受。”

伽马什听到这里想到，要找一个杀人的地方并不是一件容易的事，即便是在魁北克乡下。森林还能理解，但你怎么才能把一个本就起了疑心的客户引诱到森林里去呢？

“拜托，”拉科斯特也和他持有一样的想法，“客户真的会答应到一座与世隔绝的废弃的老房子里见面吗？反正我不会去的。”

“为什么不会？”波伏瓦转身对伽马什说，“你接到公证人那封信后就赶去了。”

伽马什轻笑了一声，说：“是，但我去那里不是为了和某人对质。而且我去之前，不知道那是一座废弃的房屋。”

“正如你说的，”波伏瓦说，“这位被骗的客户也不知道。他已经走了那么远，我敢肯定，鲍姆加特纳解释说，那是他母亲的房子，这听起来没问题，很安全。”

是有这种可能性，伽马什想，但应该很小。不过这倒确实解释了，为什么那些报表还在鲍姆加特纳书房中。他盗窃客户钱财，之后被杀，原本他以为见面后还能回家。

“那么，”拉科斯特说，“我们有两种推论。安东尼·鲍姆加特纳确实是在盗窃顾客的钱财，或者他没有盗窃。”

“我觉得好像并没有什么进展。”波伏瓦说。

“我们从推测转到现实。”伽马什说。

“同意，”波伏瓦将一张纸放在厨房的桌子上，“我弄到被炒的那位助理的信息了，他叫伯纳德·谢弗。泰勒和奥格威公司有他就职期间的地址，之后的就没有了。”

“伯纳德·谢弗，”拉科斯特重复了一遍，然后拿起那张纸，将这个名字录入笔记本电脑，“他的住址没变，”她说着开始念政府档案中的信息，“他现在好像是在……魁北克信用合作社工作。”

她的目光越过笔记本电脑的屏幕，看着两位同事，皱起了眉头。

“银行？”吉恩盖伊说，“他在泰勒和奥格威公司出了那种事，信用合作社还肯雇佣他？”

“我打个电话问问看。”伽马什说着掏出手机。

他拨号，等待，然后报出自己的名字，要求找信用合作社的社长珍妮·哈尔斯特罗姆。他先问候了她的家人，接着问了几个其他问题，听完答案后，他道谢挂断电话。

“伯纳德·谢弗于八个月前受雇成为财务顾问，安东尼·鲍姆加特纳是介绍人。根据人事档案中的信息，鲍姆加特纳先生为他做了担保，称他是一位出色的雇员。他们将对谢弗的活动展开调查，包括他是否以自己或鲍姆加特纳的名义存入过任何大额资金。我们需要一份批准文件，不过她会着手开始调查。”

“我们可能刚刚找出客户资金的去向了，”波伏瓦说，“看样子鲍姆加特纳和伯纳德没有中断联系，而是正好相反。”

“他不可能这么愚蠢地用自己的名字开设账户，不是吗？”伊莎贝尔说。

“我们会弄清楚的，”伽马什说，“即便是离岸账户，信用社也能追踪到谢弗的活动。”

“待会我就去拜访这位年轻的谢弗先生，”波伏瓦思考片刻后说，“或者更好的办法是，我让克卢捷探员把他带回来接受讯问。”

他打了个电话，交代结束后挂断，然后说：“她在处理了。”

“好的，”伊莎贝尔说，“她找到自己的……立足点了？”

“是的，总算找到了。不过她现在很沮丧，因为无法进入鲍姆加特纳的笔记本电脑获取他的个人文件夹，我们都感到挫败，当然，她还在尝试。开机密码已经试过他的子女、母亲、父亲的名字了，所有明显的都试过了。”

“也许不是名字，”伽马什说，“而是数字。”

“我们也试过孩子们的出生日期，他自己的生日。不过既然你问起事实信息，老大，今天我从柏妮丝·奥格威那里也发现了其他一些事情，”波伏瓦说，“和鲍姆加特纳无关，而是关于肯德罗斯。一对姓这个姓氏的夫妇在泰勒和奥格威公司有一个账户。”

他们用了片刻时间才明白这条信息。

“在鲍姆加特纳手下？”拉科斯特问。

“不。”

她有些泄气，可能是因为想问的事情太多。

但伽马什凑了过来，他非常了解吉恩盖伊，非常了解。他看得出来，这不是什么配菜，这可能是主菜。

“继续。”他说。

波伏瓦将奥格威女士讲述的肯德罗斯夫妇的事转述给他们，也说了他们的遗嘱。

波伏瓦看着他们的反应，果然没让他失望。伽马什笑了，拉科斯特几乎兴奋得要跳起来。

三人围坐在厨房餐桌旁，这些年来，他们在魁北克坐过太多桌子，但是现在他们一边小口抿浓茶或咖啡，一边讨论可怕的案情。

这些年来，许多事情都变了，但最核心的依然和从前一样。

波伏瓦想起柏妮丝·奥格威问的那个问题。他爱他的工作吗？他很确定，答案是肯定的，而且他爱的不只是他的工作。

总警司伽马什向后靠去，精神高度集中，接着，他从胸前的口袋里掏出一个笔记本。

“这是我昨晚收到的信，”他说，“是维也纳的督察长冈德发来的。我请他查找那份原始的遗嘱。”

“一百年前的那封？”伊莎贝尔说。

“是一百六十年前。什洛莫·肯德罗斯男爵有两个儿子，是双胞胎，”伽马什提醒他们，“他给两人留下的遗产是他的全部财产。我们可能永远也无法知道他为什么会这么做，但我们能看到这份遗嘱

的影响，显然它造成了伤害和混乱。谁继承了遗产？我问督察长是否能在他们的记录中搜索一下，这是他的回复。”

他戴上老花镜，波伏瓦和拉科斯特都凑拢过来。

“我不会逐字阅读，”伽马什说，“我的翻译水平很糟，不过我想应该是抓住了要点。我已经把信转给了一个会讲德语的熟人，不过与此同时我必须自己先大致试试看。两个儿子带着这份遗嘱上了法庭，若干年后，法庭做出了有利于其中一个儿子的判决，即双胞胎中先出生的那位。这个时候，两兄弟都已经过世，于是弟弟的继承人就对那份判决提出异议。谁是真正的长子，这个问题非常复杂和混乱，所以案子就持续了下来，审理又持续了若干年，之后法庭再次做出判决。这一次对弟弟有利。弟弟曾在家族公司工作，用法庭的话来说，哥哥生前似乎是个恶棍。”

“这次判决下来时，什洛莫·肯德罗斯去世多少年了？”拉科斯特问。

“有利于弟弟，这次有利于弟弟的继承人的这次判决下来时，什洛莫已经去世三十年了。但哥哥的家人又提出了异议。”

“那钱呢？”波伏瓦问。

“依然处于托管状态，”伽马什说，“一直在增长，但没有被分割。”

拉科斯特快速计算一番，说：“三十年，所以那次判决应该是在一九一五年左右。”

“正是，”伽马什说，“正值第一次世界大战。根据督察长找到的记录，他们家族的许多成员，至少年轻人都遇难了。当时的奥地利一片混乱。直到三十年代，这个家族才有机会再次提起诉讼。那时双胞胎之一的后代已经通过婚姻变成了鲍姆加特纳家族，并且搬到了加拿大。肯德罗斯一脉留在了奥地利。”

“天啊。”拉科斯特感慨。

“是的，”伽马什说，“我得到的都是法庭记录。因为我只要求了这些，我不确定是否还有更详细的记录，不过看样子肯德罗斯一脉至少有一名成员战后来到了加拿大。欧洲某地可能还生活着其他肯德罗斯后代，冈德督察长正在寻找。”

“为什么是加拿大？”波伏瓦问。

“不仅是来了加拿大，”拉科斯特指出，“还来了蒙特利尔。”

“鲍姆加特纳家族移居之地，”伽马什说，“不可能是巧合。”

“他们是在寻找家人？”拉科斯特问，“经历了这些事情之后，或许遥远的，甚至相处不愉快的家人也比陌生人强，可能是出于本能。”

“有这个可能，”伽马什说，“不过我认为，那时他们的本能并不合理，激励他们的应该是别的事情。战后不久，奥地利法庭又收到一份请愿书，是为了肯德罗斯家族的财产。”

“天啊，”拉科斯特说，“他们就不能放弃吗？”

“还有剩余的财产？”波伏瓦问。

“我表示怀疑，”伽马什说，“但他们不知道，我想他们应该依然流传着家族传说。”

“或者他们知道一些当局者不知道的东西，”拉科斯特说，“一些犹太家族会设法将钱换成艺术品、珠宝和黄金，不是吗？然后藏起来，或者走私出国。”

“是的，”伽马什说，“但肯德罗斯家和鲍姆加特纳家都无法拿到那笔钱。钱是被托管的，而当时的政权可能已将其没收或盗走。”

“所以这么多年，”波伏瓦问，“他们一直在为一个不存在的目标争得你死我活？”

“反正不是什么有形的东西，”伽马什说，“但谁知道呢？毕竟曾经存在过，所以我猜还是有可能……”

他话没说完。

“现在呢？”拉科斯特低头看着笔记本，在上面小心翼翼地记录。

“现在，根据冈德督察长的说法，奥地利法庭即将进行最终判决。”

“什么时候？”波伏瓦问。

“随时都有可能。根据冈德的说法，已经等了一年多了，但是战后累积的诉讼案实在太多，他们正在慢慢处理。”

“这么慢？”波伏瓦问，“提起诉讼的人，多数都早已去世了吧。”

“他们的后代能从中受益，”伽马什说，“奥地利人想要尽可能公平地处理，尤其是涉及犹太人以及被盗财产的案件。”

“为什么肯德罗斯和鲍姆加特纳不干脆地平分遗产？”拉科斯特问，“这样在好几代人之前就能解决了。”

“也许你可以对他们提出建议。”吉恩盖伊看到伊莎贝拉在瞪他。

“发展到现在，这个案子虽然让人不快，但始终还算有礼，”伊莎贝尔说，“我们真的要把安东尼·鲍姆加特纳的死……”

“或许还要加上他母亲的死，”波伏瓦说，“她死得很突然，随后就被火化了。”

“对，”拉科斯特说，“好的，或许还要算上女男爵。但我们真的要把他们的被害与一份一百多年前的遗嘱联系起来吗？”

“一份即将进行最终判决的遗嘱。”伽马什说。

“争夺再起。”波伏瓦说。

“不，法庭已经表示，不会再继续接受上诉，他们要处理的老案子有太多，不可能一直审判同一个案子。”

“所以胜诉的人将获得遗产继承权。”拉科斯特说。

“不管遗产是真实的，还是想象出来的。”伽马什说。他想，看样子这个家族的想象力是很丰富的，他们执着于贵族头衔、力量和财富的传说，哪怕是开出租车和扫厕所时也不放弃。

波伏瓦摇摇头。

为什么现在要杀掉安东尼·鲍姆加特纳？他们认为难道是卡洛琳和雨果谋杀胞兄？就为了赌一份虚构的遗产？

他见过那些人，他们看起来都很聪明。聪明人不会相信童话故事，说什么一大笔古老的财富，经过种种磨难，挺过战争和大屠杀，来到他们手中。

假设胜诉的是家族的另一脉呢？肯德罗斯那一脉呢？那又该怎么办？杀害胞兄却一无所获？

三人都盯着空中陷入深思，想要看穿缠结成一团的时间和种种动机。

伽马什看了一眼手表，二十分钟后他要去市中心与本尼迪克特碰头，现在得马上离开去赴约了。

"还有鲍姆加特纳女士遗嘱清盘人的问题。"他说。

"非常可疑。"波伏瓦说，拉科斯特点点头表示赞同。

伽马什耐心地笑笑，说："我们不知道为什么莫娜和我会被选中，不过我们至少与三松镇有联系，女男爵曾在镇上工作。但本尼迪克特为什么会被选中，我们依然毫无头绪。"

"是的，"拉科斯特曾负责调查此事，"他看似跟这事毫无关系。他从来没在那边工作过，也从没见过她。鲍姆加特纳女士怎么知道他的都是个谜，更别说竟然信任他到将他放进遗嘱的程度。"

"死胡同？"波伏瓦故意刺激她。

"不可能，"拉科斯特说，"一定有原因，我会找出来的。我计划与本尼迪克特前女友谈谈，这个凯蒂可能知道些什么，或者记得一些他不记得的事。我没见过本尼迪克特，不过根据你们的描述，他似乎是个丢三落四的人。"

阿尔芒再次感觉到那年轻人的身体压在他背上的重量，是本尼迪克特在保护他，不想他被坠落的建筑残骸砸伤。

那时候，当最危险的时刻过去，阿尔芒终于能直起身，他睁开满是沙粒的眼睛，看到那个头戴愚蠢帽子的年轻人。他脸上有血淌落，阿尔芒知道，一定有混凝土碎块砸中了他。

那是一种极其无私的行为，一种本能，说明本尼迪克特有一副好心肠，虽然这无法反驳他的脑子可能不是很机灵这件事。

伽马什站起身，说："我得去找他了，他要开车送我回三松镇，我可能已经迟到了。"

"我开车送你？"他们往前门走去，吉恩盖伊问。

"当然，不介意的话。"

波伏瓦走下门外的台阶，发动汽车。

伽马什向伊莎贝尔道谢，伊莎贝尔也在感谢他。

"为什么感谢我？"他问。

"为了这一切，因为你们没把我抛下。"

"永远不会。"他亲吻了她两边脸颊，然后小心翼翼地走下结冰的台阶，不过走到最下面一层时他停下来站定。

这时候，波伏瓦从温暖的车内看到，阿尔芒突然转过身，一步两级的快速冲上台阶，冲伊莎贝尔大喊起来。

波伏瓦见状也跳下车，上台阶上到一半时，他看到伽马什从伊莎贝尔的家里出来了。

"怎么了？发生了什么？"吉恩盖伊问。

"名字，"伽马什直接问道，"鲍姆加特纳女士联系人列表上排第一的那个年轻女人的名字是什么？"

说话间，他快速冲下楼梯，他不该那么剧烈活动的。

"圣米雷之家的联系人列表？"波伏瓦问，"我不记得了。"

"你能找到吗？"

“我可以看看我的笔记本。”

“好极了，”伽马什钻进副驾座，“快把笔记本给我。”

波伏瓦把本子递过去，然后发动车子。伽马什打开阅读灯，开始扫视，他甚至连老花镜都没顾得上戴。几分钟后，他放下笔记本，用手擦擦眼睛，然后看向挡风玻璃。

“凯蒂·伯克。”他说。

“对，是叫那个，”波伏瓦说着看了一眼伽马什，“怎么了？”

他不知道有什么事情发生了。

“我刚才问了伊莎贝尔，本尼迪克特女友的全名……”

“凯蒂·伯克？”波伏瓦试探着说，他看见伽马什点头，“天啊，”波伏瓦感慨道，“本尼迪克特不仅认识女男爵，还是她的第一联系人？”

他十分兴奋，但当他看向伽马什时，却发现他根本没有因为这个出乎意料的发现而高兴，反而显得闷闷不乐。

他们穿过此时已经变黑的城市街道，两人都没有说话，都在思考这可能意味着什么。

他靠边让伽马什下车，说：“本尼迪克特撒谎了。”

“是的。”

“你希望我陪你去找他谈话吗，老大？”

“不，没那个必要。你还有许多事要做。伊莎贝尔说她会尽可能查询凯蒂·伯克的所有信息，然后汇报给你。”

“好，至少我们现在弄清了，本尼迪克特是如何登上鲍姆加特纳女士遗嘱的清单人名单的，”波伏瓦说，“不过还不知道原因。”

“会弄清楚的。”伽马什发音清晰。

波伏瓦想，对于伽马什和那个年轻人来说，这趟返回三松镇的路途十分漫长。

对总警司撒谎从来都不是好主意。

吉恩盖伊掉头去找伯纳德·谢弗，此刻他已经在安全局总部的讯问室里等候了。

伽马什站在人行道上，寻找本尼迪克特的身影。刺骨的寒冷钻进袖口，渗入衣领，覆盖在裸露的面部肌肤上，车上的温暖逐渐消散。

但他对此毫无察觉。他一直盯着前方思考，想将他知道的信息与他的感觉连接起来。

“总警司，”一个熟悉的声音传来，伽马什转过身，看见是雨果·鲍姆加特纳走了过来，“你看上去正在沉思。”这个相貌丑陋的小个子说。

他穿着一件厚冬衣，戴着御寒帽，冻红的脸颊并没有提升他的颜值。

但是他的眼睛很亮，低沉的声音让人感觉温暖。

“是的。”

“我能帮你些什么吗？”

“不了，我只是在等我的车子，谢谢。”

“想进来等吗？”雨果指指身后，他刚刚走出的办公楼，那里是霍洛维茨投资公司的总部。

“不了，没关系。谢谢。”

但雨果没有离开。他站在伽马什身边，冻得重心不断在左右脚之间换来换去，还不停地拍打戴有手套的双手。他看着就像一个笨蛋，一只哈巴狗，或是一个失败的拳击手，只能靠在训练场上供长辈练拳为生。

伽马什觉得他显然是有话要说，于是便朝他转过身。

“听说你和霍洛维茨先生一起用了午餐。”

“是的，”伽马什说，“你怎么知道？”

“啊，在这条街上，每个人都会知道发生的每一件事。举例来说，我知道在这顿午餐期间，史蒂芬去找了费拉特陆奥，说要抛掉他公司的股票。”

“是，你知道费拉特陆奥先生午餐吃的什么吗？”

他本来是想开个玩笑，但雨果却答了出来，“法式杂碎，你吃的是海鲈鱼。”

伽马什退去微笑，点点头。看起来这条街的信息流通得非常快。

“你还知道些什么，鲍姆加特纳先生？”

“我知道你打听过我兄长，史蒂芬说他是个骗子。霍洛维茨先生是个金融天才，也很擅长识人，但他并不能保证每次都对。他喜欢把人想象成最坏的样子。他的世界观就是，每个人都是骗子，或者即将成为骗子。”

“他对你评价很高。”

“好吧，那或许是我把他给骗了，”雨果说，“我兄长是个好人，他不会偷窃。有传言说那就是他被杀的原因，请你一定找出真凶。发生这种事已经够糟的了，不能再毁了安东尼的名誉。”

“对于那份遗嘱，你都了解些什么？”

“我母亲的遗嘱？和你一样，她相信那通鬼话，说我们真的有一份失去很久的家族财富。小时候我们听到这话都很开心，但后来就厌倦了。”

“但我们宣读遗嘱时，你的哥哥姐姐似乎都对此感到尴尬，而你却在维护你的母亲。”

“是维护她，但不是维护遗嘱。”

“我记得你也为遗嘱辩护过，说你认为也许她是对的。”

雨果看看四周，又换了一下重心的位置，说道：“我爱我的母亲，痛恨任何人嘲笑她，包括托尼和卡洛琳。”

“你是个忠诚的人。”

“这难道是坏事吗？”

“不是，我很佩服。但忠诚有可能蒙蔽我们的双眼，让我们认不清人们的真实面目。不过，事实证明，你母亲也许真的是对的。”

“什么意思？”

雨果停止动作，看着伽马什。

“我想你完全明白我的意思，先生。想一想，等你想清楚，确定你确实知道后，给我打电话。”

他给了雨果一张名片。

就在这时，伽马什看见本尼迪克特开着他那辆沃尔沃来了。现在正值晚高峰，天又黑了，没过多久就有车按喇叭催促本尼迪克特，于是他招手示意伽马什赶紧上车。

“还有一件事，”伽马什说，“凯蒂·伯克是谁？”

“谁？”

“天这么冷，我的司机就快被其他司机谋杀了，所以就请告诉我吧。你知道我很清楚。”

“那为什么还问？”

“想看看你打算说多少实话。目前为止，你的表现并不好。”

“关于我兄长的事，我告诉你的都是实话。”

“是吗？”

对话陷入停顿，他们听见的只有更多的喇叭声。那是名副其实的愤怒的吼叫，从舍布鲁克街发出，直冲本尼迪克特而去。

“凯蒂·伯克是谁，鲍姆加特纳先生？”

“她经常去养老院看望女男爵。”

“为什么？”

“我不知道，但我妈妈喜欢她，这也从某种程度上减轻了我们的责任，我对此感到很愧疚。”

“她是你母亲联系人列表的第一位。”

“是吗？”

“你不知道？”

这时本尼迪克特摇下车窗，请求阿尔芒赶快上车。

雨果摇摇头，说：“这重要吗？”

“如果不重要，我会问吗？”阿尔芒指指雨果手中的名片，“你母亲的遗嘱，鲍姆加特纳先生。等你决定告诉我全部故事真相时，给我打电话。别让我等太久。”

他走向汽车，冲本尼迪克特身后等待的队伍挥挥手。不止一位司机竖起了中指。

“谢天谢地，”本尼迪克特呼了口气，发动车子，“那是谁？看上去你好像在和《指环王》里的人物对话。”

“雨果·鲍姆加特纳。”

“哦，对。我没认出来。”

阿尔芒系上安全带，在开往尚普兰桥的路上，他发现自己在心里默默地哼起了歌。

“雪绒花，雪绒花……”

31

伯纳德·谢弗坐在安全局总部简朴的询问室里，他环顾四周，不停地交叉双腿，试图在永远也不可能提供舒适的金属座椅上坐得舒适。

督察长波伏瓦透过双向镜向里看。

“过来的路上他说了什么事吗？”

“没有，老大，”克卢捷说，“他只问是不是和安东尼·鲍姆加特纳的死有关。”

“你怎么说？”

“我什么都没说。这是他的手机。”

她将手机递给波伏瓦。这是他们面对嫌疑人时会做的第一件事，收走他们的电子设备，这样他们就无法联系任何人，无法删除任何信息。

谢弗先生和波伏瓦想象得不一样。他本以为会看到一个年轻的纨绔子弟，而且是漂亮迷人的那种。

但这个紧张不安的年轻人相貌普通，穿着的西装虽然做工精良，但并无出众之处。

波伏瓦又低头看了一眼他的鞋子，时尚且昂贵，尖头款，很合脚，完全适合这个季节。

吉恩盖伊明白了，这个人厌倦了追逐时尚，但又负担不起这种水平的开支。

虽然能透露一些信息，但根本无法下定论。有些人喜欢买豪车，有些人喜欢去度假，有些人喜欢逛街买衣服。

这些并不能说明谢弗过着远超他能力范围的生活，也不能说明他是贼。

“好，”波伏瓦说，“跟我来。”

克卢捷跟着他们一起走进询问室。

波伏瓦开始自我介绍：“我是吉恩盖伊·波伏瓦，重案组代理组长，这位克卢捷探员你已经见过了。”

这句话既是说给谢弗听，也是方便录音。

他们坐下来，波伏瓦坐在这位年轻人的对面。

“谢谢你来，我们只想问你几个问题。”

“关于安东尼？”

“大部分是，”波伏瓦的语气很友好，“告诉我们，你与他是什么关系。”

“我们曾在同一家公司工作，泰勒和奥格威投资公司，那是几年前的事了，我是助理，鲍姆加特纳先生是一名高级副总。”

谢弗紧盯着波伏瓦，他似乎做出了一个决定，然后说道：“我们有过一段婚外情，之后我被辞退了。”

“为什么？”

他说原因是因为婚外情。

“你最好还是告诉我们，伯纳德，”波伏瓦鼓励地笑着说，“你一定知道，我们去过泰勒和奥格威公司了。”

“我被控诉从顾客的账户中盗取钱财，但我没有做过。”

“那他们为什么要辞退你？”

“他们总得找个替罪羊，不是吗？”

“如果不是你，那是谁？”

谢弗犹豫了。

“来吧伯纳德，告诉我们真相。没关系的，只管告诉我们就好。”

“鲍姆加特纳先生。”

“安东尼·鲍姆加特纳？”

“是的。”

“可是，如果是他窃取的，那为什么他还会跑到奥格威女士面前揭发此事？”

“他觉得他们迟早会发现，所以就归罪于我。”

“他的情人。”

谢弗点点头。

“那你当时做了什么？”

“我能做什么？”

“我不知道，告诉我们真相。”

谢弗笑了，说：“是，我对抗一位高级副总，你们猜猜看，他们会相信谁？”

“所以你就走了？”波伏瓦问。

谢弗点点头，波伏瓦盯着他看了很久，说：“那你到了信用合作社之后，为什么会把安东尼·鲍姆加特纳列为推荐人？”

谢弗脸红了，显然他们掌握的事情比他以为的要多。

“安东尼告诉我，如果我不出声，他可以帮我在信用社找到工作，并为我提供担保。”

“所以你接受了？”

“我能有什么选择？就算拒绝，我也会被踢出公司的。我几乎完蛋了。”

这时，一位探员走进讯问室，在波伏瓦耳边小声说了一句什么，然后离开了。

“所以，”波伏瓦说，“你是说，偷钱的人是安东尼·鲍姆加特纳，而你完全无罪。”

谢弗直起身，说：“好吧，我知道他在做什么，但我没有参与。”

“他告诉你的？”

“有一次他喝酒喝得太多，放松下来就说多了。他知道我不会告诉任何人。”

“为什么呢？”

“因为我在乎他，非常在乎。”

“然后呢？”波伏瓦说。

谢弗虽然坐立不安，但沉默了片刻后说：“然后他说，如果我告诉任何人，他就说是我干的，不是他。”

“最后他确实这么做了。”

“是的。”

波伏瓦仔细观察这个普普通通的年轻人。

“你去过他家吗？”

“去过一次。那次他想挂一幅他母亲送他的画，需要人帮忙。我觉得画像中的人可能就是他母亲，看着有点疯的样子。总之，我们把画挂在他书房的壁炉上方，然后喝了几杯。他让我帮忙设置一台新的笔记本电脑，所以我们又喝了几杯，然后摆弄电脑忙了一阵子，搞得我有点头晕眼花。”

“你把那台笔记本设置好了吗？”波伏瓦说。

“是的。”

“他输入安全密码没有？”

“输入了，我记得很清楚。因为他花了一段时间才决定，他说根本不知道该用什么作为新密码。”

“你记得那个密码吗？”

这个问题问得很随意，但是波伏瓦和克卢捷却紧张的感觉房间几乎要崩裂。

“不知道，他没告诉我。”

“他暗示过吗？有没有说过什么？”波伏瓦提醒。

谢弗想了想，说：“就算他说过，我也不记得了。”

“你有没有偷偷看？趁他输入时在背后偷瞄？”

“当然没有。”

“当然？拜托，伯纳德，我们都会这样，只是出于好奇罢了。他输入时你看了吗？”

“没有。”

“那你当时在做什么？”

“什么？”

“鲍姆加特纳先生在输入密码时，你在做什么？”

“我在看那幅画。我不明白为什么会有心智正常的人把那样的画放在家里。”

波伏瓦想了想，他说得可能很对。露丝的那幅画像很吸引人，却也让人讨厌，正如克拉拉所说的，那幅画让人很难转移目光。

但这是个聪明的年轻人，弄清一台笔记本电脑的开机密码，观看一幅疯女人的画像，当他的面前摆放着这两个选项时，波伏瓦相当确定伯纳德·谢弗会选哪个。

“接下来发生了什么？”波伏瓦问。

“我们喝醉了，然后上床了。”

“第一次？”

“是的。那之前，我们彼此都有一些感觉，可我不确定他是不是同性恋。但他一直发出那些信号，然后……”

“他是个怎样的人？”波伏瓦说。

“作为恋人吗？”

“作为一个人。”

谢弗思考了一下这个问题回答道：“善良、聪明、体面，我想是这样。”

“直到他栽赃你偷钱，将你开除。”

“是的。”

“他帮你找到银行的工作后，有没有要求任何回报？”

“什么样的？”

波伏瓦看了他片刻，然后站起身。

“这个问题我给你时间思考，先失陪。”

波伏瓦对克卢捷探员点点头，然后两人走了出去，留下谢弗一个人看着房间门慢慢关上，然后他看着他眼前空白的墙壁。

冰雾在树枝上凝结成雾凇看起来很美，但落在公路上就没那么迷人了，接下来新下的柔软雪花会将它们掩盖。

本尼迪克特小心翼翼地开车返回三松镇，一路上留神公路薄冰的同时，也和伽马什稍微聊了几句。

他们讲这一天的经历，谈论天气。

本尼迪克特问起伽马什的眼睛。

“好些了，谢谢关心。现在看得清楚多了。”

他们陷入了一种看似舒适的沉默。

但外表往往是有迷惑性的。

督察长波伏瓦介绍过自己和克卢捷探员后，在询问室落座。

“你是路易斯·拉蒙塔涅？”

“是。”

“你是泰勒和奥格威公司的经纪人？”

“对。”

波伏瓦觉得他的年纪在四十五岁上下，或许还要更大一点，他的头发修剪得很整齐，已经泛出灰色，他的身材丰满但并不臃肿，显出一丝温和。看到他，波伏瓦脑海中蹦出来的第一个词是“舒服”。

他看起来正直、聪明，各方面都表现得很保守。波伏瓦认为，如果“可靠”这个词要找一个代表人物，那么一定就是桌子对面的这个人了。

波伏瓦怀疑自己是不是又在看一幅编号印刷作品，贴近，但并非真品。

“我理解的是，你帮安东尼·鲍姆加特纳执行交易。”

“是。”

“怎么操作？”

“呃，安东尼是一位财富经纪人，所以他负责为顾客设计证券投资组合。根据他们的年纪、需求、风险承受能力来决定为他们设计怎样的证券投资模式，之后他请我负责实际的买卖行为。”

“你对此是接受的吗？”

“当然，我很乐意。他是一位很有才华的投资顾问。老实说，如果他买了一只股票，我往往也会让我自己的顾客投入。他有一套本领，能发现表面毫无关联的因素会如何组合在一起影响市场。这样的一个好人却发生这样的事，真是让人悲伤，这真是一笔巨大的损失。你们有凶手的线索吗？”

“我们希望你能提供帮助。”

“尽我所能。”

波伏瓦将报表在桌面上摊开，看着拉蒙塔涅先生拿起来浏览。

大约过了一分钟，波伏瓦看见他皱起眉头，他更认真地看着那些报表，然后露出惊恐的神色。他镜片背后的蓝眼睛眨动着，脑袋也歪到了一侧，显得有点不知所措。

“这些人都不在托尼的顾客名单上，这些交易都不是我经手的。”他的目光越过报表，看着波伏瓦，“我不明白。”

“我想，你能明白。”

拉蒙塔涅的目光重新回到报表上，一份份浏览，又重新阅读附加的信件。

“我可以猜一猜，”他终于将报表放回桌面，“但我无法解释。”

“试试看。”

路易斯·拉蒙塔涅看着波伏瓦的眼睛，机敏地评估着眼前的形势。

“我想你们已经知道了。”那经纪人说。

波伏瓦凝视着他，没有说话，他看到拉蒙塔涅的眼睛里开始露出惊讶。

“你们认为这与我有关。”

“‘这’是什么，先生？”波伏瓦问。

克卢捷探员一边认真观察，一边在脑中做记录，记录督察长说了什么、没说什么、如何暗指，态度如何从亲密转变为威吓。这过程很微妙，但却更添气势。

之前在会计部的时候，她从来没接到过进讯问室的任务。

她觉得这很吸引人。

她看得出来，做这份工作需要勇气，注意力要高度集中，同时又要表现出完全放松的样子。她本能的想法是列出事实，展示她知道的内容。现在她发现了尽量少说话的价值，让对方自己思考有多少事情已经被发现，让他们的恐惧生根，从而取得控制优势。

“这，”那位经纪人说，“是诈骗。有人搭了个壳，伪装得像是泰勒和奥格威公司的业务。”

“什么人？”

“我知道你们想让我说是安东尼，但其实有可能是任何人。”

“包括你自己？”这句话说得很轻松，带着一股幽默感。

拉蒙塔涅虽然在笑，但脸色却背叛了他，他说：“我希望我能，但不是我。”

波伏瓦等待着。

“好吧，我承认，这看起来确实像是托尼干的，报表上、附信中都有他的名字。”他说。

“还有泰勒和奥格威公司的信头，”波伏瓦说，“顾客会觉得，他们的钱是这家公司在打理，但事实上他却在偷钱，他支付慷慨的红利，好阻止顾客质疑。”

拉蒙塔涅看着波伏瓦点点头，说：“是的，没错，”他再次拿起报表，“安东尼选的一定都是他知道不会进入证券市场的人，几乎从不阅读商务报纸和报表的人。”

“你对此感到惊讶吗？”波伏瓦问。

拉蒙塔涅在椅子上挪动了一下。

“我得说，是的。”

“但你听过关于鲍姆加特纳先生的传言。”

“我知道他的交易执照被吊销了，所以才找我帮他执行交易，那是一个很严重的惩罚。我听说是因为他被卷入了某件与顾客钱财有关的事，但他没有直接参与，显然是一个助理干的，安东尼是揭发人，但也受了些牵连。那条街上的人都喜欢追逐流言、丑闻，尤其喜欢听高位者落马的事，哪怕并不公平，或者说他们尤其喜欢听不公平的事。”

“你把那条街上的人说得像是机器，”波伏瓦说，“而不是和你一样的经纪人。”

“我没有参与传播流言。”

“那你做了什么来阻止吗？”

“我没有助长他们。”

阻止流言和为安东尼·鲍姆加特纳辩护并不是一件事。

“你认为传言中有真实的成分吗？”波伏瓦问。

“我没有理由相信。”拉蒙塔涅说。

“那你知道任何不能相信的理由吗？”

“这一行充斥着德不配位的骗钱者。”见波伏瓦听得很困惑，他解释道，“大多数年轻人都疯狂地想要赚大钱，扬名立万，他们挥金如土，四处吹嘘。他们有各种各样的投资理论，听起来厉害，但实际什么都不是。他们发自内心地觉得自己是天才，靠自信说服顾客委托他们投资，但他们其实就是卖万灵油的推销员，大部分人都不知道自己到底在做什么。”

“安东尼·鲍姆加特纳是其中的一员吗？”

“不，我不是那个意思，他不是。我所看到的是，他无法容忍，所以他才揭发了那个年轻人。他一定知道他会遭到报复，果然，就是结局可能超出了他的预料。”

“那你怎么解释这些？”

波伏瓦用食指按着报表。

拉蒙塔涅看着它叹了口气，说：“他已经五十过半了，但职业声誉却被一个他帮忙打造的公司，被一个他教导过的女人毁了，他被抓了典型，遭到羞辱。可能是他觉得前途渺望，于是决定豁出去，如果正派的代价是那样，那么或许是时候做些不正派的事了。”

波伏瓦仿佛看到了另一堆文件被推过一张光滑的会议桌，推到他的面前来。他看见自己签了字。他和安东尼·鲍姆加特纳有很大区别吗？幻想破灭，于是就做了不正派的事。

“但如果事实果真如此，”拉蒙塔涅继续说，“我从来都没发现。在我帮他执行过的所有交易中，他都聪明且公平，经常表现得才华横溢，很有先见之明。他给顾客挣了许多钱。”

“你说的当然是没被他偷钱的顾客。”波伏瓦说。

经纪人迟疑了片刻后点点头，说：“是的，我真的相信他是个好人。”他笑了起来，但更像是因为怀念，而非觉得好笑，“刚进公司时，我们所有人都被要求读一本书。我同意用我的执照帮他执行交易后，安东尼把他自己的那本送给我作为谢礼，书名叫

《非同寻常的大众幻想与群众性癫狂》。我猜，有时候我们所有人都很容易受骗。”

“那些行为，鲍姆加特纳先生一个人能做到吗？”波伏瓦指着报表，“还是需要他人的帮助才能做到？”

“不，他自己就能做到，这需要进行一番计划。不过我推测他一开始的动作应该很小，然后才慢慢扩大规模的。他需要的全部工具就是一个隐藏账户，然后就是明智地选择目标。”

“不会发现的人。”波伏瓦说。

“不会质疑的人，督察长。这样的人有很多。”

拉蒙塔涅看着桌子上的报表，那都是一些很薄的纸，但就像下午见过的奥格威女士一样，这位经纪人也知道它们的含义——毁灭。

这样的丑闻足以毁灭泰勒和奥格威公司，让他们全部失业。或许安东尼·鲍姆加特纳是想通过死亡来完成他的复仇。

波伏瓦向拉蒙塔涅先生道谢，然后沿着走廊回到伯纳德·谢弗所在的讯问室。

在重新走进那个房间时，他想到了“幻想”和“疯狂”这两个词。这个案子中涉及它们的地方有很多。

已经很近了，艾米莉亚能感觉得到。就连被她吸引来的吸毒鬼、妓女、异装癖也都能感觉得到，他们感觉不到自己的手指和脚趾，脸都麻木了。

他们已经失去了所有的同情和理智，就连愤怒和绝望的情绪都消失了。他们失去了家人，也失去了思想。

但他们能感觉到这个，有个大东西要来了。

它甚至没有街头名称，控制它的人将获得命名权。现在它只叫作“它”，或者“那批新货”，而这似乎更让人觉得兴奋和神秘。

艾米莉亚知道“它”是什么——卡芬太尼。

她还知道，谁拥有了它，谁控制了卡芬太尼，谁就能赢，而她艾米莉亚决定要赢。

但时间有限，一旦它流入街头，那就不再是她所能控制的了。

艾米莉亚站在窗前，但厚厚的霜晶和污垢阻挡了视线，她能看见的只有朦胧的街灯光芒。

虽然她看不见他们，但她知道，他们就在外面，等待她。

那些吸毒鬼、妓女和异装癖，他们已经转投她门下寻求保护了，因为她身上有肌肉，脑子也没有完全坏掉，而且她还能看到角落的那一边隐藏着什么，他们等待的是什么，将要发生什么。

他们睡在马克房门外的走廊上，他们舞刀弄枪，有人拿着棍棒，他们等待她走出门领导他们。

他们眼中的光芒是他们的母亲从没见过的。

他们已经一无所有，只想找一个东西——“它”。

就在外面的某个地方，在蒙特利尔空荡的市中心，有一家工厂正在切割，在切割那批毒品，这个大卫知道它的地址。

如果她想找到那个地方，那她必须先找到大卫。

“那么，甜豌豆，”准备出发时，马克问，“你要管它叫什么？”

“什么？”

他们踏出门，艾米莉亚看见肮脏的走廊上，一副副好似骷髅的骨架都挣扎着站了起来。他们的腿像大头针一样细，脚上套的靴子都是从死去朋友的尸体上偷来的。

一具具尸体，苍白、僵硬地被拖上深色面包车，送上解剖室的桌子，然后装进抽屉。没有名字，无人认领。他们的父母和兄弟姐妹，在接下来的一生都会挂念那个眼睛亮晶晶的孩子去了哪儿。

“它啊，那货，”马克说，“哈，读起来还挺顺口。它啊，那货。”

艾米莉亚只得笑笑。她想起她最爱的诗人露丝·扎多应该会喜欢这句话，“它啊，那货”。

“等你找到它，你就取得了命名权，”马克说。他目光分散，吐字不清，声音含糊，因为嘴唇和舌头都已无法正常运转。他慢吞吞咕哝的样子，像个中过风的老人。他伸出胳膊围住她的肩膀，“龙、邪恶、自杀，名字得吓人，孩子们喜欢吓人的东西。”

即使他穿着冬装，她依然能感觉出他的骨头。

他几乎没有更多指望了。他正在被活活吞噬，从内到外都被完全耗尽，他们都一样。

除了艾米莉亚，至少她不会那么明显。但她还是感到好奇，她的母亲还能认出她来吗？会来认领她吗？

波伏瓦笑着坐在伯纳德·谢弗的对面。

“告诉我。”

“什么？”

“别再玩儿游戏了，”波伏瓦的语气冷酷又平静，“鲍姆加特纳把你安排进信用合作社，安排进银行，是有原因的。现在我要知道原因。”

“我不……”

“告诉我。”

“有……”

“告诉我，”波伏瓦厉声命令，“你觉得我刚刚去干什么了？”

谢弗睁大眼睛，目光从波伏瓦身上移到克卢捷探员身上。显然他根本没想过这个问题，现在他开始想了。

“我不知道。”

“我就在隔壁，另一间询问室，”波伏瓦瞪着他，“提问，获得答案。现在我给你一个机会，回答问题，鲍姆加特纳要你做什么？”

沉默。

“回答我，”波伏瓦一掌拍在桌面上，力道如此之大，谢弗的魂都快被吓出来了。克卢捷探员也一样，她的钢笔掉在地上，只能迅速弯腰捡起。

“一个账户，”谢弗说，“可以了吗？他要我开一个离岸账户，把他送来的钱都存进去。”

“为了你们两个？”

“不，只存在安东尼·鲍姆加特纳一个人的名下。”

“他用的是他自己的名字？”

这个问题似乎让谢弗吃了一惊，他说：“当然，为什么不？”

“这太容易查到了。”

“他没想过会被发现。”

“里面有多少钱？”

“我必须查一下，不过我想应该在八百万左右。”谢弗说。

“你自己捞了多少？”

“没捞。”

“得了吧，”波伏瓦说，“你有这么蠢吗？你知道我们会查出来的。”他转身指着克卢捷探员说，“她负责整个安全局的法务会计工作，没有任何东西能逃得过她的眼睛。她打倒过商务领袖、政治家、暴徒头目，她也会把你打倒，而且在早饭之前就能办到，所以给我们省点麻烦吧。”

谢弗看着克卢捷，此刻克卢捷只觉得，要是没把钢笔咬在嘴里就好了。

“好吧，”他说，“可能有一点，但不要告诉他。”

“这我倒是可以保证。”波伏瓦说。

谢弗摇摇头，说："对不起，我忘了他已经死了。"

波伏瓦注意到了谢弗刚刚说话的语气，在那个瞬间，他忘了鲍姆加特纳已死的事实。

他害怕他，波伏瓦想，他发自内心的害怕。吉恩盖伊在起身的过程中想到，事实上，那可能是这次询问中最真诚的一个瞬间。

"请你把那个账户信息告诉克卢捷探员。"

"然后我就可以走了吗？"

"我们等着看。"

越来越近了，波伏瓦在回办公室的途中想，如果谋杀案还不能真相大白，盗取财产案应该就要接近尾声了。不过他知道伽马什是对的，当他们找到那笔钱的时候，那钱里已经灌满了幻想，充满了疯狂，还有各种各样腐烂到足够导致谋杀的恶臭情感。

艾米莉亚和马克走下混凝土台阶，吸毒鬼、妓女和异装癖们跟在后面，能听见他们的脚步声。马克抓住艾米莉亚的手以获得支撑。

周围越来越冷，他们离大门越来越近。

艾米莉亚知道，一旦门打开，寒冷就会爆开，虽然她已经做好了准备，但还是感到呼吸困难，眼睛里泪水涟涟。

"该死。"她听到马克一边咳嗽，一边哽噎着说。

透过泪水，艾米莉亚看到一个小女孩儿，她头戴的红帽子上有蒙特利尔加拿大人队的标志，她一个人站在巷子口。

艾米莉亚还看见黑暗中有一双被戳了的腿在一条撕裂的渔网中。虽然身体的其余部分在黑暗中看不见，但艾米莉亚可以确定，那是一具尸体。

她看见了小女孩儿的眼睛，看上去只有五六岁的样子。

艾米莉亚上前一步，但却被一个名字拦住了。

“大卫。”

一个瘦得只剩皮包骨的黑人小孩儿跑上前来，她觉得他应该不超过十五岁。男孩儿看着她，一双眼睛大得与头部的尺寸不成比例。

“他怎么了？”说话间，她虽然没看见，但却能感觉到，吸毒鬼、妓女和异装癖们在她身后围成了一个半圆。

“我听说你在找他，我知道他在哪儿，给我一粒药我就告诉你。”

“是吗，好啊。赶紧给我滚开。”说着她一把将他推开，开始横穿马路，朝依然站在对面睁大眼睛的女孩儿走去。

“大卫，”男孩儿又说了一遍，然后将薄薄的外套袖子撸了上去，露出了他的前臂，“你看。”

那上面用记号笔写着和她在自己胳膊上发现的一样的文字，那些文字现在都还在，怎么都擦不掉。

大卫。

就像一张名片。

名字旁边还有一个数字，“13”，不，是“1/3”。

她撸起夹克的袖子，自己看着自己的前臂，上面写着“大卫”，然后是数字，不是“14”，而是“1/4”。

艾米莉亚看着那行字，感到心脏都快从喉咙里跳出来了，她说：“他在哪儿？”

“我必须赶在他离开之前带你去看。”他伸出手。

“给他一粒。”艾米莉亚说，于是马克递给他一粒药，“等我们见到大卫，就再给你一粒。”

那孩子接过药，没再说话，而是转过身走进黑暗的街道。

艾米莉亚回头看了一眼，但巷子口的那个女孩儿已经不见了。

“就快成功了，”他们跟在那男孩儿后面，马克小声说，“想到名字了吗？”

“甜豌豆，”她说，“我五岁时，你就叫我这个名字。”

“你要管那东西叫甜豌豆吗？”

“不，我要管它叫伽马什。”

“安全局领导的名字？把你弄进学院的那家伙？”

“把我踢出来的那家伙。就是那个天才给我们送来了这批货，所以值得用他的名字来命名，我要让他知道，成千上万的孩子死前最后叫的都是他的名字。伽马什，它将成为死亡的同义词。”

“你就这么恨他？”

“他毁了我，”艾米莉亚说，“现在轮到他了。”

32

“看啊，”本尼迪克特说，“我想我的皮卡修好了。”

他们已经翻过了通往三松镇路上的那个山坡，山下家家户户的窗户里都灯火闪耀，还能看到有人正从小酒馆里走出来。

在伽马什车头灯的光芒中，雪花飞旋而下，灯光照到周围的森林，但因为树枝上积雪的厚度不同，树木有的亮，有的暗。

阿尔芒知道，每家每户应该都燃起了火，包括他自己家里，但在和蕾娜玛丽一起坐下来烤火之前，他还有一些事情要做。

本尼迪克特将车子停在他的皮卡后面，下车去检查他的车胎。

“非常好，”他说，“再好不过了。你确定不要我付修车钱吗？”

“我确定。”阿尔芒说。

本尼迪克特将帽子的尾巴绕过脖子，搭在肩膀上，然后环顾四周，“我会想念这里的。怎么了？”

阿尔芒看他的眼神让他觉得不舒服。

伊莎贝尔看着她的笔记本电脑。

丈夫已经回来了，孩子们也玩耍结束回到了家中，周围闹哄哄的。

但她一个人坐在厨房餐桌边，待在她给自己制造的小小的气泡中，里面一片死寂，只有她们两个人。伊莎贝尔·拉科斯特和凯蒂·伯克。

“所以，这就是你的真实面目。”拉科斯特小声说，然后伸手拿起电话。

孩子们彼此追逐，狗在叫，丈夫在招呼他们洗手吃饭。

吉恩盖伊·波伏瓦双腿交叉架在桌子上，膝盖上放着一个文件夹，里面是奥格威女士让助理交给他的肯德罗斯夫妇、伯纳德·谢弗和安东尼·鲍姆加特纳的资料。

他慢慢放下文件，打量着窗户上自己的倒影，接着，他“砰”的一声放下腿，咕哝着“有了”，然后拿起电话。

本尼迪克特从伽马什夫人手里接过皮卡的钥匙，感谢她真诚热心的款待。

“如果没有你们，”他说，“我真不知道会变成什么样。”

“欢迎你随时回来，对吧，阿尔芒？”

“我送你过去。”伽马什说。

门关上以后，他听见电话铃响了。

“我不知该怎么感谢你，先生。”

“你答应过我，要给我上驾驶课。”伽马什回头看去，路上已经积了十厘米深的雪。比利·威廉姆斯很快就会过来清理，不过眼下雪还在堆积，“你可以用上课当作感谢。”

“现在吗？”

“还有比现在更好的时间吗？”

“呃，天黑了，而且你一定累了。”

“才六点半，我还没老到那种程度。”

“我……我不是那个意思。”本尼迪克特结结巴巴地说。

“上车吧，”伽马什说着绕到副驾座，钻进去，“我们往镇外开上几公里。我脑子里已经想到一个地方。”

开车过程中，他们没有说话。接着，伽马什问道：“凯蒂·伯克是谁？”

“谁？”

伽马什没有回答，而是看着车头灯照射下飞舞的雪花。

“是我女朋友。”

车子开始加速，现在已经超过限速。

“我前女友。”

车子还在加速。

“你前女友？你确定吗？”

“是的。”

“你们分手多久了？”

“两个月。”

“大概是在柏莎·鲍姆加特纳死的时候？”

本尼迪克特重重地踩向油门，引擎开始咆哮。

“我猜是的，我不知道。”

“她认识鲍姆加特纳女士吗？”

“当然不认识。”

“你确定吗？回答问题要小心。”

“或许你该小心提问，别把凯蒂牵扯进来。你想上课吗？来吧。”

他将油门踩到底，车子翻过一座小山。

“本尼迪克特——”伽马什喊了一声，但没有继续。

本尼迪克特猛踩刹车，皮卡开始顺时针旋转，失去了控制。

伽马什被摔在车门上，脑袋撞在车窗上。他听到本尼迪克特咕哝着什么，身体被甩得向两侧摇摆。

“松刹车。”伽马什大喊。

但本尼迪克特死死地踩着踏板，手则猛打方向盘，先朝这边，然后朝那边，奋力想取得控制。眼看着就要撞上雪堤了，接着车子刹住了，摆着尾巴朝另一边的雪堤开去，然后开始减速。

伽马什松开安全带，强迫自己向前，抓住方向盘。他想要转弯，但本尼迪克特抓得太紧，而且现在也几乎无法辨认道路的哪边是前哪边是后，哪边会将他们带进树林。

本尼迪克特开始反抗伽马什，但却被死死地钉在座位上。伽马什一边想强迫他的脚松开刹车，另一边也是想保护这个年轻人，眼下撞车似乎已无法避免。

伽马什抓住本尼迪克特的裤腿，用尽全力往外拉，想拽着他的脚松开刹车。

终于拉起来了，伽马什感到车子刹了一下，开始减速，但现在已经为时已晚。就着车头灯的灯光，他看见车子正在逼近雪堤，而那边就是树林。

他闭上眼睛，防护好自己。

车子震动一下，然后慢了下来。

伽马什睁开眼睛，转身朝挡风玻璃外面看，看见的不是树林，而是公路。

他将档位推到中档，车子滑着停了下来，正对着前方。

两人都直视前方，振作精神。

伽马什深吸了一口气，然后慢慢呼出，身边的本尼迪克特则气喘吁吁，吐出一团团小小的白雾。

“凯蒂·伯克，”伽马什说，“告诉……”

“别把她牵扯进来。”

“你刚才真打算把我们俩都杀死吗？为了保护她？”

“别把她牵扯进来。”本尼迪克特说。

“是她的主意，还是你的？”

“够了。”

“不然你会怎样？你要把车开下悬崖吗？你想杀死更多的人吗？本尼迪克特，是不是做得越多，做起来就越简单？我给你一个机会，你自己告诉我。”

本尼迪克特看着他，瞪大的眼睛里写满绝望。

“不说？”伽马什说，“那我来告诉你。凯蒂认识鲍姆加特纳女士，她是她在养老院的第一联系人，所以你才会进入遗嘱，不是吗？”

本尼迪克特依然瞪着伽马什，但现在更多的是惊讶，而非敌意。

“谋杀，本尼迪克特，那就是你想要的吗？你计划好了吗？”

本尼迪克特听到这些似乎太过震惊，根本无法回答。

“告诉我，现在就告诉我真相。”

他们一回到家，蕾娜玛丽就说：“吉恩盖伊和伊莎贝尔一直都在打电话，想要你回电。”

在阿尔芒听来，他们“想要”的不只是回电这么简单。

“你回来了，”蕾娜玛丽对本尼迪克特说，“一切都好吗？你看上去脸色很苍白。”

“他只是需要休息一会儿，”阿尔芒走向书房，“我们刚才一直在测试轮胎，互相给对方上了几节课，传授在危险条件下开车的经验。”

本尼迪克特倒在壁炉前的一只扶手椅上。

“你对他做了什么，阿尔芒？”蕾娜玛丽在书房门口小声问。

“给他上了一课，”他说，“如果他想走，你就来告诉我。不过我想他应该不会。”

阿尔芒举起皮卡车的钥匙。

接着，他拿起电话准备回电，却发现有一条语音留言。那是一个现在听上去既熟悉又温柔的声音，说她已经找到那个女孩儿了，阿尔芒随时都可以去接她，她很安全。

现在阿尔芒也坐了下来，几乎是瘫倒的。他闭上眼睛休息片刻，一边喘气，一边轻声说：“谢谢。”

接着他给吉恩盖伊打电话，吉恩盖伊正在开车，他说：“我正在过来的路上，老大，几分钟后就到。”

“好，但为什么？”

他解释了原因，于是伽马什又给伊莎贝尔打了电话。

他走出书房，发现本尼迪克特还坐在那把扶手椅上，旁边的桌上有杯热巧克力，但一口也没动。

他眼神空茫地注视着欢快的炉火。蕾娜玛丽刚添了一筒新柴，亨利睡在火边，格蕾西睡在沙发上。从各个方面来看，这都是一幅宁静的家庭生活的场景。

但正如他刚从伊莎贝尔和吉恩盖伊口中获知的那般，这其中有幻觉在作祟，还有一些疯狂的因素。挂断电话后，他又给莫娜打了电话，请她来一趟。

得让她也听一听。

“你想让我离开吗，阿尔芒？”蕾娜玛丽问。她注意到丈夫的姿态，知道现在不再是社交场合。

“不，你想留就留下来。”

就在这时，莫娜来了，她在门口抖落帽子上的雪花，蹬掉靴子，“最好是有好事，我为了过来，可是放下了一碗好汤和一杯葡萄酒。”

但当她在壁炉边落座后，她看得出来，不管发生了什么，都不是好事。

“怎么了？”看到本尼迪克特几乎麻木了，她问道，“发生什么事了？”

“再等一会儿。”阿尔芒说着走到窗边，他看见有车头灯光闪烁。

一分钟后，吉恩盖伊走了进来。

“这位，”波伏瓦说着让到一边，“就是凯蒂·伯克。”

“凯蒂？”本尼迪克特说着站起身来。

33

“你耍我呢？”男孩儿停下脚步，转过身，艾米莉亚朝他大吼。

他们已经在小巷中游走一小时了。马克开始发抖，不是因为冷或害怕，而是因为戒瘾反应。他的喃喃自语变成了悲伤的哭诉。

“我需要些东西，任何东西都行。”

他已经吃了一粒迷幻药，但他习惯了更强效的毒品，所以需要更强效的刺激。此刻他变得越来越虚弱。

他们全都一样。

艾米莉跟着男孩儿一路走街串巷，从租住的房子走到空地，身后的吸毒鬼、异装癖和妓女零零星星地掉队。有些是突然离开的，他们现在忍不住就得要来一剂，而且更倾向于单独享用。

留下来的都早已神志不清，无法做决定。他们只是步履艰难地跟着她，害怕再次被抛弃。

“不，不，他一小时前还在这里，”那孩子开始四处张望，“他让我去找你的，说准备好了。”

“什么东西？”

“晚餐，他为你做了晚餐。你以为我说的是什么？那批货准备好了。”

“那他为什么需要我？”艾米莉亚感到一阵激动。

“我怎么知道？”

艾米莉亚回头看看马克，想要他，或者任何人都可以，只要能给她提供些建议。她感到一阵刺痒，不确定是因为激动，还是因为警惕。这事不对，所有的本能都在告诉她，她被人设计了，她应该停下，掉头，回家。

但她没有家。到了这里已无法“返回”，她只能继续向前。

她开始思考她拥有的选项，她卷起舌头上的舌钉敲击牙齿。

那孩子又走了起来，穿着他那双运动鞋在泥泞里连滚带爬。

“他一定是已经走了。”他咕哝着，看看这条路，又看看那条，但天已经黑了，街上的灯光很难穿透这些背街小巷，大卫可能就站在几米外的地方，但他们却看不见他。

艾米莉亚下定决心，抓着马克的手，拖着他跌跌撞撞地往前走。

咔哒咔哒咔哒。

她舌钉的声音与他牙齿发抖的声音融为一体。

凯蒂和本尼迪克特并排坐在壁炉前的沙发上。

咖啡桌上摆着烤牛肉、鸡肉和花生黄油三明治，还有一些饮料。

凯蒂穿一件长款精缩羊绒裙子，内搭一条粉红色的牛仔裤，上身的毛衣看着像是肉球做的，但他们希望那其实是棕色绒球面料。

亨利看她的样子像是在监视。

她的发型和本尼迪克特一样，头顶几乎剃光，只有耳朵上方留长。

他们牵着手，都看起来很年轻。凯蒂看着周围的年长者，本尼迪克特则盯着三明治。阿尔芒看着亨利，对它发出警告。

阿尔芒再一次发现，这只牧羊犬和这个木匠之间也有相似之处。

“我希望你们知道，”他抬起目光，看着这对年轻的情侣，“现在还撒谎就太迟了，已经有了太多谎言。”

他的语气虽然坚定，但声音却很温柔，充满鼓励，像是在劝诱森林里的小鹿一般。

凯蒂点点头，本尼迪克特迎上阿尔芒的目光。

“这事是怎么开始的？”伽马什问。毫无疑问，这个问题是冲着凯蒂来的。

“我想应该从我出生前就开始了。”

“也许你应该讲讲近期的事，”阿尔芒说，“本尼迪克特是怎么登上鲍姆加特纳女士的遗嘱清单人的名单的？”

“她知道原因？”莫娜问。

“她还知道你为什么在上面，”波伏瓦说，“不是吗？”

凯蒂又点点头。她看起来像疯子，但目光锐利又明亮，闪烁着智慧的光芒。

伽马什推测，她是个引人注目的女孩子，她完全与众不同。

“我是在养老院认识鲍姆加特纳女士的，”凯蒂·伯克说，“我不知道你们是否清楚，但这附近的英语养老院并不多。”

“和这有什么关系？”吉恩盖伊说。

凯蒂用一种耐心快被消磨一空的表情看着他，仿佛她才是年长者，而他非常非常年轻。

“你选择死在什么样的语言环境，这很重要。我们很幸运，能把我外祖父送进这家养老院。我去探访他的时候发现，这位老妇人几乎没有访客。她的家人也会去看她，而且似乎也很关心她，但当你孤身一人坐在那里的时候，日子就会变得很漫长。她总是冲我微笑，露出最和善的表情，看上去有点古怪，你们知道吗？”

几位年长者都一起点头。他们看得出来，这个女孩儿会被古怪的东西吸引。

“于是，有一天，我给她带了一罐家里做的饼干。”

“那种饼干顶上有个小洞，里面灌了果酱，”本尼迪克特说，“只不过凯蒂做的那些，洞口有不同的形状……”

凯蒂拍拍他的手，于是他停了下来。

“谢谢。”她说。

她不是在要他闭嘴，而是用非常和善的方式表达出来。

那是爱，阿尔芒想到。他不只是在认真倾听，同时也在仔细观察他们，关注他们之间的动态平衡。明显的东西往往不是真相，甚至不是事实。

“我们开始聊天，”凯蒂继续讲述，“她叫我称她为女男爵，我觉得很奇怪。”

“谁不是呢？”莫娜说。

“不，我是说，我觉得奇怪是因为我叫我外祖父男爵。”

“为什么？”莫娜小心翼翼地问。

“因为他喜欢别人那么叫他。他是男爵，我外祖母是男爵夫人，

我没想到还有别人也喜欢这样。鲍姆加特纳让我想起我的外祖母，我很爱我的外祖母，我以前经常和她坐在家里聊天。所以有一天我提议男爵和这位新的女男爵见一面，我外祖母去年去世了，我知道外祖父很孤独。”

“你知道她的身份吗？”阿尔芒问。

“当时已经知道了。”

“那么，知道了她的身份，你还建议他们见面？”

阿尔芒凑过身去。他的声音很友好，仿佛这只是一次愉快的朋友聚会，并不是发生在谋杀案的背景之下。

“是的。”

“你外祖父知道吗？”他问。

凯蒂第一次笑了。他们俩都知道，这是一个至关重要的问题。

“他知道，女男爵鲍姆加特纳。”

阿尔芒靠回沙发，没有掩盖自己的惊愕，他说：“那她知道你外祖父的身份吗？”

“不。我担心她会拒绝见我外祖父。直到我介绍外祖父的时候，她才知道。”

“你外祖父是谁？”莫娜问。

“肯德罗斯男爵，”吉恩盖伊说，“这位凯蒂是肯德罗斯家族的后代。”

他是在浏览泰勒和奥格威公司保存的肯德罗斯夫妇的档案时发现的，那里面有财产的安排，投资账户里的那一小笔钱留给谁。肯德罗斯夫妇有两个女儿，其中一个嫁给了伯克家，搬去了安大略。他们生了一个女儿，取名叫凯瑟琳，也就是凯蒂·伯克。

吉恩盖伊从肯德罗斯夫妇开始调查，最后找到了凯蒂；而伊莎贝尔·拉科斯特是从凯蒂开始调查，最后找到了肯德罗斯夫妇。

她也给伽马什打过电话，说了她的发现，确认了波伏瓦刚刚告诉他的消息。

不同的路，但都通向同一个目的地，那就是此地此时。

莫娜看着吉恩盖伊，思考着这番话，然后转身对凯蒂说："你姓肯德罗斯？"

女孩儿点点头。

"你知道肯德罗斯和鲍姆加特纳家族之间的历史？"莫娜问。

"是的。我是听着这个故事长大的。我的高外祖父是长子，钱、爵位、房产都是我们的。但一百多年来，肮脏、贪婪、善骗，满口谎言的鲍姆加特纳家族一直想盗走遗产。"

"是一百六十一年。"本尼迪克特说。

"他们见面后发生了什么？"莫娜问。

"我介绍了我的外祖父，肯德罗斯男爵。他当时坐着轮椅，但还是挣扎着想要站起来，叮嘱我把买的花献给她，是雪绒花，然后他鞠躬称她为女男爵。"

此刻房间里有壁炉中木柴燃烧发出的噼啪声。火光在墙上投下可怕、扭曲的影子。

"鲍姆加特纳女士呢？"阿尔芒问。

"她愣了很长时间，感觉像要持续到永远似的。"凯蒂说。

"一百六十一年。"本尼迪克特说。

"然后她也站起身，我想上前帮忙，但她拒绝了。她直直地站在那里，看着男爵。我以为她要说或做一些可怕的事，但她只是伸出手，收下了花。她说'非常感谢'，"凯蒂说到这里笑了，"'肯德罗斯男爵'。"

他们坐在那里没有说话，都想象着那个时刻。

这时，莫娜听到有人在哼唱，声音非常轻柔，仿佛从远方传来一般。

“雪绒花，雪绒花。”

她看着本尼迪克特。雪绒花，他哼唱着。

“后来怎么样了？”莫娜问。

“我真希望结局是双方都原谅了彼此，但并没有，”凯蒂说，“每次去探访，我都会把外祖父推到日光浴室，让他和女男爵喝茶，然而他们就那么沉默地坐着。有一次我过去时，他们就已经在日光浴室了，还在小声交谈，于是我将饼干放在他们房间，就直接回家了。”

“他们成了朋友？”蕾娜玛丽说。

“虽然花了一些时间，”凯蒂说，“但，是的。”

“那他们是怎么放下那些历史的？”莫娜问。

她在做临床心理医生时，接触到一些客户，他们连比这轻很多的仇恨都无法放下。

“孤独，”凯蒂说，“他们需要彼此。他们对彼此的理解，是其余任何人都无法做到的。”

“啊。”莫娜感叹道，没有什么能像用今日之痛治愈过去之痛那么有效。

“大约一个月后，他们几乎就形影不离了。每天一起用餐，她推他去花园，他则带她玩儿克里比奇牌。”

“他们告诉家人了吗？”阿尔芒问。

如果告诉了，那就是鲍姆加特纳兄妹选择不提。

“他们打算告诉的，”凯蒂说，“但他们担心会给家人造成太大的伤害。他们知道维也纳马上就要再次判决了，两人都在担心地等判决宣布。获胜的家族不想分享遗产，落败的家族会将仇恨永远封存。但他们有个解决办法。”

“他们打算结婚。”本尼迪克特说，于是，他看到一群人都像看疯子一样瞪着他，但这样的情景绝非第一次。

“结婚？”莫娜问，“为了钱？”

“因为他们深爱彼此，”凯蒂说，“我想外祖父对她的爱甚至超过了对外祖母的爱。她能让外祖父笑。外祖父的一生过得非常辛苦，那样的生活将他塑造得很坚硬；但和她在一起时，他能做自己，一个开出租车的男爵。”

“而她也可以做一个打扫卫生的女男爵。”蕾娜玛丽说。

“是的。他们以为，如果能对彼此许下那样的承诺，不只是言语上，还涉及行动实践，家族其余的人都会接受，然后放下世代相传的仇恨。”

“然后分享遗产？”莫娜说，“无论哪边获胜？”

“是的。他们的计划是将所有的遗产都留给彼此，在附文中规定，等两人都去世后，遗产归两个家族平分。不过，当然了，他们希望子女接受时不是极不情愿的，而是全心全意的，就和他们一样。”

“但是……”莫娜说。

“但还没等他们结婚，我外祖父就去世了。”

“噢，”蕾娜玛丽的身体仿佛遭遇了切实的冲击一般，“这对女男爵来说，一定是惨痛的打击。”

“是的。之前她没来得及告诉子女，但这时候为时已晚。外祖父的死让她陷入了混乱，部分原因是生理上的，不过大多数还是精神上的。她打电话叫来公证人，想要按照她和外祖父讨论的那样修改遗嘱。如果维也纳的案子她赢了，那就把所有的遗产，平分给两个家族。”

“但公证人不同意。”本尼迪克特说。

“公证人看见她当时的状态，”凯蒂说，“表示为公平起见，不允

许她修改遗嘱，他认为她的精神不太正常，因为他了解这段家族历史，持续多年的法庭对抗，他感觉她一定是被迫的，认为女男爵一生都在为此事而受苦，根本不可能同意与肯德罗斯家族分享。”

“正如男爵和女男爵担心听到的家人的反应那样。”蕾娜玛丽说。

“是的，”凯蒂说，“这证实了她的恐惧。如果公证人认为她疯了，那她的家人也一定会有同样的想法，但他还是允许她改了一点。”

“清盘人？”莫娜问，“她在那个时候把我们写进了遗嘱？”

“是的。”

“但为什么？”阿尔芒问。

“因为这样你们不仅能执行她的遗嘱，还能兼顾她真实的想法。她知道她的孩子永远也做不到，因为仇恨的历史世代相传。但选择新的清盘人，就不存在那些问题。当然，公证人是对的，她确实糊涂了，但有一件事她很清楚，她与男爵做出的共享遗产的计划必须贯彻到底。这已经成了一个执念，一种痴迷，无关于钱，而是关于放下所有的仇恨。他们能看到，仇恨传给子女后所造成的破坏，让孩子们自由才是他们留下的真正遗产。”

“但是，如果这个愿望对她那么重要，”蕾娜玛丽说，“那她为什么不自己写一份遗嘱，签字确认？那样不合法吗？”

“一份手写的遗嘱，”阿尔芒说，“只要是采用普通书写形式写下，有证人签字，那在魁北克就是合法的。但公证人已经见过她，认定她心智不健全。”

“是的。”凯蒂说。当她点头的时候，她整个肉球毛衣都在上下摇颤。

那样子让人想笑，令人感觉不安，甚至稍稍有些恶心，就像是介于表演艺术和晚餐之间的一个过渡。

亨利直起身，开始流口水。

阿尔芒挥挥手，示意这只牧羊犬躺下去，它不情愿地照做了。

“那么，”莫娜说，“女男爵唯一能做的，就是更改清盘人。”

“是的，她把三个子女换成了你们。”

“但我还是要问，”莫娜说，“为什么是我们？我们都不认识她。”

“那正是原因的所在，我们需要的是对家族仇恨历史毫不知情的人。”

“我们？”阿尔芒问。

“我是说女男爵。”

“当然，”阿尔芒说，“所以她换了清盘人，但为什么会选择兰德斯女士和我呢？”

“女男爵之前就听说安全局的领导搬进了附近的小镇。她很势利的，觉得如此杰出的人应该会好好执行她的遗嘱。她还觉得，你能约束她的家人。说真的，她的下一位人选是女王和教皇，但是当她听说你——”凯蒂转身看着莫娜，“她立刻就同意，你是完美人选。”

“一位高级警务人员，一位德高望重的心理学家，”莫娜点点头，“有道理。”

“你是心理学家？”凯蒂说，“不会吧，扎多女士告诉女男爵你是清洁女工，所以她才想选择你，一个能理解她的人。”

莫娜眯缝着眼睛，怒目而视，看谁敢笑。

唯一没有笑的人是阿尔芒。

“女男爵是怎么知道，可以要求更改清盘人的？”他问。

“正如我说的，公证人不允许她修改真正的遗嘱。”

“是，我听见了。但我们在座的，还有谁知道可以更改清盘人？”

他环顾四周，所有人都在摇头，包括本尼迪克特，他捏了一下自己的手，停止动作。

“那我再问一次，”阿尔芒说，“一个被公认为已经糊涂了的老人，是怎么想到要询问清盘人的？”

凯蒂停顿片刻后回答道：“是我的主意。我查过资料，然后向她提供了建议，女男爵认为值得尝试。”

“那么清盘人的人选呢？”阿尔芒问。

“是她自己决定的。”

阿尔芒坐在那里，捕捉到了谎言的气息。他让那停顿持续，让那臭味慢慢渗透，最后才开始发言。

“包括本尼迪克特？”

蕾娜玛丽仔细地观察着这一幕，她不是在看凯蒂，而是在看阿尔芒，看着他用一种几乎令人恐惧的礼貌姿态夺走凯蒂故事的支撑点，让其倒塌。

“是我的主意，”凯蒂承认，“女男爵其实是想让我做第三个，但我说那样行不通。如果他们发现我母亲的本姓是肯德罗斯，那女男爵的家人可能会控诉我言辞唆使。”

吉恩盖伊皱起眉头，他和房间里的其余人都在思考同样一个问题，但他选择不说出来。

“所以就达成一致，让我的男友本尼迪克特取代我的位置，成为第三名清盘人，”凯蒂说，“我可以为他担保，他诚实、善良，愿意做正确的事。”

做她要求他做的事，吉恩盖伊想。

“但你们分手了，”蕾娜玛丽说，“本尼迪克特告诉过我们。”

“那是计划好的，”她说，“我们不能有任何联系，连公证人也不能知道。”

“所以你们没有真的分手，”吉恩盖伊对本尼迪克特说，“你表现得像是分手了，实际不然，这又是一个谎言。”

一层盖一层，一谎接一谎，覆盖掉正在腐烂的事实，他们依然没有抵达的事实。

“你没想过我们会发现吗？”阿尔芒问。

“我没想过真的会有人质疑。”凯蒂说。

“我们认为自己没做错任何事。”本尼迪克特说。

阿尔芒转身对他说：“根据一条有用的经验法则，如果你不得不撒谎，那你们可能就犯了个错。”

“你告诉我你喜欢我的帽子，先生，”本尼迪克特看着伽马什说，“那是撒谎吗？”

这个问题毫无疑问是一个挑战，伽马什看着这个年轻人，心里在重新考量他。

“那是一个观点，”伽马什说，“不是事实。如果你们在事实问题上撒谎，那你们可能犯了个错。你们两个人一直在撒谎，所以当我们产生怀疑时，你们真的会觉得惊讶吗？”

“你们为了帮那位老妇人，真的付出了很大的努力。”莫娜说。

伽马什依然看着本尼迪克特，他同意莫娜的话，不过他脑海中想到的词不是“努力”，而是“预谋”。

“我不只是在帮她，”凯蒂说，“我亲眼看到，世仇对我的母亲、姨妈、外祖父母造成了怎样的影响，甚至还影响了我自己。我们一辈子都觉得，生活原本可以更好，觉得我们的生活被鲍姆加特纳家族的人毁了，我们一辈子都在等待另一片大陆上的某个判决，好让我们开心，这太惨了。”她一只手放在腹部，仿佛很不舒服的样子。本尼迪克特将手放在她的膝盖上。“我同意男爵和女男爵的决定，”她说，“必须结束这一切。”

“同时也搭个便车，确保无论维也纳的判决如何，你都能继承遗产？”阿尔芒问。

蕾娜玛丽注意到，这个问题问得很不客气。但话说回来，这毕竟不是派对，目的不是为了表达友好，而是探入谋杀案的核心。

“我们都知道，先生，过了这么长时间，”凯蒂说，“已经没有什么东西可继承了。光诉讼费就是一大笔钱，更别说其他的了。我能继承的只有愤怒，但我不想要那些，不管是对我，还是对我的家人。”

阿尔芒看着这个女孩儿，想知道她是否真的对家族瘟疫有免疫力，对那悄然移动的仇恨疾病，以及花园里攀爬的旋花类植物有免疫力。

本尼迪克特爱抚着凯蒂的手，完全是支持和亲密的表达。

“但是，”阿尔芒说，“这依然无法解释所有的疑问。作为清盘人，我们的责任是履行遗嘱的各项条款，而非推行我们所认为的公平。”

“所以她才写了那封信。”凯蒂说。

“什么信？”阿尔芒问。

“女男爵写过一封信，要求在宣读遗嘱后交给她的长子。她在信里解释了一切。”

“为什么给他而不是给我们？”莫娜问。

“她不希望孩子们从陌生人口中得知这一切，”凯蒂说，“她认为他能理解。”

“理解共享遗产的决定吗？”吉恩盖伊问。

“理解结束仇恨的决定。”

“她为什么觉得安东尼会比其他人更能理解？”莫娜问。

“和一幅画有关，”凯蒂说，“那面画里的是一个疯女人，其实她并没有疯，只是看起来像疯了。显然其他的孩子都讨厌那幅画，只有他想要。我当时根本听不懂她在说什么，那时候她说得漫无边际，我认为她是把画和她自己混为一谈了。但出于某种原因，那幅画对她来说很重要，我猜对安东尼也一样。不管怎样，她决定将信交给长子。”

“那他收到了吗？”莫娜问。

阿尔芒和吉恩盖伊对视了一下。

“我们在他的文件中没发现任何类似信件的东西。”吉恩盖伊说。

阿尔芒站起身，说：“能请你们跟我来一下吗？”他问吉恩盖伊和莫娜。

他们走进他的书房，关上门，然后他打了一个电话。

34

“你知道现在几点吗？”卢西恩说。

伽马什看看手表。

“八点十分。”他说。

“晚上。”

“对，抱歉在下班时间给你打电话。莫娜·兰德斯在我旁边，还有督察长波伏瓦，电话现在是免提模式，我们有几个问题想问你。”

“不能等吗？”

“如果能等，你觉得我们还会打过来吗？”吉恩盖伊问。

“鲍姆加特纳女士是不是给她的儿子安东尼留了一封信？”伽马什问。

电话那头，背景的电视声音被调成了静音。

“是的，留了。我在父亲的文件夹里找到的，附在那份遗嘱后面。”

“为什么不告诉我们？”莫娜问。

“我应该告诉你们吗？你们的工作是监督遗嘱的落实，与这封信没有关系。”

“但是，”莫娜说，“你至少可以提一下。”

“鲍姆加特纳被杀之后，”波伏瓦说，“他显然是被谋杀的，那时候你都没想到要告诉我们吗？”

“他是被房子倒塌害死的，”卢西恩说，“不是那封信。”

“你怎么知道？”伽马什说，“你读了信？”

“没有。”

“说实话，梅西埃总管。”伽马什说。

“我没有。我为什么要关注那封信写了什么？”

他的回答至少听起来像真的。除非那封信与他有关，但显然并非如此，所以卢西恩·梅西埃当然不会有兴趣。

“你是在什么时候把信交给他的？”波伏瓦问。

“就在遗嘱宣读完毕，你们离开之后。”

“只有你们两个人？”

“不，卡洛林和雨果也还在。”

“卡洛琳和我们一起离开了。”莫娜说。

“你在的时候，他读信了吗？”阿尔芒问。

“没有，我把信交给他后就离开了，我不知道他什么时候读的，甚至不知道他是否读过。这件事很重要吗？”

“很重要，”波伏瓦说，“因为女男爵的儿子被谋杀了，而且就在你把信交给他的几小时后。那封信可能让他联系了某个人，见了某个人，而那也就解释了，为什么他会去农舍，以及他在那里见了谁。他那天晚上为什么会去农舍，你有什么线索吗？”

“完全没有。”

“你知道那封信里写了什么吗，梅西埃总管？”伽马什再次问道。

“不知道。”

书房里的三个人面面相觑，他们不知道是否能相信他。

不过他们也想不出他有什么撒谎的理由。

“公证人卢西恩·梅西埃确认，遗嘱宣读完毕，我们离开后，他把女男爵的信交给了安东尼·鲍姆加特纳。”他们回到客厅，阿尔芒说。

“他知道信中写了什么吗？”蕾娜玛丽问。

“他说他不知道。”吉恩盖伊重新坐回去。

“所以没有人知道那封信的内容？”蕾娜玛丽问。

“我想我们中有一个人知道。”

阿尔芒转身看向凯蒂。

她看着本尼迪克特，点点头。

“你说得对，”她说，“她写信时我在场。她在信中解释了与男爵见面的事，听取了男爵那边的说法，看到他根本不是一个贪婪的猛兽，而只是一个继承了一份更加古老的世仇的老人。她说了一些关于地平线的事，我不知道是什么意思，但是她在信中说，如果安东尼爱她，当然她知道他爱，那么就请他再为她做最后一件事。如果他们赢了审判，就请他与肯德罗斯家族共享遗产。”

“很美的一封信。”蕾娜玛丽说。

“而且非常清晰。”阿尔芒依然看着凯蒂。

“我在想，如果他读了信，”莫娜说，“他会有怎样的感受。”

“如果他告诉了弟弟妹妹，”吉恩盖伊说，“那会是相当有力的动机。没有安东尼和那封信，钱就是他们的。有了他，遗产必须共享。人们为了二十块钱都会杀人，更何况我们这里说的是几百万。”

“不存在的。”莫娜指出。

“但我们怎么知道？”吉恩盖伊问，“他们怎么知道？我们不知道，他们也不知道，除非等判决最终下来。而且遗产存在与否并不重要，重要的是，他们相信它存在，或者希望它存在。”

莫娜点点头。人们几乎会相信所有的事，而希望甚至更有说服力。

蕾娜玛丽听着这一切，看到阿尔芒起身往壁炉里又扔了一筒柴，然后拨弄着，火苗蹿上烟囱。接着他转过身，拨火棍还拿在手中。

“谁写的那封信？”他问。

“女男爵，”凯蒂说，“我告诉你了。”

但她毛衣上的肉球在颤动。

伽马什知道，那是因为她的心跳得很快，所以才带动了肉球。但她依然看着他，表情平静、沉着。

她很有勇气，伽马什心想。但他也想到了，她竟然需要勇气，这实在是一种耻辱。她需要如此多的勇气才能直视他的眼睛，说出这样一个谎言。

“一个老妇人，精神和身体状况都在衰退，却能拿起钢笔写信？”他问，“把一切都交代得这么明白？”

他的声音并不严厉，他不是在控诉，而是非常理智和温柔地再一次邀请她，走出森林。

“是我看着她写的。”

本尼迪克特握住她的手，“凯蒂，”他叫了一声，没再说话，只叫了一声她的名字。

凯蒂。

她的目光落在小地毯上，看着那只正盯着她流口水的狗。

“是她口述，我帮她写的。”

“谢谢，”阿尔芒放下拨火棍，重新坐下，“你当然知道那意味着什么。”

“意味着即使你们找到那封信，上面也是我的笔迹。没有证据能证明，那些是女男爵说的。”

“对。”阿尔芒说。

他虽然没有说出来，但他和波伏瓦都明白，他推测她说的这些事，没有一件有切实的证据，可能全部都是谎言。

她说的和解、结婚的打算、共享遗产的计划，可能全部都是谎言。

能确认这个故事真实性的人都死了。男爵、女男爵，还有安东尼·鲍姆加特纳。

当然，还有一件事也很清晰，那就是，本尼迪克特并不是他表现出来的顺从的男孩儿形象，穿衣、发型、造型都要被凯蒂·伯克操纵的那种。

他一句话就能让她说出实情。伽马什推测，不是因为本尼迪克特认为应该讲真话，而是因为他已经看出来了，撒谎不再有用。

“那封信里还说到一件事。”凯蒂说。

“我来告诉他们。”本尼迪克特说。他看着伽马什，“女男爵希望推倒农舍。”

“为什么？”

“因为她希望孩子们能做个清楚的了断，开始他们自己全新的生活。她知道只要那座农舍还在，他们就永远无法前行。那是她抚养他们长大的地方，是她告诉他们这个遗产故事的地方。她希望农舍消失。”

“所以你才去了那里？”阿尔芒问。

“是的，”本尼迪克特说，“我想要晚上过去，我知道鲍姆加特纳的人晚上不会去。我需要看一看，然后把那房子推倒。我知道你说过，你会给那样的行为定罪，先生。但我想那可能需要很久，或者如果根本无法定罪呢？我觉得我有责任确保那房子倒塌。”

“是我要他做的。”凯蒂说。

“我在厨房找到了支撑梁，用大锤头狠狠地敲了两下，只是为了测试。”

“结果却失败了？”莫娜问。

“是，房子塌了，那不在计划之中。”

凯蒂紧紧地握着本尼迪克特的手，他依次看看莫娜、吉恩盖伊、阿尔芒。

“然后你们过来找到了我，”本尼迪克特说，“谢谢。”

“谢谢你们。”凯蒂说。

蕾娜玛丽看到的是一个年轻人。

吉恩盖伊看到的是混凝土、石膏和雪花扬起的烟雾，他听到了咆哮声，还有呼喊声、尖叫声，这是他自己的，他奋力想要摆脱那些将他往后拉的人。

莫娜看到的是四面八方的木梁和平板都在倒塌，她感到瓦砾落在她周围，恐惧和怀疑席卷了一切，她意识到她就要死了，接着她感觉到比利·威廉姆斯握住了她的手。

阿尔芒看着这个坐在欢快火苗前面的本尼迪克特，感觉到他年轻的身体压在自己身上，试着保护自己，就在鲍姆加特纳家的老宅崩塌，世界将结束的那一刻。

那时，他看见本尼迪克特灰扑扑的脸上有血，而在远处的瓦砾堆中，伸出了一只手。

那是安东尼·鲍姆加特纳。

艾米莉亚开始颤抖，几乎无法控制。

他们已经找了好几个钟头了，艾米莉亚意识到这是怎么回事了。他们在有意地消耗她的体能，她被人牵着鼻子穿过冰天雪地的大街小巷，直到她再也没有意志、没有力气。

她的鞋子湿透了，身旁的马克哭着乞求，她也不知道他在乞求什么。

可能是想要这一切停下来，想要他们停下。

但艾米莉亚无法承受，即便她已经意识到自己被操纵了，她必须成功。

前面的男孩儿转过身，打着手势。

“我找到他了。”

35

谋杀本质上其实很简单，波伏瓦跟随岳父走进厨房时心中想到。

在你调查清楚之前，动机、甚至包括方法，看起来或许都会很复杂，但你总会调查清楚的。

阿尔芒走进厨房，带上门。

“你怎么看？”

“我觉得都是胡扯，我认为男爵和女男爵之前根本不存在友情，更别说爱情了。凯蒂·伯克的故事简直可笑，听起来像童话一样。”

“大部分童话其实都相当黑暗，”阿尔芒从冰箱里拿出法式苹果塔，递给吉恩盖伊，“你给奥诺雷读过吗？侏儒怪什么的？以谎言开始，以死亡结束。”

“我会擦亮眼睛小心小精灵的。”吉恩盖伊说。

“还有魔童。”阿尔芒说着给热水壶插上电，然后转身看着吉恩盖伊切焦糖苹果塔。

他们表面是来拿甜点，但当蕾娜玛丽起身提供帮助时，却看见丈夫脸上的神色，于是又坐了回去。

“我认为她怀孕了，”阿尔芒说，“我是指凯蒂。”

“是什么让你这样说的？小精灵告诉你的吗？”

“是魔童，不，是她说要结束家族因遗产而起的世仇时，一只手搭在腹部的姿态。然后本尼迪克特触碰她的样子也非常温柔。安妮怀奥诺雷时，我见过你这样爱抚她。他爱她。”

“他们彼此相爱，”吉恩盖伊舔着手指，思考着，“如果她怀孕了，那动机就更明显了。”

“为了什么？”阿尔芒问，“结束仇恨，还是让仇恨延续？结束仇恨他们会很快乐，但会陷入贫困，而延续会带来财富，但却要付出代价。他们希望给孩子什么？钱还是安宁？”

“钱，”吉恩盖伊说，“总是钱，安宁是给账户里有钱的人准备的。看看他们，他自称是个木匠，其实是个门卫，而她呢，她是什么？未来设计师？她永远都不可能挣到钱，除非是给小丑设计戏服，他也一样。现在他们就干等着宝宝诞生？不，他们唯一的希望，最后的希望，就是维也纳的判决。”

“她说过，她认为遗产已经没有多少钱了。”

“她实际是想说什么？当然，也许她心中理智的那一面告诉她，留下的钱财不多。但她是听着相当黑暗的童话故事长大的，巨额财富即将到来，谁能不充满幻想呢？不，你无法说服我，凯蒂·伯克在内心深处不相信有什么遗产，不相信那些遗产属于他们。”

吉恩盖伊想幻想与疯狂，就和大多数童话故事里的一样。

“相信我，”他说，“他们两个已经深深地陷进了这件事里。”

阿尔芒给他讲了皮卡上发生的事。

“你认为他是打算撞车吗？”吉恩盖伊被他说的吓到了。

“不，我想是我逼问他凯蒂的事，让他觉得走投无路，于是就被愤怒控制了。”

但他二人都知道，愤怒的根源是恐惧，而恐惧是大多数谋杀案的驱动力。

“你认为是他们杀了安东尼·鲍姆加特纳？”阿尔芒问。

“是的。我认为是那封信中有什么内容让鲍姆加特纳去了农舍，本尼迪克特在那里遇见他，将他杀害。”

“他为什么要杀他？”阿尔芒问，“如果那封信让鲍姆加特纳共享财富，那为什么还要杀他？”

“因为信里根本没说那些，凯蒂在撒谎，而我们根本无法得知那封信里写了什么。女男爵可能确实是口述了一些东西，比如要安东尼共享，但凯蒂写下的却是别的内容，比如安东尼应该在遗嘱宣读的晚上单独去那座旧农舍。他照做了，以为那是他母亲的遗愿。”

“我们无法得知。”

“对，那正是我要说的，我们根本无法得知那封信里有什么，甚至也有可能，凯蒂讲的是真的。”

但波伏瓦显然无法相信。

“我们所知道的，就是鲍姆加特纳读了信，然后去了农舍。”

“你这么说好像它们有因果关系，”伽马什说，“也可能是发生的别的事将他引过去的。”

“是。”

“有趣的是，凯蒂知道露丝的那幅画像，有可能是她听女男爵说的。”

“但那并不能说明那封信里写了。”

“是，不能说明，”伽马什说，“所以，我们来重述一遍。有两种推测，第一，凯蒂一字一句写下了女男爵口述的内容；第二，她没有。”

波伏瓦点点头，说：“我们似乎没有任何进展。”

不过这往往是谋杀案中的奇怪之处。他们看似离真相越来越远，迷失在各种矛盾陈述所扬起的烟雾中，有证据，也有谎言。但紧接着，有人说出他们看见了一些事情，于是所有看似矛盾的东西都回归了原位。

“那幅该死的画一直跳出来，”吉恩盖伊说，“我今天和伯纳德·谢弗谈话时，他甚至也提过。”

他对伽马什说了讯问的事。

“所以鲍姆加特纳往书房里挂画时，他在场，”伽马什说，“之后他帮安东尼安装笔记本电脑一直到能运行为止。”

“那应该是叫他去的理由，”波伏瓦说，“但接着却发生了变化。”

“谢弗告诉你，鲍姆加特纳当时想设置一个新密码？他想到了吗？”

“如果想到了，那他很聪明，没有告诉谢弗。”

“根据谢弗的说法是这样。”伽马什说。

“是的。我们还在试图寻找他说法中的缺陷。我们当然搜过他的家，我甚至看过那幅该死的油画的背后，但那里只有一个印刷编号。”

伽马什点点头，然后眉头皱了起来，说：“你在画后面看到了什么？”

“那是一幅编号印刷复制品。他们会在上面编号，让买者知道……”

“是，”伽马什说，“我知道，我们家也有，包括一幅克拉拉的画也是这样。”

他走到长松木桌摆放的墙边。波伏瓦看过那幅画很多次，包括克拉拉工作室里的原件，甚至从她刚开始创作时他就看过。

现在他和岳父站在它面前。

克拉拉将它命名为《美惠三女神》，但画面中呈现出的并不是三个美丽的年轻女子赤裸的身体纠缠在一起，情色意味十足。取而代之的是，她画了三个衣着完整的老妇，都是以镇上的人为模特，其中包括伽马什房子从前的主人艾米丽。

她们满面皱纹，皮肤松弛。她们紧紧抱在一起，不是因为害怕或虚弱，正好相反，她们是在大笑。这幅作品洋溢着喜悦的光芒，充满了友情陪伴的氛围，很有力量。

“印刷编码，”他说着从墙上摘下那幅很大的油画，“在背面。”

“其实……”阿尔芒正要说，但已经晚了，吉恩盖伊已经将画取下翻了过来。

后面确实写着字，但却是熟悉的伽马什的字迹——“献给蕾娜玛丽，我的美惠女神。永远爱你的阿尔芒。”

吉恩盖伊脸红了，他迅速将其挂回墙上，转身看着阿尔芒，发现他正看着自己微笑。

“这不算什么秘密，”阿尔芒说，“也不是密码。我想向你展示的是那个。”

伽马什指着油画的正面，右下方有克拉拉的签名，还有数字：7/12。

“我看到了，”吉恩盖伊说，“我一直以为那是画作完成的日期。”

“不，那是印刷编号，十二幅中的第七幅。”

“她只印了十二幅？”

“那时她还没取得成功，”阿尔芒说，“她觉得连七幅都卖不出去。”

“那这一幅一定很值钱……”

但话还没说完他就停了下来，他盯着《美惠三女神》，看着那些数字，咕哝起来：“哼，那么鲍姆加特纳书房中那幅画的背面写的数字是什么？”

伽马什皱起眉头，吉恩盖伊也一样。紧接着吉恩盖伊迅速走到厨房电话前，拨了一个号码。

“克卢捷吗？鲍姆加特纳书房中的那幅油画。是，那幅疯女人的，背面有一串数字，你记下来了吗？你能再去他家看看吗？最好是把那幅画带回来，不，我没有开玩笑。不，我不想把它挂在我的办公室，把它放在你的办公桌旁。那好，那就将画的正面对着墙，我不在乎，只管搞到那个数字，输入他的电脑试试看。我一小时后到。”

波伏瓦挂断电话，转身看向伽马什。

“我们很快就能知道了。我不知道能从那台电脑中找到什么，但我还是赌外面的两个人……”他猛地朝客厅摆头，“和他们滑稽的发型脱不了干系。我想安东尼·鲍姆加特纳是贪婪、诡计多端的罪犯，我想他应该没有共享财富的意愿。”

“你认为那是他被杀的原因。”

“是的，你不觉得吗？”

伽马什看了一眼关闭的厨房门，吉恩盖伊对他十分了解，能猜出他的想法。

“听着，老大，我知道你不希望本尼迪克特掺和进去。你喜欢他，我也喜欢他。他救了你的命，但……”

“你认为我是因为这个，所以才不相信是本尼迪克特干的？”阿尔芒问，“就因为他做了一件好事？”

“那是一件大好事。”波伏瓦说。

“是，但我们逮捕过许多善良的杀手，不可能被欺骗。我只是没看到任何证据，他们是撒谎了，但如果所有撒谎的人都是杀手，那大街小巷会发生大屠杀。所以，我不相信。”

“你是不想相信。”

“给我证据，我就相信。”

“你说过，在这个案子中，要将事实与所有谎言分开来看。好，我有一个事实告诉你，鲍姆加特纳去农舍时，本尼迪克特也在，他有机会，有动机。我敢打赌，在那片瓦砾堆下，我们能找到那把大锤头，或者不管是什么武器，反正是他用过的，然后他们的故事就将崩塌，就和那座建筑一样，把他们埋在里面。”

两人习惯了争论案情，挑战彼此，挑战推论，质疑证据，这没什么新鲜，但这一次波伏瓦的话却有些尖锐，阿尔芒知道原因。

他真的拒绝看到波伏瓦眼中再明显不过的事吗？如果他不是一直回想起那个颤抖着的身体挡在他身上的感觉，听到那个哭声，他也会觉得再明显不过。但那个年轻人明明自己也极其怕死，但仍会本能地保护其他人，保护一个实际上完全陌生的人。

那样的一个人，却在几个小时之前夺走了一个人的生命，这可能吗？

但阿尔芒知道问题的答案——可能。一个是发自本能的行为，另一个却是深思熟虑、精心谋划的后果，从深层次来看，那或许也能算作本能。

为了供养子女，父母会付出很多。如果那意味着要杀人——凯蒂怎么说他的来着？肮脏、贪婪、善骗、满口谎言的鲍姆加特纳——那就杀吧。

是的，阿尔芒必须承认，凶手有可能就是本尼迪克特。

他们回到客厅，吉恩盖伊跟大家解释说他得回蒙特利尔，然后就道了别。

莫娜站起身，说：“那我也回去了，布朗宁蛋糕可不会自己把自己吃光。”

“我记得你说你放下的是汤来着。”蕾娜玛丽送她到门口。

“你一定是听错了。”莫娜说。

“那我们呢？”凯蒂问。

“你们有权利离开。”波伏瓦说。

“我也可以？”本尼迪克特问。

波伏瓦迟疑片刻，然后点点头。

他们向伽马什夫妇的热情款待道谢。

“还有轮胎，”本尼迪克特笑着说，如果是在一天前，伽马什可能还会觉得他的笑容能让人卸下防备，但现在却让人觉得可能是精心计算的结果，“我不会忘记。”

“我也不会，”阿尔芒与他握手，然后又对凯蒂说，“还有，我真的喜欢那顶帽子。”

波伏瓦看着他们离开后，对伽马什说：“下次见到他们，应该就是带着逮捕令了。”

伽马什穿上靴子和外套，戴上帽子。

“出去遛狗？”波伏瓦戴上连指手套，问道。

“不，我也去蒙特利尔。”

“好，”波伏瓦说，“我开车带你。如果你愿意，可以到我家过夜。”

“不了，谢谢。我自己开车去，晚上我还回来。”

“你眼睛能行吗？”

“没事。”

波伏瓦停顿片刻，仔细看着他的岳父，说：“你确定？”

“你不是要控诉我又瞎了眼吧？”

“仅限于连你的小外孙都能一眼看出来的证据，”波伏瓦说，“不过我想你应该能开车。”

伽马什笑着对女婿说晚安，然后进门去向蕾娜玛丽解释，他必须进城一趟，但不会停留太久。

“要我一起去吗？”她问。

“不用了，我的小心肝。”

就在这时，电话响了起来。

"我去接。"说着他走进书房。

正要拿起话筒时，他却停顿下来，电话上面显示的来电号码他认识。

他看一眼外面的客厅，然后用脚关上了门。

"喂，你好。"他说。

他觉得自己的声音听起来很奇怪，他的心怦怦直跳，声音却一反常态的平静。

"伽马什先生吗？"那头的人说，"是阿诺德·伽马什吗？"

"我是阿尔芒，对。"

"我是哈珀医生，蒙特利尔的验尸官之一，恐怕我有坏消息要告诉你。"

伽马什感到有些头晕，恶心得想吐。

是安妮吗？他想，还是奥诺雷？发生意外了吗？

他站直身体，将手撑在桌子上保持平衡，准备好面对即将到来的打击。

"你说。"

"我们在刚刚送进来的一具尸体上发现了你的名字和电话号码，此外没有其他的身份信息。"

"继续，"阿尔芒感到四肢冰冷，一阵阵刺痛，他在想自己是不是要晕过去了。

"男性，身高超过一米八，瘦削，真的很瘦，他穿着女人的衣服。"

阿尔芒坐下来闭上眼睛，一只手颤巍巍地扶着额头，慢慢地吐一口气。

不是安妮，也不是奥诺雷。

"似乎是一位还未做手术的跨性别者，"验尸官说，"他口袋里的一张纸上写着你的名字。”

“是她。”伽马什叹了口气。

“抱歉？”

“是她。她是穿着一件粉红色的外套吗？镶有饰边？”

“现在没有了，没穿外套，没穿靴子，没戴手套。他……”

“是她。”

“她几乎赤身裸体，你认识她吗？”

“只有她一个人吗？”伽马什意识到这意味着什么，“她被发现时，周围还有别的人吗？”

“你是指另一具尸体吗？”

“一个小女孩儿，大约六岁。”

“我不知道，我只是接到这具尸体。”

“那么请你去确认一下。”伽马什奋力压制住情绪才没有冲验尸官吼叫。

一般新上岗的验尸官，不会在电话里执行陌生人的命令，但是这个人的语气却充满权威，因此他发现自己回答的是：“稍等片刻。”

然后他就开始确认。

伽马什放下电话，站起身，一边踱步一边等待。终于，哈珀医生的声音再次传来。

“没有，没有小女孩儿，至少停尸房里没有。你是那个伽马什吗，安全局的领导？”

“是我。”

“你知道这个人是谁吗？”

“我想我知道，但我必须先见见她。她是怎么死的？”

“看上去像是吸毒过量，我们正在测试。”

“我一小时后就到。”

“是。”

阿尔芒走向门口的途中又改了主意，他返回书房，从书桌上锁的抽屉里掏出几个注射器，然后才出门。

伽马什站在金属验尸台前，看着旁边桌子上堆放的衣物，上面都系了标签。一件亮紫色的尼龙衬衫，他猜想购买原因可能是材质像丝绸，还有人造皮迷你裙、撕裂的渔网袜。

接着，他的目光转移到那副瘦削的身体上，看着只有她会在乎但其他人都不在意的东西。她蓬松的金色假发歪了，早上熟练涂抹的浓妆现在已弄脏。在那样一个不幸的地方，她仍在尝试变美，尽管什么东西都盖不住她脸上的疤痕和褥疮。

他低头看着那具身体，感到难以抑制的悲伤。

验尸官和技师听到这位安全局领导在喃喃自语，像是在做最后的祷告，于是他们都走开了，更多的是因为尴尬，而非尊重隐私。

伽马什在胸前画了个十字，然后朝他们转过身。

“她叫阿妮塔·费夏尔。”他说。一位技师发出哄笑，却被他用严厉的目光阻止了，“当然不是她出生的名字，我不知道她的原名叫什么。如果需要帮助寻找她的亲人，请联系我，我会尽我所能。”

伽马什注意到她皮肤上的杂色，还有蓝色的静脉血管。她眼中写满了惊恐，因为血管爆裂而布满血丝。这不是喜悦的死，阿妮塔不是在狂喜中慢慢离开的，她是被人从这具身体上撕走的。

“是卡芬太尼。”他说。

“什么？”验尸官问。

“是一种类似芬太尼的阿片类药物。”

“他说得对，先生，”技师坐在电脑旁说，“我们刚刚得到血检反馈。他……”

“是她。”验尸官说。

“她体内有卡芬太尼，但不多。”

“不需要太多。”伽马什说。

“从没听说过，”哈珀医生说，“你知道吗？这是一种新型阿片类药物？”

“相当新，”伽马什说，“街头新品。”

验尸官探口气，骂道：“该死的毒品。”

“我能摸摸她吗？”伽马什伸出手，征得许可后碰了碰阿妮塔的手臂。

她的身上有许多看上去像是自己文的文身。桃心、蝴蝶，一只手背上文着“Esprit”的字样，灵魂。另一只手背上文的是“Espoir”，希望。

灵魂、希望。

但吸引他注意的是她的左臂，那上面有更多的字迹，出自另一只手，但对他来说很熟悉。

不是文身，是用记号笔写上去的。

大卫。

名字的后面还有一个数字：2。

哈珀医生走到电脑前，对那技师说了一句什么，后者敲了几个按键。

“老天。”他说着朝验尸官转过身，验尸官仔细看着电脑屏幕，然后转身看向伽马什。

“在过去的三天里，蒙特利尔已有六人死亡。从今天早上起就有四人，全是无家可归者，都是吸毒鬼，全部死于同一种毒药。就是这东西吗？”

伽马什没有回答。不管怎样，验尸官都非常清楚，这是一场噩梦。

伽马什感到胸口开始变紧。

太迟了，它已经被放出来了，已经有六个人丧生了。他看着阿妮塔，这是第七个。

但他依然没听到卧底警察的信息。艾米莉亚什么都没找到，所以这是一个前兆,一个预示。

那毒品的主要部分很快就会流入街头，没准就在几小时之后，但现在还没有。

“你能把今天验尸的照片调出来吗？”伽马什走到电脑旁。

他们照做了。

“放大左臂。”

一张，又一张，又一张。

“该死,”那位技师说,“我们漏掉了。”

伽马什没有回答。他盯着屏幕上的照片，有男有女，有黑人、白人、亚裔，但他们都有一些共同点——都是吸毒鬼，都死于卡芬太尼，每个人的左臂上都小心地写着大卫的名字，但每个人手臂上的数字都不一样。

“那是什么意思？”验尸官说。

“我不知道是什么意思。”伽马什依然盯着屏幕。

“所以如果一个孩子吸食这种卡芬太尼过量,”验尸官问,“有拮抗药和援救药物吗？”

“纳曲酮,”伽马什说,“正在向安全局和地方警局分发。但……”

但是如果所有的卡芬太尼都流入街头，那么援救药物远远不够，而且没有足够的时间来执行。卡芬太尼的致命时间非常短，援救希望不大，除非你能立刻赶到。

伽马什回到阿妮塔·费夏尔的遗体旁，耳边仿佛又听见这天下午她在语音留言中的声音。

她找到那个小女孩儿了，她会保证她的安全，等他去接她。但他没去，她也没能履行承诺，现在那女孩儿仍旧孤零零地流落街头。

在冰天雪地的午夜！

"'基督救我们脱离这样的死亡'。"他在心中默念圣经，然后离开停尸间，回到他的车里。

但他知道责任不在基督，而在于他，不管他多么真城地祷告都无法阻止。

上车后，他立即拨通了一个电话。

"这到底是什么鬼？"一个低沉沙哑的声音说。

"我是伽马什。"

"该死，抱歉，长官，"年轻人小声说，"我不该说脏话。"

"发现任何卡芬太尼的迹象了吗？有任何它已流入街头的迹象吗？"

"没，没有，但是可能性很大。"

"有个小女孩儿，"伽马什说，"戴红色御寒帽，五六岁的样子，我需要你找到她。"

"我做不到。"

"这不是请求，是命令。"

"但是长官，绍凯在行动。我认为就是此刻，我认为她找到他了。"

"大卫？"

"是的，我不能说话，如果有人看见……"

伽马什知道此刻给他打电话的风险很大。没有哪个流浪汉会一边拖着脚走，一边打电话，但眼下他必须做出选择。

这小女孩儿，还是毒品。

但实际上，他并没有选择的余地。

"盯住她，"他说，"我们会跟着你。你有纳曲酮吗？"

“有。”

“祝好运。”伽马什说。

他给蒙特利尔警察局同一层级的领导打了电话，向他发出警告。

“我们能收到他手机发出的信号，”突击队队长说，“我们已经准备到位，接到命令马上就能出发。”

“你们需要面具。”

“备好了，你在现场吗？”

“在附近。”

“天啊，希望这次我们找对了。”

队长挂断电话，伽马什驾车朝着他所热爱的城市里最腐烂的中心前进。

波伏瓦走进安全局总部时，克卢捷探员还在办公桌前，时间已过午夜。

那幅画靠在墙上，画面中露丝正抓着她喉咙上薄薄的蓝色织物，已经撕裂了。他走进重案组办公区，露丝的眼神正瞪着他。

“抱歉。”他对露丝说了一句，然后将画翻了个面。

“我把它记下来了，”克卢捷指的是油画背面的数字，“但决定等你来了再输入。”

“谢谢你的等待。”波伏瓦说着拖出一张椅子，然后对她点点头。

“他在哪儿？”艾米莉亚四处寻找。

这条巷子位于一条暗巷旁边，除了那些迷失的人之外，没有人能找到。她相当确信，任何地图上都找不到这里。

但一旦找到，就再也忘不掉，而且可能再也无法离开。

她所有的感官都警觉起来，目光锐利，听觉灵敏。

“谁？”

那个声音低沉、冷静、轻松。

不是那个男孩儿，而是另一个人的声音，是从一个门洞里传来的声音。

艾米莉亚转过身，看到一个人影，双臂交抱，双腿岔开，正看着她。

她看得出来，他很年轻，他身上有一种这个巷子里所有人都不具备的东西。

所有人，除了她。

他的骨架上有血肉，声音有活力，而且和她一样，非常警惕。

“大卫。”她说。

“是的，我听说你在找他。”

“你是大卫吗？”

他笑着走出门口，但巷子里很暗，她看不真切。他朝那男孩儿扔出一个小袋子，男孩抓住后马上就消失了。

“不，”他说，“我不是大卫。你本来就认识他，而且很熟。”

艾米莉亚的大脑加速运转，她错过什么了？

“让她看看。”他说完后，之前一直靠在散发着尿骚味的冰封砖墙上的吸毒鬼和毒贩们都撸起了袖子。

他们的前臂上都写着“大卫”这个名字。

接着那个男人也掀起衣袖，即便隔着好几米的距离，艾米莉亚也能看见他的文身，但上面没有那个名字。

这是什么意思？她的大脑快速运转，寻找答案。这一定意味着什么。

其余所有人的胳膊上都写着“大卫”这个名字，包括她自己，但他是例外。

他一定在撒谎。他一定就是大卫，所以才无需将名字写在自己的手臂上，不是吗？

但很快，本能告诉她，他没有撒谎。他不需要撒谎，这里由他控制。

如果他说她以前见过这个大卫，那么她就是见过。但是在何时？哪一位？当然是在他将名字写在她的胳膊上的时候。但她对当时的事没有任何印象，记忆里一片空白。她当时晕过去了，磕嗨了，没有任何记忆。

几个小时后，她醒过来时，那擦不掉的墨水印就已经在她手臂上了。

大卫，然后是数字14，实际是1/4。

这个人为什么四处转悠，将他的名字写在吸毒鬼的身上？

“天啊。”她小声惊呼。

大卫不是一个人，大卫甚至不是人类。

大卫就是那种毒品。

36

“该死。”波伏瓦骂道。

他坐回椅子，盯着电脑屏幕。

他没能成功，克拉拉那幅油画背后的数字不是密码。

他之前对此非常确定，于是他让克卢捷探员重新输入，又试了两次。

但结果没有变化。

“抱歉，老大。其实这个想法很好。”她说。

这让波伏瓦不禁觉得，当克卢捷都开始在他面前摆出高人一等的派头时，事情一定已经绝望到底了。

“最后一定会解决的，”她的话并未起到安慰作用，“不过我确实有一些消息。伯纳德·谢弗交出了信息，我们进了那个离岸账户，是黎巴嫩的一个编号账户，我调出来给你看。”

她调出账户页面，上面清清楚楚地写着安东尼·鲍姆加特纳的名字，还有金额，刚过七百万。

波伏瓦皱起眉头，说：“金额够多的，但没有我预计得多。”

“也没有我预计得大，”她说，“数值对不上。根据那些报表上的信息，那些顾客给鲍姆加特纳的钱总额有好几亿，所以其余的钱呢？”

“在另一个账户，”波伏瓦想了想，说道，“在另一个人名下。”

“谢弗？”克卢捷探员问。

督察长波伏瓦点点头，开始思考。

这是另一个谋杀的原因。假设鲍姆加特纳意识到，他这位从前的情人并非那么愚蠢，那么容易受到恐吓，假设他发现谢弗在偷他的钱呢？

那么他会与谢弗对质，谢弗就可能杀掉他。如果他想摆脱鲍姆加特纳，留住那笔钱，可能就不得不杀。

波伏瓦看看那幅画，然后将其重新翻过来，于是露丝再度对他怒目相向。

“密码可能是数字和文字，也可能是符号对吗？”

“是的，如果使用符号，会更好，更安全。怎么？”

“我给你一个符号，还有数字。”

他指着油画的右下角。

伽马什沿着圣凯瑟琳街慢慢往前开，一路四处搜寻。

终于，他找到一个停车位，他将车子开进去停下，然后走下车。他的手机连上了那些追踪艾米莉亚走进背街工厂的探员。

但眼下伽马什还有其他必须要找的人。

“一个小女孩儿，”他对一个妓女说，“五六岁的样子，戴一顶加拿大人队的红帽子。”

“你不会想要一个小女孩儿的，”她说，“你要的是一个大女孩儿。”

她抓住自己的胸。

“我不是指那个。”他的声音很认真，女人放下双手，停止动作。

“你是她父亲？”那妓女问道，“还是祖父？”

“我是她的一个朋友，你见过她吗？”

“见过，今天下午她和阿妮塔在一起。”

“阿妮塔死了。”

“哦，那就不是阿妮塔，”她左右打量街道，“我帮不了你，我只是想活下去。”

“你想活下去？”他递给她五十块钱，“离开这里。”

“然后去哪儿呢，亲爱的？去你家吗？你和你好心的妻子会帮我吗？别挡路，我要干活儿。”

“我是认真的，”他说，“现在新出了一种能杀人的毒品，阿妮塔就是被它杀死的，别碰它。”

“你看着像个好人，我给你一些建议吧，离这里远点儿。”

但是，他当然不能离开。那妓女看着他沿着街道的一侧走远，然后又从对面走了回来。

他的脸被刺骨的寒冷冻木了，现在他必须转过身用背挡风，才能喘口气，但他仍在坚持。

他向几乎快要冻僵的吸毒鬼、异装癖和妓女打听。

虽然大部分人都知道他说的是谁，但谁也不知道那小女孩儿去了哪里。

这时他突然看见一点红色，在一条小巷中，很快就消失在一扇门里。

他迅速跟上，到了门口，他一把拉开门，看见一个男人正拉着女孩儿的手，带领她走下楼梯，进入一个房间。

伽马什大喊，那男人回头看见他，一把将女孩儿拽进房间，“砰”的一声关上门。

伽马什冲到那门口，门锁住了，他用力猛捶。

“开门。”

见无人回应，他便狠狠地撞了上去，一次，又一次，再一次。

他终于撞开门，撞进房间。

一个男人站在那里，中等年纪，算不上老，头发蓬松，眼睛凹陷发红。

他将女孩儿挡在身前，一只大手扼住她细细的喉咙。

“把她交给我。”伽马什往房间里走。

“是我找到她的，”他的手紧紧握住女孩儿的喉咙，“她是我的。”

“你放开她。”

“我不。”

伽马什跪了下来，看着女孩儿的眼睛，但它们并未聚焦，而是空洞地看着前方。她张着嘴，呼吸急促，加拿大人队的帽子也掉了，伽马什看见她的金发上满是污秽，黯淡无光。

“你能闭上眼睛吗？”他温柔地说，但女孩儿继续盯着前方，“不会有事的。没有人能伤害你。”

但他猜测，女孩儿之前也听过这种话，就在她受伤之前。或许她已经无法救治。

“我是来帮你的，”他说，“我知道你可能不相信，但我说的是真的。”

然后他重新站起身。

“我不会伤害她，”他对男人说，“但你必须放她走，立刻，不然我会弄伤你的。”

“去你……”他话还没来得及说完，伽马什就一个大步走上前，重重地踹在了他的脸上，踢断了男人的鼻子。

他倒在地上，血流不止。伽马什抓住女孩儿，将她抱起。

“没事了，”他将女孩儿抱得紧紧的，将她死死盯着地上断了鼻子的男人的目光移开，“没事了，你安全了。”

男人在身后嘶吼，但是随着伽马什和女孩儿走下楼梯，进入寒冷的夜色，那声音越来越模糊。

他将女孩儿放到车上，系好安全带，从杂物箱里掏出一根巧克力棒递给她。吉恩盖伊以为他不会藏东西，但是他会。

女孩儿只将巧克力棒抱在胸前，像神父举着十字架那般。

“我是阿尔芒。”说着他将车重新开上圣凯瑟琳街。他的声音很平静，故意透出权威感，“我是警察的人，你现在安全了，我保证。我有个和你差不多大的孙女，她住在巴黎，她叫弗洛伦斯，我们都叫她弗洛丽，她有个妹妹叫左拉。你叫什么名字？”

女孩儿没有说话，待在那里，甚至连眼睛都不眨一下。

就在这时，他的手机响了。

“我们找到了，”探员说，“工厂在圣凯瑟琳街以北，圣安德烈街旁边的一条小路里面，一座废弃的建筑里。她已经进去了，我们进去吗？”

伽马什靠边停车，按下电话，正准备拒绝时，蒙特利尔战术小组组长抢先一步。

“不进，”组长声音干脆，“等我们过来，我们还有五分钟路程，

总警司，我看到你离得更近。”

伽马什知道探员们说的是哪个区域，而且他离得更近。

他看看小女孩儿，他不能将她一个人留在车里，但也不能带着她一起。

他在街道上搜索，然后看到了答案。

“总警司伽马什？”是蒙特利尔战术小组组长的声音。

“我两分钟后到，”他说着将车停在街道中部，然后将女孩儿抱在怀中，轻声温柔地说，“一切都会好的，你很安全。”

但他说这句话的同时，心里也在怀疑，这是不是他目前为止说过的最大的谎言。

他推开路边餐馆的门，四处张望一番，然后走到两天前招待过他的女服务生面前。

“我叫伽马什，是安全局的人。我现在有任务必须离开，请帮我照顾这个小女孩儿，等我回来接她，或者等安全局的人来找她。”

“你开什么玩笑？”

“你必须帮忙，”他将女孩儿放进一个卡座，然后走向那位疲倦的女服务生，“拜托了。”

她与他对视片刻，然后轻轻点一下头。

“谢谢。”伽马什掏出钱包，将里面所有的钱都掏出来给了她，接着他跪下来，用他的那双大手捧起女孩儿脏兮兮的脸。他掏出手帕，一边给她擦脸，一边轻声说：“我很快就回来。这位好心的女士会为你做一杯热巧克力，还会给你弄些吃的。没有人会伤害你。”

他起身看着那位女服务生，说：“是这样，对不对？”

她皱着眉，看上去对这一切都很厌烦的样子，但他看得出来，她都是假装的。

女孩儿会安全无事的。

他出门横穿街道，一路闪避着车辆，然后上了圣安德烈街。他掏出电话，呼叫吉恩盖伊。

电话铃响，他跑了起来。

“老大！”

“他们找到工厂了，在圣安德烈街旁边，圣凯瑟琳街以北，你可以追踪我的手机信号。还有，吉恩盖伊，有个小女孩儿，我把她放在我们之前去的圣凯瑟琳街上的那家小餐馆，让拉科斯特来接她，赶快。”

他没等吉恩盖伊回应，就重新调出地图，看着上面闪烁的蓝色光点，还有白色光点，在地平线位置，越来越近。

波伏瓦站起身，本能地用手扶住髋部，感觉到枪还在原位。

“我得走了。”

“但是我们才刚刚找到密码，我们进去了。”

但能听到她说话的只剩下了露丝，她依然满脸怒容，不过她似乎确实在看着什么东西，好像在非常遥远的地方。

“你是什么意思？你要出去？”伊莎贝尔的丈夫问道。

“你也是，你得……开车送我。”

他们将孩子交给邻居照看，驾车去了蒙特利尔市区。

“我不确定这一趟是不是安全。”伊莎贝尔的丈夫四处张望。

“可能更糟。”伊莎贝尔看着窗外，担心其他人的安全。

艾米莉亚终于感到暖和起来了。

原本侵肌入骨的寒冷融化了，消失了。

她感到暖意在慢慢扩散，沿着她的动脉和静脉辐射开来。

她感到肌肉放松下来，变得很柔软，感觉……妙不可言。

她曾跳起身拼命反抗，但他们将她钉在地上，钉在她一直在死命寻找的工厂里。

她跟着那男人走进地下室，看到了她只在学院实验室的突击训练录像带里见过的场景。

好几百人围在长桌边劳作，他们都戴着防护装备，面具、橡胶手套、罩衫。每个人面前都有一个天平，灵敏度足够称量微克。

“你最好乖乖待在后面，”男人说，“你知道几年前的那场人质劫持案中，曾经用过卡芬太尼吧？用泵把它注入空气，把所有人都迷晕。但他们当时根本不知道自己在做什么，”他笑着说，“他们不仅杀死了大部分的劫持者，也杀死了好几百人质。”

“我只知道，那是一种大象镇静剂。”艾米莉亚尽量远离那些长桌和一堆堆的白粉。

“是的，但这些，”他指着桌子说，“是新一代的，进化了，是一件伟大的东西，但也可能会让人有点迷惑。举例来说，几个月前，当这批东西落到我们手中时，我们知道这是什么，但却不知道每一剂该配多少的量。”

他说得实事求是，仿佛是在谈论一道汤的食谱一样。

“因为上市日期越来越近，所以我们做了实验。我们开始向不同的人分发，想看看会发生什么。”

艾米莉亚低头看看自己的胳膊，然后看着他。

“这就是你说的意思，你给每个接受实验的人的胳膊上做记号。”

“是，毒品的名称——大卫，然后是剂量，你接受的是四分之一克。其余人就没这么幸运了。不过现在我们知道最佳剂量了，我们不希望顾客死得太多。当然，如果他们太蠢，每次使用的数量超过一剂……好吧，我想太蠢的人不配活着。这是一次进化。”

“该死的，你给我也用过？”

“是你自找的。你凭空出现，四处打探，还殴打我的毒贩。你不会以为你可以就这么出现在街上，然后接管一切吧？你真以为我会允许吗？”他又笑了，然后变得严肃，“我知道你的真实身份。你不是独眼人，你和其他人一样眼瞎且愚蠢，艾米莉亚·绍凯，安全局学院的学员。”

“以前是，我被踢出来了。”

“唔，是的，非法交易。但是他们没有逮捕你就直接让你走了？你说说看，那是为什么？”

“你在想什么呢？哦，等等，你觉得这是陷阱？是，倒也说得通，你这个蠢货。那样我还会被踢出来，搬进一个狗屎窝，和一个吸毒鬼住在一起，冻得屁股都要掉了。我还活在幻想里。你觉得你聪明得不得了是吧，但是你我都知道，”她冲那些长桌点点头，“这些东西不过是碰巧落入你的手中的，你只需要帮忙看管而已。一旦它们流入街头，每一个腐败的警察，每一个暴徒老大，每一个帮派成员，每一个想成为卡特尔老大的人，都会对你穷追不舍。你说得对，我不是独眼人，我两只眼睛好好的，而我看见，你只能在某条暗巷里毁灭。你需要我。”

男人点点头，然后目光越过她，看向她身后，皱起眉头。

有人钳住了她的肩膀，她被拖下去倒在地上。

她奋力挣扎，有那么一刻她以为自己能摆脱，但紧接着她被一拳击倒，差点昏过去。她头晕眼花，身体被掰过来仰躺在地，这样她就能凝视他的眼睛。

“我觉得没这个必要，”男人小声说着跪在她身上，“你太危险，你背叛了每一个人，最后你也会背叛我。”

他站起身，冲某个人点点头，说：“动手，把她丢出去。”

艾米莉亚弓背跃起，她反抗，她吼叫，然后她感觉有针头扎入她的身体。

接着她感觉到温暖，越来越热，最后燃烧起来，直到她感觉血液变成了岩浆。

她张嘴尖叫，但眼睛却转到了脑袋后方，然后变得通红。

伽马什看到探员队伍了，他们手中都握着武器。

他们向一扇门打手势示意，有两个全副武装的警卫守在门口。

接着，他们继续指示，在一条消防通道外守着更多的警卫，周围的屋顶上也有。

伽马什轻轻点了一下头，然后小心翼翼地走出巷子，转身却看见战术组长和他的突击队。

“两个在大门外，”伽马什小声下令，“两个在对面的火灾逃生出口，三个在屋顶。”

他指示介绍一番，队长点点头。

“明白，”他递给伽马什一个面罩，“你带枪了吗？”

“没有。”伽马什说。

“我这么做可能会受惩罚，但……”

他往伽马什手中塞了一把自动手枪。

“谢谢。”

“我们先进。”

“当然。”

队长向身后打手势，所有人都举起武器，快速无声的几枪之后，那些警卫就都倒在了地上。

伽马什跟在队长背后，正要前进时，一只手搭在他肩膀上。

是波伏瓦，他也掏出了枪。

“老大。”吉恩盖伊小声说。

“拉科斯特呢？”

“去接那个女孩儿了。”

说话间，他锋利的眼神落在那扇门上，战术突击队钻了进去。

他开始向前移动，但伽马什拦住他，说：“艾米莉亚·绍凯在里面。”

“所以的确是她引导你找到那东西的，”波伏瓦说，“该死的吸毒鬼，我怎么……”

“她是我们的人，她一直在执行我的命令，我们必须找到她。拿着，”他将面罩递给吉恩盖伊，“戴上这个。”

战斗可谓残酷。

战术突击队的大部队抵达了，他们毫不迟疑，精准地干掉了配枪的守卫。

他们迅速钻进实验室，第一批瞄准配枪的人，第二批则将那些工人从桌边掀开，按在墙上，顺从的搜身，反抗的制服。

波伏瓦戴着防毒面罩走在伽马什前面，他差点被地上的人绊倒。

他示意伽马什后退，然后抓住艾米莉亚的衣领，将她拖出门外，远离被袭击扬起飘浮在空气中的任何毒粉。

出门后，波伏瓦撤掉面罩，同伽马什一同跪在艾米莉亚身边。

波伏瓦用枪指着打开的工厂大门，持续开火。伽马什没有理会，也没有浪费时间去寻找艾米莉亚的脉搏。他从口袋里掏出注射器，扎进她的身体。

她的眼睛睁开了，眼神呆滞，布满血丝，仿佛着了魔一般。

这时候他才开始寻找脉搏，波伏瓦继续瞄准大门，呼叫医生。

“她怎么样？”

“没有脉搏。”

伽马什撕开她的外套，有子弹击中他们上方的砖墙。波伏瓦本能地蹲下身子，但伽马什继续按压她的胸部，在心中默默计数。他的脸上毫无表情，注意力完全集中，全然不顾周围的枪声。

“……三、四、五。”

波伏瓦感觉到实验室的门口有动静，与此同时他听到一声“咔哒”，他迅速转身，正看到一把枪举起来，瞄准他们。

那是一个年轻人，握枪的姿态十分专业。

但波伏瓦更加专业，他已经开火，而且迅速连开三枪，砰砰砰，然后那人便倒在地上。

当墙壁不再反射射击声后，他听见身边的伽马什还在数，一拍都没漏下。

“二十九、三十。”

医生到了。

伽马什弯下腰去，帮艾米莉亚做了两次人工呼吸。

“卡芬太尼。”他说着继续按压，波伏瓦守着实验室的门，为他计数。

“七、八、九。”

“我给她注射了拮抗剂，”伽马什一边说，一边前后摇晃，保持按压的节奏。

“哪一种？”医生跪在他身边，准备除颤仪。

“纳曲酮，刚注射，还不到一分钟。”

“好的，”医生说，“让一下。”

伽马什让到一边，看医生帮艾米莉亚做抢救。此时枪声仍未停歇，还有人在受伤，其余的医生还是冲进了工厂，照顾伤员。

伽马什回头看了一眼吉恩盖伊，他正蹲在那个年轻人身边，就是刚刚他开枪击毙的那位。

37

“你看起来糟透了，”伊莎贝尔的丈夫同情地笑笑，“给。”

他递给伽马什一杯苏格兰威士忌，给波伏瓦倒了一杯咖啡。

“谢谢，”阿尔芒接过酒，但放在桌上没喝，“她在哪儿？”

午夜已经过去很久了，他感觉自己像是被一辆卡车撞了一般，但夜晚还没过去。

“在女儿的房间，”伊莎贝尔说，“你想去看看吗？”

“拜托了，你知道她的名字吗？”

“不知道，她还没说。”

“去找社会服务机构？”

“我想还是等天亮了再说。”

“好。”

伽马什和吉恩盖伊跟着伊莎贝尔穿过走廊。

她的丈夫留在客厅，看着三人的背影。他意识到，虽然他和孩子们一直都是伊莎贝尔人生中最重要的部分，但他们三个人也组成了一个家庭。

门开了，夜明灯还开着，一张床上睡着伊莎贝尔的女儿索菲亚。她很快就睡熟了。

另一张床上则睡着那个小女孩儿，她侧躺着，紧紧地缩在被子里面蜷成一个球，她睁着眼睛，双手紧握着脑袋下面的枕头。

阿尔芒轻轻走过去，跪下。

上一次看见她时，她的头发黯淡无光，上面全是污垢，现在已经洗得干干净净，梳得整整齐齐。她洗了澡，闻上去有股淡淡的薰衣草的香气。

“我是阿尔芒，”他轻声说，“我们之前见过。我是警察。”

女孩儿缩起来，眼睛睁得大大的。

“没事了，我不会伤害你，没有人会伤害你，你很安全。”他刻意没有做进一步的动作，没有触碰她，“你现在可以睡觉了。”

他露出微笑，希望那笑容没有透露他为她感到的心碎。

但女孩儿还是恐惧地盯着她。

“可以吗？”他指着床头桌子上的一本书，回头问伊莎贝尔。

伊莎贝尔点点头。

阿尔芒搬来一把椅子，翻开书。

“……我们在里面认识了维尼熊和一些蜜蜂，”他读了起来，声音低沉、柔软、平静。接着他抬起头，看看她的大眼睛，“故事开始了。”

“艾米莉亚呢？”伊莎贝尔问吉恩盖伊。

他们留下总警司给女孩儿读故事，自己则回到客厅。

“我们刚从医院赶过来，”吉恩盖伊在一张扶手椅上落座，“他们恢复了她的心跳，她现在可以自己呼吸了。”

“脑损伤？”伊莎贝尔问。

“他们在做测试，不过要等她醒来才能知道。待会儿我们就回医院。”

她点点头，说：“如果有任何事情我能帮忙就找我。”

“也许会有，谢谢，我会告诉你的。”

“所以她一直在和总警司合作吗？有……人知道吗？”

“没有。”

“连你也不知道？”

“是的。我知道他开除艾米莉亚，是希望她能带他找到卡芬太尼，但我不知道她同意了。”

伊莎贝尔认真地看着吉恩盖伊，说：“你不介意吧？他没告诉你。”

他从扶手上抬起手指，然后又放下。他能说什么？他能做什么？他知道，这份工作的本质就是这样——隐私，保密。

伊莎贝尔有高层员工的心里都紧守的秘密。

老天知道，他自己也有秘密，其中有一个尤其重要。

他知道他必须尽快把这个秘密告诉岳父。这个秘密更能击中要害，而且比伽马什对他保守的秘密更加重要。

“卡芬太尼呢？”伊莎贝尔问。

“看样子都被我们找到了，除了被用作实验的那些。”

“什么实验？”伊莎贝尔的丈夫问道。

“这种阿片类药物非常新，没有人知道安全的剂量。当然，那要根据体重、身形和健康状况来具体判断，许多毒瘾患者心脏都不好，稍微一点就会超过界线。这家伙……”

砰砰砰。波伏瓦看见，一瞬间，那男人就倒在地上，死了。

有些东西他永远都不会忘记，它将成为他记忆长屋里的另一个幽灵。

“在吸毒鬼身上做实验，分发不同的剂量，一毫克、两毫克，看看谁能活下来，谁会死去。并且在受试者的胳膊上做标记。”

伊莎贝尔摇摇头，然后皱起了眉头，说：“他为什么管它叫大卫？”

“那是他父亲的名字。”

伊莎贝尔思忖着，不明白那么做的意义。是作为献礼吗，还是抨击和控诉？是为了感谢，还是为了伤害？

她怀疑是后者。

“你还好吗？”她问吉恩盖伊。

她能猜到他在想什么。他刚杀了一个年轻人，一个深陷困境的罪犯，一个杀人犯。虽然他是为了自卫，但还是杀了人。很快，吉恩盖伊将不得不面对那孩子的父亲——大卫。

“我累了。”吉恩盖伊说。

伊莎贝尔看得出来，他要想恢复，需要的不只是冲个澡，睡个好觉这么简单。

“壁炉里有枫木燃烧的声音，”她轻声说，“加拿大人队比赛时吃的热狗，奥诺雷的手……牵着你的手。”

“这些都是我爱的东西，”吉恩盖伊小声说，“谢谢。”

她看了一眼走廊，看着孩子们睡觉的房间，一个几乎像笛声般优美的声音从里面传来。

吉恩盖伊和伊莎贝尔轻轻走过去，往里面看。

阿尔芒已经合上书，身体前倾在那女孩儿身旁，他的手肘在摇晃，脏污的膝盖松弛下来。

他在哼歌，而床上的小女孩儿已经闭上了眼睛。

“雪绒花，雪绒花。”

几个小时后，艾米莉亚·绍凯睁开眼睛，却又被明亮的光芒刺得眯缝起来。

她感到一只手搭在她的肩上，吓了她一跳。

“别怕，你在医院，我是布德罗医生，我负责照看你。”

他语速很慢，声音清晰。

“你能告诉我，你叫什么名字吗？”

短暂的停顿。

“艾米莉亚……绍凯。”

“对，那你知道这位是谁吗？”

布德罗医生看看站在他身边的人。

“白痴。”她骂道。

“什……”医生说。

伽马什声音沙哑地笑了起来，说：“她有权利骂人。”他说着看了看床对面的吉恩盖伊，后者也笑着松了口气。

“对不起，艾米莉亚，”伽马什说，“为这一切。”

“你有……”

“是的，我们全数追回。”

她闭上眼睛，伽马什以为她又昏过去了，但她又开始说话，眼睛依然闭着。

“女孩儿。”

“我们找到她了，她很安全，”吉恩盖伊说，“你的朋友马克也在医院，他们在照看他。”

艾米莉亚点点头，然后安静下来。

伽马什把医生叫到一边，说：“她会恢复吗？”

“我想是的。她很健康，而且你及时对她进行了救援，她很幸运。”

“是啊，好了，”吉恩盖伊说，“我迫不及待地想听到她完全清醒后讲述她的故事。”

离开前，阿尔芒从口袋里掏出那本破旧的小书，放在她的手里。

“让伊拉斯谟，”他小声说着，虽然并不确定她是否能听见，“陪你。”

他们离开医院，但在这一天或者这个夜晚结束之前，他们还有一个地方要去。

克卢捷探员已经坐在椅子上睡着了，但看到总警司和督察长波伏瓦进门时，她立刻清醒了过来，在桌边站好。

两人看上去都已疲惫不堪，没刮胡子，衣冠不整。

她听说了发生的事，正准备迎上前去时又停下了脚步。她看到两人身后慢慢走进门来的那个人后，露出灿烂的笑容。

“督察长。”克卢捷走到拉科斯特面前，抱住她。

“老大，你在重案组当组长时，她们也是这样招呼彼此的吗？”吉恩盖伊问。

“只有私下里。”

波伏瓦笑着拉来两把椅子，那两位已经走到克卢捷的桌旁，看着上面的笔记本电脑，他也加入进去。

伊莎贝尔落座后，花了片刻时间，打量正瞪着她的画像中的露丝。

“真是令人惊讶，”她说，“我一直以为她会对我说‘笨蛋’。”

“圣母玛利亚为什么会说那样的话？”克卢捷问。

“不重要，”波伏瓦说，“让我们看看你找到了什么。”

克卢捷探员带领他们快速浏览在安东尼·鲍姆加特纳电脑中发现的文档。

三人盯着屏幕，然后彼此对视，接着都看向克卢捷探员。

波伏瓦离开时，对此已经有所了解，但大部分内容都是克卢捷独自发现的。

“真是天才，”克卢捷钦佩地说，“简单得几乎让人难以相信，因此也就难以发现。”她摇摇头又说，“难以置信。”

另外三个人都俯身向前，仔细观察细节。

“很能说明问题。”伽马什说。

“不止如此，长官，”她说，“它说明了一切。”

“不，它只说了一件事，但没有证据能证明实际发生了什么。”伽马什说。

“我们需要证据，克卢捷探员，”吉恩盖伊说，“不过这至少告诉我们，该从哪里找起。”

“我有证据，”她说，“循着那笔钱。”

她露出微笑，然后开始迅速地在键盘上敲击，不同的页面在屏幕上出现又消失。

“这就是，”她一边敲击键盘一边说，“安东尼·鲍姆加特纳采取的路径，迂回曲折，但一定就是这样。”

屏幕上出现英属维京群岛一家公司的主页。

“那就是鲍姆加特纳其余的钱藏匿的地方吗？”波伏瓦问。

“在谢弗的帮助之下。不过这只是一个出发点，不是最后的终点，”克卢捷说，“想要藏匿资产的人都会先在避税天堂，比如英属维京群岛，开设一个公司，然后将钱汇入大批账户。瑞士曾经是他们理想的选择，但后来遭到制裁。这里，”她调出另外一个页面，“就成了替代。”

屏幕上出现了一个新加坡的银行。

“你怎么知道这里就是鲍姆加特纳藏匿资产的地方？”波伏瓦问。

“因为我找到了账户。”

“怎么做到的？”他问。

克卢捷探员看了一眼露丝，说：“那位疯女士帮了点忙。”

拉科斯特和伽马什看起来都很不解，波伏瓦却恍然大悟的样子。

“那幅画背后的数字。”波伏瓦说。

“是的。那不是他电脑的开机密码，而是账户号码。他把它写在那里，以防忘记。”

她键入数字，账户弹了出来，户主名是鲍姆加特纳。

“三亿七千七百万美元。”拉科斯特念出屏幕上的数字。

“足以构成谋杀的动机。”波伏瓦说着起身打了个电话，命令探员逮捕伯纳德·谢弗。

波伏瓦抵达霍洛维茨投资公司时，太阳已经升起来了，阳光倾泻在办公室里。他抽时间冲了个澡，还换了衣服，然后请卡洛琳到雨果的办公室，一起见面。

雨果·鲍姆加特纳有多么不起眼，这间办公室就有多么震慑人心。落地窗能将整座城市的风景一览无余。这里述说着成功，但并不炫耀财富，风格克制，但又充分展示了必要的一切。

吉恩盖伊默默记录，想着他是不是也能将办公室改造成这个样子。

姐弟二人并排坐着，他们就像是公主和青蛙一般，卡洛琳自信而优雅，雨果矮胖而凌乱。没有裁缝能为雨果量体裁衣，但他的眼睛却充满了温暖和鼓励，他的手搭在姐姐的手上。

“你们有消息要宣布，是吗？”

“是的。”波伏瓦说。

他把克卢捷探员也带来了，本来也邀请了伽马什，但他沐浴更衣后，要去见魁北克地区长官。

审查委员会已经下发了建议，在与鲍姆加特纳姐弟碰头前，波伏瓦刚接到伽马什的电话。

“我从维也纳的冈德督察长那里得到一条消息，那份遗嘱的判决下来了。”

波伏瓦听完后，祝伽马什好运，然后挂断电话，走进雨果的办公室。

“找到杀安东尼的凶手了？”卡洛琳问。

“是的，今天凌晨，我们逮捕了伯纳德·谢弗。”

卡洛琳闭上眼睛，大口吐气，说：“哦，可怜的安东尼。”

“但谢弗为什么要杀他？”雨果问，“被炒的报复吗？那已经是两年前的事了。”

“人对一些事情的坚持，时间之长到足以令人惊讶。”

“他们还在见面吗？”卡洛琳问。

“我们无法得知，”波伏瓦说，“反正不是作为情人的关系。但有证据表明，你们的兄长在谢弗被炒之后为他安排了一份工作，他现在在信用合作社工作。”

“在银行？”雨果问，“安东尼为什么要那么做？这说不通。”

“如果你需要开设假账户，隐藏钱财，那就说得通了。”

雨果张嘴想要说什么，但又闭上了，瞪大眼睛看着督察长。

“你们有证据？”

波伏瓦点点头，说：“谢弗承认，他以你们兄长的名义，在黎巴嫩开了一个空壳公司和许多账户，用以交换那份工作，以及保证守口如瓶。我们发现的资金有数百万。”

卡洛琳看着雨果，说：“这是什么意思？安东尼真的在偷钱？”

“看起来是的。你确定是他吗，督察长？也许是谢弗以安东尼的名义建的账户，自己吞了钱呢。安东尼发现后与他对质，所以被他杀害。”

“我们考虑过那个可能性，”波伏瓦说，“即使你们兄长对此一无所知，但账户里面的金额却奇怪地对不上，一共只有七百多万。”

“在我听着已经是很大的数额了。”卡洛琳说。

但雨果明白。他看着波伏瓦，丑陋的脸上表情生动，说：“根据你给我看的报表，他已经窃取了上亿资金，所以其余的钱去哪儿了？”

“正是。”

波伏瓦对克卢捷探员点点头，后者将安东尼·鲍姆加特纳的笔记本电脑放在桌上，打开。

“我们费了一些时间，但最后还是进入了你们兄长的电脑，”波伏瓦看着他们，“希望你们不会因此而心烦意乱。”

两人看着彼此，卡洛琳轻轻点了一下头，说：“我们还是知情得好，我想消息应该很快就会公开报道。”

“关于你们兄长，有趣的地方在于，”波伏瓦看着克卢捷调出文件夹，“几乎所有人都将他描绘为一个体面、聪明的人，一位伟大的导师、一个正直的人，发现错误后，哪怕知道自己会被牵连，依然勇敢上报。”

“那正是我们认识的安东尼。”雨果说。

“但他的行为却完全与此相反。他是很聪明，但也虚伪狡诈。他盗取的钱财不只千万，而是数以亿计。当他们的行为快要暴露时，他背叛了一位年轻的合伙人，举报了他。对我们重案组的人来说，这样的故事早已司空见惯。人们过着双重生活，表面看来是一回事，实际上是另一副模样，而且是完全与人们的印象相反。”

“不然他们怎么能侥幸逃脱呢？”雨果说。

波伏瓦点点头，说：“大多数人都逃不掉。我来向你们展示，我们在他的笔记本中发现了什么。”

首长站在桌前起立，伽马什也站起身。

他刚走进首长在蒙特利尔的办公室不到十分钟。

这种事不会耗时太久。

“抱歉，阿尔芒，”首长低头看着桌子上未拆封的信封说，“如果还有其他办法，我会试一试。”

“感谢您亲自当面告知。我做那些决定的时候，就知道会面临怎样的结果。原本可能更糟的，您原本可能逮捕我的。”

“你是树了一些敌，阿尔芒，但是你的朋友更多，我希望你知道，我也是其中的一员。”

“我知道。”

“而且你追回了那批毒品，那才是最重要的。我已经读了昨晚行动的初步汇报，你知道，你昨晚的行为足够你被停职，但你本身还处在停职期间，”他认真地看着伽马什，“你把学院的一名学员开除，但她实际上是在与你合作，这事没有任何人知道？”

“是的。”

“包括波伏瓦？”

“包括他，只有绍凯学员和我知道。”

首长慢慢点头，决定不再提问。他知道得越少……他走上前去，将伽马什送到门口。

“她怎么样了？”

“正在恢复，总有一天，她会带领安全局的。”

“是，好了，工作的大门敞开了。显然，你除非是疯了才会接受，所以那对她来说是个好兆头。我只希望，等绍凯成为总警司时，我早已退休。”

伽马什笑了起来，接着他停在门口，说：“我有件事需要您的帮助。”

“说吧。”

“有个小姑娘……”

伽马什打电话将发生的事都告诉了蕾娜玛丽，然后他驾车穿过市区，来到一座低层公寓楼，按下门卫公寓的门铃。

本尼迪克特让他进了门，几分钟后，伽马什坐在一间地下小公寓里的一只破旧沙发上，凯蒂和本尼迪克特坐在他对面的箱子上。

“你们找到杀害鲍姆加特纳先生的凶手了吗？”本尼迪克特问，“你知道，昨天在你家，有一阵子我觉得你在怀疑我们。”

“不止一阵子。”凯蒂说。

“不，我来不是为了这事。总警司波伏瓦上午晚些时候会来和你们谈。”

两人对视了一眼，接着凯蒂问：“那你来做什么？”

“维也纳的法庭做出了判决，是今天早上下达的。”

本尼迪克特抓着凯蒂的手，两人等待着。

“他们的决定对鲍姆加特纳家族有利。”

两人沉默了片刻，接着，本尼迪克特伸手搂住凯蒂，她点点头。

“这正是我们所希望的，”凯蒂说，“没有那封信，男爵和女男爵的意愿就不会得到执行。他们可以留下遗产了。”

“是他们的遗产，”本尼迪克特说，“你已经尽力了，我们会好起来的。”

他紧紧地抱着她。

“一出生就被告知所负担的罪责和继承一份古老遗产的愧疚。”伽马什在心中默念，之后离开了他们的公寓，跨越尚普兰桥，朝他和蕾娜玛丽的家的方向开去。

或许现在终于结束了，在他们的孩子的手中。

雨果·鲍姆加特纳出神地盯着笔记本电脑的屏幕，下唇戳了出来。

“你在听吗？”克卢捷探员问。

“在，谢谢。”他说着报以耐心的微笑，然后继续看着屏幕。几分钟后，他叹息道，“所以托尼和谢弗说到底还是在合作。我错了，抱歉，我当时真的不相信是安东尼自己吞了钱。”

“恐怕就是这样。”波伏瓦说着将屏幕往下划。

雨果看着屏幕点点头，说："他们藏钱用的都是常规路径。"

"你对此有所了解吗？"波伏瓦问。

"比一些人了解，"他承认，"但不像大多数人知道得那么多。霍洛维茨先生曾让我带领一个委员会调查离岸账户。"

"为了开办？"波伏瓦说。

雨果不可思议地看了他一眼，说："为了确认我们没有在不经意之间帮助顾客藏钱。部分是出于道德考量，但也有实际考虑。霍洛维茨先生足够富有，不需要那些钱，而且他很肯定，如果被监管会和媒体发现会怎样，他不想惹那个麻烦。"

"那你找到了吗？"波伏瓦问。

"比我们预计的还多，督察长。富人有一套辩解理论，他们生活的现实是扭曲的。如果俱乐部里每个人都这么做，会是一个大麻烦，那么这样的行为一定是没问题的。"

"他们？"波伏瓦问，"你觉得自己不是他们之中的一员吗？"

"富人中的一员？不，"他笑了，"我很富有，按照大多数人的标准来说，我算是富人，但在那些家产上亿的人眼中呢？我不是他们俱乐部的，我也不想加入。我对自己此刻的现状非常满意。"

雨果重新看向屏幕，说："我知道，你们需要找出新加坡账户的号码，谢弗告诉你们了吗？"

"他说他也没有，实际上，他似乎对第二个账户的存在感到很惊讶。"

"他一定是在撒谎，"雨果说，"不幸的是，新加坡的银行不会告诉你们，你们也无法强迫他们透露信息，但是安东尼一定把它记在某个地方了。"

"是的，"波伏瓦说，"这一点你说对了，他是记下来了。"

"你们找到了吗？"雨果问。

“在画的后面。”克卢捷探员说。

“哪幅画？”卡洛琳问。

“他书房里的那幅，”波伏瓦说，“挂在壁炉上方。”

“那幅疯女人的画像？”卡洛琳说，“安东尼把它藏在那儿？”她想了片刻，然后说，“确实很聪明，那里很安全，我可以告诉你，没有人会靠近那幅画。天知道女男爵在那幅画中看到了什么，太可怕了，竟然还被誉为艺术。你们也是这么想的，对吧？”

雨果点点头。

“可怜的安东尼最后却败在它手上，”她说，“他告诉母亲他喜欢那幅画，说什么画面的远处有一个白点。他只是出于礼貌，想看看这幅画能为他带来什么。母亲把画给了他，他还不得不把它挂起来。不管你们说他做了什么，他心里还是有一些善良的。”

“我没说他做过任何事情，”波伏瓦说，“至少没做过任何不合法的事。”

“你是什么意思？”她指着笔记本电脑，“这难道不是证据吗？”

波伏瓦对克卢捷点点头，她开始往里输入数据。

“我们费了好大工夫来进行高科技追踪，但最后，我们需要的证据却是一行写在油画背面的字。”

克卢捷输入完毕，调出账户。

卡洛琳瞪大眼睛。

“三亿七千七百万。”她小声惊呼。

接着，她的表情却变了，变得充满困惑。

“可是我不明白，名字是雨果·鲍姆加特纳，”她转身朝向弟弟，“安东尼是想把它伪装成你的账户？”接着她终于明白了。

吉恩盖伊·波伏瓦站起身，克卢捷探员又经历了一个第一次。

她第一次参与谋杀逮捕。

38

“那么，”露丝的牢骚声从客厅钻进厨房，阿尔芒和蕾娜玛丽正在里面准备热乎乎的饭前点心，“那个想法是在零下二十度的天气，穿泳衣和雪地鞋，绕着镇广场跑圈？”

“是的，”加布里说，“是莫娜的想法。”

“才不是。”

“也是你的想法。”

“我觉得棒极了，”露丝说，“算我一个。”

“我们是要在夜里跑的，对吧？”克拉拉对加布里小声说。

“现在是了。”

“收到贾斯汀·特鲁多的回信了吗？”莫娜问，“他来不来？”

“奇怪，这里的柏涉·鲍姆加特纳女男爵还没收到总理办公室的回信。”奥利维尔说。

“你用她的名字写的信？”露丝问。

“是莫娜的主意。”加布里说。

“才不是。”

“也是你的主意。”

“那……那……”露丝费劲地找到合适的词语，“也很棒，她会喜欢的。不过我不相信，贾斯汀·特鲁多竟然不想脱掉衣服，绕着小镇跑步。比这更小的活动，他都愿意脱掉衬衫。而且他曾经为了得到一包奇多牌零食，就脱过。”

“还有时间，”加布里说，“他会回应的，冬季狂欢节周末才开始。”

“只要有一线希望，胜利就会到来。”奥利维尔骄傲地说。

“好了，我有一个问题，”露丝说，“是一位哲人执着地问了几个世纪的问题。笨蛋和傻瓜，你们想选哪一个呢？”

“天啊，”蕾娜玛丽从厨房的角落里打量客厅里的宾客，“我们都做了些什么啊？”

“啊，老掉牙的问题，”坐在露丝身边沙发上的史蒂芬·霍洛维茨说，“我相信苏格拉底也问过学生同样的问题。”

“是柏拉图。”露丝说。

“才不是。”

“他也问过。”

“我想，”阿尔芒对蕾娜玛丽说，“我们应该留神，天启四骑士还差两位。”

“哎呀，他是你的教父，”她说，“是你邀请他来认识露丝的。”

“我以为他们俩会棋逢对手。”

“更像是哥斯拉见了魔斯拉，”加布里说着走进厨房，从他们正在准备的托盘上拿起一块放在法棍面包上的烤帕尔玛干酪，“东京不安全。顺便说一下，我们这里是东京。”

“你来了，阿尔芒，”他们返回客厅，史蒂芬说，“我有几个问题想问你。”

“我选笨蛋。”阿尔芒说。

“不，不是那个，不过你倒是答对了。”老人看着点心拼盘问，“鱼子酱的？”

“都是乡下人的做法，”露丝说，“待会儿来我家。我有一个小罐，还有一瓶冻过的唐·培里侬香槟王。”

“那是新年前夜从我们家拿走的。”奥利维尔还气鼓鼓的。

“她那罐鱼子酱已经开封了，”克拉拉说，“现在吃了估计能杀死她。”

“我们也吃过，”莫娜说，“第二天你吃的就是那一罐，配着切碎的鸡蛋，放在吐司上吃的。”

“哦，对。算了。”

史蒂芬端起酒杯，阿尔芒重新为他斟满，史蒂芬说：“你知道我要问什么。”

“我让吉恩盖伊解释，”阿尔芒猜出了史蒂芬·霍洛维茨心中的想法，“他是重案组组长，是他查出来的。”

吉恩盖伊看起来很不舒服，不只是因为罗莎正坐在他的膝盖上，而且还是因为在他身旁，在他的臂弯中，奥诺雷正盯着罗莎，他被鸭子满口的“呱呱呱”吓坏了。

接着，吉恩盖伊听到奥诺雷开始重复这个字。

他瞪大眼睛看着安妮，安妮正盯着他们的儿子。

这是他说的第一个字。

不是“妈妈”，不是“爸爸”。

“嘘。”吉恩盖伊示意人家安静，但这会儿其他人已经都注意到扶手椅发出的那声奇怪回音了。

“我想，”安妮走过来抱起儿子，“是时候带他去洗澡了。”

就在这时，奥诺雷又大声地喊了一声“呱”！

就连罗莎听到后也像是被吓坏了的样子，不过鸭子总是那样。

“啊。”蕾娜玛丽惊呼一声假装在看火，阿尔芒则抬起头看着天花板，突然觉得上面的石膏很迷人。

露丝高兴地大叫，然后史蒂芬说：“好样的，雷雷，你来告诉他们。”

阿尔芒低下头，看着他的教父，说：“好的，谢谢。”

“我亲爱的孩子，只有你的外孙能对一只野鸭产生巨大的震慑力。”

“罗莎是野鸭吗？”克拉拉问。露丝耸耸肩，端起史蒂芬的酒畅饮了一口。

“好了，我们走。”安妮说，但她怀里的奥诺雷发现了自己第一次开口所引发的回应，于是在走廊里叫了一路。

“老天啊。”蕾娜玛丽感叹道。

“肺活量真好。”史蒂芬说。

波伏瓦试着不去注意克拉拉、莫娜、加布里和奥利维尔紧闭的嘴唇，就连阿尔芒和蕾娜玛丽看上去也都快笑出来了。

“你说有几个问题，先生？”吉恩盖伊问史蒂芬。

伯纳德·谢弗和雨果·鲍姆加特纳被捕已经一天了，一个是因为盗用公款，一个是因为谋杀。

“雨果的事。我知道大概发生了什么，”史蒂芬说，“但不知道其中的具体细节。他不只是我的雇员，还是高级副总。我信任他，我一定是老了。”

“你已经老了。”露丝说。

“发生的事情，我可以告诉你绝大部分。”吉恩盖伊说。

所有人都向他凑拢。

就连已经知情的莫娜也留神细听。阿尔芒已经告诉过她，她私底下又告诉了克拉拉，然后克拉拉又私下里告诉了加布里，后者发誓会保密，但随即奥利维尔也知道了，接着奥利维尔又告诉了露丝，用来换回新年前夜被她拿走的水晶杯。

“是的，”克拉拉说，“请告诉我们。”

“事情始于安东尼举报谢弗。谢弗被炒后，安东尼·鲍姆加特纳的交易执照被吊销了。”吉恩盖伊说。

“这是第一次盗窃。”史蒂芬说。

“是，雨果知道错不在安东尼，但他也知道，安东尼的名誉已经毁了。正如你们所说，那条街的人都相信安东尼·鲍姆加特纳也参与了那事，只是因为他位居公司高位，所以才能幸免。他们认为他和谢弗一样肮脏。于是雨果发现了机会，他找到显然是骗子的伯纳德·谢弗，提出给他在信用合作社安排一个工作，用来换取一些好处。”

“给信用合作社写推荐信的人是雨果，”莫娜说，“不是他的长兄。”

“那好处是什么？”奥利维尔问。他们知道的也只是大致的犯罪经过，不知道详情。

“谢弗利用银行的设备和关系，以安东尼的名义开了一个账户。”

“你不是说，是用雨果的名字吗？”克拉拉问。

“不，那正是雨果的高明之处，是他设计陷害了安东尼。如果有人发现了发生的事情，他们只会发现安东尼的名字和一个黎巴嫩的编号账户。”

“他们往里面存了七百万。”史蒂芬听得很认真，到目前为止的信息他已经全都知道。

“该死，”奥利维尔说，“希望他不会陷害我。”

“那都不值一提，”波伏瓦说，“真正的钱却进了新加坡的一个编号账户，甚至连谢弗都不知道，他完全不知道雨果盗窃了多少钱。”

他看着伽马什，邀请他继续说。阿尔芒俯下身来，手中端着苏格兰威士忌。

“这样的模式安全运转了好几年，”阿尔芒说，“和大多数事情一样，都是从一点一滴开始积累的，一开始只是从一两个顾客那里盗窃少量的钱，但接着雨果发现，只要能拿到红利支票，就没有顾客怀疑，所以他就提高了盗窃金额，扩大了目标顾客的范围。”

“他变得贪婪。”克拉拉说。

“贪婪，是的。但是这样的事我以前见过，”史蒂芬说，“它变成了一个游戏，一个刺激的行动，一种瘾症，他们必须不断增加注射剂量。没有人用得完三百万，他大可以在五十万的时候就收手，那样他会很安全，而且余生都能过得很舒服。但是，发挥作用的还有其他东西，我以前都没发现。”

他看起来不只是沮丧，还像是已经筋疲力尽。

蕾娜玛丽虽然刚开过玩笑，但她完全明白，为什么阿尔芒要邀请教父过来小住，而且还介绍他认识露丝。这样他才不会一个人带着他的创伤，怎么也想不明白。

都要找露丝来疗伤了，看来事情确实是坏到了一定程度。

“那么问题出在哪？”加布里问。

“去年夏天，安东尼在街上碰到一个所谓的客户，”波伏瓦说，“那人感谢安东尼所做的大量工作。安东尼·鲍姆加特纳一开始没有想太多，直到他开始浏览自己的客户名单，才意识到这个人根本不在上面。他联系了那人，询问财务报表的事。”

“于是他就知道有人在盗窃，而且是以他的名义，”史蒂芬说，“那我想得到。但他是怎么知道那人是他弟弟的呢？”

露丝坐在加布里和史蒂芬之间已经睡着了，还轻轻地打起了鼾。她的脑袋懒洋洋地靠在史蒂芬的肩头，几星唾沫落在他的山羊绒毛衣上。

但他没有将她推开。

“一开始他不知道，”波伏瓦说，“我们进入他的笔记本电脑，找到他的搜索历史，发现他似乎一直在寻找什么东西。一开始我们以为他是在找藏钱的地方，接着我们检查时间线，才意识到并非如此。”

“他是在追踪某个人的足迹，”阿尔芒说，“他想弄清这件事是谁干的。”

“他先从自己的公司查起，”吉恩盖伊说，“实际上，是从奥格威女士查起，接着扩展开来，但所有的人都没有问题，于是他开始扩大范围。”

“或者是从家里查起，”阿尔芒说。他眼前浮现的不是一片田野，而是一座花园，里面长着看似健康，实际却能令人窒息的旋花类植物。

他试着想象安东尼·鲍姆加特纳发现真正的盗窃者，发现设计陷害他的人时，该有多么震惊。

马太福音10:36。

阿尔芒有时会希望他从来没读过《圣经》的那一节，当然，更希望他不知道那节经文所蕴含的真相。

“我不明白的是，安东尼·鲍姆加特纳是怎么找到那条线索的，”史蒂芬说，“雨果一定藏得很隐蔽。”

“我问你一个问题，”阿尔芒说，“如果你要盗取顾客的钱，你会用自己的电脑吗？”

史蒂芬一副恍然大悟的表情，轻轻哼了一声，说：“不，我会用别人的电脑，抓住机会将他们卷进来，以防被发现。聪明的雨果。”

“聪明的雨果，”波伏瓦说，“他和安东尼每周会一起用一次餐。安东尼做饭时，雨果就用他的电脑，假装是在分析证券市场。”

“实际却是在转移资金。”史蒂芬说。

“可是这难道不会太明显了？”奥利维尔问，“我们也会在线做账，所有的痕迹都在上面。”

“要掩盖并不难，”波伏瓦说，“尤其是如果你有心。雨果当然有心，但不能藏得太深，因为他也希望，如果有必要，那些痕迹能被人发现，于是我们终于发现了。是的，他伪装得好像安东尼才是罪魁祸首。为什么不会是安东尼呢？没有新加坡那个编号账户的密码，谁也拿不到证据，只能说明是安东尼干的。”

“但是安东尼发现了？”克拉拉说。

“是，”波伏瓦继续说，“我们发现了安东尼的搜索记录。他根本没有隐藏那些痕迹。表面看来，他变得越来越疯狂，接着，在去年九月，搜索停止了。”

“他找到了他要找的人。”阿尔芒说。

“他几个月前就知道偷钱的人是雨果了吗？那他当时为什么不阻止？为什么一直等到现在才说？难道是不想背叛弟弟？”

“或许吧，”阿尔芒说，“但我想，或许是因为别的原因。”

“他母亲，”克拉拉说，“他一直等到母亲去世。”

“是的。”阿尔芒说。

“我明白雨果需要栽赃别人，但他为什么不选择谢弗？”奥利维尔问，“为什么把自己的哥哥卷进来？”

“难说，”吉恩盖伊说，“毕竟他很方便就能拿到安东尼的笔记本电脑，而且他在那条街上名声已经臭了。雨果没有承认任何事情。”

“我认为还有别的原因，”莫娜说，“嫉妒。你能把那归结为他的错吗？”

“杀了他的兄长？”克拉拉问，“我想我能。”

“不，我是说嫉妒、憎恨。哥哥高大、英俊，他受人尊敬、生活体面、还结了婚有了孩子。而他身材矮胖，毫无吸引人的地方，甚至让人有些讨厌。想象一下，这样的两个人一起长大会发生什么？”

“但有很多这样的例子，”加布里说，“我有个弟弟，他就不如我迷人，但也没有为我引来杀身之祸。”

“现在说这话为时尚早。”奥利维尔说。

“还有别的原因，”莫娜说，“谁是女男爵最爱的孩子？谁看懂了克拉拉那幅画？雨果虽然长得更像母亲，但安东尼在各方面都更像她，那才是最重要的，所以雨果才用了安东尼的名字。”

“从一出生就被告知所负担的罪责，”史蒂芬低头看着那位正在往他毛衣上流口水的女士，“和继承一份古老遗产的愧疚。”

露丝哼了一声醒过来，说：“愧疚？罪责？”

“你念的是她的诗。”加布里说。

“等等，”史蒂芬说，“我知道那些编号账户。你从谢弗那里得知了一个黎巴嫩的账户，那另一个呢？”

“我们是在克拉拉的画作背后发现的。”波伏瓦说。

“是的，是的，但是安东尼·鲍姆加特纳是怎么发现的呢，还把它记在那里？这些密码都受到严密监管，银行只会通过安全加密的电子邮件发送账户的信息，安东尼不可能是在无意间发现，然后记在那个油画背后的。顺便说一下，”他对克拉拉说，“我想看一下那幅画的原件。出售吗？”

“十块钱，她就归你了。”加布里指着露丝说。

“我们可以谈谈。”克拉拉说。

“你说得对，”吉恩盖伊说，“安东尼本来永远也不可能发现密码，雨果知道那东西能定他的罪。唯一需要用到他真名的地方，就是新加坡那个存了三亿七千七百万美元的账户。”

奥利维尔哼了一声。

“那么安东尼是怎么找到它，并且登陆进去的呢？”史蒂芬问。

“他没有。”

所有人都看着吉恩盖伊。

阿尔芒双腿交叉，靠回椅背上。他惊叹于吉恩盖伊的智慧，他的部下现在已经不再需要任何保护，他已经能够自由翱翔了。

“安东尼·鲍姆加特纳没有把密码写在那里，”吉恩盖伊说，“是雨果写的。”

“安东尼找到了？”莫娜问。

“不，他没找到。那晚，他和雨果在他们的旧农舍对质，他手中没有决定性证据。我想他一定是求雨果向他解释，但雨果拒绝了，于是安东尼就表示自己会举报他。”

“所以雨果就杀了他。”露丝说。

“对。”

“你认为雨果是蓄意杀害他吗？”加布里问。

“我怎么能知道？”露丝问。

“我问的是重案组组长，”加布里说，“不是疯癫的诗人。”

“哦，”她说，“那继续说吧。”

“很难说，”吉恩盖伊说，“他是一个心机很深的人。他一定准备了一些逃生策略，以防盗窃的事被人发现，但他是否计划过杀害兄长，我表示怀疑。”

“他被逼无奈，”阿尔芒说，“安东尼拒绝视而不见，所以他就出了手。”

“你看看，阿尔芒，正直会带来什么？”史蒂芬说，“体面能带来什么？”

“带来某位教父。”莫娜说。

“杀死他的不是体面，”阿尔芒说，“而是无耻、嫉妒、贪婪、仇恨。”

“我们一直在调查一桩世仇案件，结果造成伤害的却是另一桩。”莫娜说。

他们都沉默了。

最后加布里打破了宁静。

“我现在说饿了，是不是很失礼？”

“我也饿了，”史蒂芬说，“晚餐吃什么？龙虾吗？”

“炖菜。”奥利维尔说。

“嗯，”史蒂芬说，“我们还是管它叫勃艮第炖牛肉吧。”

“我知道你在读我给你的那本书。”他们站起身，露丝指着咖啡桌对吉恩盖伊说。

“那本《死小孩》是你给他的？”史蒂芬问露丝，“爱德华·戈里的那本？哦，我想我真的爱上你了。”

史蒂芬大声朗读那本书，吉恩盖伊则把莫娜拉到一边。

“我们找到那封信了。”他说。

“在农舍废墟里？”

“是的，信被撕烂了，而且沾满污垢，确实是凯蒂·伯克描述的那样，是她的字迹，但信封看上去是女男爵的笔迹。她在信里告诉安东尼，如果遗产到了他们名下，请共享，事实也果真如此。”

“感谢你告诉我。”莫娜说。

安妮看着丈夫的眼睛，吉恩盖伊深吸了一口气，然后跟莫娜说声失陪，走到岳父身旁。

“我去和奥诺雷说晚安。你来吗？趁现在晚餐还在准备。”

“餐后躲开洗碗更好。”阿尔芒虽然这么说，但还是跟着吉恩盖伊走向他们的房间。

离开时，他看到安妮把蕾娜玛丽叫去书房，关上了门。

“为什么不接受他们提供的那份工作？”吉恩盖伊关上卧室门，立刻问道。

前一天，他给蕾娜玛丽打电话，讲述了他与地区长官的会面，以及纪律委员会做出的决定后，他给吉恩盖伊也打了电话，说上面要他辞去总警司的职务。

他照做了，他已经准备好了辞职信，就放在胸前口袋。

“你把辞职的事告诉了我，”吉恩盖伊放低声音，以免吵醒儿子，“但你没说他们又把过去的职位还给了你，重案组组长。”

“是的，”伽马什说，“那是学术类工作，我永远不会接受。”

“因为拉科斯特？”

“不。我辞职时提了一个条件，让伊莎贝尔担任警司之职，负责重案组，保留到她准备好为止。你知道他们开始准备文书要收养那个女孩儿了吗？”

“不，我没听说。那太好了。”

波伏瓦坐在床边，看着正在婴儿床上沉稳入睡的奥诺雷，发出一声低沉的叹息。

“我希望她能接受，”阿尔芒说，“安全局需要她。”

“是需要你，老大。所以，如果不是因为伊莎贝尔，那你为什么要拒绝重案组督察长的职位？因为自尊？”

伽马什笑着拍拍波伏瓦的膝盖，说：“那你比我更了解，孩子。”

“那是为什么？”

“你知道为什么。那是你的工作，你的部门，你已经完全做好了准备。你是督察长波伏瓦，安全局重案组的领导。我感到无比的高兴，”他的笑容褪去了，看起来非常严肃，“还有自豪。”

“接受那份工作。”

“为什么？”阿尔芒稍稍眯起眼睛，看着吉恩盖伊。

“因为我要离开了。”

阿尔芒看到他的签名，那是他赶在自己改主意之前写下的，写得很潦草，在那份从锃亮的桌子对面推过来的文件上。

“我已经接下GHS工程的职位，做他们的战略规划主管。”

接下来是一阵漫长的沉默，最终被一句“我明白了”打破。

“对不起，我本来想早些告诉你的，但没找到合适的时机。”

“不，不，我理解，真的理解，吉恩盖伊。你有你的家庭，那是第一位的。”

“不只是那样。在过去的几年里我们过得很艰难，老大。然后呢，被停职，被调查，被我们自己的人调查，这一切都让人难以忍受。我热爱我的工作，但我累了，我厌倦了死亡、杀戮。”

他们静静地坐在那里，看着沉睡的奥诺雷，听着他轻柔的呼吸，呼吸着他身上散发的香气。

“是时候回归生活了，”阿尔芒说，“你所做的远远超过任何人的要求，超过了我的要求甚至期待，你的选择是对的。看着我。”

吉恩盖伊将目光从婴儿床转移到阿尔芒身上。他看到微笑从他的嘴角绽出，沿着笑纹展开，一直扩散到他深棕色的眼睛。

“我为你感到高兴，这真是个好消息。”

吉恩盖伊看得出来他是发自内心的高兴。

“还有一件事。”他说。

“什么？”

“那份工作是在巴黎。”

“啊。”阿尔芒说。

“所以，这就是那幅著名的油画。”史蒂芬在露丝身边坐下，指着克拉拉的油画说。

“不，这是《美惠三女神》，”露丝说，“女男爵拥有的是我的画像。”

“是《圣母玛利亚》。”克拉拉说。

“圣母玛利亚就是我。”露丝说。

“应该倒过来说。”克拉拉说。

“你们回来了，”加布里看到吉恩盖伊返回，于是说道，“我们的小宝宝学会什么新词了吗？该死？去死？”

“没有，他睡着了。爸爸想抱抱他。”吉恩盖伊盛出一份炖菜和一份奶油土豆泥，递给安妮。

“妈妈去帮忙了。”安妮看着他的眼睛，接过盘子。

“你还好吗？”阿尔芒问蕾娜玛丽。

她关上门，一只手扶着阿尔芒的背，熟睡的婴儿正抱在他怀中。

阿尔芒将脸贴在孩子的头上，呼吸着独属于他的味道，觉得这真是件让人高兴的事。如果以后偶然间再闻到——散步途中，在餐厅，从路过的婴儿身上，他会被此刻心中所感受到的悲伤所压倒吧。

但还是有幸福的记忆。

它美妙又可怕，让人欢喜，却又具有毁灭性的力量，也有让人如释重负的地方。

吉恩盖伊要离开了，他安全了。安妮和奥诺雷也是，安全地去了远方。

他将奥诺雷递给妻子，然后伸出双手拥住两人，他再次闻到婴儿身上的味道，现在又添了旧花园里玫瑰的淡淡芳香。他闭上眼睛想到：羊角面包，秋天里壁炉里燃烧的第一根木头，新割过的草坪的气味。

他要列一个很长很长的喜爱事物清单才能掩盖这一切。

蕾娜玛丽抱着外孙，呼吸着他身上的味道，以及檀香的香气。她感受着阿尔芒的怀抱，感觉出他的右手在微微颤抖。

她从来没想到巴黎会让他们心碎。

晚餐后，史蒂芬将阿尔芒拉到一边。

“我有些新闻要告诉你。”

“但首先我要谢谢你，吉恩盖伊接受了工作，”阿尔芒说，“他会做得很好。战略规划的工作他在安全局做了好多年。”

“只是现在没人会朝他开枪了。”史蒂芬说。

“正是，但不能让他知道这个工作来自你我。”

“我就是一串密码。”

“你没告诉我那个工作在巴黎。”

“那重要吗？”

阿尔芒思考片刻后说：“不，只是提前说一下就好了。”

“对不起，我该告诉你的。”

“你的新闻是什么？”

“记得我告诉过你吗？我有个想法，想调查一下那个遗嘱。”

“记得，但是现在已经没必要了，判决已经下来了，判给了鲍姆加特纳。”

“是，我听说了。我让维也纳的同事去做了调查。那个什洛莫·肯德罗斯真是个人才，他一定知道，把遗产留给两个儿子会引发争执。”

“也许他只是无法决定。”阿尔芒说。

“也许他是个笨蛋。一百六十年的仇恨。我的人告诉我，遗产里没有钱了，诉讼费没扣完的也被侵吞了。”

阿尔芒摇摇头，说：“不惊讶，但毕竟是一场悲剧。”

“是的，但还没完，除了钱之外，女男爵还在维也纳市中心留下了一座大楼。”

“是的。”

“但是，和钱不一样的是，那座大楼是真的。它还在，而且一度真的属于这个家族，她并不是完全在妄想，那里现在是一家国际银行的总部。”

阿尔芒点点头，但史蒂芬依然看着他，继续等待着。

“怎么？”阿尔芒问。

“赔偿费啊，阿尔芒。奥地利政府正斥资数十亿，补偿那些曾经被侵吞财产的家庭，有明确的记录。”

“你在说什么？”

“那座大楼价值千万，可能还不止。如果鲍姆加特纳和肯德罗斯两家能联合提出索赔，那他们就能拿到钱。”

“天啊，”阿尔芒说完沉默了片刻，想起那对住在地下室公寓的年轻夫妇，“天啊。”

晚餐结束后，露丝邀请史蒂芬去她家。

“去看看她的诗集。”史蒂芬目光闪烁，他把那只鸭子夹在腋下。

“别太晚，”阿尔芒说，“我等你回来。”

“不必。”露丝说。

莫娜和克拉拉一起离开。

“喝杯睡前酒？”走到酒馆门前时，克拉拉问。

“不了。”

克拉拉正要问为什么时，自己先看出了原因。

比利·威廉姆斯正在壁炉边等候，他打扮得干干净净，刮了胡子，换了一身像样的衣服。他面前的桌子上放着两杯红葡萄酒，和一朵粉色的郁金香。

“我懂了。”克拉拉说。

她抱了朋友一下，哼着歌，微笑着走回到自己的家。

莫娜在门口停下脚步，昂起头看着夜空，头顶上繁星点点。

接着莫娜向前走去。